本书由腾讯基金会、北京曹雪芹文化发展基金会资助出版

编委会

胡德平　张书才　刘上生

朱淡文　位灵芝　雍　薇

曹 | 学 | 文 | 库

胡德平
张书才 主编

红楼梦论源

（增订本）

朱淡文 / 著

浙江古籍出版社

图书在版编目(CIP)数据

红楼梦论源/朱淡文著. —增订本. —杭州：浙江古籍出版社，2024.4
(曹学文库 / 胡德平，张书才主编)
ISBN 978-7-5540-2784-4

Ⅰ.①红… Ⅱ.①朱… Ⅲ.①《红楼梦》研究 Ⅳ.①I207.411

中国国家版本馆 CIP 数据核字(2023)第 211315 号

曹学文库

红楼梦论源(增订本)

朱淡文 著

出版发行	浙江古籍出版社
	(杭州市体育场路 347 号 邮编：310006)
网　　址	https://zjgj.zjcbcm.com
责任编辑	沈宗宇
封面设计	吴思璐
责任校对	吴颖胤
责任印务	楼浩凯
照　　排	浙江大千时代文化传媒有限公司
印　　刷	浙江海虹彩色印务有限公司
开　　本	710mm×1000mm　1/16
印　　张	22.5
字　　数	346 千
版　　次	2024 年 4 月第 1 版
印　　次	2024 年 4 月第 1 次印刷
书　　号	ISBN 978-7-5540-2784-4
定　　价	70.00 元

如发现印装质量问题，影响阅读，请与市场营销部联系调换。

前　言

20世纪20年代,以胡适、顾颉刚、俞平伯等先贤为代表开启的"新红学"时代,也可看作"曹学"研究之发轫。"新红学"反对索隐派的"本事说",倡导科学的考证方法。但胡适的"自叙说"也引来了后来学者的质疑与商榷。不过,我们必须承认:真实可靠的文献史料、科学严谨的考证方法,确是曹雪芹相关研究(又简称"曹学")的立足之本。

"曹学"一词最早由顾献梁先生在20世纪40年代提出,并在1963年发表《"曹学"创建初议》一文,倡议"以'曹学'取'红学'而代之",认为"曹学"应该成为每一所大学里"文学系的必修课,文学院及其他学院的选修课",因为"'曹学'不是一朝一夕之功,也不是一人一家之事,那是需要大家的努力"[1]。余英时先生1979年在《近代红学的发展与红学革命》一文中也提出这一概念,以周汝昌先生《红楼梦新证》为例,谈及"新红学"的趋向,认为"考证派红学实质上已蜕变为曹学了"。虽然余先生的本意是批判,但他在另一篇文章中,却又讲到红学研究中存在着两个世界,"一个是曹雪芹所经历过的历史世界,一个则是他所虚构的艺术世界",并认为两个世界"无法截然划分"[2],显然肯定了"曹学"与"红学"的不可分割。二者你中有我,我中有你,虽然各有侧重,却又互相融合,互为补充,相辅相成,并驾齐驱。张书才先生认为,"红学"主要解决"是什么"的问题,"曹学"则不仅要解决"是什么"的问题,还要解决"为什么"的问题。《红楼梦》讲了什么,传达了什么样的思想,它为什么伟大?曹雪芹是谁,他为什么要写《红楼梦》,以及他为什么能创作出这么

---

[1]《作品》第4卷第1期,1963年。
[2] 余英时《红楼梦的两个世界》,上海社会科学院出版社2002年版,"自序"第2页。

伟大的作品？孟子说："颂其诗，读其书，不知其人，可乎？是以论其世也。"（《孟子·万章下》）我们吟诵古人的诗文、研读古人的著作，不了解他们的为人，可以吗？我们当然应该研究他们所处的时代，考察他们的思想经历，即知人论世。因此，我们说，"曹学"的内涵包括曹雪芹的生平思想、作品、时代及其作品的传播和影响。

从胡适发表《红楼梦考证》（1921），到周汝昌出版《红楼梦新证》（1953），再到吴恩裕的《有关曹雪芹八种》（1958，1963年扩展为"十种"出版，又于1980年汇辑成《曹雪芹丛考》出版）、《曹雪芹佚著浅探》（1979）、《考稗小记》（1979），史景迁的《曹寅与康熙》（1963），冯其庸的《曹雪芹家世新考》（1980）、《曹学叙论》（1992），吴新雷、黄进德的《曹雪芹江南家世考》（1983），王利器的《李士桢李煦父子年谱》（1983），舒成勋口述、胡德平整理的《曹雪芹在西山》（1984），中国曹雪芹研究会编的《曹学论丛》（1986），何锦阶的《曹寅与清代社会》（1989），朱淡文的《红楼梦论源》（1992），王畅的《曹雪芹祖籍考论》（1996），刘上生的《走近曹雪芹》（1997），李广柏的《曹雪芹评传》（1998）……迈入新世纪，又有刘上生的《曹寅与曹雪芹》（2001），胡德平的《说不尽的红楼梦》（2004），胡绍棠的《楝亭集笺注》，张书才的《曹雪芹家世生平探源》（2009），方晓伟的《曹寅评传·年谱》（2010），黄一农的《二重奏：红学与清史的对话》（2014）、《红楼梦外：曹雪芹〈画册〉与〈废艺斋集稿〉新证》（2020），樊志斌的《曹雪芹文物研究》（2020），胡文彬主编的《曹寅全集》（2023，包括胡绍棠、胡晴校注的《楝亭集》，段启明、秦松鹤校注的《曹寅戏曲集》，张书才编注的《曹寅奏疏集》三种，另有胡文彬辑注的《楝亭集外集》和校补的《楝亭书目》两种也即将出版）等等，伴随"新红学"走过的一百年，"曹学"研究可谓硕果累累。此外，裴世安主持辑录的《曹雪芹文物资料》《曹雪芹生卒年资料》，以及《曹雪芹研究》和《红楼梦学刊》两大曹、红学研究期刊也都参与并见证了"曹学"发展的历程。曹雪芹家世生平的脉络已越来越清晰地呈现在我们眼前，曹雪芹人文精神的光芒，不仅照亮了过去的中国社会，也必将照耀一代又一代中国人的心灵。

张书才先生在《曹学断想》一文中说："就曹学研究而言，目前仍需着力于史料的发掘，以期澄清史实，运用历史文献、文物遗迹、调查资料三者结合的三重证据法，对既有的聚讼日久的一些问题重新进行学理层面的探讨，并不断发现、研究和解决新的课题,全面地了解曹雪芹生活时代的社会状况及其独特的家世遭际与人生经历,弄清造就曹雪芹、产生《红楼梦》的历史条件和时代背景,从而为更加准确地认知曹雪芹、阐释《红楼梦》提供可靠的基础。"[1]

胡德平先生在《探寻"曹学"之路》一文中,也为我们指引了几条新时期的"曹学"研究路径:一是细化曹雪芹生活时代的研究,二是延长"曹学"的证据链条,三是用大数据搜集海内外文献资料,四是以大百科全书的视角观察历史。他说:"如果我们将曹雪芹生活时代的历史事实与《红楼梦》中透露出来的时代信息对照的话,将大大拓宽曹学的研究范围,从经济、思想、美学、艺术、宗教等各个角度均可展开细致深入的研究。"[2]

北京曹雪芹学会自2010年成立以来,秉承其前身中国曹雪芹研究会的立会宗旨,致力于研究和收集、整理曹雪芹家族的文物、文献资料和相关非物质文化遗产,推动对曹雪芹的家世、生平、思想及其作品和时代的认识,致力于对曹雪芹精神、《红楼梦》文化的大众化传播,并倡导"《红楼梦》精雅生活"走入百姓日常。在出版方面,除了每年四期的学术期刊《曹雪芹研究》,学会还陆续出版了《说不尽的红楼梦——曹雪芹在香山》《红楼梦八旗风俗谈》《〈种芹人曹霑画册〉论争集》《曹雪芹家族文化探究》《大观园之谜》《红楼梦贾府建筑布局研究》《文史链接:〈红楼梦〉与曹雪芹的世界》《考稗小记——曹雪芹红楼梦琐记(增订本)》等曹、红学专著,以及《曹寅全集》《续琵琶笺注》《虚白斋尺牍笺注》《红楼梦(蒙古王府藏本)》《红楼梦脂评汇校本》等曹、红学研究必备的古籍文献。

现在,我们又联合浙江古籍出版社陆续推出以张书才、刘上生、朱淡文等学者为代表的曹学研究者的成果,编入"曹学文库"。本套丛书由胡德平会长和张书才先生共同主编。需要说明的是,学术发展有其阶段性,"曹学文库"系列图书,虽经作者补充修订,仍尽可能保留着学者最初的研究观点。虽然新的文物文献的发现会对前期研究结论有补充和修正,但这样处理也能很大程度上反映"曹学"推进的完整过程。

总之,"曹学文库"这套书旨在为当代读者"认识曹雪芹、读懂《红楼梦》"

---

[1] 《曹雪芹研究》2018年第3期。
[2] 《曹雪芹研究》2014年第1期。

提供翔实可靠的参考资料,希望得到广大读者的认可,也欢迎有志曹学研究的学者朋友们不吝赐教。

北京曹雪芹学会
2024年1月18日

自　序

《红楼梦》是一部百科全书式的现实主义巨著。二百多年间关于它的研究著作不断出现,研究的广度和深度日益拓展,特别是20世纪80年代以来,研究成果之多更为引人注目。如就《红楼梦》之研究方法而论,似可分成文艺学研究和文献学研究两大部类。

从文艺学角度研究《红楼梦》,即从社会学、政治学、美学、心理学等不同角度研究《红楼梦》的思想艺术,就有主题、结构、语言、风格、人物塑造、表现手法等方面。这方面的研究侧重于《红楼梦》的客观意蕴,而较少考虑作者的主观命意,属于文学批评的范畴。至于对《红楼梦》进行文献学研究,则其目的不是要概括它的美学价值,而是要探寻、追溯并力图再现作者曹雪芹创作《红楼梦》的背景、构思及成书过程,研究范围包括曹雪芹的生平和家世,《红楼梦》的创作背景、情节素材和人物原型,作者的创作思想,《红楼梦》的成书过程和版本源流等内容。这种研究方法要求研究者尽可能取客观的立场和态度,重视文献证据,以得出尽量接近于客观实际的结论。因而,《红楼梦》的文献学研究,就其性质而论,更接近于历史科学。

在我国文化史上,文献学研究具有悠久的传统。在文学、历史、文物、考古等各个学术领域中广泛采用的考证便是其中最重要的研究方法。而中国古典文学的考证是文化研究不可缺少的基础工作,例如《诗经》的考证促进了对先秦社会和文化的全面研究,《楚辞》的考证推进了战国史和楚文化研究的发展。又如前辈学者陈寅恪先生之《元白诗笺证稿》,从研究考证元白诗歌出发,不但对元稹和白居易个人的生平经历,而且对中唐社会、文化、历史、心理等各方面做了重要研究,至今为学术界所瞩目。对《红楼梦》的文献学研究,老一辈的专家也已做出了可观的学术贡献。多年以来,这种研究始终不衰,正因为它本身是一种较为客观的科学方法。在当今世界的文学研究特别是古典名著的研究中,文献学研究的方法已为各国学者广泛采用。

当然,《红楼梦》文献学研究与其他科学研究一样,并不能实现完美的、纯粹的证明。任何考证成果就其本质而言仍然是假说。恩格斯在《自然辩证法》中精辟地论述了假说的定义和作用,他说:

> 只要自然科学在思维着,它的发展形式就是假说。……一个新的事实被观察到了,它使得过去用来说明它同类事物的方式不中用了。从这一瞬间起,就需要新的说明方式了——它最初仅仅以有限数量的事实和观察为基础,进一步的观察材料会使这些假说纯化,取消一些,修正一些,直到最后构成定律。如果要等构成定律的材料纯粹化起来,那么这就是在此以前要把运用思维的研究停下来,而定律也就永远不会出现。

英国哲学家卡尔·波普尔(Karl Popper)也认为:"科学并不想证明什么,它只重视发现。""科学理论,如果未被否证,就永远是假说和推测。"因而,学术工作者应该有勇气承认自己的一切"证明",其实不过是迄今为止尚属合理的假说,并且应该欢迎新的学术成果来证伪自己的假说。

本书从文献学角度研究《红楼梦》,以研究作者曹雪芹生平家世、讨论《红楼梦》的创作背景与作者构思、考察《红楼梦》的成书过程及版本源流为宗旨,因而笔者将本书命名为"红楼梦论源"。由于文献材料的限制和研究者学术观点的差异,在关于曹雪芹及《红楼梦》的每一个具体课题上,几乎都存在纷繁歧出的不同意见,远远未能达到认识的统一。笔者对各种已有的学术见解均无成见,个人的研究工作亦是在各家的研究基础上进行的。然而因系文献学研究,故力求客观,虽假说乃必需,仍据文献以为征验。在对各家论说有所取舍时,亦以是否有文献依据为标准。在各种文献记录有矛盾时,则先对文献本身予以鉴别,据其中较近于史实者立说。因此,本书只能以阐述笔者个人的或个人赞同的学术见解为主,在必要时对其他学术观点予以概要介绍。读者如有兴趣进一步深入研究,可以参阅有关的专著和论文。

本书曾收入国家教委古籍整理研究工作委员会重点科研项目"古文献研究丛书",1992年由江苏古籍出版社出版。此次经勘误、增订后,纳入"曹学文库"出版。

朱淡文
2020年10月于梁溪迟梅馆

目 录

第一编　曹雪芹家世研究

第一章　曹氏先世 ……………………………………………………（3）
第一节　曹锡远、曹振彦及曹家旗籍变化 ……………………（3）
第二节　曹玺及其妻孙氏 ………………………………………（6）

第二章　曹　寅 …………………………………………………………（10）
第一节　生平记略 ………………………………………………（10）
第二节　"呼吸会能通帝座"
　　　　——关于曹寅与康熙帝之关系 ………………………（14）
第三节　曹寅的文艺素养和成就 ………………………………（26）

第三章　曹寅和曹宣的兄弟关系 ……………………………………（31）
第一节　曹宣生平 ………………………………………………（31）
第二节　曹寅舅氏顾景星和生母顾氏 …………………………（34）
第三节　"骨肉鲜旧欢" …………………………………………（38）

第四章　曹颙、曹頫和曹氏家族的其他成员 ………………………（47）
第一节　曹　颙 …………………………………………………（47）
第二节　曹　頫 …………………………………………………（50）
第三节　曹氏家族的其他成员 …………………………………（64）

第五章　曹氏家族的彻底破败 ……………………………………… (71)
第一节　曹氏家族破败的时间 ………………………………… (72)
第二节　曹氏家族彻底破败的原因 …………………………… (75)

第六章　曹氏家族年谱简编 …………………………………………… (85)

第二编　曹雪芹与《红楼梦》的创作

第一章　曹雪芹 …………………………………………………………… (139)
第一节　《红楼梦》的著作权 …………………………………… (139)
第二节　关于曹雪芹的生父和生卒年 ………………………… (142)
第三节　曹雪芹生平述略 ……………………………………… (144)

第二章　《红楼梦》的素材与构思 ……………………………………… (159)
第一节　从第一回看《红楼梦》的总体构思 …………………… (159)
第二节　贾氏家族衰亡史的素材来源与王熙凤形象的出现 …… (164)
第三节　宝黛钗和其他悲剧女性形象之原型与构思 ………… (172)
第四节　大观园与太虚幻境之构思 …………………………… (182)

第三章　《红楼梦》成书过程考索 ……………………………………… (188)
第一节　总　说 ………………………………………………… (188)
第二节　关于《风月宝鉴》 ……………………………………… (191)
第三节　关于明义所见《红楼梦》 ……………………………… (192)
第四节　增删剪接：从《风月宝鉴》、明义所见《红楼梦》到
　　　　　《石头记》 …………………………………………… (203)
第五节　关于《石头记》后半部情节与人物结局之推测 ……… (223)

第三编　《红楼梦》版本探源

第一章　版本及脂评概述 ……………………………………………… (235)
第一节　版本简介 ……………………………………………… (235)

第二节　脂评概况 …… (239)

第二章　甲戌本 …… (245)
第一节　甲戌本之概貌和涵义 …… (245)
第二节　《凡例》和第一回 …… (248)
第三节　甲戌本文字举隅 …… (252)
第四节　甲戌本脂评的特点 …… (255)
第五节　甲戌本的版本价值 …… (259)

第三章　己卯本和庚辰本 …… (261)
第一节　己卯本 …… (261)
第二节　庚辰本 …… (265)
第三节　己卯本与庚辰本的关系 …… (270)

第四章　蒙府本、戚沪本和戚宁本 …… (276)
第一节　蒙戚三本之概貌 …… (276)
第二节　蒙戚三本之渊源 …… (278)
第三节　关于第六十四、六十七回 …… (284)

第五章　杨藏本、舒序本、列藏本和郑藏本 …… (287)
第一节　杨藏本 …… (287)
第二节　舒序本 …… (296)
第三节　列藏本 …… (299)
第四节　郑藏本 …… (316)

第六章　梦觉本和程甲本、程乙本 …… (319)
第一节　梦觉本 …… (319)
第二节　程甲本和程乙本 …… (322)

第七章　《红楼梦》版本源流总说 …… (334)

附　录 ……………………………………………………………（338）
　　一　脂本标题诗总表 ………………………………………（338）
　　二　脂本回末诗联总表 ……………………………………（339）
　　三　《红楼梦》版本异名表 …………………………………（340）

后　记 ……………………………………………………………（341）

第一编

曹雪芹家世研究

明清时代,中国已经进入封建社会后期。明代中期以后,虽然资本主义经济的萌芽已在江南地区开始缓慢生长,初步民主主义的思想亦已在先进知识分子中产生并传播,但整个社会的封建主义性质并没有改变。由于古代中国的封建君主专制制度实际上只是以父系家长为中心的家族制度的扩大,充当社会基本细胞的是宗法家族而不是个人,故个人只有依托于某个家族才能作为整体的组成部分而成为某种现实的存在。正是基于这一理由,那追求着朦胧的自由和民主意识的不安分的精灵曹雪芹,根据他对当时社会的深刻认识,才在他所创作的《红楼梦》中以一个典型的宗法家族——贾氏家族的衰亡史为线索贯串全书,以全面展现各种人物生息活动的典型环境,并以此为背景刻画了众多的典型人物,揭示人物之间的相互关系。不言而喻,作者对贾氏家族衰亡过程的描写乃是对封建社会后期宗法家族走向没落的艺术概括。种种文献显示:作者在《红楼梦》里虚构的贾氏家族,其主要素材实来源于作者赖以生存并成长的曹氏家族;小说中的某些艺术形象,其原型亦系曹氏家族成员。因而,关于《红楼梦》作者曹雪芹家世之研究,除了具有一般的文学作品作者研究之意义而外,还具备作品背景及素材研究之意义。这就决定了本书不得不从曹雪芹家世研究开始。

第一章 曹氏先世

第一节 曹锡远、曹振彦及曹家旗籍变化

曹雪芹家祖籍辽阳①，其祖先乃北宋名将曹彬。其远祖曹俊，明代初年"以功授指挥使，封怀远将军，克复辽东，调金州守御，继又调沈阳中卫，遂世家焉"（曹士锜《辽东曹氏宗谱叙言》）。曹俊所任之沈阳中卫指挥使是世官，此后二百余年，其子孙历代承袭，直至明末沈阳被努尔哈赤攻占为止。

曹锡远是曹雪芹的五世祖，原名宝，字世选，明末任沈阳中卫指挥使之职②。后金天命六年（1621，明天启元年）三月，沈阳为努尔哈赤攻破，曹锡远及其子振彦应系于此时被俘并投降了后金。当时努尔哈赤对降金汉官采取怀柔政策，使额驸佟养性总理汉人军民事务，曹锡远和曹振彦父子归顺后即属佟养性管理。据天聪四年（1630，明崇祯三年）四月"大金喇嘛法师宝记碑"和九月"重建玉皇庙碑"碑阴题名，该年曹振彦已为佟养性属下之"教官"和"致政"（详见冯其庸《梦边集》所收《〈五庆堂重修辽东曹氏宗谱〉考略》一

---

① 曹家籍贯有丰润和辽阳二说，本书取辽阳说，详见冯其庸《曹雪芹家世新考》（上海古籍出版社1980年版）。丰润说详见周汝昌《红楼梦新证》和《献芹集·曹雪芹家世生平丛话》。

② 康熙二十三年未刊《江宁府志》卷十七"曹玺传"："及王父宝宦沈阳，遂家焉。"康熙六十年刊《上元县志》卷十六"曹玺传"："大父世选，令沈阳有声。"曹锡远之名见《八旗满洲氏族通谱》及《五庆堂辽东曹氏宗谱》。按，明代沈阳不设县而设卫，故无县令而只有相当于县令的中卫指挥使，"令沈阳"只能作此解释。至康熙三年，沈阳始设承德县。中卫指挥使为世官，曹家远祖曹俊、曹辅、曹铭等人在明初已任此职。详见曹汛《"重修沈阳长安禅寺碑"和曹雪芹远祖"世居沈阳"的问题》（冯其庸《曹雪芹家世新考》附录）。

文)。天聪六年(1632),佟养性死,曹振彦可能于此时拨入满洲正白旗任包衣汉人佐领,满语称为"旗鼓牛录章京"①。《清太宗实录》卷十八在"天聪八年"下记:

> 墨尔根戴青贝勒多尔衮属下旗鼓牛录章京曹振彦②,因有功加半个前程。

故至迟在天聪八年(1634,明崇祯七年),曹振彦已拨归正白旗固山贝勒多尔衮,成为其属下的汉人包衣佐领即旗鼓佐领。"包衣"系满语音译,直译为"家里的",意译为"家奴",这意味着曹振彦及其父曹锡远已经沦为满洲贵族的家奴,而且将子子孙孙永为奴仆,除非有极其偶然的原因获主子同意出旗开户,否则其奴隶身份无法改变。

为了对曹雪芹家这种奴隶家世的背景有一较为清楚的认识,我们必须简单了解一下努尔哈赤所建立的八旗制度。八旗制度是军政合一、兵民合一的组织形式:其基本单位称"牛录",由三百人组成,其长官称"牛录章京",汉语意译为"佐领";五牛录为一"甲喇",其长官称"甲喇章京",汉译"参领";五甲喇为一"固山",设长官"固山额真",汉译为"旗"和"都统"。明万历三十四年(1606),努尔哈赤将其所率军民编为黄、白、红、蓝四旗。后因人数日增,于万历四十三年(1615)又将四旗镶色(黄、白、蓝镶以红边,红镶以白边),增为八旗。据《清太宗实录》卷十三,天聪七年(1633)时后金已有"满洲八旗,蒙古二旗,旧汉兵一旗"。而同书卷九"天聪五年(1631)八月"下已有"总兵官额驸佟养性率旧汉兵载红衣炮"之记载。天聪八年(1634)五月,始立汉军旗,以"旧汉兵为汉军"(见《清太宗实录》卷十八)。由此可知:曹振彦原属旧汉兵,天聪八年前入满洲正白旗为多尔衮之家奴,并没有做过八旗汉军的军人。

曹振彦身任旗鼓佐领,跟随多尔衮辗转沙场,其家奴身份固然至微至

---

① "旗鼓牛录章京"系满语音译,顺治十七年以后文献记载中改称"旗鼓佐领",系半音译半意译名词。《红楼梦研究集刊》第七辑李广柏《曹振彦的旗籍》认为:多尔衮原系镶白旗主,正白旗主为多铎。顺治六年多铎病亡后,两白旗全归多尔衮掌握,曹振彦才从镶白旗转入正白旗。参见孟森《八旗制度考实》(《明清史论著集刊》)。

② "墨尔根戴青"乃天聪二年清太宗皇太极赐多尔衮之美号,郑天挺《清史探微》以为即"睿智聪明"的意思。贝勒,满语音译,意为旗主、王。

贱,但由于年轻机敏、勇敢善战,在长期的征战中又与其主子多尔衮建立了较为亲密的感情,因而受到多尔衮的赏识和提拔。崇祯十七年(1644)四月,多尔衮应吴三桂之请率军入关,与李自成农民军决战于山海关内,获得胜利。五月,多尔衮率清军进入北京。十月清世祖福临在北京称帝,"号曰大清,定鼎燕京,纪元顺治",标志着清王朝中央政权的确立。在这场战争中,曹振彦作为多尔衮的亲军,为大清王朝的开国定鼎立下了汗马功劳,堪称"从龙勋佐"。曹氏家族"赫赫扬扬,将及百年"的历史从此揭开了序幕。

顺治二年(1645)四月,多尔衮之同母弟豫亲王多铎率清军南下,进攻南明弘光政权,曹振彦及其子曹玺很可能亦随军南征。六年二月,摄政王多尔衮统内外官兵征剿大同,平定姜瓌叛乱,八月乱平。次年,曹振彦即留任山西平阳府吉州知州[①]。九年,调山西阳和府知府[②]。十二年,升两浙都转运盐司运使。十五年离任[③]。其时曹振彦已是从三品的高级文官。

顺治七年(1650)十二月,多尔衮病卒。次年二月,顺治帝下诏追夺多尔衮封号,撤庙享,正白旗遂归顺治帝自将,与正黄、镶黄两旗同为皇帝亲自统领的上三旗。上三旗包衣为皇帝家奴,组成内务府,管理宫廷庶务及皇帝私事。曹家遂自此归入内务府。福格《听雨丛谈》卷一"八旗原起"条下记:

> 内务府三旗分佐领、管领。其管领下人,是我朝发祥之初家臣;佐领下人,是当时所置兵弁:所谓"凡周之士,不显亦世"也。

据《内务府满文奏销档》《历朝八旗杂档》《八旗通志·旗分志》等文献记载,曹家系内务府正白旗包衣第五参领第三旗鼓佐领下人。"旗鼓佐领"又译"齐固佐领"(奕赓《寄楮备谈》),意为"包衣汉人编立的佐领"(《御制清文鉴》卷三)。有的文献记曹家为"包衣汉军""内汉军""正白旗汉军"等,应与内务府包衣汉人同义,而与八旗汉军无涉。因此,曹家乃从满洲正白旗包衣转入

[①] 见《康熙山西通志》卷十七"职官志":"平阳府吉州知州:曹振彦,奉天辽阳人,贡士,顺治七年任。"
[②] 见中国第一历史档案馆藏《顺治朝揭贴奏本启本》中曹振彦奏本自署职衔,其全称为"山西等处承宣布政使司阳和府知府",奏本全文载《红楼梦学刊》1980年第三辑。《山西通志》载其时曹振彦为"大同府知府",误。
[③] 见《清世祖实录》卷九十三。"顺治十二年"下记:"升山西阳和府知府曹振彦为两浙都转运盐司运使。"又见《浙江通志》卷一二二"职官志":"都转运盐司盐法道:曹振彦,奉天辽阳人,顺治十二年任。迟曰豫,奉天广宁人,贡士,顺治十五年任。"

内务府，故《八旗满洲氏族通谱》卷七十四及《八旗通志》卷七均将曹家记载于满洲正白旗。然由于上三旗包衣在顺治八年(1651)后已归入内务府，故曹家直属内务府管辖，与满洲正白旗都统已无隶属关系。

曹雪芹的祖先就这样一步步从明代世袭官吏沦为清皇室的包衣家奴。他们的实际身份至为低微，但由于曹振彦及其子孙曹玺、曹寅与最高统治者关系亲近，又因其对主子的忠诚和本身的才干而受到信任重用，逐渐爬到了高级文官的显赫位置。然而，事情还有其另一方面。曹氏家族系内务府包衣汉人，由于清代制度下主奴、民族之分异常森严，曹家的实际地位并不美妙。一旦失去皇帝的宠信，曹氏家族诸人作为汉人包衣的可悲处境就暴露无遗：他们的实际身份不仅低于满洲、蒙古、汉军等八旗军民，而且低于同为皇帝家奴的满蒙包衣，受着双重的歧视和压迫。这种阶级和民族压迫，到雍正、乾隆年间更趋严重(参见张书才《曹雪芹旗籍考辨》，《红楼梦学刊》1982年第三辑)。曹家这种特殊的"奴才"家世，对曹雪芹不能不产生巨大而深刻的影响。

曹振彦生有二子，长子曹玺乃其妻欧阳氏所生，次子曹尔正系继室袁氏所出。曹振彦约在顺治末年去世①。

第二节　曹玺及其妻孙氏

曹雪芹之曾祖曹玺，一名尔玉，字完璧，约生于明万历四十七年(1619)②，康熙二十三年(1684)六月病逝于江宁。

曹玺"少好学，沉深有大志"(康熙六十年刊《上元县志》卷十六"曹玺

---

① 顺治八年八月二十一日覃恩诰命："授山西平阳府吉州知州曹振彦奉直大夫，封妻袁氏宜人。"康熙十四年十二月覃恩诰命："赠曹振彦光禄大夫，妻欧阳氏一品太夫人，封继室袁氏一品夫人。"并赞袁氏"抚异产为己出"。因诰命自身曰授，上代未服官或已致仕曰封，已故曰赠，故知曹玺应系欧阳氏所出，欧阳氏卒于顺治八年以前。诰命原件藏北京大学图书馆，周汝昌《红楼梦新证·史事系年》该两年下有全文引录。

② 据康熙六十年刊《上元县志》卷十六"曹玺传"。该文称曹玺"及壮补侍卫，随王师出征山右有功"。《礼记·曲礼》："三十曰壮。"按顺治五年曹玺三十岁推算，他当生于明万历四十七年。曹玺生后二年，沈阳被后金攻占，约十四五岁时，曹玺随其父祖沦为多尔衮之家奴。

传")，"读书洞彻古今，负经济才，兼艺能，射必贯札"（康熙二十三年未刊《江宁府志》卷十七"曹玺传"），在政治、军事、文史和艺术等各方面都有一定才能。清军入关时，曹玺已二十余岁，应亲身参加了进击李自成大顺政权和南明弘光政权的战争。顺治六年（1649）二月，曹玺随睿亲王多尔衮出征山西大同，戡平姜瓖叛乱有功，"拔入内廷二等侍卫，管銮仪事，升内工部"。康熙二年，"特简督理江宁织造"（同上）。从此，曹家开始定居江南。

江南地区自隋唐以来就是各封建王朝的主要财政来源、全国的重要粮仓。明代在南京、苏州、杭州三处设织造局，各置提督太监一人，其任务表面上是监制皇家丝帛用品，实际兼有察访监视性质。清初废除派遣太监，改在内务府司员内简派三处织造。原定三年一更代，康熙二年始定专差久任。清廷派遣其心腹家奴曹玺以特殊身份坐镇江南，不仅令其为皇室织造绸帛绫缎，供奉山珍海味和文物古董，更令其监视江南官场，考察南方民情，沟通满汉民族感情，笼络南方汉族士大夫。曹玺在江南二十二年，忠实地秉承并执行了清廷的意旨，为清王朝在江南地区统治的巩固做出了一定贡献。

曹玺就任江宁织造以后，清除历年积弊，"官自和买，市无追胥"，"创立储养幼匠法，训练程作，遇缺即遴以补"。江南连年灾荒，曹玺"捐俸以赈，倡导协济，全活无算。郡人立生祠碑颂焉"（康熙二十三年未刊《江宁府志》卷十七"曹玺传"）。康熙十六、十七年，曹玺两次进京陛见，"天子面访江南吏治，乐其详剀"（同上），"赐蟒服，加正一品，御书'敬慎'匾额"（康熙六十年刊《上元县志》卷十六"曹玺传"）。曹玺在江南二十多年，进京陛见自不止这两次，方志特加记录，可能因其向康熙帝提供了政治决策之依据而得到提拔之故。

康熙二十三年（1684）六月，曹玺"以积劳成疾，卒于署寝"（康熙二十三年未刊《江宁府志》卷十七"曹玺传"）。据熊赐履《经义堂集》卷四《曹公崇祀名宦序》：

> 洎甲子夏，以劳瘁卒于官。易箦之五月，遇天子巡幸至秣陵，亲临其署，抚慰诸孤，特遣内大臣以尚尊奠公，若曰："是朕荩臣，能为朕惠此一方人者也。"

故曹玺于死后五个月方获"尚书"之赠衔，因而《八旗满洲氏族通谱》及《五庆堂谱》等文献记曹玺"官工部尚书"，并非其生前官职，而是死后之封赠。

曹玺逝后,其长子曹寅以《楝亭图》征集题咏纪念亡父,各家题咏诗文今尚存四卷,藏于国家图书馆,颇有可供勾稽以见曹玺之形象者。如《楝亭图》卷一载方仲舒(方苞之父)《题楝亭二首》,其一谓:"昔闻舅氏马秋竹,盛称知己曹司空。十年晤对儒生似,一树摩挲宾客同。"同卷绍兴吴文源跋诗则云"蔼然称为儒者宗",评价更高。吴之振(《宋诗钞》编者)则题"画舫听歌记夜分,深杯絮语蔼春云"①,用韩愈《醉赠张秘书》"君诗多态度,蔼蔼春空云"之典,可见曹玺之文采风度。而熊赐履《挽曹督造》(《经义堂集》卷四)又有"云间已应修文召,石上犹传锦字诗"之句,至以李贺比曹玺,并谓曹玺之诗曾刻石流传。又据纳兰成德《曹司空手植楝树记》(《楝亭图》卷一)、尤侗《楝亭赋》(《楝亭图》卷四),曹玺曾亲自指授其子曹寅和曹宣的学业。合而观之,曹玺在文学、经学方面应有相当功力。曹玺在艺术方面亦有相当修养,据《江宁织造曹玺进物单》(见《关于江宁织造曹家档案史料》),他一次就"恭进"了南唐、宋、明名贵书画十三件,还有大量古董和工艺品,从中既可见其为主子之享乐竭尽忠诚,又可见其艺术鉴赏力之非同寻常。曹雪芹在文学艺术方面具有精湛的素养,这是他能创作出《红楼梦》的基本条件。这素养的获得,与其家庭对文艺的爱好和祖先的艺术才能有密切关系,而这至迟从曹玺时就已开始了。

曹玺之妻孙氏系康熙帝玄烨保母,生前已封一品太夫人。尤侗《艮斋倦稿》卷四《曹太夫人六十寿序》云:"曹母孙太夫人者,司空完璧之令妻,而农部子清、侍卫子猷两君之寿母也。于今辛未腊月朔日,年登六秩。"此辛未为康熙三十年(1691),可逆推孙氏生于天聪六年(1632)。顺治十一年(1654)三月十八日玄烨诞生时,孙氏已二十三岁。有人说孙氏是玄烨乳母,但萧奭《永宪录续编》明言其"为圣祖保母"。且皇子之乳母与保母的身份与职责不同,《清朝野史大观》卷二引某笔记:

> 清祖制:皇子生,无论嫡庶,一堕地即有保母持之出,付乳媪手。一皇子例用四十人,保母八、乳母八……至绝乳后去乳母,增谙达,凡饮食、言语、行步、礼节皆教之。

---

① 见吴之振《黄叶村庄诗集》卷七《题曹子清工部楝亭图》。引句下有小注:"两晤尊公于胥关,谭饮甚畅。"吴之振字孟举,曾与吕留良合编《宋诗钞》。从诸家为《楝亭图》题诗内容可见曹玺与当时汉族上层知识分子关系已颇为密切。

又明代沈榜《宛署杂记》卷十"奶口"条记明代皇子乳母事甚详,谓需"求军民家有夫女口,年十五以上,二十以下,夫男俱全,形容端正,第三胎生男女仅三月者杂选之"。清初规章多承明制,孙氏如为玄烨乳母,年龄已超过规定。且据尤侗《曹太夫人六十寿序》介绍,孙氏娴熟文史,从其文化程度看亦以任保母的可能性为大。孙氏有可能是十五岁左右从上三旗包衣选入宫中的秀女,在宫内任女官,因得到孝庄文皇后的信任,皇三子玄烨出生后被选出负责养育皇子。据吴振棫《养吉斋丛录》卷二十五,挑选入宫的秀女"康熙间年三十以上遣出",顺治时当亦相同,则孙氏极可能在顺治十八年初玄烨继位之后离开宫廷嫁与曹玺。曹玺其时年已四十余,故孙氏应是曹玺的续弦夫人。

曹玺有二子:长子曹寅生于顺治十五年(1658),其生母乃明遗民顾景星之妹顾氏;次子曹宣生于康熙元年,应为孙氏亲生(详本编第三章)。由于孙氏曾为康熙帝保母,康熙三十八年(1699)清圣祖第三次南巡时曾亲自接见孙氏,并赐"萱瑞堂"匾额。当时著名文人冯景和毛际可都羡为异数,撰有《萱瑞堂记》。冯文见《解春集文钞》卷四,内谓:

> 康熙己卯夏四月,皇帝南巡回驭,止跸于江宁织造臣寅之府。寅绍父官,实维亲臣、世臣,故奉其母孙氏朝谒。上见之色喜,且劳之曰:"此吾家老人也。"赏赉甚厚。会庭中萱花开,遂御书"萱瑞堂"三大字以赐。尝观史册,大臣母高年召见者,第给扶,称"老福"而已,亲赐宸翰,无有也。

毛文见《安序堂文钞》卷十七,记云:

> 时内部郎中臣曹寅之母封一品太夫人孙氏叩颡墀下,兼得候皇太后起居。问其年已六十有八,宸衷益加欣悦,遂书"萱瑞堂"以赐之。

两记可互为补充。总之,曹家三代得康熙帝宠信,先后任江宁织造近六十年,与孙氏曾为康熙帝之保母有一定关系。由于孙氏身份特殊,她在曹家的地位十分尊崇,而孙氏又享高年,康熙四十五年(1706)初方才去世,故她对曹氏家族产生了不可忽视的影响,下文将详细论及。

第二章 曹 寅

曹雪芹的祖父曹寅乃清圣祖玄烨的心腹宠臣,又是一位颇有成就的剧作家和诗人。由于他个人出色的才华和特殊机遇,曹氏家族得以在江南延续了数十年的繁华生活,但也因此造成了曹家纷纭复杂的内部矛盾。曹氏家族的最终彻底败落和曹雪芹之成为天才作家,都与曹寅有所关联。因而研究曹雪芹家世有必要对曹寅其人其事做较详细的探讨。

第一节 生平记略

曹寅(1658—1712),字子清,号荔轩、楝亭、雪樵、鹊玉亭、柳山居士、棉花道人、紫雪轩、紫雪庵主、西堂扫花行者,晚年又有盹翁、柳山聱叟等别号[1],顺治十五年(1658)九月初七生于北京(参见周汝昌《红楼梦新证·史事稽年》)。

康熙二年(1663),曹寅六岁,随父曹玺南下,在江宁织造署度过了他的童年。曹玺除亲自督责曹寅、曹宣兄弟读书外,还为之聘请明代遗民马銮

---

[1] 曹寅别号甚多。"柳山居士"见曹寅《太平乐府自序》,"鹊玉亭"见《北红拂记》自署,"紫雪庵主"见《楝亭诗别集》卷三。按:曹寅《楝亭诗钞》卷二《题楝亭夜话图》首句为"紫雪冥濛楝花老",曹寅又有印曰"紫雪轩",故"紫雪庵"应即"楝亭"之别名,因未见研究者提及,特注以出处。其他别号出处见周汝昌《红楼梦新证·人物考》。

(相伯)为蒙师①。曹寅在此严格的教育下才智很早就得到发展,七岁已能分辨四声,"束发即以诗词经艺惊动长者,称神童"(见《楝亭诗钞》卷首顾景星《荔轩草序》)。由于曹寅姿质优异,十三岁即挑御前侍卫(据邓之诚《清诗纪事初编》卷六)。在此前后,曹寅有可能在南书房和经筵为康熙帝之伴读(详下节)。数年的伴读生涯使康熙帝建立了对曹寅的充分信任,也促成了曹寅对康熙帝的极端忠诚,并使曹寅在程朱理学研究方面打下了深厚的基础②。

青年时代的曹寅,文武兼长,博学多能而又风姿英绝。曹寅《楝亭词钞别集》有一首《女冠子·忆旧》曾这样描绘自己的形象:"凤子,凤子,似我翩翩三五少年时。满巷人抛果,羊车欲去迟。"其《楝亭诗钞》卷一《射雉词》亦谓:"少年十五十六时,关弓盘马百事隳。"曹寅舅氏顾景星在《荔轩草序》中这样称赞青年时代的曹寅:

> 不佞征车来长安,晤子清,如临风玉树,谈若粲花。甫曼倩待诏之年,腹娜嬛二酉之秘。贝多金碧,象数艺术,无所不窥;弧骑剑槊,弹棋擘阮,悉造精诣。与之交,温润伉爽,道气迎人,予益叹其才之绝出也。

正因为曹寅具有多方面的才能,康熙帝将他从鹰犬处侍卫提升为銮仪卫侍卫,接着又将他升为治仪正③。此时曹寅的地位更令人注目,王朝璩《楝亭词钞序》所谓"以期门四姓官为天子侍卫之臣,入则执戟螭头,出则彩缨豹尾":

---

① 《楝亭诗别集》卷一有《见雁怀马相伯》和《哭马相伯先生二首》,其二有"忆昔提携童稚年,追欢最在小池边"之句,可知马相伯是曹寅幼时塾师。按,马相伯名銮,贵阳人,南明弘光朝大学士马士英之子。明亡后在江宁教书为生,工诗,有《咏美人绝句三十六首》,见卓尔堪《明遗民诗》卷十二。马銮与杜濬、杜岕、姚潜等明遗民交往密切,曹玺、曹寅与明遗民的交往很可能即由马銮介绍。
② 康熙帝推崇程朱理学,理学家熊赐履、王熙、徐乾学等人都曾入值南书房并任经筵讲官。曹寅曾与其弟曹宣"讲性命之学"(康熙六十年刊《上元县志》卷十六"曹玺传"),诗词中亦多处提及研读程朱之事,可见其对理学颇有所长。
③ 《楝亭诗钞》卷八《正月二十九日随驾入侍鹿苑二月初十日陛辞南归恭纪四首》之四:"束发旧曾充狗监。"又卷三《题楝亭夜话图》:"忆昔宿卫明光宫,僧伽山人貌姣好。马曹狗监共嘲难,而今触痛伤枯槁。"按,"僧伽山人"系纳兰成德别号,成德康熙十五年中进士,授三等侍卫,入值上驷院,故称"马曹"。内务府有鹰犬处,为培养少年侍卫吃苦耐劳之品质,康熙帝常将他们放在鹰犬处负责饲养猎鹰、猎犬,参见法国传教士白晋《康熙帝传》(《清史资料》第一辑,中华书局1980年版)。又张伯行《正谊堂文集》卷二十三《祭织造曹荔轩文》:"比冠而书法精工,骑射娴习。擢仪尉,迁仪正。"

跟随康熙帝巡幸奉天,直至乌喇江边;又数次随驾巡视塞北、京畿,从猎回中①。康熙二十三年(1684)前,曹寅又被任命为正白旗包衣第五参领第一旗鼓佐领②。

清代初期,御前侍卫和佐领都是十分荣耀的职务。福格《听雨丛谈》卷一"侍卫"条下记:

> 国初以八旗将士平定海内,镶黄、正黄、正白三旗皆天子自将之军,爰选其子弟,命曰侍卫,用备宿卫侍从,视古羽林、虎贲、旅贲之职。一等侍卫六十人(职三品),二等百五十人(职四品),三等四等共二百七十人(均五品)……侍卫品级既有等伦,而职司尤有区别。若御前侍卫,多以王公、胄子、勋戚、世臣充之,御殿则在帝左右,从巡则给事起居,满洲将相多由此出。

同卷"佐领"条下又记:

> 佐领秩四品,为管辖旗籍人丁亲切之官,凡户婚、田产、谱系、俸饷之考稽,咸有所责,如汉人之牧令焉。旧制每佐领管三百人……皆以本旗不兼部务之世爵及二品以下、五品以上文武官员内简选兼任。

曹寅二十多岁就任御前二等侍卫兼正白旗旗鼓佐领,显然是康熙帝对他这位文武全才的伴读特加关照的结果。

康熙二十三年六月,曹玺病逝于江宁,二十七岁的曹寅迅即南下奔丧。据康熙二十三年末刊《江宁府志》和六十年刊《上元县志》之"曹玺传":"是年冬,天子东巡抵江宁,特遣致祭;又奉旨以长子寅协理江宁织造事务,以缵公绪。""玺在殡,诏晋内司寇,仍督织江宁。"合而观之,可知康熙帝将曹寅从正四品的銮仪卫治仪正提升为内务府慎刑司郎中,并命其"协理江宁织造"。

---

① 此处所言曹寅行踪系笔者据《楝亭集》所载诗词勾稽考核所得。曹寅曾随驾东巡至乌喇,见《楝亭词钞别集》所收《满江红·乌喇江看雨》。从猎回中,见《楝亭诗别集》卷一《送桐初南归三首》之二。随幸京畿,见《楝亭诗钞》卷一及《楝亭诗别集》卷一有关诗歌。量多不一一注出。

② 见《八旗通志》卷七"旗分志七",又见《内务府正白旗佐领管领档》。此处据前者,乃按参领编立以佐领顺序;后者作正白旗包衣第五参领第三旗鼓佐领,乃按旗分编号。实际是同一佐领。又张伯行《祭织造曹荔轩文》:"至于佐领本旗,既简阅训练之有术;晋秩郎署,且勾稽出纳之益虔。"据此知曹寅任佐领在升内务府郎中之前。

这说明康熙帝当时就有令曹寅接任父职的意图,但后来实际继任江宁织造的却是资历较深的马桑格(见《江南通志》卷一〇五《职官志》)。其间委曲,下章将详论之。

康熙二十四年(1685)五月底,曹寅携全家扶父柩返京,到京已是重阳之后①。其后曹寅在内务府任慎刑司郎中,转会计司郎中,再转广储司郎中②,仍兼任佐领。二十九年(1690)四月,曹寅出为苏州织造。三十一年(1692)十一月,调江宁织造③。其所遗苏州织造一缺,由其内兄李煦(时为畅春园总管)接替。清代内务府地位特殊,织造虽品级不高,却是"钦差"官员,显贵尊荣。凡织造到任,地方督抚亦亲身迎接,跪请"圣安"④。曹寅和李煦均系皇帝亲信,有"密折奏闻"之权,负有监视江南官场、密报南方政治动态及笼络汉族上层知识分子之重任,以致连地方督抚亦惧让三分:"实恐臣等内员,一遇事件即行入告。"(见《关于江宁织造曹家档案史料》第18件)曹寅此语道出了织造之所以如此显赫的实际原因。

康熙四十二年(1703),曹寅与李煦奉旨十年轮管两淮盐课。次年七月,钦点曹寅巡视淮鹾,十月就任两淮巡盐御史。四十四年(1705)闰四月,又因捐修宝塔湾行宫银二万两而议叙加爵,兼摄通政使司通政使(正三品)虚衔。同年五月初一,奉旨总理扬州书局,负责校刊《全唐诗》。次年九月刊毕试印,"进呈御览"。康熙帝于四十六年(1707)四月亲撰序文,五十年(1711)三月正式出版。五十一(1712)年三月,曹寅又奉旨刊刻《佩文韵府》,且亲至扬州天宁寺料理刻工。因积劳成疾,患疟疾于七月二十三日逝世。(均见《关于江宁织造曹家档案史料》)

---

① 《楝亭诗钞》卷一《北行杂诗》之十九:"明日黄花外,萸囊意倍亲。"之二十:"野风吹侧帽,断岸始登高。"皆可证曹寅实际到京已在当年重阳之后。
② 据大连图书馆藏内务府档及《关于江宁织造曹家档案史料》第98件。前者记曹寅管理内务府所属庄园,据《大清会典》,此乃会计司职责范围,又与张伯行所谓"晋秩郎署,乃勾稽出纳之益虔"相符,故知曹寅曾任会计司郎中。后者记云:"查曹寅系从广储司郎中补放织造郎中。"合推得此结论。
③ 据尤侗《艮斋倦稿》卷十《司农曹公虎丘生祠记》。《江南通志》卷一〇五《职官志》所记与尤侗文相符,唯无月份。
④ 宋荦《西陂类稿》卷四十八《漫堂年谱》"康熙三十二年"条下记:"三月,苏州织造李公煦赴任,臣荦迎请圣安。"时宋荦为江苏巡抚。参见王利器《李士桢李煦父子年谱》。

曹寅前妻某氏,康熙二十年(1681)前病故①。继配李氏,乃李煦从妹,康熙二十六或二十七年嫁与曹寅②,二十八年生曹颙。李氏在康熙五十四年(1715)已年近六旬(见《关于江宁织造曹家档案史料》第112件),逆推知其嫁曹寅已三十岁左右。李氏有可能原系宫中女官,三十岁出宫嫁与曹寅为继室。

　　曹寅有二子二女。长子曹颙,乃曹雪芹之父;次子珍儿,康熙五十年(1711)三月夭殇。二女皆为王妃:长女嫁镶红旗平郡王讷尔苏,次女亦嫁任侍卫之某王子,皆由康熙帝亲自指婚。

　　曹寅一生两任织造,四视淮盐,任内连续四次承办南巡接驾大典,其实际工作范围远远超过了其职务规定,所受到的信任与器重也超出地方督抚。曹寅在江南的二十三年,乃曹氏家族"烈火烹油、鲜花着锦"的鼎盛时代。

第二节　"呼吸会能通帝座"
——关于曹寅与康熙帝之关系

　　从现存内务府档案及其他文献可见,曹寅与康熙帝的关系确是特别切近。终康熙一朝,圣祖对曹寅宠遇有加,始终关照着曹寅及其一家。而曹寅作为忠实的家奴,也始终以"犬马恋主"的心态依恋着其主子康熙皇帝。其间既有家世和个人品质的原因,也有现实的政治原因,我们必须将各方面的因素综合考察,方能对曹寅与康熙帝的关系有一准确的认识。

一　曹寅为康熙帝之少年伴读

　　曹寅少年时曾为康熙帝伴读,陪伴康熙帝读书、学习,清史专家邓之诚谓见于某书,然出处书名失记。曹寅好友纳兰成德《曹司空手植楝树记》(《楝亭图》卷一)中尚可找到佐证:

---

① 《楝亭诗别集》卷一有《吊亡》七律一首,约作于康熙二十年,内有"枯桐凿琴凤凰老,鸳鸯冢上生秋草"之句,当为悼亡妻诗,故知曹寅有一结发妻,前此已经亡故。
② 《楝亭诗钞》卷一《五月十一夜集西堂限韵》之五有"欲奏成连音,床琴久无弦"之句,虽用陶潜无弦琴之典,亦寓丧妻已久之意,故知曹寅于此时(康熙二十五年)尚未续娶。曹寅应为其父服丧三年(实际二十七个月),至康熙二十六年九月方始满服;曹颙生于康熙二十八年,故李氏嫁曹寅应在二十六、二十七年时。

> 余友曹君子清,风流儒雅,彬彬乎兼文学政事之长。叩其渊源,盖得之庭训者居多。子清为余言,其先人司空公当日奉命督江宁织造……衙斋萧寂,携子清兄弟以从,方佩觿佩韘之年,温经课业,靡间寒暑。其书室外,司空亲栽楝树一株,今尚在无恙。当夫春葩未扬,秋实不落,冠剑廷立,俨如式凭。嗟乎!曾几何时,而昔日之树已非拱把之树,昔日之人已非童稚之人矣!语毕,子清愀然念其先人。余谓子清:此即司空之甘棠也。惟周之初,召伯与元公、尚父并称,其后伯禽抗世子法,齐侯伋任虎贲,直宿卫,惟燕嗣不甚著。今我国家重世臣,异日者子清奉简书乘传而出,安知不建牙南服,踵武司空?

纳兰成德在此文中先用"伯禽抗世子法"比曹寅少年时任康熙帝伴读,再以"齐侯伋任虎贲,直宿卫"比曹寅任康熙帝侍卫,最后又以"异日者子清奉简书乘传而出""建牙南服,踵武司空"展望曹寅之将来。"伯禽抗世子法"典出《礼记·文王世子》:

> (周公)抗世子法于伯禽,欲令成王之知父子、君臣、长幼之道也。成王有过,则挞伯禽,所以示成王世子之道也。

郑玄注:"抗,犹举也。谓举以世子之法,使成王居而学之。以成王之过击伯禽,则足以感喻焉。"伯禽实际上就是周成王的伴读。成王犯了错误,周公就责打自己的儿子伯禽,以感动教育成王,此即所谓"抗世子法"。设立伴读可以提高皇帝的学习兴趣,又便于南书房侍读学士和经筵讲官以责备伴读的方式对皇帝进行间接教导。爱新觉罗·溥仪在其回忆录《我的前半生》里,也记述了相仿的情形:

> 伴读者还有一种荣誉,是代书房里的皇帝受责。"成王有过,则挞伯禽",即有此古例。因此在我念书不好的时候,老师便要教训伴读的人。

由此可见,身为康熙帝伴读的曹寅从少年时代起就日侍帝侧,代康熙帝挨骂受训,与康熙帝结下了深厚的感情。人们总是难忘自己的少年友伴,皇帝又何尝例外?康熙帝日后对曹寅特别宠信,其主要原因也在此。

二 "帝曰作朕股肱耳目"(之一)
—— 曹寅的"统战"工作

清兵入关,扫荡中原,唯江南地区反抗最为激烈。扬州十日、嘉定三屠,在江南人民心中留下了难以磨灭的血痕。清朝统治者一开始以原职录用明朝降官,并连年开科取士,收买汉族地主阶级及其知识分子;至统治巩固,即连续以江南科场案(顺治十四年,1657)、奏销案(顺治十八年,1661)、庄廷鑨《明史》案(康熙二年,1663)等为由屠戮南方官绅士民,威劫江南人士,特别是其中的知识阶层。曹玺在康熙二年初南下担任江宁织造,其主要职责实系代表清廷坐镇江南,监视江南地区的政治动向。康熙八年(1669),十六岁的玄烨开始亲政,始注意于"武功"以外之"文治"。他以汉族传统文化的继承者和代表者自居,尊孔祭孔,崇尚理学,设立经筵,以争取汉族地主阶级及其知识分子的支持。康熙帝的这一政策,在南北两地都有其执行者。在北京,大学士明珠之子纳兰成德以银三十万两聘顾炎武之甥徐乾学主编刻印《通志堂经解》一千七百余卷,又与江南名流严绳孙、秦松龄、姜宸英、朱彝尊、顾贞观、吴兆骞等人密切交往,并将他们延为上宾,赢得了汉族上层知识分子的好感,一时声誉鹊起。在南方,曹玺以其公开的织造身份交结明代遗民,以诗酒流连的方式联络南方人士的感情,消弭其反抗情绪,进一步加强了满汉地主阶级的联盟。在康熙十二年(1673)底至二十年(1681)九月平定三藩之乱的战争中,南方的汉族地主阶级及其知识分子一致支持清政府,显示了康熙帝这一政策的成功。

康熙十七年(1678)正月,玄烨以修纂《明史》为名,下诏于明春举行博学鸿儒科考试,命内外三品以上大员推荐学识优长的布衣、隐逸或在职官员参加考试。据笔者统计,所荐征士191人,其中江南(包括今安徽、江苏)、浙江籍者有116人,占全部被荐人数的60%以上[①];正式录取的50人中,又有40名江浙人士,占了80%(据毛奇龄《康熙十八年召试博学宏词题名碑录》)。可见康熙帝举行博学鸿儒科考试之主要目的在于网罗江南地区的知识分子。曹寅时二十三岁,在京任銮仪卫治仪正,曾参与博鸿科考试接待事宜,

---

① 据福格《听雨丛谈》卷四《己未宏词科征士题名》统计,其中有未应试者,实际就试人数为183人。《吏垣略牍》与《池北偶谈》载荐举186人。参见《养吉斋丛录》卷十。

与各省著名学者傅山、顾景星、邵长蘅、李因笃、汪琬、陈维崧、施闰章、阎若璩、尤侗、朱彝尊、姜宸英、徐釚、毛奇龄、毛际可等人都建立了较深的感情和友谊,其中大多数人在曹寅任织造之后仍与其保持着密切联系。

康熙二十三年(1683)五月曹玺去世,曹寅南下奔丧,在江宁逗留一年,其间与杜濬、杜岕、胡其毅(静夫)、姚潜(后陶)、释大健(蒲庵)等人相过从。这些人皆为明朝遗民,彼此亦系友朋,与曹寅幼时老师马銮亦相友好,可能辗转引荐而为曹寅之忘年交。曹寅与这些遗民的交往,大约从康熙十七年(1678)春就开始了。从《楝亭诗钞》可以考知,当年春曹寅曾南下江宁、苏州、杭州一带①,而其南来目的,据《楝亭诗别集》卷一《江行》"缅企征士宅,迟我招提游"透露,显与次年的博鸿考试有关。这些明代遗老之中,二杜兄弟与曹寅的关系颇值得注意。二杜系湖北黄冈人,明诸生,著名的"湖广四强"之二(其他二人为周蓼恤、黄周星),明末为避张献忠农民军奉父侨居金陵近郊鸡鸣山下。杜岕(1617—1693),字苍略,号些山,性格耿介不群,"闲过戚友坐,有盛衣冠者,必默默去之"(方苞《杜苍略先生墓志》,《方望溪先生全集》卷十),而特青目于曹寅,屡有赠诗,且为曹寅《舟中吟》作序,两人情谊深厚。其兄杜濬(1611—1687),字于皇,号茶村,"峻厉廉隅,孤特自遂,遇名贵人必以气折之"(同上),却应曹寅之请为《楝亭图》题五律四首,对曹寅之才华品德备加称誉。杜岕之子杜琰(亮生)和杜濬之婿叶藩(桐初)亦是曹寅至友。曹寅《楝亭诗钞》中屡见与这些明代遗老的赠答之作。阎若璩在《赠曹子清织造》诗注中称杜濬为曹寅之"父执"(《潜丘札记》卷六),或二杜与曹玺亦关系密切,然此点未见他书佐证,尚难确定。

由于曹寅风流儒雅,文才华赡,又系明遗民顾景星之甥(详后),因而在南北两地都受到推崇,很快为明遗民及汉族上层知识分子所认同。曹寅的这种特殊条件,在满洲贵族中是不可多得的。纳兰成德虽有文学才能,却缺少汉族血统,且又"不幸短命死矣";那些脑满肠肥的满族王公、愚顽粗鲁的赳赳武夫就更不必提了。因之,康熙帝要寻找"统战"工作的最佳人选,实在也非曹寅莫属。康熙三十一年(1692)底,曹寅从苏州织造转任江宁织造,苏州人士为其在虎丘建立生祠。次年祠成,尤侗为撰《司农曹公虎丘生祠记》

---

① 见《楝亭诗钞》卷一及《楝亭诗别集》卷一《江行》《钱塘晓潮》《宿来青阁》等诗。又《曹学论丛》徐恭时《越地银涛曹史寻》亦认为该年曹寅曾南下江浙一带,可参看。

(《艮斋倦稿》卷十），内云：

> 吾知公在金陵一如治吴之道治之，方沐浴咏歌之不暇，而抑知吴之人思公者，流连不忘至于此极也？……虎丘者……三年以来春秋暇日公与吾辈一觞一咏之地也。

由此可见曹寅于织造本职宽简驭下，而特注意与江南文人交结优游，其间原因自非单纯的礼贤好客所能解释。盖其时清朝统治虽已巩固，而江南地区之吏治民情特别是汉族上层知识分子的思想政治动向，仍为康熙帝所密切注视；曹寅与李煦由于其自身的条件而被派遣分驻江宁、苏州两地，以织造身份主持江东风雅，团结笼络汉族士子，这才是康熙帝的真实意图之所在。

此后，曹寅与江南人士的交游更加广泛。有人据《楝亭集》和《楝亭图》及各家文集统计，与曹寅有诗文交往者约二百人。与曹寅交游的明遗民中，除马銮、杜濬和顾景星已在康熙二十六年（1687）前逝世外，尚有钱秉镫、恽寿平、余怀、陈恭尹、胡其毅、杜岕、姚潜、朱赤霞、释大健、石涛等人，均是当时极有影响的知名人士。如钱秉镫（1611—1692），字饮光，号田间，乃是一位多次起兵抗清的义士。清军攻灭弘光政权时，他于震泽起兵，失败后转赴福建，为隆武政权吉安府推官；又至广东，为永历政权翰林院庶吉士，坚持抗清二十余年。晚岁归安徽桐城故乡以著述自娱，著有《藏山阁集》二十卷。这样一位坚持与清廷为敌的明遗民，居然与苏州织造曹寅订交，除本人和子孙三代人亲为《楝亭图》题咏外，还为之在家乡广泛征集题诗。康熙三十一年（1692）秋又以八十一岁之高龄专程去苏州拜候曹寅，因其进京述职未遇。次年秋逝世前还亲草《与曹子清书》(《田间尺牍》卷三)，将自己的子孙托付曹寅照顾。曹寅竟能争取到钱饮光这样的反清人士并赢得其信任，可见他执行康熙帝笼络争取南方汉族上层知识分子的政策取得了显著成绩。

至于其他早与清廷合作的汉族官僚士绅，与曹寅有往来者就更多了。除上文已提及者外，有梅清、梅庚兄弟，严绳孙，梁佩兰，韩菼，赵执信，洪昇，陈枋，吴炯，王文范，查嗣瑮，叶燮、叶藩叔侄，张大受，王概，吴贯勉，顾昌等名流。数十年后作《怀曹荔轩织造》诗（《弱水集》卷十四）的屈复，也可能在此期间与曹寅有过短暂的交往（详本编第五章）。对这些汉族知识分子，曹寅都尽可能给予照顾。如明遗民姚潜（后陶），乃明末东林党人姚思孝之子，性情孤介，以诗酒自豪，晚年托于曹寅。曹寅为其在扬州红桥北筑室，"计口授食、乘时授衣者二十年"。姚潜年八十五终，曹寅又赠金迁其妻柩合葬于京口（今江苏镇江）山中姚思孝墓右（卓尔堪《遗民诗》卷十三）。又如洪昇，曹寅于康熙四十三年将其迎至江宁，"集江南北名士为高会，独让昉思居上座，置《长生殿》本于其席，又自置一本于席。每优人演出一折，公与昉思雠对其本以合节奏，凡三昼夜始阕。两公并极尽其兴赏之豪华以互相引重，且出上帑兼金赆行，长安传为盛事，士林荣之"（见金埴《巾箱说》）。曹寅以康熙帝的名义赠洪昇以银，实际上是为洪昇在康熙二十八年（1689）佟皇后丧期中演出《长生殿》而遭到的不公正处置恢复名誉。曹寅又捐资为诸名家刻集：康熙四十一年（1702），捐千金为其舅顾景星刻《白茅堂全集》；四十六年（1707），为施闰章刻《学余全集》，时施已殁三十年，墓木且拱；四十八年（1709），又捐资倡助为朱彝尊刻《曝书亭集》①。至其在政治方面对汉族士绅的支持，张伯行《祭织造曹荔轩文》说得很清楚：

> 况复荐达能吏，扶植善良，凡所陈奏，有直无隐。天子鉴其诚恳，时赐曲从。以故沉下僚者蒙迁擢，罹文网者获矜全。凡此皆公之嘉谟善政，允孚重望，是用眷念劳积，荣跻九列，而上答乎圣明宠任之专。

可见康熙帝信用曹寅，旨在政治工作方面，而并非单纯的织造、盐政之类技术管理工作。由于在江南二十多年认真执行康熙帝的既定政策，曹寅成为主持东南风雅、众望所归的人物，在江南地区享有极高的声誉。程廷祚《青溪文集》卷二十有云：

> 管理织造事楝亭曹公主持风雅，四方之士多归之。……及公辖盐务于两淮，金陵之士从而渡江者十八九。

种种历史文献证实，曹寅与明遗民及江南上层知识分子之诗酒流连绝不能仅以文人积习视之，亦决非曹寅个人之礼贤下士所能涵盖。此乃康熙帝笼络南方士子、磨灭他们反清意识之政治决策，曹寅等则为具体实施之臣僚而已。曹寅好友张云章在《祭曹荔轩通政文》中曾谓"帝曰作朕股肱耳目，岂徒南国之力臣"（《朴村文集》卷十八），已足可证实此说之合乎历史真实。

---

① 分别见顾湛露为其父顾昌所作《行略》（《白茅堂全集》附）、梅庚《学余全集跋》和查慎行《曝书亭集序》。

三 "帝曰作朕股肱耳目"(之二)
——曹寅的"密折奏闻"

张云章《题仪征察院楼呈槎使曹李二公》诗曾以"呼吸会能通帝座"(《朴村文集》卷九)形容曹寅与康熙帝的密切关系,确实生动而形象。但当时交通不便,信息不畅,除曹寅进京陛见、康熙帝南巡而外,他们君臣主奴之间的联系主要还得依靠所谓的"密折奏闻"。

明代皇帝设立东厂、西厂、锦衣卫等特务机构,广布耳目,搜集情报。清初虽不设特务机关,但皇帝的耳目自不能缺,于是就有所谓"密封奏折"的产生。据杨启樵《雍正帝及其密折制度研究》考证,"清代密折可能肇端于顺治,推行于康熙,至雍正而大成"。清初臣下的奏章沿袭明代旧制,有题本和奏本两种:凡弹劾、钱粮、兵马、刑名等用题本,钤印具题,用宋体字誊写,附有名为"贴黄"的摘要,录有副本,由通政司转送内阁,经内阁审核拟旨,呈皇帝批准,最后复用满汉文字誊清。到任、升转、谢恩用奏本,概不用印,手续较简。但无论题本、奏本都易泄露机密,耽搁误事。于是就出现了一种叫做"密折"的公文,它不拘格式,字体自由,不贴黄,不需通政司和内阁呈递,直接送至皇帝御前,由皇帝亲自批阅,既快又密。康熙朝的密折今尚存三千余件(据杨启樵《雍正帝及其密折制度研究》),其中曹寅的有119件,李煦的有413件[①]。早期的密奏者多为包衣、旗员或亲信,其后逐渐扩大到中央和地方官吏,密折内容也由谢恩、庆贺、报告晴雨收成及零星琐事发展到监视官场、密报民情。康熙四十年(1701)以后江南逐渐多事,曹寅、李煦等受命不时密报江南动向:

> 近日闻得南方有许多闲言,无中作有,议论大小事。朕无可以托人打听,尔等受恩深重,但有所闻,可以亲手书折奏闻才好。此话断不可叫人知道。若有人知,尔即招祸矣。(《李煦奏折》第91件)

从今存曹寅密折可见,密报者有四十六年(1707)江南盗案、四十七年(1708)废太子允礽事件、四十八年(1709)江西盗案、五十年(1711)江南科场案及噶

[①] 此系笔者据《关于江宁织造曹家档案史料》及其《补遗》(上、中)统计,前者收曹寅密折53件,后者收66件,共119件。李煦密折数系据《李煦奏折》统计。

礼和张伯行督抚互参案、朱三太子案、僧一念案等，又有监察在籍官吏熊赐履和王鸿绪等内容。但大量密折还是请安、庆贺、进献、报告织造、盐差与书局的事务、上报江南米价和晴雨录等一般情况，另有相当数量的密折所述全系曹寅个人及家庭的私事。康熙帝的批示也从政治、天象、丰歉、粮价、巡幸到问病、赐药，无所不包，从中确可见到康熙帝对曹寅的特殊宠信。例如：

（1）康熙四十三年（1704）七月二十九日曹寅密折的朱批中，有"明春朕欲南方走走，未定"之语，在半年之前即向其透露了自己行动的意向①。

（2）四十九年（1710）八月，两江总督噶礼欲参劾曹寅、李煦等亏空两淮盐课银三百万两，康熙帝一面阻止噶礼，一面连连在密折朱批中提醒曹寅等设法补完亏空，以免遗罪子孙，后悔莫及②。

（3）曹寅晚岁目昏耳鸣，体虚发胖。康熙帝在密折朱批中亲问其健康情况："尔病比先何似？"③有时亲开药方："惟疥不宜服药，倘毒入内，后来恐成大麻风症，出［除］④海水之外，千方不能治。小心！小心！土茯苓可以代茶，常常吃去也好。"⑤五十一年七月曹寅去扬州监督刻刊《佩文韵府》，患了恶性疟疾，请李煦转奏求赐"圣药"，康熙帝在李煦奏折上写了这样一条长批⑥：

> 尔奏得好。今欲赐治疟疾的药，恐迟延，所以赐驿马星夜赶去。但疟疾若未转泄痢还无妨，若转了病，此药用不得。南方庸医每每用补剂，而伤人者不计其数，须要小心。曹寅元［原］肯吃人参，今得此病，亦是人参中来的。"金鸡拿"（按，此字原为满文）专治疟疾，用二钱末，酒调服。若轻了些，再吃一服，必要住的，住后或一钱或八分，连吃二服，可以出根。若不是疟疾，此药用不得，须要认真。万嘱，万嘱，万嘱，万嘱。

从此批可见康熙帝当时的心情相当紧张，急于挽救曹寅的生命，"赐驿马星夜赶去"送药为曹寅治病，并"限九日到扬州"⑦，这在当时也是绝无仅有

---

① 见《关于江宁织造曹家档案史料》。
② 见《关于江宁织造曹家档案史料》。
③ 见《关于江宁织造曹家档案史料》。
④ 引文中的异文或文字改动，用中括号"［ ］"表示；增加或补充的文字，用六角括号"〔 〕"表示；说明性的文字，用小括号"（ ）"表示。全书同。
⑤ 见《关于江宁织造曹家档案史料》。
⑥ 见《关于江宁织造曹家档案史料》。
⑦ 见《关于江宁织造曹家档案史料》。

之举。

要之,曹寅的"密折奏闻",乃康熙帝获取外界信息的方式之一,系当时君臣主奴之间的通讯方式。曹寅为康熙帝的耳目是无疑的,但有密折奏闻之权的官员不少,不止曹寅、李煦二人。如将此看得过于神秘,甚至称曹寅为"密探""特务",那也是歪曲历史真相的。

四 "金钱滥用比泥沙"
——曹寅的四次接驾和巨额亏空

康熙帝六次南巡,为示"南巡一应供张皆由内府备办,并未扰民",驾至江宁、苏州、杭州三地皆以织造府为行宫,唯第一次南巡至江宁因值曹玺病逝停灵于江宁织造署而改驻江宁将军府。康熙三十八年(1699)至四十六年(1707)的后四次南巡均在曹寅任内。南巡给曹家带来了四次接驾的"富贵风流",但也因此造成了曹寅的巨额亏空,种下了曹家由盛转衰的根苗。

《红楼梦》第十六回写赵嬷嬷回忆"太祖南巡"云,贾府"只预备接驾一次,把银子花的淌海水似的",又说甄家"接驾四次","别讲银子成了土泥,凭是世上所有的,没有不是堆山塞海的,'罪过可惜'四个字竟顾不得了"。这实际上是作者对曹家四次接驾的概括描述,短短数句比历史记载更真实地反映出南巡的实际情况。试举康熙四十四年(1705)春的第五次南巡为例以见大概。

早在四十二年(1703)第四次南巡时,曹寅就奉旨在扬州以南三汊河高旻寺营建宝塔,由两淮盐商捐资助修。曹寅、李煦乃包衣老奴,"善体圣意",除修塔外,又于高旻寺西建造行宫,并报称系"盐商自身出银建造"。曹、李二人"勤劳监修",且各捐银二万两[①]。四十三年(1704)十月,曹寅首任两淮巡盐御史,年底三汊湾行宫告竣,次年春即迎来了康熙帝的第五次南巡。

此次南巡除建造行宫外,沿途还搭出无数华丽的彩棚、牌坊、戏台。为了取悦皇帝,官僚大员都预先采买苏扬等地美女,练成昆腔、弋阳腔等小女戏伺候。"圣驾"经过时,一路上戏台搬演新戏,表演走高跷、软索、卖解、花鼓、莲花落等杂耍百戏,晚上则是烟火灯船,城开不夜,备极奢华。每次南巡

---

① 见《关于江宁织造曹家档案史料》。

时,曹寅一般先至扬州接驾,再从驾经镇江至苏州(有两次从驾直至杭州),然后赶回江宁等候回銮,再从江宁将圣驾送到扬州。第五次南巡时因有三汊湾行宫,康熙帝一行在扬州共停留了九天,《圣祖五幸江南恭录》(见《振绮堂丛书》)有如下记述:

> (三月)十二日,皇上起銮乘舆进扬州城,总漕桑格奏请圣驾往炮长河(按,即今瘦西湖)看灯船,俱同往平山堂各处游玩。……皇上过钞关门上船,开抵三汊河宝塔湾泊船,众盐商预备御花园行宫。盐院曹(寅)奏请圣驾起銮,同皇太子、十三阿哥、宫眷驻跸,演戏摆宴。……晚戌时,行宫宝塔上灯如龙,五色彩子铺陈古董诗画无记其数,月夜如昼。
>
> 十三日,皇上行宫写字,观看御笔亲题。
>
> 十四日,皇上龙舟开行往镇江,过瓜洲四闸。……将军马(三奇)、织造曹(寅)、中堂张(玉书),公进御宴一百桌。……织造曹(寅)进古董等物,上收玉杯一只、白玉鹦鹉一架。又扬州府盐商进古董六十件,又进皇太子四十件,各宪亦进皇太子古董物件不等。
>
> 十五日,皇上登舟开行,往苏州……又公进御宴一百桌。
>
> 五月初一日,皇上……巳刻至二十里铺,有江宁织造兼管盐院曹(寅)带领扬州盐商项景元等叩请圣驾。午刻,御舟到三汊河上岸,进行宫游玩驻跸。御花园行宫众商加倍修理,添设铺陈古玩精巧,龙颜大悦。……进宴演戏。
>
> 初二日,两淮盐院曹(寅)进宴演戏。
>
> 初三日,皇上在行宫内土堆上观望四处景致,上大悦。随进宴演戏。
>
> 初四日,上即在行宫内荷花池观看灯船,进宴演戏。
>
> 初五日……文武官员晚朝,进宴演戏。
>
> 初六日,晚朝,进宴演戏。

从以上记载,可见曹寅在南巡接驾之中确实扮演了极其重要的角色。当时泰州士人张符骧亦恭进《竹西词》十首,两年后第六次南巡又进《后竹西词》十首(均见其《自长吟》卷十)。略记数首,以见南巡场面之盛:

> 五色云霞空外悬,可怜锦绣欲满天。玉皇闹里凝双眼,真说家余跨

鹤钱。

千丈氍毹起暮烟,猩红溅向至尊前。扬州岂必多歌舞,卖尽婵娟亦可怜。

三汊河干筑帝家,金钱滥用比泥沙。宵人未毙江南狱,多分痴心想赐麻。

官衔盐总搭盐臣,万寿屏开花样新。皇本揭来刚百万,明朝旗子御商人。

忆得年时官市开,无遮古董尽驼来。何人却上千秋鉴,也博君王玩一回。

就以上文献记载,已大略可以窥见当时曹寅接驾奢华靡费的程度。但南巡接驾的支出,绝大部分是一笔烂账,曹寅无法向户部报销,只能在盐课银中挪移以挖肉补疮。在瞬息繁华的"虚热闹"之后,留下的是一片足以令曹家陷身没顶的茫茫债海。

自康熙四十三(1704)年起,曹寅、李煦兼任两淮巡盐御史,据康熙五十二年(1713)十一月十三日江宁织造曹頫奏折附单,大约每年可得余银五十八万两,其中约二十三万两应拨充江宁、苏州织造署经费①。故到康熙四十九年(1710)十月,曹、李两人已得余银一百八十万两以上。这笔款项几乎全被挥霍殆尽。故江南总督噶礼(素与曹寅不和者)至欲公开参奏"曹寅、李煦亏欠两淮盐课银三百万两",连已拨充织造费用的银子也欲计入亏空银数。康熙帝袒护曹、李,出面阻止:"查伊亏欠课银之处,不至三百万两,其缺一百八十万两是真。"②一面私下与曹寅、李煦打招呼,提醒他们设法补完亏空。但曹、李二人虽多方设法补苴罅漏,仍亏欠一百三十七万两③,以至新任运使李陈常拒绝交接。事实上,当时亏空帑银已是江南地区官吏的普遍问题,曹、李二家则是最大的亏空户。而其亏空主因,即是南巡接驾。

除南巡接驾的花费之外,曹寅大量亏空帑银的原因还有不少:

(1)康熙四十年(1701)五月起,曹寅与其弟曹宣合办五关铜斤,八年之内上交节省银"三十一万二千零七十两"。但实际上曹寅兄弟办理铜斤并无

---

① 见《关于江宁织造曹家档案史料》。
② 见《关于江宁织造曹家档案史料》。
③ 见《关于江宁织造曹家档案史料》。

赢余,反有亏损,所有上交的节省银均系从盐课余银中挪用,以至盐课大量亏空,不得不将两淮盐差交回(见《江宁织造曹家档案史料补遗》第122件康熙帝朱批)。

(2)康熙帝曾批评李煦"尔向来打点处太多,多而无益,亦不自知"(《李煦奏折》第184件朱批)。而曹寅为了应付朝廷显贵的无餍需索,也不得不成千上万地"打点""馈送"。档案中有记载者,如皇太子允礽派其奶公凌普(内务府总管)向曹寅索银五万两[1],散秩大臣佛保"借"银一千七百五十六两,内务府总管马齐七千六百二十六两,尚书凯音布五千六十两[2]。未记入档案者更不知凡几。《红楼梦》中写太监以借银为名勒索荣府,即此类事件的艺术反映。

(3)为联络争取江南地区文士的花销,日积月累亦很可观。上文已经叙及。

(4)曹寅二女皆嫁为王妃,长女嫁平郡王讷尔苏并育有四子,曹家应酬王府,花费巨万。次女亦嫁某王子,曹寅为其置庄园奴仆,在东华门外购置房产以为永远之计,所费当亦不少[3]。

(5)日常生活讲究排场,追求风雅,奢华靡费。曹寅养有家伶,其艺术水准冠于江南,而小女伶之身价、教习及乐器、行头、布景之类费用均很昂贵,如李煦之子李鼎令家庭小戏班搬演《长生殿》,单衣装费就用银数万两(见《道光苏州府志》卷一四八)。曹寅精饮食,著有《居常饮馔录》;玩古董,一次买三只脱胎极薄之白碗,即费银一百二十两(见刘廷玑《在园杂志》卷三);又大量收藏书画、刻印精本丛书(详后),所费巨万。

(6)佞佛好道,单江宁香林寺即"买施秣陵关田二百七十余亩、和州田地一百五十余亩"[4]。当时中等田地每亩约银十两,单香林一寺已布施约四千两。

(7)代商完欠。两淮盐商空头捐纳,后又赖账,亏欠官帑。康熙五十年

---

[1] 见《关于江宁织造曹家档案史料》。
[2] 见《关于江宁织造曹家档案史料》。
[3] 见《关于江宁织造曹家档案史料》。
[4] 见《关于江宁织造曹家档案史料》。

(1711)奉旨官商分认,曹寅亦应完银二十三万两[①]。

以上种种花费,当然不是曹寅每年一百三十两的俸金所能应付。按规定,两淮运使每年可得例银七万两(见《康熙起居注》五十三年八月十二日),盐政应得银更多。曹寅做过四任巡盐,个人所得银数当至少有四十万两,但即便如此,仍是杯水车薪,无济于事。康熙帝在一次御前会议上亲自为之辩护,谓:"曹寅、李煦用银之处甚多,朕知其中情由。"(《康熙起居注》五十四年十二月初一日)并先后多方设法为其弥补亏空。曹寅于五十一年(1712)七月死去,康熙帝批准李煦代管盐差一年的请求,命其以余银为曹寅补亏三十二万两。之后,又屡命两淮运使、巡盐御史李陈常以任内余银为曹寅、李煦补欠,直至五十六年(1717)十一月,方将盐课及织造亏空补完[②]。但曹、李二人尚有其他亏空,到康熙六十一年(1722),李煦亏欠织造帑金已达四十五万两(李果《在亭丛稿》卷十一《苏州织造李公行状》),江宁织造曹頫的亏空数未见明文。雍正元年(1723)正月,李煦因亏空帑金抄家抵补,曹頫则具文咨户部,求将织造补库分三年带完[③]。雍正五年底曹頫亦被抄家,其表面理由之一还是亏空帑银。总而言之,四次接驾给曹寅一家带来的是巨额亏空,而且祸及子孙,最终成为其身后十五年抄家籍没的远因之一。

第三节 曹寅的文艺素养和成就

曹寅在文艺方面具有广泛的才能。顾景星在康熙十八年(1679)所作《荔轩草序》中就称赞曹寅"其诗清深老成,锋颖芒角,篇必有法,语必有源""贝多金碧、象数艺术,无所不窥;弧骑剑槊、弹棋擘阮,悉造精诣"。可见当时这位才二十二岁的青年,已是一个颇有成绩的诗人兼艺术家。曹寅的文学作品,今存《楝亭诗钞》八卷、《楝亭诗别集》四卷、《楝亭词钞》一卷、《楝亭词钞别集》一卷、《楝亭文钞》一卷,合为《楝亭集》。又存传奇《续琵琶》《虎口余生》及杂剧《北红拂记》《太平乐事》。据王朝璨《楝亭词钞序》,曹寅本人曾自称"吾曲第一,词次之,诗又次之"。其友张大受《赠曹荔轩司农》(见宋荦

---

① 见《关于江宁织造曹家档案史料》。
② 见《关于江宁织造曹家档案史料》。
③ 见《关于江宁织造曹家档案史料》。

《江左十五子诗选》卷六）之一诗云：

> 多才魏公子，援笔诗立成。有时自敷粉，拍袒舞纵横。跳丸击剑讫，何如邯郸生？风流岂已矣，继擅黄初名。

可知曹寅不但自作剧曲，而且亲自粉墨登场，参加演出。根据当时人的记载，曹寅在苏州、江宁织造任上都蓄有家伶，并经常在家设宴演剧招待友人①。故曹雪芹家之爱好戏剧实由来已久，到曹雪芹童年时期已有三十年的历史。

《续琵琶》演蔡文姬故事，曹雪芹在《红楼梦》第五十四回曾经借贾母之口提及。全剧共四十折，后六折已佚，今存前三十四折。刘廷玑《在园杂志》卷三谓："大意以蔡文姬之配偶为离合，备写中郎之应征而出，惊伤瘐死，并文姬被掳，作《胡笳十八拍》。及曹孟德追念中郎，义敦友道，命曹彰以兵临塞外，胁赎而归。旁入铜雀大宴，弥衡击鼓，仍以文姬原配团圆。皆真实故事，突出《中郎女》之上。乃用外扮孟德，不涂粉墨。"此剧不但在艺术上颇有可观，在思想上也很有特色：

其一，它赞扬了被正统历史观视作"奸雄"的曹操，是我国文学史上首先为曹操翻案的作品。如第三十一出《台宴》演铜雀台初成，曹操大宴文武，唱《北醉花阴》曲："人道俺问鼎垂涎汉神器，叹举世焉知就里？俺待要武平归去解戎衣，不知几处称王，几人称帝！今日里高会两班齐，对清樽要吐尽英雄气！"借曹操自我表白肯定了他统一北方的历史功绩。全剧塑造了一个慷慨勇武而又智慧多谋、爱才若渴的英雄形象。"用外扮孟德，不涂粉墨"更是戏曲表演上的创新，使人物外形与性格取得统一。这样处理历史人物的舞台形象，确是对传统观念的一种背叛。

其二，它表彰了因战乱而"失节"于匈奴的才女蔡琰。剧中出现的昭君幽灵，也一反传统戏曲中昭君被迫远嫁异域的悲戚情调，而注入了"为国和亲，名垂青史"的新意。这是一种新颖的历史观。对蔡文姬，则誉其才华，悲其不幸，而不责以封建主义的节烈，更不因其"失节"匈奴而加讳饰，这除了曹寅本人思想上有进步因素而外，与其生身之母顾氏的身世可能有某些联

---

① 见尤侗《艮斋倦稿》卷九《题北红拂记》，又见《江苏诗征》卷五十一王文范《郭于宫宅观通政曹公家伶演剧兼送杨掌亭入都》。

系(详下章)。

《太平乐事》杂剧共十出：《开场》《灯赋》《山水清音》《太平有象》《风花雪月》《龙袖骄民》《货郎担》《日本灯词》《卖痴呆》《丰登大庆》。虽为歌功颂德、粉饰太平之作，但词句劲遒而杂以幽默，颇可借以观当日风俗民情。其中《日本灯词》一出更写及异国风光，唱词又全用音译日语，殊为难得。据《李煦奏折》第17、19、22件，曹寅与李煦等曾奉旨会议派遣杭州织造署物林达(汉译"司库")莫尔森出使日本，时为康熙四十年(1701)夏秋之时，《太平乐事》自序作于四十四(1705)年，故《日本灯词》一出之素材可能来自莫尔森的转述。

《虎口余生》传奇思想倾向相当鲜明：歌颂清朝统治者的仁政，攻击李自成农民起义军。或谓此剧非曹寅所作。但此剧确系曹寅作品，刘廷玑《在园杂志》卷三、萧奭《永宪录续编》、焦循《剧说》、方扶南《初至仪征程南陂郎中宴观家乐》诗自注等都有记载。曹寅乃清朝之三品贵官，其政治立场如此毫不奇怪，似不必因其为曹雪芹之祖父而曲为讳饰。

曹寅之词，今存者多为其二十多岁时的作品，一向不大有人注意。但在当时，词坛名家陈维崧、陈枋叔侄，朱彝尊，蒋景祁，黄庭等人均与曹寅时相唱和，且对曹寅之词作有很高评价。王朝璩《楝亭词钞序》谓："公之词以姜史之雅丽兼辛苏之俊爽，逸性高格，妥贴排奡，其视迦陵、竹垞，殆犹白石之于清真也。"是谓曹寅之词兼婉约、豪放之长，可与陈维崧和朱彝尊并驾齐驱。此言虽为过甚，然《楝亭词钞》中之佳作，亦差可相当。如载于《楝亭词钞别集》的《满江红·乌喇江看雨》：

> 鹳井盘空，遮不住、断崖千尺。偏惹得、北风动地，呼号喷吸。大野作声牛马走，荒江倒立鱼龙泣。看层层春树女墙边，藏旗帜。　　蕨粉溢，鳇糟滴。蛮翠破，猩红湿。好一场莽雨，洗开沙碛。七百黄龙云角矗，一千鸭绿潮头直。怕凝眸、山错剑芒新，斜阳赤。

此词作于康熙二十一年(1682)三月，乃曹寅随圣祖北巡乌喇时之作品。全词声情豪迈，境界阔大，特别是绘出圣祖巡视乌喇之雄壮气势，而以乌喇江之莽莽大雨为背景，更系独到之笔、独开之境。

曹寅亦长于诗。杜岕为其《舟中吟》作序，称其诗具"才、学、识"三者。毛际可之序文则谓其诗"苍然以朴，淡然以隽，悠然以远"。朱彝尊序文云：

"楝亭先生吟稿无一字无熔铸,无一语不矜奇,盖欲抉破藩篱,直窥古人突奥,当其称意,不顾时人之大怪也。"姜宸英则称:"楝亭诸咏五言今古体出入开、宝之间,尤以少陵为滥觞。……七言两体胚胎诸家而时阑入于宋调,取其雄快,芟其繁芜,境界截然,不失我法。"各家之评皆注意于曹寅诗歌的独创性,这确实是其诗之特色。如《楝亭诗钞》卷八之《巫峡石歌》,想象奇伟,气韵流注,将巫峡石拟为"娲皇采炼古所遗,廉角磨砻用不得",并将巫峡石人格化,询问"胡乃不生口窍纳灵气,崚嶒骨相摇光晶",以"嗟哉石,顽而矿"称叹巫峡石之痴顽愚鲁而不成器,对曹雪芹《红楼梦》青埂峰顽石神话之构思颇有影响。又如《楝亭诗钞》卷四《读洪昉思稗畦行卷感赠一首兼寄赵秋谷赞善》:

> 惆怅江关白发生,断云零雁各凄清。称心岁月荒唐过,垂老文章恐惧成。礼法谁尝轻阮籍,穷愁天亦厚虞卿。纵横捭阖人间世,只此能消万古情。

此诗作于康熙四十三年(1704)春。洪昇与赵执信均因《长生殿》而受文字牵累,又均因家庭矛盾不得不离乡别居以避"家难"。洪昇《稗畦集》与赵执信《饴山诗集》已吟咏及之。曹寅对两人深表同情,故有"断云零雁各凄清"之句。以雁行零落比兄弟之不和本系旧典,但此诗的身世之感应与曹寅本人的家庭情况有关。这首七律端雅工整,沉郁顿挫,声情苍凉,接近杜甫七律的风格,是其律诗之代表作。

除诗词曲外,曹寅还爱好绘画书法,多有题咏。今北京故宫博物院藏石涛《对牛弹琴图》,上有石涛亲笔抄录曹寅题诗,后又有石涛和诗。石涛晚年定居扬州,与曹寅或有过往。曹寅亦善书法,张伯行《祭织造曹荔轩文》称其"比冠而书法精工",曹寅在《病起弄笔戏书》(《楝亭诗钞》卷四)中自称"不恨不如王右军,但恨羲之不见我",虽系戏语,亦想见其素以书法自负。今天津市文物管理处藏有曹寅手书扇面,背面录有《北行杂诗》二十首(诗见《楝亭诗钞》卷一);又存其《宿避风馆诗》行书轴,今藏天津市艺术博物馆,笔致潇洒秀润,似较当时书家陈奕禧骨力遒劲。其绘画亦有山水小品留存,颇清疏可观。

曹寅素喜藏书,张伯行谓其"经史子集,藏书万卷",据《楝亭书目》著录,共有3287种,分36大类,其中仅"说部"就有469种。又爱刻书,曾奉旨刊刻《全唐诗》和《佩文韵府》,为祖国文化的整理和传播做出了巨大贡献。与此同时，曹寅还利用扬州书局的物质条件刻印《楝亭五种》(《类编》十五卷、《集韵》十卷、《大广益会玉篇》三十卷、《重修广韵》五卷、《释文互注礼部韵略》五卷)和《楝亭十二种》(《都城纪胜》一卷、《钓矶立谈》一卷、《墨经》一卷、《法书考》八卷、《砚笺》四卷、《琴史》六卷、《梅苑》十卷、《禁扁》五卷、《声画集》八卷、《后村千家诗》二十二卷、《糖霜谱》一卷、《录鬼簿》二卷)[①]，均是世不经见的善本，且镂雕精工，世称"康版"(见金埴《不下带编》)，素为藏书家所爱重。曹寅本人的诗集亦在扬州和仪征两次雕版印刷(《四库全书总目提要》)。据蒋瑞藻《小说考证》卷六引《燕居续语》，曹寅又拟出资为贫士沈滕友刻印神魔小说，后因沈归家覆舟，人书俱没而未果。

正是因为曹寅具有如此精湛的文艺素养，才造就了江南曹家的文学艺术氛围，伟大作家曹雪芹在童年时期就耳濡目染，养成了爱好文艺的性格。丰富的楝亭藏书更是他汲取知识的无穷宝藏。曹雪芹之所以能成为卓然绝出的作家，创作出百科全书般的小说《红楼梦》，与其祖父曹寅的文化积累是分不开的。

---

① 这两种丛书非曹寅原编，乃后人汇集题名，详潘天祯《扬州书局杂考》(《图书馆通讯》1983年第一期)。

第三章　曹寅和曹宣的兄弟关系

第一节　曹宣生平

曹宣(1662—1705)，字子猷，后因避康熙帝玄烨讳（玄、宣同音），改名曹荃，别号芷园、筠石（参见周汝昌《红楼梦新证·人物考》）。康熙元年(1662)二月十二日生于北京，四十四年(1705)五月去世①。

曹宣生平见于记载者很少，既有记载亦语焉不详，只能从各书考稽，略见大概。

从康熙二年(1663)至二十四年(1685)五月，曹宣一直随侍其父母于江宁。这并不符合清代前期凡旗员子弟十八岁以上非奉特旨不得随任的功令，当是因其母孙氏的关系而得康熙帝特准的结果。其父曹玺去世后入祀名宦，熊赐履作《曹公崇祀名宦序》，内谓："公长子某，且将宿卫周庐，持囊簪笔，作天子近臣。次子某，亦以行谊重于乡国。"熊不称曹宣之官衔政绩而仅赞其道德品行，可证此时他尚未正式任职。同年编纂之未刊《江宁府志·曹玺传》则称："仲子宣，官荫生，殖学具异才。"可见曹宣在年青时已以博学多才著称江宁。

所谓"荫生"有二义：一是凭借祖先余荫取得监生资格，又称"荫监"；二是因先人官爵取得某一品级的虚衔。曹宣在康熙二十九年(1690)四月还"捐纳监生"（见《为曹顺等捐纳监生咨户部文》，详后），故知"官荫生"当为后一义。福格《听雨丛谈》卷五"世禄"条记：

---

① 详见拙著《红楼梦研究·曹宣考》。曹宣生年据康熙二十九年四月二十四日《总管内务府为曹顺等捐纳监生事咨户部文》（下称《咨文》）所载曹宣年龄推算，《咨文》全文载《红楼梦学刊》1984年第二辑。其生日据曹寅《楝亭诗钞》卷三《支俸金铸酒枪一枚寄二弟生辰》自注："生辰同花生日。"俗以农历二月十二日或二月十五日为花生日，又名花朝，分别见清潘荣陛《帝京岁时纪胜》及宋吴自牧《梦粱录》。

国朝典制，策勋有爵，酬庸有荫，皆延世锡类之恩也。恩荫之制，满汉京官，一品至四品文职大员荫一子入官，在外三品以上文职荫一子入官。……按恩荫之例，一品荫五品，二品荫六品，三品荫七品，四品荫八品，公侯伯视一品，子男视三四品。

据此则曹宣应取得五品虚衔。康熙二十四年(1685)九月曹宣随其母兄回京入内务府任职。

据当时各种文献记载综合考索，我们知道曹宣系侍卫，康熙二十八年(1689)春曾随康熙帝第二次南巡，回京后以侍卫衔任"《南巡图》监画"[①]。《南巡图》由当时著名画家王翚、宋骏业等主绘，曹宣擅长绘画，主管此事当绰有余裕。三年后图成，得康熙帝之褒奖。

康熙二十九(1690)、三十五(1696)、三十六年(1697)，清圣祖三次亲征漠北噶尔丹部，曹宣曾从军出征，见曹寅《楝亭诗钞》卷二《松茨四兄远过西池》组诗之五和《楝亭诗别集》卷三《闻二弟从军却寄》：

　　勾陈逼招摇，幽天风夜至。单于六裸走，羽林呼动地。三驱度瀚海，持冰裹糇糗。念我同胞生，旆裘拥戈寐。

　　与子堕地同胚胎，与子四十犹婴孩。囊垂秃笔不称意，弃薄文家谈武备。伏闻攘狄开边隅，闻子独载推锋车。回忆趋庭传射法，平安早早寄双鱼。

康熙三十六年(1697)曹寅正四十岁，联系"三驱度瀚海""攘狄开边隅"等句，可知曹宣参加了第三次对噶尔丹部的战争；而从"独载推锋车""羽林呼动地"及"旆裘拥戈寐"等句，可以推知曹宣当时乃康熙帝的侍从军官。从"囊垂"二句可知曹宣前此在内务府担任过笔帖式之类的文字工作。

曹宣于康熙三十八年(1699)春奉圣祖谕南下，经淮安到真州，并在真州盐运使院西轩住过一段时间，且在西轩之南种植了一棵杜仲。西轩后来被曹寅命名为"思仲轩"，在曹家家史中，它与"楝亭"一起，象征着曹寅的"孝友"，屡见于当时文人的吟咏(详本章第三节)，十分出名。曹宣此次南来似是为处理与两淮盐务有关之事宜，因为阎若璩《潜丘札记》卷六《赠曹子猷》有"南临淮海鏊

[①] 详见拙著《红楼梦研究·曹宣考》。

波远,北觐云霄补衮宽"之句,分别指曹宣和曹寅弟兄。上句"淮海"指阎所居之淮安府,两淮盐政之淮北盐所即驻于此。淮南盐所驻于真州(即今仪征)。"熬波"典出张融《海赋》:"漉沙构白,熬波出素。"及欧阳修《运盐》:"熬波销海水。"即煎海水以取盐之意。此句应即借指曹宣此来之缘由。然据曹寅作于康熙四十八年(1709)的《思仲轩诗》之二"忆汝持节来,锦衣貌殊众。举眼历十稔,拱木已成栋",知其在三十八年(1699)南下时曾向曹寅送达康熙帝之"圣旨",则其实际使命又可能与当年春末夏初的第三次南巡有关①。

此后,至迟在康熙四十年(1701)五月,曹宣已调任内务府物林达,见于该年五月二十三日内务府题本,内称:"分给郎中曹寅、物林达曹荃以龙江、淮安、临清、赣关、南新此五关共铜一百零一万一千一百八十九斤余。"其所办铜斤系供给京师宝泉、宝源两局铸钱之用。然此办铜事务曹宣与乃兄并未亲理,而是交与其子曹顺带领家人王文等代办②。

曹宣于康熙四十四年(1705)五月去世,因其逝前任物林达,故《八旗满洲氏族通谱》及《五庆堂谱》分别载其"原任司库""原任内务府司库"。查内务府编制中仅广储司有司库,官衔六品。曹宣二十年前就恩荫五品,做了十几年官反而降职为六品,似无此理,可能因清代恩荫过滥,官多缺少,只能高品低就。然司库职位虽低,却是直接理财的肥缺,曹宣的家产或能因此大增,与乃兄之徒有虚名而亏空公帑恰成对比。

曹宣一生沉沦下僚,无大作为。然他能画,擅长画怪石、花卉、树木等,画梅曾得康熙帝称誉③。其画曾有《洗桐图》及花卉折枝长卷流传④,今已佚

---

① 详见拙著《红楼梦研究·曹宣考》。
② 曹寅、曹宣兄弟承办五关铜斤后曾呈文内务府,称:"我们兄弟二人俱有钦交差使,无暇办铜,今著我们的孩子赫达色带领家人王文等采办。""赫达色"即曹顺之满名。此呈文转引自张书才《关于曹家子侄的几个问题》(《江海学刊》1984年第六期)。
③ 阎若璩《赠曹子猷》:"请挥一幅好东绢,怪石枯枝即饱看。"句下注:"善画。"又曹寅《喜三侄顾能画长干为题四绝句》之二自注:"子猷画梅,家藏无一幅。"其梅图曾得康熙帝赞赏事,见此组诗之一"一家准敕谁修得,压卷诗从笨伯来"及句下自注:"补之画梅,蜂蝶皆集,高宗谓之准敕恶梅。"乃用宋高宗评著名画家杨补之画梅的典故。组诗载《楝亭诗钞》卷五。
④ 《洗桐图》可能与《楝亭诗钞》卷四《洗桐》诗有关,翁方纲有题诗。参见周汝昌《红楼梦新证·人物考》。曹宣之折枝花卉长卷有曹寅亲笔题诗,参见吴恩裕《曹雪芹佚著浅探》(天津人民出版社,1979年)。

失。他也能诗,《楝亭集》中有不少与他唱和之作,但除"水动渔舟出"一句被保存在曹寅诗集中外,其诗已全无留存。曹寅生前也没有为曹宣刻集。

曹宣有四子:曹顺、曹顿、曹颜、曹𫖯[1]。第四子曹𫖯后由康熙帝主持过继与曹寅为嗣。

第二节 曹寅舅氏顾景星和生母顾氏

顾景星(1621—1687),字赤方,一字黄公,湖北蕲州人,生于明天启元年(1621),卒于清康熙二十六年(1687)。幼时即受龚鼎孳赏识,称为神童,以郡试第一入学。

蕲州顾氏系历代名宦世家,祖籍江苏昆山,乃吴国醴陵侯、丞相顾雍后裔。顾景星曾祖顾阙、伯祖顾问官至通政使、御史,兄弟以理学名家,海内比之二程。其父顾天锡及从叔天贞、天禄、天祉等皆明末名诸生,天锡尚气节,明亡后立志不仕。顾景星参加南明弘光政权五省流寓生贡考试,以第一名选授推官。南下清军统帅之一佟图赖(康熙帝佟皇后之父)要挟景星随清军南征浙闽,为其峻拒。顺治八年(1651)他回蕲州隐居,以著述自娱[2]。这位海内闻名的学者、与满族贵族素无往来的明代遗老,却是曹寅的舅舅。曹寅自己在《舅氏顾赤方先生拥书图记》(见《楝亭文钞》)中正式肯定了他们之间的舅甥关系。邓之诚《清诗纪事初编》卷六就对此表示困惑,谓曹寅"称顾景星舅氏为不可解"。周汝昌亦在《红楼梦新证》《曹雪芹家世生平丛话》(见《献芹集》)中提出这个问题,觉得难以解释。然如细加寻绎,我们还是可以找到解决问题的途径。

顾景星的《白茅堂全集》是严格编年的,有关史实都很清楚。康熙十七年(1678)诏开博学鸿儒科,顾景星被迫赴京应试,途中坠车骨折,实际到京已在次年元宵以后。曹寅时年二十二岁,在京任銮仪卫治仪正兼佐领。《楝亭诗钞》卷一有《春日过顾赤方先生寓居》七律一首:

见因季子到阶前,堂上先生尚晏眠。逆旅药香花覆地,长安日暖梦

---

[1] 详见拙著《红楼梦研究·曹宣考》。
[2] 以上关于顾景星的介绍均据《白茅堂全集》卷四十六《家传》及其子顾昌《皇清征君前授参军顾公黄翁府君行略》。

朝天。开轩把臂当三月,脱帽论文快十年。即此相逢犹宿昔,频来常带杖头钱。

而顾景星《白茅堂全集》卷二十亦有《曹子清馈药》一首七律:

> 韶光闭户恼不彻,况复病痁多晏眠。半红半白杏花色,乍暖乍寒三月天。药碗绳床尝废日,他乡逆旅动经年。世情交态寒温外,别有曹郎分俸钱。

两诗韵脚全同,显系唱和之作。从诗中看,当时顾景星疟疾复发,卧病寓所,曹寅专程前去探望并赠以治疟药物。寅诗末句为"频来常带杖头钱",而顾景星和诗末句为"别有曹郎分俸钱",可知曹寅常与顾景星诗酒唱和,并分自己的俸金为顾景星生活费。四月初一,顾景星抱病为曹寅撰《荔轩草序》,序中高度赞扬了曹寅的气质和才能,并云:

> 李白赠高五诗谓其"价重明月,声动天门",即以赠吾子清。海内月旦,必以予言为然。

用李白和高五的舅甥典故,称"吾子清",确是舅舅的口吻。因顾景星再三辞疾,四月三日康熙帝有旨放还。顾景星旋即返里,曹寅又设宴饯别并送给旅费。三年后,顾景星有《怀曹子清》五言排律一首,还念念不忘当日在京的情谊:

> 情亲何缱绻,饯别倍踟蹰。老我形骸秽,多君珠玉如。深惭路车赠,近苦塞鸿疏。

末句证实两人别后常有鱼雁往还,而近来曹寅似受某种阻挠,书信减少,令顾景星深感思念之苦。"老我"一联又明用《世说新语·容止》王济谓其甥卫玠"珠玉在侧,觉我形秽"典,顾景星不是在重申自己舅舅的身份吗!可是,年轻的曹寅虽然对顾景星百般关照,却似有隐衷,迟迟不敢在诗文中公开承认两人的舅甥关系。直到康熙三十九年(1700)八月,顾景星弃世十四年之后,曹寅才写《舅氏顾赤方先生拥书图记》,公开称顾景星为"舅氏"。文内称:

> 然自今以往得睹此卷者尚有日,虽寿至耄耋,子孙满前,亦终拳拳于二十二年前也。

其辞颇若有憾于二十二年前之忍情,而欲弥补于将来者。果然,两年之后的康熙四十一年(1702)，曹寅"捐千金，代梓《白茅堂全集》"(见《白茅堂全集》附录顾湛露为其父顾昌所作《行略》)，由顾景星第三子顾昌校正，喻成龙(时为湖广总督)与张士伋作序。张序指出"而今直指使者巡礛曹公为先生宅相"，"宅相"典出《晋书·魏舒传》，即"外甥"之代称。乾隆二十年(1755)，顾昌之子顾湛露更明言曹寅"前与征君燕台雅集，舅甥契谊"(同上)。当事人既已承认于前，亲友又旁证于后，则顾景星是曹寅之舅已确凿无疑。

这里我们要特别提出上引《怀曹子清》诗中"深惭路车赠"一句来讨论。这一向不为人注意的诗句，正是解开顾景星与曹寅舅甥之谜的钥匙。此句典出《诗经·秦风·渭阳》：

> 我送舅氏，曰至渭阳。何以赠之，路车乘黄。我送舅氏，悠悠我思。何以赠之，琼瑰玉珮。

《诗序》以为此诗是秦康公念母之作。秦康公母穆姬是晋献公女、太子申生的女弟，故穆姬的同父异母兄公子重耳是康公之舅。重耳得康公之父秦穆公帮助回国为君，即晋文公。时康公为秦太子，其母穆姬已亡，康公"赠送文公于渭之阳，念母之不见也，我见舅氏，如母存焉"。因《诗序》有"我见舅氏，如母存焉"句，故此典要母亡后才能用。邯郸淳《笑林》记一士人母在而对舅言"渭阳之思，过于秦康"，被人讥为不学无术(详见《太平广记》二百六十二)。今顾景星自居舅氏反用此典，我们不能设想以顾景星之博学而不知此典背景，因而我们可以确定，曹寅生母至迟在康熙十八年(1679)已经亡故。孙氏决非曹寅生母，因为她当时好好活着，正在江宁做她的一品夫人。

曹寅既非孙氏亲生，舅家又为顾姓，则其生母为顾氏可知。从顾景星和曹寅之年龄分析，顾氏应是顾景星之妹。可是顾景星从未提起过她！他只是闪烁其词，多次用典暗示自己是曹寅之舅，却不肯直截了当地承认这个事实①。原因何在？只有一个答案，其妹地位低微，并非正配，仅是曹玺之妾，正式承认这一点对顾景星来说是痛苦的。

然而，蕲州顾家是官僚世家兼理学名门，顾景星是当代学者名流，何至

---

① 有对照意味的是，顾景星在为曹寅作《荔轩草序》的同时，写了《女甥张芸诗序》(《白茅堂全集》卷三十六)一文，文中详细介绍了自己与张芸母亲的关系。何独于曹寅之母一字未及？显系有意回避。

于把妹妹嫁给满洲贵官为妾？的确，顾家主动嫁女与曹玺是不可能的，但在社会大变动的时期，不可能会变为可能。顾氏或许是清兵南下时被劫掠而归曹玺；或许是与《红楼梦》里的英莲一样，自幼被拐卖，沦落为婢，后由曹玺收房；或如娇杏，由封肃之流转赠曹玺。查《白茅堂全集》卷四十六顾景星自撰《家传》，顾家自崇祯十六年（1643）正月起一直逃亡在外。先是全家几乎被张献忠部下所杀，幸而得免，即避居鸿宿洲，又徙西塞山，仆婢三四人叛去，顾天锡与景星父子大病两月。后下九江，姊顾梐病卒。再至江宁，姑顾永贞病逝。冬抵江苏昆山原籍。顺治二年（1645），清兵南下，昆山坚拒，清兵屠其城，顾家逃至淀山湖。次年淀山湖兵起，又逃回昆山城。四年中顾家颠沛流离，事故迭起，失落幼妹是很可能的。且南下清兵主力即多铎率领的正白旗军，曹玺时应亦从军南下，更有掠得顾氏之可能。蕲州顾家以理学传世，贞节女妇代不乏人，《家传》均详细记述并引以为荣，此妹不见《家传》，可能因她"失节"为旗人妾，有辱家声，顾景星讳言而不书入。后岁月流逝，旧痛渐忘，顾氏家族亦久已为清朝顺民，甥曹寅又"如临风玉树，谈若粲花"，"贝多金碧、象数艺术，无所不窥；弧骑剑槊、弹棋擘阮，悉造精诣"，足增舅氏光彩，故又与之往来，认其为甥。

经仔细查阅《白茅堂全集》及其附录，我们知道顾景星确有一个避而不提的妹妹。顾景星《先妣李孺人行状》谓，其嫡母李氏生兄二、妹一，皆殇。姊一，名顾梐，嫁萧邕。其生母明氏生一妹，嫁朱爵。而顾昌《耳提录·神契略》记顾景星自述："先君年四十尚无子，嫡母多产女，复聘吾母。"两相对看，其嫡母李氏至少应有三个女儿。《家传》仅记其二，何故？如果这位《家传》不载的异母妹确系曹寅生母，那顾景星和曹寅的舅甥关系正如晋文公和秦康公一样，"路车"之典可谓用得十分贴切。

红学家们每每奇怪，清初明遗民何以与曹寅特别交好？曹寅风流儒雅，固然是他能得明遗民好感的重要因素，却并不是决定性的因素。根本原因在于，曹寅是顾景星妹妹的儿子，在遗老们看来，他是"自己人"。而在康熙帝眼里，曹寅"稚岁充任犬马"，是信得过的保母之子。"英明天纵"的"圣祖仁皇帝"自然乐于利用曹寅的这一特殊条件，让其发挥特殊作用了。

曹寅在青年时期不敢正式承认顾景星为舅氏，因为当时曹玺及孙氏健在，虽然曹寅在政治上已有一定地位，但正式承认父妾之兄为舅却是"不策略"的。冒犯宗法,自甘"下流",有碍前程,为"政治家"所不取。而到康熙三十九年(1700)八月,曹玺早已去世,孙氏亦已垂暮,曹寅继任织造达十年之久,"圣眷优渥",地位稳固,不妨撰写《舅氏顾赤方先生拥书图记》,一篇之中,三呼"舅氏",以补当年缺憾。

据此探索,我们可以得出结论:曹寅生母系顾景星之妹顾氏。关于顾氏的生平情况,尚未见文献记载。她大约生于明崇祯年间,顺治二年(1645)被南下清军掳获[①],沦为曹玺婢妾。顾景星之姑、姊皆精文翰,善诗词,其妹幼时世必受过良好教育。曹寅幼时即崭露头角,人称神童,或与顾氏的熏陶教育有关。顾氏的经历,可能为曹寅的剧本《续琵琶》提供了创作素材。曹寅此剧一反理学家的传统观念,褒奖"失节"之女蔡琰,并有详细描绘战乱中妇女悲惨遭遇的场面和唱段,而蔡琰又被曹家祖先曹操所救,或都有所影射。顾氏在康熙十八年(1679)前去世,按清制,"凡嫡母在,生母不得并封"(《清史稿·职官》),故其子曹寅虽为三品贵官,顾氏在孙氏生前并不能得到封诰。孙氏死于康熙四十五年(1706)初,六年后曹寅又去世,顾氏可能始终未获封赠,故在曹氏家族中无论生前或身后她都毫无地位,这或许是顾氏姓名不彰的原因之所在。

第三节 "骨肉鲜旧欢"

一 异母兄弟

曹宣生于康熙元年(1662),与曹寅相差四岁。如孙氏顺治十八年(1661)初出宫,曹宣很可能是她亲生的儿子。作此推断乃基于如下理由。

首先,曹宣的生母不可能是顾氏。因如曹宣与曹寅同一生母,则曹宣也是顾景星之甥,可是顾景星《白茅堂全集》并无片言只语涉及曹宣。曹宣品貌出众,如系顾氏所生,顾景星正好将他们兄弟比作一对玉树,今反一字不提,舅氏何得厚此而薄彼?曹寅写《舅氏顾赤方先生拥书图记》,也未顺带一笔在京任职的曹宣。张士俊和顾湛露也是只提曹寅而不提曹宣。这些都可以旁证曹宣非顾氏所生。它们还可以反证顾氏不是曹玺的原配夫人,因如

---

① 顾炎武《秋山》之一:"胡装三百舸,舸舸好红颜。"揭露南下清军在昆山、嘉定等地掳掠妇女的罪行极为形象。

顾氏是正妻,则不论曹宣生母是谁,按礼法曹宣亦应呼顾景星为舅,顾景星也应认其为甥。只有当顾氏是妾而又非曹宣生母时,顾景星与曹宣才不是舅甥,犹如赵姨娘的兄弟赵国基与贾宝玉之间不存在礼法和血统上的舅甥关系一样。

再看来自曹寅的忘年交杜岕(他是顾景星的同乡好友)的旁证。康熙二十九年(1687)四月,曹寅出为苏州织造,九月初,杜岕专程从金陵来访,行前有长诗《将之吴门述怀呈荔轩》(《些山集辑》卷二),里面有很可注意的内容:

> 迢递忽五载,重来续交欢。此事诚旷典,私庆如还丹。譬喻两琪树,出处各岩峦。上枝承雨泽,六根快游槃。

曹寅在五年前就任内务府郎中,出为织造乃正常差遣,何"旷典"之有,而使杜岕那样的高兴?他打了个比方来回答。杜岕将曹寅和曹宣兄弟比作长在不同山岩上的两棵琪树,而以"上枝"比长子曹寅。"琪树"典出《山海经·海内西经》,即赤色玉树。刘禹锡早就用"琪树"赞誉徐使君的儿子(见《刘梦得文集》卷二十四),杜岕又决不会自比玉树,所以"两琪树"只可能是指曹氏兄弟。时曹宣早已任康熙帝侍卫,故"出处"不会是指曹氏兄弟"或出或处"。"出处"也不会是指他们兄弟的仕途出身,因为他们都是内务府包衣,都从侍卫起家。因此,"出处各岩峦"只能是指曹寅和曹宣非一母所生。长子曹寅本非嫡出,今得皇帝特命济美父职,故杜岕称为"旷典"。

综合以上情况,曹寅和曹宣很明显不是同母所生的兄弟。可是,曹寅自己曾在诗中称曹宣"同胞生""同胚胎"(见本章第二节),这又应该如何解释?《汉书·东方朔传》对"同胞"注:"胞者胎胞之胞,言亲兄弟。"中国封建社会的亲属关系拉得很宽,四世、三世同堂的家庭很多,聚族而居的现象很普遍,对同高祖、同曾祖、同祖兄弟而言,同父兄弟便是亲兄弟,孔颖达《毛诗正义》卷九《小雅·常棣》疏即谓:"兄弟者,共父之亲。"故所谓"同胞(或同怀)兄弟"并不非要同父同生母不可,这是父系社会只承认父系血统特点的反映。如李果为李煦撰《行状》,说他有"同怀弟五人",其实这五位弟弟都不与李煦同一生母,他们兄弟六人倒有四个生身母亲[①]。朱彝尊也称曹宣是曹寅的

[①] 见李果《在亭丛稿》卷十一《前光禄大夫户部右侍郎管理苏州织造李公行状》及杜臻《广东巡抚都察院右副都御史李公士桢墓志铭》(钱仪吉《碑传集》卷六十六)。

"同怀子"①,可见当时人的理解是一样的。还有一例:曹雪芹表兄平郡王福彭乾隆十三年(1748)病卒,其子庆明袭爵。两年后庆明又死,由福秀(亦曹寅女生)之子庆恒过继袭封平郡王。庆明、庆恒实际上是堂兄弟。而清《宗室王公世职章京袭次全表》在"多罗平僖郡王庆明"条下载:"伊胞弟庆恒承袭多罗克勤郡王。"(见《关于江宁织造曹家档案史料》附录)以上各例可以证实,当时"同胞"一词的实际内涵较今为广。因之,"曹寅和曹宣是异母兄弟"之推论还是可以成立。

二 兄弟不和

曹寅是曹玺的庶长子,却实际上继承了其父的职位,且"圣恩有加无已",屡任巡盐,贵为三品通政使。曹宣是嫡子,地位却大大低于乃兄,不过在京任侍卫兼南巡图监画,终其身仅任六品司库。这样,曹寅与孙氏、曹宣之间关系不很融洽,就是很自然的了。

最早暗示这一点的是曹寅好友、流寓江宁的明遗民杜岕。康熙二十四年(1685)五月底,曹寅携母弟扶父柩回京,杜岕送至江边,赠以长诗《思贤篇》(《些山集辑》卷二),以季札和曹植作比:

昔有吴公子,历聘游上国。请观六代乐,风雅擅通识。彼乃闻道人,所友非佻达。又有魏陈思,肃诏苦行役。翩翩雍丘王,恐惧承明谒。种葛见深衷,驱车吐肝膈。古来此二贤,流传著史册。

杜岕暗示我们,曹寅的"深衷"就是"昔为同池鱼,今为商与参"(见曹植《种葛篇》),因兄弟不和而苦闷。而他吐露的"肝膈",就是要登泰山以求仙(见曹植《驱车篇》)。何以父亲一死,年富力强且政治上春风得意的曹寅会有这类怪念头?

从《楝亭诗别集》卷二的《放愁诗》中,我们可以发现曹玺死后一段时间内,曹寅与孙氏、曹宣母子兄弟不和的迹象:

哀兹渺身,包罗百忧。膏煎木寇,日月水流。我告昊天,姑为放愁。天净如镜,明含万蠢。仰呼不应,口枯舌窘。摩抚劬劳,泣涕星陨。

---

① 朱彝尊《曝书亭集》卷二十三《题曹通政寅思仲轩诗卷》:"眷念同怀子,因题思仲诗。"

五脏六腑,疮痍未补。芒刺满腹,荼蘖毒苦。反照四顾,觅愁何所。

　　南山有松,脊令于飞。我今褰裳,采蘩采薇。白发坐堂,绿发立阶。良食衍尔,含饴哺孩。手足辑睦,琴瑟静偕。千春相保,咫尺莫乖。

　　丰获勤耨,馆粥伛偻。偶有旨酒,爱念好友。二簋相享,薄醉携手。俯察濠梁,傍嗤乌狗。

　　骑马食肉,转背枯骨。仙人羡门,披叶跨鹿。菖蒲紫茸,金丹红熟。饱食生翼,风雷捧足。抱一以终,返魂于屋。千年万年,愁不敢出。

前三章的悲叹哀号,画出曹寅作为父亲新丧之孝子哀毁逾恒的情景,特别是其中"摩抚劬劳,泣涕星陨"句,可以确证此诗必作于曹玺死后不久。第四、五章明以孙氏、曹宣为一方:"南山有松,脊令于飞。"而以自己为另一方:"我今褰裳,采蘩采薇。"曹寅声称自己将离家出走,躬耕田亩,馆粥自乐,并希望能以自己的隐退换得母亲的欢乐、兄弟的和睦与家庭的幸福。如果不是曹寅一家母子、兄弟大闹矛盾,曹寅又何至于要挂冠归隐,说出这一大套斩情绝义的怪话呢?此诗末章更提出要以求仙学道为却愁之方,证以杜岕"驱车吐肝膈"之句,大约当时曹家家庭矛盾尖锐,曹寅伤心之余,曾萌出世之想。其详情虽不可知,总是与争夺织造肥缺及家庭财产继承权有关。

　　前章第一节已经提到,曹玺死后,曹寅本已奉旨"协理江宁织造",次年五月却又回京任内务府郎中,其中原因颇难索解。而杜岕《思贤篇》一开始即将曹寅比作让国于兄弟的古代二贤季札和曹植,也令人难以解释。但如将两者联系起来考虑,问题就豁然开朗了。从各方面材料综合分析,我们可以推断:曹玺一死,康熙帝有意让曹寅继任,故先命其"协理江宁织造"。但这一任命不会受到孙氏和曹宣的欢迎,因为一旦曹寅正式就任江宁织造,就意味着康熙帝支持曹寅取得了曹家的家长地位,曹宣的嫡子继承权就将受到损害,而这是孙氏和曹宣所不能接受的。二十三年(1759)十一月初,康熙帝南巡回銮至江宁,亲临织造署抚慰曹玺遗孤,孙氏当有见驾机会,她可以向康熙帝提出请求。曹寅是"讲性命之学"的理学家,最重忠孝友于等儒家道德伦理,于是效法季札"让国不居"和曹植"以天下让"的义举,辞去"协理江宁织造"之职,并奏请康熙帝更改旨意,让"爱弟"曹宣承继父职。而且,至迟在康熙二十三年十一月初三纳兰成德随康熙帝至江宁织造署见到曹寅之时,康熙帝已决定让曹寅进京任内务府郎中,并内定在若干年后再将曹寅外

放织造,因为纳兰成德在《曹司空手植楝树记》内曾记述他当时与曹寅的谈话:

> 余谓子清:"……今我国家重世臣,异日者子清奉简书乘传而出,安知不建牙南服,踵武司空?……"

时纳兰成德已是御前一等侍卫,与康熙帝朝夕相处,对康熙帝的意图早有领会。虽纳兰成德生性谨慎,未曾明言,亦已向曹寅透露消息,略致安慰之意。从纳兰成德此文可知,当时康熙帝心中已有成算:先安排曹寅回内务府任职,曹宣为侍卫,使兄弟俩各得其所;若干年后再将曹寅外放江宁织造,这样就与庶长子袭职无关了,孙氏和曹宣也无话可说。曹寅"忠""孝""友"一箭三雕,岂不妙哉!据《历朝八旗杂档》,马桑格康熙二十三年十二月初三日升江宁织造,从时间推断,正是康熙帝南巡回京后根据曹家情况而作出的决定。

曹寅在康熙帝支持下作了战略撤退,曹宣又如何表示呢?《楝亭诗钞》卷一有《黄河看月示子猷》一首,排在《北行杂诗》之前,应是次年曹寅携家北上途中所作。内称:

> 视子负奇气,听我播清言。清言亦可饱,万古多缤繙。……与子共此杯,持身慎玙璠。莫叹无荣名,要当出篱樊。

曹宣似颇有牢骚不平之意,故乃兄谆谆相劝,勉励他谨慎修身,提高修养和能力,超越樊篱。曹宣何以父亲一死就对兄长发牢骚,岂不耐人寻味?其实,不但曹宣,连孙氏对曹寅也是心怀不满的。康熙三十八年(1699),冯景撰《御书萱瑞堂记》,按照题意,应写寿母孙氏之慈,可文章却偏大谈曹寅之孝,言下似有赞扬曹寅克孝,而致家庭和睦者:

> 今世使臣,例得养亲官所。……臣则无忧北山,子则循彼南陔。虽草木之无知,皆欣欣有以自乐,固无物非忘忧之草、蠲忿之花也。矧闻曹公克孝,令母亦慈。《记》曰:"有深爱者,必有和气。"北堂之老,顾而乐之,是家之肥也,瑞莫大焉。

嵇康《养生论》有言:"合欢蠲忿,萱草忘忧。""忘忧之草"可算题内应有之辞,可何必要扯到"蠲忿之花"呢?据崔豹《古今注》,用合欢赠人可以消怨合好。谁有怨忿?孙太夫人。忿从何来?亲生之子不得承继。忿何得蠲?是"曹公克孝"的效果。冯景引《礼记·祭义》中"孝子之有深爱者,必有和气",在此不很确当,因为孙太夫人健在;他又用《礼记·礼运》"父子笃,兄弟睦,夫妇和,家之肥也"典,也有点文不对题。如果不是家庭和睦已经成为曹家的首要问题,冯景又何至于要硬用不合适的典故呢!这些都发人深思。在温情脉脉的纱幕后面,有否演出过类似曹雪芹所写的乌眼鸡们的悲喜剧呢?对此,曹寅是讳莫如深的。康熙四十四年(1705)五月,曹宣去世,次年初孙氏病故。三年以后,曹寅在真州盐运使院写《思仲轩诗》二首(《楝亭诗钞》卷六)纪念曹宣,深自忏悔当年有违于"古道",以致弟曹宣沉沦下僚,未为世用:

> 昔人营栋宇,特惜轮囷奇。樗散昧古处,栏楯违心期。(其一)

前两句比曹宣为栋宇奇材,后两句叹息曹宣的投闲置散,痛悔自己的为德不卒。"古处"典出《诗经·邶风·日月》:"日居月诸,照临下土。乃如之人兮,逝不古处。"《诗序》云:"《日月》,卫庄姜伤己也。遭州吁之难,伤己不见答于先君,以至困穷之诗也。"朱熹《诗集传》谓:"庄姜不见答于庄公,故呼日月而诉之。言日月之照临下土久矣,今乃有如是之人而不以古道相处,是其心志回惑亦何能有定哉。"曹寅决不会在诗中公开责备已经逝世的曹宣,所以此两句当是反躬自责。其意若曰:"筠石,你是高大美奂的栋梁之材,你的未为世用,完全是因为我未曾遵行古道,没有真正地仿效季札、曹植义举的结果。然而我本心并非如此,我也是为皇命所束缚限止,不得已啊!"的确,曹寅是有愧于季札、曹植"古来此二贤"的,因为他继任织造达二十二年之久,并没有真的让位于"爱弟"曹宣。时曹寅年逾五十,弟曹宣早已故世,曹寅以儒家先贤的道德标准衡量自己,总觉得对不起弟弟:

> 骨肉鲜旧欢,飘流涉沉痛。忆汝持节来,锦衣貌殊众。举眼历十稔,拱木已成栋。余生苶浮云,一逝岂能控。因风寄哀弦,中夜有余恫。(其二)

诗句确实是够沉痛的,然往日兄弟不和的真相也已暴露无遗了。

曹寅与曹宣确曾兄弟参商,从康熙帝谕旨中亦可略见端倪。康熙五十四年(1715)初,曹颙突然病故。正月初九日,康熙帝即亲自主持为曹寅立嗣,并传旨谕内务府总管:

李煦现在此地,着内务府总管去问李煦,务必在曹荃之诸子中,找到能奉养曹颙之母如同生母之人才好。他们弟兄原也不和,倘若使不和者去做其子,反而不好。汝等对此,应详细考查选择。钦此。(《关于江宁织造曹家档案史料》第1件)

康熙帝对曹寅的立嗣问题之所以考虑得如此周详,正是由于曹家兄弟关系复杂、矛盾尖锐,不得不慎重处理的缘故。

综上所述,可以清楚地看到,封建宗法制度所造成的嫡庶矛盾,以及随之而产生的对政治权力和家庭财产继承权的争夺,是曹寅和曹宣兄弟不和的起因。

三 "孝友"种种

曹玺、曹寅父子先后任江宁织造,织造署内有书斋名"楝亭"。楝亭是曹玺构筑,原为曹寅、曹宣兄弟的书室,室外有一株曹玺亲自种植的楝树。这棵楝树在曹家是先人德高望重的象征,当时的学者名流都将它比作召伯之甘棠遗爱人间,它对曹家诸人心理上所产生的影响不可低估。康熙二十九年(1690)四月曹寅出任苏州织造,百忙之中先在苏州织造署内修筑"怀楝堂",又于北堂之下遍植萱草,以示孝于父母[①]。两年后调任江宁织造,即重修楝亭,并继续以《楝亭图》广泛征集题咏[②],后索性自号"楝亭"并以之名集。这一切使得当时文人对曹寅的孝心称颂不已。"孝于父者忠于君",在忠孝之外,曹寅如能"友于兄弟",就更为尽善尽美。正是在这种思想指导下,作为"友于兄弟"的象征,江宁织造署内的西堂和真州使院的思仲轩就先后出现了[③]。

曹寅为了维护曹家母慈、子孝、兄友、弟悌的假象,做了多方面的努力。

[①] 见尤侗《艮斋倦稿》卷四《曹太夫人六十寿序》:"当司空在金陵尝筑楝亭,今农部于姑苏作怀楝堂以志慕。其事太夫人也,鲜馈鞠胎,尽晨夕之欢,北堂之下,又树萱焉。"

[②] 《楝亭图》题咏自曹玺死后即已开始征集。其第一卷第一篇题记即纳兰成德于康熙二十三年底所作的《曹司空手植楝树记》。次年五月,纳兰成德即病逝。

[③] "西堂"乃江宁织造署中之书斋,系一小轩,其取名来自谢灵运于永嘉西堂梦见弟惠连,得"池塘生春草"句之典。"思仲轩"实乃真州使院内之西轩,系曹寅为纪念曹宣而临时给予西轩的别名。西堂和思仲轩的命名都与曹宣有关。详见拙著《红楼梦研究·曹寅考》。

他事事处处克制忍让,以求得内心的平静与家庭的安宁。康熙二十三年(1684),他辞去了协理江宁织造的职位。接着,在二十五(1686)年五月,他接受曹宣长子曹顺为自己嗣子(详后),这实际上是对孙氏和曹宣的再次退让:保证自己将来的财产及恩荫均归曹宣之子所有。从有关史料来看,曹寅还放弃了曹玺遗产的继承权,让曹宣在经济上得到补偿。例如,曹振彦、曹玺一系的"受田"就全归曹宣继承。清兵入关后,在直隶省圈得大量土地分配给八旗士官为庄田,曹家在宝坻县西分得一批土地,见于《楝亭文钞》之《东皋草堂记》:

> 予家受田亦在宝坻县西,与东皋鸡犬之声相闻,仆仆道途,沟塍多不治。兄归,幸召佃奴挞而教之,且以勖弟筠石。至东皋墙垣篱落庖湢之处、耕艺之事,筠石爱弄文翰,尚能记之。予以未及见,故不书。

此文作于康熙四十年(1701)五月初三,文中所谓"吾家受田"即指顺治初分得的正白旗圈地,曹寅似暗示:此项田亩已属曹宣(筠石)所有,并为曹宣所管理,曹寅本人则从未去过宝坻田庄。所以康熙五十四年(1715)曹頫继任织造后向康熙帝报告财产数目时,已无"宝坻受田"一项:

> 所有遗存产业,惟京中住房二所,外城鲜鱼口空房一所;通州典地六百亩,张家湾当铺一所,本银七千两;江南含山县田二百余亩,芜湖县田一百余亩,扬州旧房一所。(《关于江宁织造曹家档案史料》第117件)

可证宝坻庄田确实早由曹宣承继,此项财产为唯一有案可稽者。而康熙帝前此曾云:"曹寅在彼处(按,指江宁、扬州一带)居住年久,并已建置房产,现在亦难迁移。"(上书第94件)但据曹頫报告不过田三百余亩、旧房一所而已。曹寅在北方的财产亦甚少,如其中还有曹玺遗产,就更难令人置信了。因而很可能曹寅在辞让织造之后,又将父亲的遗产给了曹宣。康熙二十四年(1685),杜岕《思贤篇》以季札、曹植之让国让天下比曹寅,这在当时正是用来比喻兄弟之间辞让产业的普通说法。康熙二十八年(1689),杜岕为曹寅《舟中吟》作序(见《些山集辑》卷一),赞誉曹寅"好学深思,绝利一源""有君子之心",其隐含意义正是赞誉曹寅从不汲汲于利,置金钱、地位于度外。理学家认为通过道德行为的积累可以达到"同天人,合内外"的理想境界,因而他们主张鉴别道德行为的标准应该是"公私之分,义利之辨",杜岕称曹寅

"绝利一源",正是对曹寅道德品质的最高评价。曹寅辞让织造于先,放弃父亲遗产于后,这才当得起杜岕的称赞。后来曹寅之妻兄李煦(亦系庶长子)也将其父李士桢的遗产让于地位较低的诸弟①,很可能是从曹寅那里受到的启示。

康熙二十九年(1690)四月,曹寅南下就任苏州织造前,为弟曹宣及诸子侄捐纳监生,此点已详见《总管内务府为曹顺等捐纳监生事咨户部文》。曹寅南下就职后,迎养嫡母孙氏于苏州、江宁两地,烝烝色养,朝夕问安,直至康熙四十五年(1706)孙氏去世。曹宣的四个儿子,亦均由曹寅抚养成人。为使嫡母孙氏和异母弟曹宣满意,曹寅的确做出了很大的努力和让步。曹寅真不愧是理学的忠实信徒、封建道德的身体力行者啊!虽然陀思妥耶夫斯基式地开掘其内心世界,恐怕也只是虚伪。

---

① 见李果《在亭丛稿》卷十一《前光禄大夫户部右侍郎管理苏州织造李公行状》及杜臻《广东巡抚都察院右副都御史李公士桢墓志铭》(钱仪吉《碑传集》卷六十六)。

第四章　曹颙、曹頫和曹氏家族的其他成员

　　曹颙和曹頫是曹雪芹的父辈。曹雪芹好友爱新觉罗·敦诚《四松堂集》卷一《寄怀曹雪芹霑》自注："雪芹曾随其先祖寅织造之任。"故雪芹应是曹寅之孙，亦即曹颙或曹頫之子。因曹颙早在康熙五十四年（1715）初病死，故无论雪芹之生父为颙为頫，实际对他负教养之责的只能是曹頫。对曹颙和曹頫生平经历的考察将有助于我们了解《红楼梦》的创作背景及曹雪芹的早期生活道路。

第一节　曹　颙

　　曹颙（1689—1715），字孚若，小名连生，康熙二十八年（1689）生于北京，五十三年（1714）底因进京染疾，五十四年（1715）初病逝，年仅二十七岁。

　　曹颙是否曹寅亲生之子，对此史料记载不一。1983年发现《总管内务府为曹顺等捐纳监生事咨户部文》（以下简称"咨文"），内载："三格佐领下南巡图监画曹荃之子曹颙，情愿捐纳监生，二岁。"令研究者大惑不解：难道曹颙与曹頫一样，也是曹宣之子而过继给曹寅的吗？要解决这个问题，先得对现有材料进行鉴别。

　　《关于江宁织造曹家档案史料》一书中记曹颙系曹寅之子的材料有数十条，但可以直接证明曹颙确系曹寅亲子的只有一条，见于康熙五十一年（1712）九月初四日《曹寅之子连生奏曹寅故后情形折》：

　　　　奴才年当弱冠，正犬马效力之秋，又蒙皇恩怜念先臣止生奴才一
　　　　人，俾携任所教养，岂意父子聚首之余，即有死生永别之惨。

此折系曹颙亲笔用汉语书写，当然比内务府笔帖式用满文缮写的《咨文》要

可靠。"止生奴才一人",语意明确,绝无别解。如𬱟原系宣子而嗣为寅子者,则此处自当云"止有奴才一子"。

再看同时代人的旁证:

(1)康熙五十四年(1715)正月十二日《内务府奏请将曹𬱟给曹寅之妻为嗣并补江宁织造折》(同上)引康熙帝口谕:

> 着内务府总管去问李煦,务必在曹荃之诸子中,找到能奉养曹颙之母如同生母之人才好。

深明曹家底细的康熙帝如此措辞,可见曹颙之母即曹寅之妻李氏原系颙之"生母"。

(2)萧奭《永宪录·续编》雍正六年条下记:

> 颙之祖□□与伯寅相继为织造将四十年。寅字子清,号荔轩,奉天旗人,有诗才,颇擅风雅;母为圣祖保母,二女皆为王妃。及卒,子颙嗣其职。颙又卒,令𬱟补其缺,以养二世孀妇。

明言𬱟为寅之侄,而颙为寅之子。

(3)雍正七年李果为李煦撰《行状》文中追叙李煦与曹寅的交谊,谓:

> 初公与曹公更代视盐也,曹公病,公问疾,弥留之际,曹公张目以盐政及校刊《佩文韵府》书局事属公,公诺之。又念曹公两世官织造,奏请其子颙继任。又二年而颙即世,公复保奏颙从弟𬱟复任织造事,不以生死易交。

𬱟为宣子,而李果称之为"颙从弟",可见颙、𬱟非亲兄弟,颙当为寅亲生之子。总之,颙为曹寅亲生既有曹颙亲笔所书奏折为证据,又有康熙帝口谕和萧奭、李果等人的记载为佐证,已有充足的理由可以成立。曹颙既是曹寅亲子,则《咨文》必定有缮写错误。内务府笔帖式缮写时很可能将曹颙与曹颜搞错了位置,颙与颜年龄仅差一岁,这种笔误是很可能发生的。

关于曹颙的生平事迹,因其享年不永,史料记载不多。他出生时其父曹寅已三十二岁,年过而立始得麟儿,故名之曰"连生",以祈多男。又为其取学名"颙",取自《易·观卦》:"观,盥而不荐,有孚颙若。"孔疏:"颙,严正之貌。"乃以儒家的道德风范激励之,以寄曹氏家族之厚望。两岁时,曹颙即随曹寅南下，在苏州、江宁度过了青少年时代。由于其父精心培育，曹颙在文武两方面都得到发展。康熙帝后四次南巡均驻跸江宁织造署，对少年曹颙颇为赏识喜爱。

康熙四十八年(1709)二月，曹寅次女入京嫁为某王子妃，曹寅向康熙帝报告："臣有一子，今年即令上京当差，送女同往，则臣男女之事毕矣。"(《关于江宁织造曹家档案史料》第 56 件)但曹颙进京之后未即当差，到五十年(1711)四月初十方始引见。曹宣三子曹桑额(颜)同时引见，录取在宁寿宫茶房。二十三岁的曹颙由于康熙帝的特殊照顾未即当差。当年冬十一月，曹颙育有一子[①]，见张云章《朴村诗集》卷十《闻曹荔轩银台得孙却寄兼送入都》。次年春二月，曹寅携曹颙及新生孙儿返回江宁。六月十五日，曹寅赴扬州监督《佩文韵府》出版事宜，曹颙随往。七月二十三日，曹寅病故。

曹寅死后，当时的江西巡抚署两江总督郎廷极即上奏，谓"江宁地区士民""纷纷在奴才公馆环绕具呈、称颂曹寅善政多端，吁恳题请以曹寅之子曹颙仍为织造。"当年十月十五日，内务府总管奏请补放江宁织造，提出广储司郎中兼骁骑参领马尔嘎等五人为候选人，康熙帝则以"曹寅在织造任上，该地之人都说他名声好，且自督抚以至百姓，也都奏请以其子补缺。曹寅在彼地居住年久，并已建置房产，现在亦难迁移"为理由，一反织造必须从内务府司员中简派的惯例，特命仅有监生资格的曹颙继任江宁织造。曹颙于受命之后，即赴京谢恩。次年正月初九，放曹颙为主事。二月初二，曹颙抵江宁就任(据《关于江宁织造曹家档案史料》第 90、94、98 件)。

曹颙奏折今已发现者有 20 件[②]，虽然其中大部分系请安、奏报到任及晴雨录，但有两折甚可注意。其一为康熙五十一年(1712)九月初四日的《曹寅之子连生奏曹寅故后情形折》，这长达五百余字的奏折不仅向康熙帝倾诉了曹家世代对主子的忠诚，追叙了曹寅逝世前的情况，还特别提到了曹寅生前的亏欠，叩谢康熙帝特命李煦代管盐差一年以补亏欠的"圣恩"，措辞得体，简练详备，充分表现出曹颙的章奏文才。其二系次年十二月二十五日的《江

[①] 或谓此子即曹雪芹，详吴新雷《曹雪芹江南家世考》中《〈朴村集〉所反映的曹家事迹》一文。

[②] 《关于江宁织造曹家档案史料》有 7 件，《江宁织造曹家档案史料补遗》有 13 件(《红楼梦学刊》1980 年第一、二辑)。

宁织造曹頫奏请进盐差余银折》(《关于江宁织造曹家档案史料》第92、108件),于输诚感激"天恩"之外,将所有盐差任内除补亏欠银等五十四万九千余两之余剩银三万六千两"恭进主子添备养马之需,或备赏人之用"。其实此时曹家单私债就有三万两,曹頫此举显示了他处置经济事务的能力,也充分显示出他对康熙帝的忠诚。果然此折得到了康熙帝"体贴入微"的御批:

> 当日曹寅在日,惟恐亏空银两不能完,近身没之后,得以清了,此母子一家之幸。余剩之银,尔当留心,况织造费用不少,家中私债想是还有,朕只要六千两养马。

一次即赏银三万两,在当时也是极其少有的"恩典"。固然这是康熙帝对曹寅一家的破格照顾,但如果曹頫不能如此得当地处理余银而擅自动用,则在康熙帝身后,此三万六千两余银必将归入曹家亏空,带来无穷的后患。

然曹頫虽有经济之才,却不幸短命而死,未能一展抱负,重兴曹家。五十三年(1714)冬曹頫进京述职,即染重病,康熙帝"日遣太医调治,寻卒,上叹息不置"(康熙六十年《上元县志·曹玺传》),并对曹頫做了如下评价:

> 曹頫系朕眼看长成,此子甚可惜。朕所使用之包衣子嗣中,尚无一人如他者。看起来生长的也魁梧,拿起笔来也能写作,是个文武全才之人。他在织造上很谨慎,朕对他曾寄予很大的希望。(《关于江宁织造曹家档案史料》第111件)

从康熙帝的评价,可知曹頫的才能品质均很出色。曹頫因享年不永无所建树,但他极可能是曹雪芹的生父,对他略作考察是必要的。

第二节　曹 頫

曹頫,字昂友,号竹居[①],曹宣第四子,康熙三十五年(1696)至三十七年(1698)之间生于北京。幼时即由伯父曹寅带在江南抚养。康熙五十四年(1715)正月,曹頫病故,在康熙帝的直接主持下,曹頫过继为曹寅嗣子,并补

---

① 曹頫字昂友,见康熙六十年刊《上元县志·曹玺传》;号竹居,见《曹学论丛》所载周汝昌《曹頫题陶柳村画海棠册初考》。

放江宁织造，授予主事之职。五十六年（1717）十一月，曹頫提升为员外郎[①]。雍正五年（1727）底，因骚扰驿站离职受审。同年十二月二十四日，雍正帝下令江南总督范时绎查抄曹頫家产。次年曹家离开江宁回京。自此，曹雪芹家在江南将近六十年的生活宣告结束。

曹頫是曹雪芹之嗣父，对少年曹雪芹负有教养之责任。曹氏家族从曹頫开始衰落，曹寅一支的抄没对曹雪芹的成长有着直接影响，因而考察曹頫其人的生平经历特别是雍正帝将其抄家的原因，是了解曹雪芹家世和《红楼梦》创作背景必不可少的工作。

一 曹頫的青少年时代

曹頫少年时期生活在江宁、扬州一带，由精通理学及文艺的伯父曹寅亲自教养，颇受曹寅称誉。《楝亭诗别集》卷四有《辛卯三月二十六日闻珍儿殇书此忉恫兼示四侄寄西轩诸友三首》，其二即为四侄曹頫所写：

> 予仲多遗息，成材在四三。承家望犹子，努力作奇男。经义谈何易，程朱理必探。殷勤慰衰朽，素发满朝簪。

此诗首联别一版本为"世出难居长，多才在四三"，"世出"即嫡出，所以曹頫应是曹宣嫡子。从此诗可知：

（1）曹頫是曹宣诸子中之佼佼者，年虽少而已多才多艺，将来且有"成材""承家"之希望。此处"承家"，小而言之，是希望三侄、四侄"承"其父曹宣之"家"，完成其父的未竟之志；大而言之，乃希望他们能"承"整个曹氏家族，继承先人的基业并发扬光大。总之，"承家"不会是专指"承"曹寅自己之"家"，因为其时曹寅自有亲子曹颙在。如果曹寅竟有让四侄来继承自己家业的想法，那不仅不合宗法制度，而且将在已经矛盾重重的曹氏大家庭中造成更大的矛盾，这断非老于世故的曹寅之所为者。

（2）"经义谈何易，程朱理必探"二句显示，曹頫在曹寅的多年教育熏陶下对儒家经典及程朱理学颇为钻研，已有心得，而这显然是在为参加科举考试作准备。曹寅年轻时就与弟曹宣在江宁"讲性命之学"，是个水平不低的理学家。清代最高统治者提倡理学，以科举制度笼络知识分子，这些文化政策

[①] 详见拙著《红楼梦研究·曹頫考》。

都会对曹寅及其一家产生极大影响。将此联与"成材""承家"诸句合看，或曹寅希望曹頫将来能从科举出身，博取正途功名，光宗耀祖。因为当时清朝已进入升平时代，非如从龙入关之时，包衣亦可不次晋升。曹宣仅官内务府司库，并无恩荫之例。曹頫又系幼子，在内务府求取美差亦非易事。以此种种，不如以己之长，另谋出路。"谈何易""理必探"两句语意恳挚，期望切殷。"努力作奇男"句更是对少年曹頫的激励。它们都从侧面反映出少年曹頫的精神面貌：这是一位自幼按照封建主义的规范教育出来的人物，钻研理学，熟习经书，乃克肖曹氏家族先人的佳子弟。曹寅在他身上寄托极大的希望并非偶然。

总之，由此诗看来，曹頫在少年时代对理学已有了相当的了解，有着广阔美好的发展前景。然由于曹颙意外的早逝，他被康熙帝指定为曹寅嗣子，继任江宁织造，被授予主事之职，从此失去了从科举正途求取功名的可能。

据康熙六十年(1721)刊《上元县志·曹玺传》记载，曹頫"好古嗜学，绍闻衣德，识者以为曹氏世有其人云"。"绍闻衣德"典出《尚书·康诰》："今民将在祇遹乃文考，绍闻衣德言。"意谓曹頫能继承及奉行先人的德化和教言。虽官修县志难免有溢美之词，或曹頫后确如曹寅所期望的那样，钻研儒家经典，深明程朱理学，在江宁织造任上博得了良好的声誉。当然，这是仅就曹頫的个人道德品质所作评价，并不能反映其居官行事之全貌。在明清时代，由于理学日益成为官方哲学，对官吏的道德评价常常代替了对其行政管理水平的考察。据两淮盐政噶尔泰报告，曹頫将织造事务交与管家丁汉臣办理，且在织造任上又累年亏空，或其道德修养尚好而管理能力并不出色。

二　曹頫获罪抄家原因

雍正五年(1727)十二月二十四日，上谕着江南总督范时绎查封曹頫家产，这就是一般所谓的"曹頫获罪抄家"。其中缘由，学术界颇有争议。持政治牵连说者将曹頫之抄家放到雍正前期整个政治历史背景下考察，强调事物之间的联系和相互影响，其方法是正确的，然结论多系推测，尚需直接史料加以证实。持经济原因说者否定政治原因的存在，因为曹頫在经济上亏空大量帑银及骚扰驿站均明见于历史档案而政治罪案查无实据。笔者窃以为后者审慎有余而通变不足，因为政治方面的原因可能只是一种潜在因素，不一定明文载于档案,但它对事物的发展方向可能起着相当大的甚至是决定性的作用,实不应忽视它存在的可能。1986 年,魏鉴勋在大连图书馆发现雍正六年(1728)六月十一日总管内务府关于曹頫等骚扰驿站案的题本,从中可见曹頫骚扰驿站仅得革职处分,与其抄家并无必然联系,至少并非因果关系。在对目前所能见到的有关史料详加推敲研讨之后,笔者认为,曹頫之所以被抄家,实际原因有二。

其一,雍正帝怀疑曹頫结党附托、造言诽谤,因而厌恶曹頫,曹頫的亏空与失职更加深了雍正帝的恶感,终以其骚扰驿站为由交内务府及吏部严审。

其二,在曹頫离职受审之时,曹家内部有人向雍正帝告发曹頫转移家财,引起雍正帝震怒,以至下令抄家。

这两条原因(前者为远因,后者为近因),乃抄家之真正导火线。

其一　抄家远因

雍正帝对曹頫的怀疑厌恶之心,实由来已久。最能说明问题的是雍正二年(1724)曹頫请安折上的长批:

> 朕安。你是奉旨交与怡亲王传奏你的事的,诸事听王子教导而行。你若自己不为非,诸事王子照看得你来;你若作不法,凭谁不能与你作福。**不要乱跑门路,瞎费心思力量买祸受。除怡王之外,竟可不用再求一人托累自己。**为什么不拣省事有益的做,做费事有害的事?因你们向来混帐风俗贯〔惯〕了,恐人指称朕意撞你,若不懂不解,错会朕意,故特谕你。若有人恐吓诈你,不妨你就求问怡亲王。况王子甚疼怜你,所以朕将你交与王子。**主意要拿定,少乱一点,坏朕声名,朕就要重重处分,王子也救你不下了。**特谕。(《关于江宁织造曹家档案史料》第 152 件)

此谕虽长,中心要点只有两点:一是除怡亲王外,不准与他人攀援结党。二是不准"坏朕声名"。它实际上是雍正帝对曹頫的严重警告,与当时朝野政局密切相关。

雍正帝即位之初,官场贪风横行,官僚朋比党援,言官溺职。故雍正帝以粉碎朋党及整顿吏治为当务之急。他一再颁布上谕,指摘朋党之害,并亲撰《朋党论》,特别驳斥欧阳修的"君子以同道为朋"说,肯定"君子无朋,惟小人则有之"。台北"故宫博物院"藏有此长谕的润饰修订本,其中"不要乱跑门路"句改为"不可乱投门路,枉费心思力量而购觅灾祸","因你们向来混帐风俗贯了"修改为"朕因尔等习惯最下,风俗专以结交附托为良策"。语意较原批更加明确。由此修改后的朱批,可见雍正帝确认为曹頫有"结交附托"之嫌疑。当时总理朝政的四大臣乃廉亲王允禩、怡亲王允祥、舅舅隆科多与大学士马齐。其中允禩乃反对派的首领;隆科多与年羹尧二人初受褒奖重用,不久即遭疑忌,雍正二年(1724)冬已有密旨命诸大臣与之疏远(详见杨启樵《雍正帝及其密折制度研究》);马齐原系允禩同党,时已年老昏庸,唯利是图;唯有怡亲王允祥自幼由雍正帝亲身陶冶教育,最为忠心。故雍正帝将曹頫交与怡亲王,命其"诸事听王子教导而行",正是不准曹頫与他人攀援结党之举。看来雍正帝似乎怀疑曹頫有攀附交结允禩、隆科多和马齐等人的可能。曹頫实际上有否攀附虽不可详知,然一旦引起皇帝怀疑,总是凶多吉少。且雍正十三年(1735)十二月十六日《内务府奏查各处呈报赔款案均符恩诏请予宽免折》所附分赔单内,记有曹寅家人吴老汉(后为曹頫家人)供出曾"馈送""原任散秩大臣佛保银一千七百五十六两","原任大学士兼二等伯马齐欠银七千六百二十六两六钱","原任尚书凯音布收受馈送银五千六十两"。可见曹家确有到处送银,拉拢结交显贵之事实。而据康熙五十四年(1715)正月十二日内务府折,奉旨挑选曹頫为曹寅嗣子的三名内务府总管之一,即日后的大学士马齐,则曹頫与马齐似亦关系切近。曹頫在雍正二年(1724)四月初四日的贺折中又忘乎所以,盛赞大将军年羹尧凯旋,甚至有"凯奏肤功,献俘阙下,从古武功未有如此之神速丕盛者也"等吹捧过火之语,虽当时朱批"文拟甚有趣",日后难免招致疑心。雍正帝为人精明而又多疑,怀疑曹頫"结交附托"实事出有因。

再看第二点。曹頫乃区区包衣小奴才,何能对皇帝的"声名"构成威胁?即令曹頫贪污渎职,乃至结党谋叛,与雍正帝的"声名"有何相干?除非曹頫对皇帝妄加评议或散布流言,那才会败坏影响皇帝的声誉。清史研究者均认为:康熙后期,诸皇子为谋帝位同室操戈彼此倾陷;雍正帝即位以后,允禩、允禟、允䄉、允禵等辈悻悻不平,怨恨诽谤,使新君难以安枕高卧。雍正七年(1729)颁发之《大义觉迷录》中,也有上谕透露"允禩等之逆党奸徒造作蜚语布散传播"之事实。如将上引朱批放到这一特定的历史环境中分析,可知雍正帝怀疑曹頫有诽谤攻击之可能。曹頫实际上有否诽谤,史书无可稽查。

雍正帝究竟怀疑曹頫可能造谤何种言语，今亦无从拟定。当然，单凭怀疑并不能定曹頫之罪，然雍正帝对曹頫的厌恶之心恐也从此难以消除了。

此谕另一点值得注意的是，它从侧面透露了怡亲王允祥在雍正元年（1723）曾救护曹頫之事实。

雍正元年十二月初一日，两淮巡盐御史谢赐履《奏明解过织造银两折》（见《雍正朱批谕旨》第十三册）奏称曾两次解过江宁织造银共八万五千一百二十两，部议令曹頫解还户部，而曹頫竟无回复。在此前后，曹頫具文咨部，请求将此亏空帑银分三年带完，经户部题请允准。故在次年正月初七日的《奏谢准允将织造补库分三年带完折》中，曹頫有了这样可怜的哀鸣：

> 奴才实系再生之人，惟有感泣待罪，只知清补钱粮为重，其余家口妻孥，虽至饥寒迫切，奴才一切置之度外，在所不顾。凡有可以省得一分，即补一分亏欠，务期于三年之内清补全完，以无负万岁开恩矜全之至意。

将此折"奴才实系再生之人"等句与上引朱批"王子甚疼怜你""王子也救你不下了"诸语对看，似乎在元年秋冬，雍正帝曾欲就曹頫亏空案对其进行某种处置，为同情曹頫的怡亲王所救。怡亲王自元年三月起奉旨管理户部，江宁织造钱粮按规定由户部销算（见《总管内务府现行则例》广储司册卷二），上述亏空帑银又系户部库银，故在因亏空而处理曹頫时怡亲王允祥有一定的发言权。户部题请之得雍正帝批准，应系怡亲王之力。雍正八年（1730）五月怡亲王允祥故后，雍正帝接连颁发上谕表示哀悼，曾谓：

> 王自总理户部以来，谦领度支，均平贡赋；月要岁会，令肃风清；无弊不除，无惠不举。……如户部库帑累年亏空至二百五十万之多，王则经理多方，代为弥补；使各官脱然无累，子孙并免追赔：此王之功德及于众姓者也。又如朕因怡亲王之奏而蠲免多年之逋欠，宽宥各官之处分：此王之功德及于天下者也。（引自雍正八年五月二十六日上谕，《钦定八旗通志》卷一《敕谕四》）

由此可见，怡亲王救援曹頫确有根据，并非想象；曹頫亏空之帑银，在怡亲王生前应已补完。这样，曹頫在雍正前期未曾因亏空而致抄家就得到了适当的解释。

在雍正帝即位之初，曹頫已因亏空而经受了一次严重的风浪，虽因怡亲王救护而过了难关，但曹頫既已引起皇帝的猜疑与厌恶，即使"战战兢兢，如履薄冰"，也难逃劫运。四年（1726）三月，曹頫因"织缎轻薄"罚俸一年，并令织赔。同年冬十一月，曹頫进京送赔补绸缎，上谕"著将曹頫所交绸缎内轻薄者，完全加细挑出交伊织赔"，此谕一下，恐其所交之赔补绸缎又将重行退回织赔了。五年（1727）正月，两淮盐政噶尔泰向雍正帝密折报告"访得曹頫年少无才，遇事畏缩，织造事务交与管家丁汉臣料理。臣在京见过数次，人亦平常"。噶尔泰密折中有"访得"二字，可见他前此曾奉雍正帝之命对曹頫进行察访。利用密折制度以监视官场本乃雍正帝之乾纲独运，命两淮盐政就近监察曹頫亦是情理中事。更可注意者是雍正帝在噶尔泰密折上的旁批："原不成器。""岂止平常而已！"（《雍正朱批谕旨》第四十七册）曹頫在少年时代就被伯父曹寅称为"多才"，寄以"成材""承家"之希望，隔了十五年却被雍正帝认为远远达不到平常人的标准。雍正帝对曹頫的厌恶之情已经十分明显。五个月以后，曹頫又因织造御用石青缎匹落色罚俸一年。曹頫在两年之内屡受严谴、罚俸，其前跋后疐、动辄得咎之情状可以想见。

当时江南三织造按惯例轮流督运，进京述职。曹頫既在四年进京，次年应由苏州织造高斌督运。五年（1727）五月二十二日，内务府奏请雍正帝指定官员暂代高斌织造事务，奉上谕："高斌着不必回京，仍着曹頫将其应进缎匹送来。"这位苏州织造高斌乃内务府镶黄旗包衣，时任内务府郎中，后擢升江南河道总督，官至文渊阁大学士，是雍正帝的心腹亲信。雍正帝何故舍其心腹而改令其素昔厌恶之曹頫督运，或雍正帝欲待曹頫"及陷于罪，然后从而刑之"，因为曹頫后来果然在督运中出了岔子，被山东巡抚、雍正宠臣塞楞额所参奏。这种"诛心之论"大概永远不会发现正式档案记载，但仍不失为一种可能的推论。

根据大连图书馆藏《雍正六年六月二十一日总管内务府题本》，塞楞额参劾曹頫等骚扰驿站的奏疏于十一月二十四日发出，十二月四日雍正帝即朱批：

> 朕屡降谕旨，不许钦差官员人役骚扰驿递。今三处织造差人进京，俱于勘合之外多加夫马，苛索繁费，苦累驿站，甚属可恶！……织造差员现在京师，着内务府、吏部将塞楞额所参各项严审定拟具奏。（《关于

江宁织造曹家档案史料》第 164 件）

而据塞楞额的奏疏及曹𫖯等人的供词,织造督运于勘合外多加夫马原由织造官员与沿途州县协商而定,相沿已久,非曹𫖯违例多索。即如塞楞额奏疏亦谓:

> 在州县各官则以为御用缎匹唯恐少有迟误,勉照旧例应付,莫敢理论;在管运各官则以为相沿已久,罔念地方苦累,仍照旧例收受,视为固然。伏祈我皇上敕下织造各官,嗣后不得于勘合之外多索夫马,亦不得于廪给、口粮之外多索程仪、骡价。倘勘合内所开夫马不敷应用,宁可于勘合内议加,不得于勘合外多用,庶管驿州县不致有无益之花消,而驿马、驿夫亦不致有分外之苦累矣。(《曹𫖯骚扰驿站获罪结案题本》)

可见塞楞额本人也认为曹𫖯等人多索夫马银两有一定的合理性,应于勘合内适当议加夫马数额。因此,对曹𫖯等骚扰驿站案的处理可从宽亦可从严,取决于"圣上"之喜怒。然因雍正帝素来厌恶曹𫖯,便选择了从严一途,毫不留情地予以打击。

于是,曹𫖯就只能吞咽这次钦定差使的苦果了。先是交内务府及吏部严审;十二月十五日,内阁又奉上谕:"江宁织造曹𫖯审案未结,着绥赫德以内务府郎中职衔管理江宁织造事务。"(《关于江宁织造曹家档案史料》第 167 件)亦即正式令曹𫖯离职;其后九天即十二月二十四日,江南总督范时绎奉上谕查封曹𫖯家产。

这样,在雍正帝上台五年以后,屡经风浪的曹𫖯终于落得离职受审、抄没家产的下场。究其缘由,与雍正帝怀疑曹𫖯结党附托、造言诽谤,以至厌恶曹𫖯之居官行事、品德才具,有着密不可分的关系。

其二 抄家近因

为探讨曹𫖯抄家之近因,必须详读雍正帝于五年(1727)十二月二十四日下达的抄家上谕:

> 奉旨:江宁织造曹𫖯,行为不端,织造款项亏空甚多。朕屡次施恩宽限,令其赔补。伊倘感激朕成全之恩,理应尽心效力;然伊不但不感恩图报,反而将家中财物暗移他处,企图隐蔽,有违朕恩,甚属可恶! 着行文江南总督范时绎,将曹𫖯家中财物固封看守,并将重要家人立即严拿;

家人之财产，亦着固封看守，俟新任织造官员绥赫德到彼之后办理。伊闻知织造官员易人时，说不定要暗派家人到江南送信，转移家财。倘有差遣之人到彼处，着范时绎严拿，审问该人前去的缘故，不得怠忽！钦此。(《关于江宁织造曹家档案史料》第168件)

雍正帝性格每好哓哓多言，自恃利口健笔，于谕旨中详述其施政理由。此次虽为查封一包衣奴才之家产，其好多言之作风如旧。如细读加点文句，不难看出当时雍正帝"龙颜大怒"，必欲查封曹𫖯家产的直接起因。盖此直接起因并非骚扰驿站，因为上谕对此事只字未提，况且单凭此罪亦不足以抄人家产，曹𫖯实际所得处分亦不过革职赔银而已。抄家之直接起因甚至也不是亏空帑金，因为这早已是多年旧案，雍正帝本已"屡次宽限，令其赔补"，若无新犯，也难旧案重提，抄人家资；况且后来实际抄家所得又全部赏给了隋赫德，并未抵补亏空。故如不为传统说法所囿而重读雍正帝之上谕，可知曹𫖯被抄没家产之直接起因实乃上谕中反复细述的"转移家财""将家中财物暗移他处"，因而使雍正帝认为曹𫖯"有违朕恩，甚属可恶"，这才下谕封其家产，予以严惩。

雍正帝身为人君，当不至在处理一包衣奴才时信口造谣，上谕斥责曹𫖯"转移家财"，必得于他人密报。像雍正帝这类自信英明有为之君，平生最恨者乃为臣下所愚；今既得密报知曹𫖯转移家产，则以往曹𫖯"凡有可以省得一分，即补一分亏欠"诸语全属欺君谎言，而自己反为其蒙骗，一再施恩宽限，命其赔补，言念及此，焉得不恼羞成怒。雍正帝曾自述此种心理：

> 朕待内外大小臣工，推心置腹，事事至诚。而为臣者，尚忍以伪妄欺诈待朕，实可寒心！(《永宪录续编》)

此言见于雍正五年(1727)底之上谕，恰与其下令查封曹𫖯家产同时，乃了解雍正帝心理之最直接材料。上谕所言之"内外大小臣工"，应即包括曹𫖯在内。综观雍正帝之上谕，凡欲整治臣下之罪，必历数其种种负恩，并自诩为君之种种宽大，而以臣下之得罪为咎由自取。如雍正三年(1725)底以九十二款大罪处分年羹尧时，上谕内就有"今宽尔殊死之罪，令尔自裁，又赦尔父兄子孙伯叔等多人之死罪，此皆朕委曲矜全、莫大之恩。尔非草木，虽死亦当感涕也"(《雍正朝起居注》三年十二月十一日)等语，皆此种心理之表现。于是，曹𫖯在离职受审之后的第九天，又临到了抄家的打击。

从史料分析，雍正帝接到曹頫"转移家财"之密报，当在十二月十五日上谕着隋赫德管理江宁织造之后、抄家上谕发出的十二月二十四日之前的九天以内，而以二十四日当天或前一天最为可能，因为雍正帝一旦被激怒，必立即采取措施，迟疑不决非其办事之风格。密报者为谁，上谕并未提及，亦未见其他史料记载，然从各方面情况分析，密报者很可能系曹氏家族成员，这是因为：

（1）在曹頫已离职受审之后再密告其"转移家财"，此乃落井下石之行为，如非久有嫌隙者，当不至于此。

（2）上谕指责曹頫"将家中财物暗移他处"，此等隐秘之事外人一般难以得知，唯自家人了解最为详细。而上谕严令将曹頫"重要家人立即严拿""家人之财产亦著封固看守"，惩处及于曹家奴仆，故知此密告者非曹家下人。

（3）上谕又有"伊闻知织造官员易人时，说不定要暗派家人到江南送信，转移家财"诸语。"织造易人"在十二月十五日，此密告者在数日之内已将曹頫意向探明并报告雍正帝，必系雍正帝身旁近臣且与曹頫关系极为切近之人，亦即系曹氏家族成员且在内务府任职者。

根据笔者对曹氏家族成员概况的考察，这位在内务府任职之雍正近臣、与曹頫久有嫌隙之曹家亲丁，有可能就是曹頫的亲长兄，被康熙称为"不和者"而取消了入嗣曹寅资格，因而对曹頫怨愤妒羡的曹顺。当然，在未见明确史料记载之前，以上这段推理也只能作为一种假说，难成定论。但曹顺此后不久即升任内务府司官兼骁骑参领，或与密告出卖亲弟曹頫不无关系。当时曹家在内务府当差者尚有曹颜、曹颀、曹宜等人，在曹頫抄家案中他们有否落井下石，目前尚难完全排除其可能性。

曹氏家族内部矛盾由来已久，关系复杂，争斗激烈，在曹頫遭受抄家风暴的打击时，他的"一家子亲骨肉"自然会各有表演，对此我们似应予以充分的注意。

三 抄家之后的曹頫

曹頫此后的情况如何，这是大家十分关心的问题，因为这直接牵涉到曹雪芹青少年时代思想的发展、成熟与世界观的形成，故极有加以详论之必要。惜档案零落不全，我们只能就现有史料略加考析，为抄家之后的曹頫勾画一个简单的轮廓。

曹頫抄家之后,他在京城及江南的家产人口全部由雍正帝赏给其后任隋赫德。据萧奭《永宪录续编》,曹頫被抄没时家产已少得可怜:"封其家资,止银数两、钱数千、质票值千金而已。上闻之恻然。"但萧奭所记或得之传闻,并不确实,因为据《江宁织造隋赫德奏细查曹頫房地产及家人情形折》,仅在江南地区,曹頫及其家人就有"住房十三处,共计四百八十三间。地八处,共十九顷零六十七亩。家人大小男女共一百十四口","外有所欠曹頫银连本利共计三万二千余两"。如按雍正元年(1723)四月初九日总管内务府所奏李煦抄家清单(《历史档案》1981年第2期《总管内务府奏查抄李煦在京家产情形折》)中房地人口折银数估计曹頫家产,总数应在四万五千两以上。如再加上曹頫在北京地区的家产人口,总数当更可观。雍正帝素性节俭,此项银两何以不充公帑抵补曹頫亏空而全部赏给隋赫德,其中缘故实不易明。但雍正帝的这一举动至少证明:曹頫被抄家并不单纯是因为亏空,亏空最多只是被抄家的一个次要因素。据雍正七年(1729)七月二十九日《刑部移会》引总管内务府同年五月初七日咨文:

> 查曹頫因骚扰驿站获罪,现今枷号。曹頫之京城家产人口及江省家产人口,俱奉旨赏给隋赫德。后因隋赫德见曹寅之妻孀妇无力不能度日,将赏伊之家产人口内于京城崇文门外蒜市口地方房十七间半、家仆三对,给与曹寅之妻孀妇度命。(《历史档案》1983年第一期《新发现的有关曹雪芹家世的档案》)

据此则曹頫抄家后又因骚扰驿站而致枷号。其枷号原因,张书才《新发现的曹頫获罪档案史料考析》(《红楼梦研究集刊》第十二辑)已有详论,认为系曹頫未能如期清纳骚扰驿站应赔银以至按例枷号催追。此说虽尚无直接证据而分析甚近情理,可成一说。唯曹頫究竟何时开始枷号尚难肯定,因为据大连图书馆新发现的骚扰驿站案题本,曹頫仅得革职处分,并未枷号,革职并枷号、流放者乃笔帖式德文和库使麻色:

> 查定例,驰驿官员索诈财物者革职等语。……应将员外郎曹頫革职,笔帖式德文、库使麻色革退。笔帖式、库使均枷号两个月,鞭责一百,发谴乌喇,充当打牲壮丁。……其曹頫等沿途索取银两虽有账目,不

便据以为实,应将现在账目银两照数严追,令交广储司外,行文直隶、山东、江南、浙江巡抚,如此项银两于伊等所记账目有多取之处,将实收数目查明,到日仍着落伊等赔还可也。(《曹頫骚扰驿站获罪结案题本》)

故曹頫枷号之时间及原因尚难完全肯定。曹頫枷号有可能是此后才加重的处罚,因为此题本所开曹頫自记多收银数与后来的实际催追数不符。据题本所载:"曹頫收过银三百六十七两二钱,德文收过银五百十八两三钱二分,麻色收过银五百零四两二钱。"(同上)而雍正十三年(1735)十月二十一日《内务府奏将应予宽免欠项人员缮单请旨折》所附汉文清单记:

> 雍正六年六月内,江宁织造员外郎曹頫等骚扰驿站案内,原任员外郎曹頫名下分赔银四百四十三两二钱,交过银一百四十一两,尚未交银三百二两二钱。原任笔帖式德文分赔银五百十八两三钱二分,交过银八十七两,尚未交银四百三十一两三钱二分。(《关于江宁织造曹家档案史料》第180件)

将此两件档案对看,麻色之赔银实数未见,德文之应赔银与题本所载相符,可知其于自记账目外并未多取。唯有曹頫,实际应赔数超过其自记账目七十六两。是否因为曹頫自记账目与调查结果不符,被雍正帝认为有意欺瞒,因而加重处罚,予以枷号?从史料看,这种可能也是存在的。

此外,我们还应该注意曹頫枷号的另一可能原因,即曹頫为雍正帝政敌允禟(塞思黑)藏贮镀金狮子一事。新任江宁织造隋赫德于雍正六年(1728)七月初三日将此事报告雍正帝(上书第173件),因奏折上没有朱批,现尚难确定雍正帝对此作何处理。然曹頫一案才结,一案又起,雍正帝素昔厌恶曹頫,借此将曹頫枷号的可能亦难排除。

总之,无论是何种原因,曹頫在雍正七年五月前后必在枷号之中当可肯定。

此后曹頫的情况我们就不很清楚了。如果曹頫是因赔银未清而枷号追赔,则按照雍正五年的规定:

> 嗣后内务府佐领人等,有应追拖欠官私银两,应枷号者枷号催追,应带锁者带锁催追,俟交完日再行治罪释放,著为定例。(雍正《大清会典》卷二百三十一《内务府六·慎刑司》)

则曹𫖯那项六十斤重的木枷，竟要戴到乾隆帝登基发布恩诏宽免欠项时为止，因为他这项赔银到宽免之时还欠三百零二两二钱。但根据其后的一些情况分析，曹𫖯似乎不至于倒霉到这种程度。因为在雍正七年十一月初八日，雍正帝发布了宽释功臣之子孙犯法问罪及亏空拖欠者的上谕①：

> 从来开国之初，必有从龙之佐。或辟疆拓土，茂建功勋；或陷阵冲锋，捐躯殉节。至于承平之时，伐叛讨逆，其抒诚宣力之臣，壮猷忠节，并足以垂光竹帛，流誉无穷。凡为人主者，据情据理，必无有不存笃念忠勋之心，于本身厚加赠恤。岂不均望其子孙人人成立，克绍前徽，以承受优待功臣之泽乎？若忠节之后废坠家声，乃朝廷所不忍闻也。……上年降旨，令各旗将功臣之子孙犯法问罪及亏空拖欠者一一查出具奏，今年各该旗陆续查奏前来。朕详加披览，斟酌情罪，或其中勋节之后嫡派止此一二人者，如施世骅……共六十二员名下应追未完之银共五十四万六百五十九两，米一千七百二十一石，此项钱粮俱系国家公帑，非朕所得私自用恩者。着内库银两照数拨补，代为伊等完项。其或充发，或问监候及妻子家属入辛者库等罪者，概行宽释。……凡此宽宥之人等倘有穷乏不能自给者，准其于该都统处具呈，俟该都统奏闻，朕当另加恩恤以存养之。其余八旗所查功臣之子孙可宽者，亦无及候朕再详加细阅发出。特谕。

据此则枷号之曹𫖯正可援功臣子孙之例而望宽释。如是，则曹𫖯可能在雍正七年（1729）底就恢复了自由。

以上推论可从雍正十一年（1733）十月初七日《庄亲王允禄奏审讯绥赫德钻营老平郡王折》（《关于江宁织造曹家档案史料》第178件）中找到旁证。据此折记载，江宁织造隋赫德免职后将"官赏的扬州地方所有房地"（原曹𫖯家产）变卖五千余两银子带回北京，老平郡王讷尔苏派小儿子福靖向隋赫德借银五十两，后分两次实借三千八百两。隋赫德之子富璋的供词透露出其中隐情：

> 从前曹家人往老平郡王家行走，后来沈四带六阿哥并赵姓太监到

---

① 见《雍正朝起居注》。雍正帝自七年冬起即病重，一度垂危，九年秋始恢复健康。他采取此类赦免功臣子孙的措施或有为自己祈福之目的。

我家看古董,二次老平郡王又使六阿哥同赵姓太监到我家,向我父亲借银使用。

富璋突然供出一句"曹家人往老平郡王家行走",极可注意。"从前""后来"云云初看似语无伦次,实则富璋在申述这三件事的前后因果关系:老平郡王派六阿哥福靖等上门看古董、借银子与"从前曹家人往老平郡王家行走"有关。按:讷尔苏之妃即曹寅长女、曹頫之姊,故富璋并未点名的"曹家人"必曹頫及其家属无疑。同折内富璋曾供称"看古董"为雍正十年(1732)十一月之事,则"从前"的时间概念乃雍正八、九年。富璋似在暗示:老平郡王讷尔苏有代曹家向隋赫德索回家产之意。如果当时曹頫尚是在押罪犯,其家属断不敢挑唆讷尔苏代索家产。讷尔苏在雍正四年(1726)已"革退王爵,不许出门",也断不敢在曹頫枷号期内向隋赫德勒索银五千两(恰符曹頫原扬州地方房地折价之数)。据以上两件档案史料分析,曹頫在雍正七年(1729)底或已宽释,故行动自由,出入平郡王府,并敢于觊觎抄没之家产矣。

至于曹頫亏空之事,自抄家上谕后即不见提起。据上引雍正七年的《刑部移会》,曹頫之枷号与亏空并无关系。乾隆帝登基后宣布宽免侵贪挪移款项,内务府所报宽免名单中也没有曹頫亏空一款。因织造钱粮按规定由户部销算,故曹頫亏空案应由分管户部的怡亲王另行处理。雍正八年(1730)五月怡亲王去世,据上引雍正帝悼念怡亲王之上谕,怡亲王为亏空各官多方经理,补苴户部库帑达二百五十余万两之多,使各官得以免罪脱累,子孙并免追赔。则曹頫之亏空至迟在怡亲王去世前已经补完。亏空一旦补毕,曹頫之罪名便大大减轻,在雍正帝大发慈悲、宽释功臣子孙的政治气氛中,曹頫之免罪获释自是情理中事。再联系雍正后期一般政策措施的渐趋宽大,曹家近亲傅鼐、平郡王福彭等之日渐显贵重用等情况观察分析,曹頫一系在这种政治气候下逐渐复苏也是可能的。上述隋赫德钻营老平郡王案以隋赫德充军台站效力结束,隋赫德之家产如何处理未见档案记载。但据脂批所反映的史实,曹家在雍正末、乾隆初已迁居一所花园宅第之内,生活似颇优裕(详本书第二编第一章),则曹頫被抄之家产或有发还部分之可能。但是,曹頫及其一家无论如何已不可能再恢复到当年曹寅在世的盛况,即使它获得复苏,也只不过是"百足之虫,死而不僵",在最终死灭之前的回光返照,而决不可能是凤凰从烈火中再生。

据雍正十三年(1735)九月初三日乾隆帝恩诏："八旗及总管内务府三旗包衣佐领人等内，凡应追取之侵贪挪移款项，倘本人确实家产已尽，着查明宽免。"(引自《关于江宁织造曹家档案史料》第180件)援此则曹頫必可宽免。同年十月二十一日内务府折所附宽免名单中，亦正有宽免曹頫骚扰驿站案内尚欠银三百零二两二钱的记录。《八旗满洲氏族通谱》内记："曹頫，原任员外郎。"按此书雍正十三年十二月初一日始有乾隆帝谕旨下令编修，乾隆五年(1740)十二月八日又有旨将历年久远之尼堪(汉人)等作为附录收入此书(《八旗满洲氏族通谱》卷首《凡例》)。据此则至迟在乾隆初，曹頫已脱去了罪犯的身份。唯用"原任"字样，证明曹頫在乾隆五年前后并无职衔。周汝昌先生《红楼梦新证》认为曹頫在乾隆元年起复为内务府员外郎，固然在当时政治背景中曹頫有起复原官的可能，然因别无史料可证，仍难肯定。

国内外有部分红学家认为曹頫即《石头记》脂批作者之一的畸笏叟，所列根据颇为有力[1]。如此说成立，则曹頫至少在乾隆三十二年丁亥(1767)还活着，因为庚辰本上署名为"畸笏叟"的批语以丁亥为最晚[2]。因此，按照前文对曹頫生年的测算，他有可能活到七十岁以上。从畸笏批语流露的情况看来，曹頫晚年沦为"废人"，以批阅《石头记》自遣，身后遗有子孙[3]，甲戌本第一回脂评提及为《风月宝鉴》作序的曹雪芹之弟"棠村"，应即曹頫之子。

第三节　曹氏家族的其他成员

除了以上所介绍的曹雪芹直系血亲之外，曹氏家族中见诸文献记载者还有曹宣诸子曹顺、曹頔和曹颜(桑额)，曹振彦次子曹尔正及其子孙曹宜、曹

---

[1] 详见赵冈先生《红楼梦新探》、皮述民先生《补论畸笏叟即曹頫说》(《海外红学论文选》)、戴不凡先生《畸笏叟即曹頫辨》(《红楼梦研究集刊》第一辑)。

[2] 靖本第十八、四十二回各有署"戊子孟夏"和"辛卯冬日"之批语，据分析亦应出畸笏之手。戊子、辛卯为乾隆三十三年、三十六年。然靖本未见，此处姑据庚辰本批语有畸笏叟署名及年份者立说。

[3] 庚辰本第十七、十八回"三四岁时已得贾妃手引口传"旁批："批书人领过此教，故批至此，竟放声大哭。俺先姊先〔仙〕逝太早，不然余何得为废人耶？"此批者应是畸笏。由此可知畸笏晚年沦为"废人"，并未做官。又，靖本第十八回书眉长批引庾信《哀江南赋序》，感慨宗法大族的衰败，末有"后世子孙其毋慢忽之"之语。此批署"戊子孟夏"，应为畸笏所批。

顾等人。他们都是曹氏家族中的重要人物,与曹氏家族的衰亡有直接关联,有必要对他们略作查考。

一 曹顺——康熙帝所说的"不和者"

曹顺(1678—?),满名赫达色,乃曹宣庶长子、曹颙之异母长兄,康熙十七年(1678)生于江宁①。康熙二十九年(1690)四月初四日《总管内务府为曹顺等捐纳监生事咨户部文》记:"三格佐领下苏州织造郎中曹寅之子曹顺,情愿捐纳监生,年十三岁。"显示前此曹顺已过继为曹寅之子。

曹顺过继为曹寅之子的具体时间似可推定在康熙二十五年(1686)端午之前,因为:

(1)曹宣第二子曹颀生于该年,一般情况下,有了两个儿子再过继一个给兄长较为合理。

(2)《楝亭词钞》有《浣溪沙·丙寅重五戏作和令彰》五首,作于该年端午。其一上片为:"懒着朝衣爱早凉,笑看儿女竞新妆,花花艾艾过端阳。"词中"儿女"应即生于康熙十七年,当时已九岁的曹顺以及后来嫁为平郡王讷尔苏妃的长女(其时约一二岁)。《楝亭诗钞》卷一又有作于同年的《五月十一夜集西堂限韵》五首,其四有"命儿读豳风,字字如珠圆"之句,这位能读《诗经》之儿应即曹顺②。

然而康熙二十五年时曹寅才二十九岁,虽然丧妻已久,但按那时的惯例,一般总会有几房姬妾,而且也得续弦,怎知自己将来不会有子,迫不及待地要将曹宣的长子曹顺嗣为己子呢?回顾当时曹寅和孙氏、曹宣母子兄弟不和的历史情况,可以推知这是曹寅对母弟让步的表示,也是孙氏与曹宣为自己嫡系子孙争取继承曹寅财产及恩荫的手段。曹宣及孙氏于康熙四十四(1705)、四十五年先后去世,四十六、四十七年曹寅就令曹顺回归本支③。这

---

① 参见张书才《新发现的曹雪芹家世档案史料初探》及《有关曹家子侄的几个问题》(《红楼梦学刊》1984年第二辑、《江海学刊》1984年第六期)。

② 参见张书才《新发现的曹雪芹家世档案史料初探》及《有关曹家子侄的几个问题》(《红楼梦学刊》1984年第二辑、《江海学刊》1984年第六期)。

③ 康熙四十年曹顺代办铜斤事务,曹寅兄弟称其为"我们的孩子";曹寅一生以孝友自勉,在孙氏、曹宣生前当亦不会将其遣归;而四十八年五月内务府奏折中转引曹顺呈文,曹顺已称曹寅为"伯父"。可知曹顺之回归本支当在康熙四十六、四十七年。

样曹顺与伯父曹寅和堂弟曹颙在感情上当然会产生裂痕，内心怨愤更不可避免，最终必然会导致家庭不和。康熙五十四年(1715)正月，曹颙在北京病故，为了给曹寅立嗣，竟至惊动康熙帝亲自过问。康熙帝深明曹家内情，谆谆嘱咐不可将"不和者"选作嗣子。康熙帝所说的"不和者"应非曹顺莫属。这是因为：

（1）曹宣共四子：曹顺、曹颀、曹颜(桑额)和曹𫖯。《楝亭诗钞》卷五有《途次示侄骥》三首，作于康熙四十六年(1707)秋冬之间，骥即曹颀，此诗对曹颀之长于武事颇加称赞(详下)。康熙五十年(1711)曹寅在其幼子珍儿死后有诗示曹𫖯，又有"予仲多遗息，成材在四三。承家望犹子，努力作奇男"之句，对四、三两侄极加称誉，且寄以"成材""承家"之希望。可见曹寅对颀、颜、𫖯均有良好印象。然对曾为自己嗣子的曹顺，曹寅在此前后却偏不着一语。则康熙所说的那个"不和者"，除了曹顺还会是谁呢？

（2）按封建社会承嗣惯例，长房无子，应由二房长子承继。曹顺既是二房长子，又曾为曹寅嗣子达二十余年之久。因而曹颙死后，最有资格为曹寅嗣子的乃是曹顺。而康熙帝要为曹寅立嗣的主要目的是保全曹寅一家，故在为之立嗣之先，已有将此嗣子补放江宁织造的打算。康熙帝深知曹家已经两代兄弟不和，如再误以"不和者"为曹寅后嗣继任江宁织造，非唯不能孝养寅妻李氏，抚育曹颙遗孤，还将使曹寅一家两世孀妇陷于更为尴尬的困境。康熙帝因之亲自干预，明令不准"不和者"入嗣，必须在曹宣诸子中详细查选。结果由于李煦及曹颙家人吴老汉的推举，选中了"忠厚老实"的曹宣四子曹𫖯为嗣。以上事实证明，康熙帝所说的"不和者"就是曹顺无疑。

曹顺少年时即在曹寅指导下攻读经史，练习骑射[①]。康熙四十年(1701)五月，曹寅、曹宣兄弟承办五关铜斤，实际事务由曹顺带领家人王文等办理。铜斤采办至四十八(1709)年五月完成，曹顺有八年办铜的实际经验，又可能取得曹寅的恩荫，则他可以七品虚衔在内务府当差并渐次晋升。

雍正帝上台以后，曹顺似得到重用。据《关于江宁织造曹家史料》第175、176件及《八旗通志》卷七《旗分志》，有一名"赫达色"者，在雍正七年(1729)十月之前，已任内务府郎中兼骁骑参领(正三品)，并在此时补放镶黄

[①] 见《楝亭诗钞》卷一《五月十一夜集西堂限韵》、卷三《射堂柳已成行命儿辈习射作三捷句寄子猷》及《楝亭词钞·蝶恋花》之五。

旗包衣第一参领之骁骑参领。后来又调任正白旗包衣第五参领,雍正十三年(1735)七月二十四日又奉旨兼任正白旗包衣第五参领第二旗鼓佐领。据笔者考证,这位"赫达色"极有可能即曹顺,其弟曹𫖯被抄家很可能与其密告有关,前章已经论及。笔者论文集《红楼梦研究》有《曹顺考》一文,可以参阅。

二 曹颀——骥儿

曹颀(1686—?),系曹宣次子、曹雪芹之堂伯父。据康熙二十九年(1690)四月初四日《总管内务府为曹顺等捐纳监生事咨户部文》:"三格佐领下南巡图监画曹荃之子曹颀,情愿捐纳监生,五岁。"逆推他当生于康熙二十五年(1686)丙寅。

《楝亭词钞别集》有《浣溪沙·丙寅重五戏作和令彰》四首,其二结句为"骥儿新戴虎头盔",按"虎头盔"即婴儿端午节所戴虎头帽,用以辟邪,这个生于康熙二十五年丙寅的"骥儿"当即曹颀[1]。

《楝亭诗钞》卷五有《途次示侄骥》五律三首,也是写给曹颀的。其三首句为"吾年方半百",故知诗作于康熙四十六年(1707)曹寅五十岁时,则其时曹颀已二十二岁。诗中所写正是一个盘马弯弓、风姿不凡的英俊青年:

> 执射吾家事,儿童慎挽强。熟娴身手妙,调服角筋良。猛类必先殪,奇材多用张。风尘求志士,抽矢正盈房。(其一)
> 见猎心犹喜,忘筌理或然。生驹盘宿莽,伏兔起塞田。极势骋群快,当机决一先。悬知得意处,濡血锦鞍鞯。(其二)

曹寅以"志士""奇材"相许,可见曹颀继承了曹家的习武传统,精于骑射且少年有志。

由此诗可见,曹寅在康熙四十六年还很称赞曹颀,但四年后珍儿殇时作诗却改口说"予仲多遗息,成材在四三",不再提到"骥儿"二侄了。看来当年二十六岁的曹颀并无建树,也没有担任什么较为重要的职务。但从这两句诗的措辞,可知曹宣的四个儿子在康熙五十年时还都健在。

---

[1] 参见张书才《新发现的曹雪芹家世档案史料初探》及《有关曹家子侄的几个问题》(《红楼梦学刊》1984年第二辑、《江海学刊》1984年第6期)。

曹頫此后的情况不可考,乾隆初编纂的《八旗满洲氏族通谱》及《五庆堂谱》亦均未收曹頫。

三 曹颜——茶上人"桑额"

曹宣有一个年龄比曹颙稍大的儿子,小名桑额(即满语"三哥儿"之音译),见于康熙五十年(1711)四月初十日《内务府总管赫奕等带领桑额、连生等引见折》(《关于江宁织造曹家档案史料》第 77 件):

> 原任物林达曹荃之子桑额、郎中曹寅之子连生曾奉旨:著具奏引见。钦此。……奉旨:曹荃之子桑额,录取在宁寿宫茶房。钦此。

"连生"即曹颙,此时已二十三岁。桑额名列连生之前,连生不取而桑额被录用,可见其年龄当略长于曹颙。从桑额的名字和年龄推算,他应该就是曹宣第三子曹颜。据康熙二十九年(1690)四月初四日《总管内务府为曹顺等捐纳监生事咨户部文》,曹颜当年三岁,故他应生于康熙二十七(1688)年。

曹颜熟习经书,颇有才能。其伯父曹寅曾在《辛卯三月二十六日闻珍儿殇书此忍恸兼示四侄寄西轩诸友三首》之二勉励他与曹颙精研经书及程朱理学,称赞他们"多才",并希望他们能"成材""承家"。

曹颜在五十年四月初十日引见并录用为宁寿宫茶上人。按:清宫茶膳房属侍卫处,有茶上人十七名,皆授三等侍卫(正五品)及蓝翎侍卫(正六品)(见《八旗通志》卷四十五"职官志"),故曹颜的秩别应系侍卫。

雍正五年(1727)闰三月十七日《内务府奏审拟桑额等设计逮捕曹頫家人吴老汉一案请旨折》(《关于江宁织造曹家档案史料》第 166 件)提到一个被"枷号二月,鞭责一百,发往打牲乌拉"的桑额,冯其庸先生《曹雪芹家世新考》已证明他并非曹宣之子。唯此折内另有"桑额等之家人名吴老汉者"之语,吴老汉是曹頫家人,故此"桑额"应指曹頫之兄曹颜。这说明至少在雍正五年,曹颜尚健在人世。

曹颜此后之情况亦不可考。

四 曹尔正、曹宜和曹颀

曹尔正系曹振彦次子、曹玺之异母弟、曹雪芹的曾叔祖。曹尔正生子曹宜,曹宜生子曹颀。故曹尔正一系乃是曹雪芹的同高祖近支亲属,关系是很切近的。而在雍正前期曹頫动辄得咎、抄家革职乃至枷号示众之时,曹宜和曹颀却官运亨通,受到雍正帝的信用。这现象也很值得注意。

(1) 曹尔正

曹尔正,又名鼎①,字号及生卒年均不详。其生母系曹振彦继配袁氏,所以他的年龄要比曹玺小得多。曹尔正在康熙前期曾担任过正白旗包衣第五参领第一旗鼓佐领(即曹氏家族所编属佐领之章京),后"缘事革退"(《八旗通志》卷七《旗分志》)。

康熙三十六年(1697)二月,圣祖第三次西征噶尔丹部,曹尔正被派"巴延",随行掌管马匹(《关于江宁织造曹家档案史料》第 6 件)。"巴延"是满文音译,意为"富户人"。"派巴延"是内务府为皇帝当差报效的制度。凡内务府人员曾出外差管理关税、盐务等美缺者,回京后都要编入"巴延"等候派差。由曹尔正之"派巴延",可知他前此曾离京担任过管理盐务、关税等职务,且家境颇为富裕。

曹尔正此后经历不详。尔正生子曹宜,见雍正七年(1729)十月初五日内务府折(同上第 175 件)及《五庆堂辽东曹氏宗谱》。

(2) 曹宜

曹宜,曹雪芹的堂叔祖,字号及生卒年不详。他从康熙三十五年(1696)起在内务府当差。四十七年(1708)二月十八日,曹宜奉旨送佛像到普陀山安置,苏州织造兼两淮巡盐御史李煦、江宁织造曹寅及杭州织造孙文成均亲至扬州迎接佛船,并由孙文成带领曹宜于闰三月十四日奉佛到普陀。

雍正七年(1729)十月五日曹宜从正白旗包衣第五参领第三旗鼓佐领护军校提升为鸟枪护军参领,雍正十一年(1733)七月二十四日补放正白旗护军参领。十三年(1735)七月十七日之前,"派出巡察圈禁允禵地方"(以上均见《关于江宁织造曹家档案史料》)。允禵是雍正帝同母胞弟及势不两立的政敌,由此可见雍正帝对曹宜之信任。据同年九月初三日乾隆帝上台后颁发之曹振彦、曹尔正诰命,其时曹宜的职衔已是"护军参领兼佐领加一级"。查《八旗通志》卷七《旗分志》,曹宜乃正白旗包衣第四参领第二旗鼓佐领。

曹宜在雍正十三年(1735)十二月十五日还健在,见于内务府奏折(《关

---

① 《五庆堂辽东曹氏宗谱》:"曹尔正,另谱名鼎。"

于江宁织造曹家档案史料》第 181 件)。此后情况不可考。曹宜生子颀,见《五庆堂谱》。

(3)曹颀

曹颀(1687—1733),曹雪芹之堂伯父、曹宜之子,康熙二十六年(1687)左右生于北京。雍正十一年(1733)去世,享年四十七岁。

康熙五十一年(1712)七月曹寅病逝之后,康熙帝命李煦代管盐差一年,以盐差余银为曹寅补亏,并特派曹颀南下传宣圣旨,见该年九月初四日曹頫奏折。五十五年(1716)闰三月,曹颀被破格提拔为茶房总领。五十八年(1719)六月,因做茶不合而被降三级,罚俸一年。雍正元年(1723),授二等侍卫。雍正三年(1725)有旨"着赏给茶房总领曹颀五六间房",结果得到了"烧酒胡同李英贵入官之房一所计九间,灰偏厦子二间"的赏赐。雍正四年(1726)前,曹颀已兼任镶黄旗包衣第四参领第二旗鼓佐领。雍正五年(1727)及六年底,曹颀两次得到雍正帝御笔"福"字一张的年终奖赏。终其一生,曹颀始终受到雍正帝的信任。(以上均据《关于江宁织造曹家档案史料》)

曹颀爱好绘画,擅长画梅,其梅图且得到康熙帝的赏识,见于《楝亭诗钞》卷五《喜三侄颀能画长干为题四绝句》之一小注。笔者《红楼梦研究·曹颀考》有详细考证,可以参看。

第五章　曹氏家族的彻底破败

从雍正五年底起，曹𫖯被查抄、革职、枷号，曹寅一支开始衰败，从江宁回到北京。但是曹𫖯之获罪对整个曹氏家族的命运并无决定性的影响，曹氏家族在雍正朝仍受朝廷赏识。曹𫖯的亲长兄曹顺任骁骑参领兼佐领，官衔三品，又在内务府兼任郎中之类的职务。曹𫖯的堂叔曹宜从六品护军校提升为鸟枪护军参领，官衔也是三品，还被派出监视雍正帝的政敌允䄉。其堂兄曹颀则任茶房总领，二等侍卫兼佐领，官衔虽是四品，却是皇帝的亲信近臣。总之，他们都是深得雍正帝信任重用的亲贵。特别是一家三人均任佐领，这在内务府包衣中是很少见的，因为内务府三旗佐领全属公中佐领，由皇帝直接掌握并直接任命，非同满洲八旗的世管佐领，一家祖、父、子、孙可以世袭。福格《听雨丛谈》卷一"佐领"条下记：

> 从前佐领一官极为尊重，由此而历显宦者最多。如大学士尹文恪公泰以国子祭酒授锦州公中佐领，病免在家，寻以雍正元年起为内阁学士：证此可见其盛矣。

因而，如从顺、宜、颀三人的仕宦情况考察，曹氏家族在雍正年间并未式微当可论定。

曹𫖯是整个曹氏家族的唯一例外。先是被怀疑为结党附托、造言诽谤而引起雍正帝厌恶，五年（1727）底终于因骚扰驿站、亏空帑金、转移家产等而被革职查抄。次年六月骚扰驿站案结，应分赔银四百余两无法清纳，被枷号追赔一年有余。但到七年（1729）底，曹𫖯似已开始恢复自由。至于曹𫖯家属，包括寅妻李氏、颙妻马氏、颙子天祐及曹𫖯妻儿，自雍正六年（1728）回京后，既蒙雍正恩谕留有蒜市口十七间半房屋及家仆三对，一般日常生活已无虞匮乏。李氏与马氏均是诰命夫人，其诰封非由曹𫖯而得，故不会因曹𫖯获罪而褫去诰封。曹家孤寡又有官发银米可领（每人每季银四两），其阔亲戚数量又不少，当仍可维持小康生活水平，不至于陷入绝境。曹𬱖免罪获释之后，情况当更可好转。因此，如认为曹雪芹家自雍正五年（1727）底抄家后即一败涂地，与事实是不符的。正如《红楼梦》中冷子兴所说："百足之虫，死而不僵。"曹氏家族在雍正年间虽已濒临末世，但在外面看来还是烈烈轰轰，一次对其局部的突然打击并不能使它就此解体没落。

第一节　曹氏家族破败的时间

曹氏家族在雍正朝既仍兴旺发达，则其破败自应在乾隆年间。

雍正十三年（1735）八月二十三日，世宗暴死，弘历继位，是为乾隆帝。九月三日，新皇帝发布恩诏，宽免应追之侵贪挪移赔补款项，曹𬱖骚扰驿站案内尚欠银三百余两查明宽免。同日，覃恩封赠官员祖先，曹宜之祖曹振彦、父曹尔正得追封为资政大夫（二品），祖母欧阳氏、袁氏及嫡母徐氏、生母梁氏均封为夫人。曹顺如仍健在，其祖曹玺、父曹宣当亦可获封赠，然未见诰命，难以确定。十二月初一日，乾隆帝有旨编修《八旗满洲氏族通谱》。据此谱卷首《凡例》，乾隆五年（1740）十二月初八日奏定："蒙古、高丽、尼堪、台尼堪、抚顺尼堪等人员，从前入于满洲旗分内、历年久远者注明伊等情由，附于满洲姓氏之后。"乾隆帝为此谱亲制序文，文末署"乾隆九年十二月初三日"，故此谱正式颁发当在乾隆十年（1745）初。曹氏家族自曹锡远起共五代十一人载于卷七十四，所反映的当系乾隆五年前后的情况。其中所可注意者有四：

（1）曹家被收入此谱，且曹天祐时任州同，可见曹氏家族在乾隆五年底、六年初时尚未彻底破落。因此谱《凡例》云："有名位者载，无名位者删。"故凡某族已无人现任官职或有爵位，即无收入之可能。李煦家已破败，故未收入。

（2）谱记："曹天祐，现任州同。"《五庆堂谱》亦记其"官州同"，则天祐在乾隆五年前很可能已任州同实缺（从六品），而非仅恩荫虚衔。因为据迄今所见内务府档案，其父曹颙生前仅官主事（正六品），此两谱虽记"曹颙，原任郎中"，然迄今未见其他文献佐证，估计系死后封赠。康熙对曹颙印象甚佳，曾誉之为"文武全才之人",对其不幸早逝极表惋惜,则在其死后封赠郎中亦在情理之中。但无论曹颙此衔系生前晋升还是身后封赠,郎中乃正四品衔,其子天祐应荫八品官,与州同品级不合。可能天祐从恩荫八品入仕,补缺后转升州同。

(3)曹宜在雍正十三年(1735)十二月十五日还活着,见同日《内务府奏请补放护军校等缺折》。而此谱记"曹宜,原任护军参领兼佐领",可知曹宜在乾隆五年(1740)前已免职或去世。

(4)曹顺之名不见于此谱。是偶然漏载还是因罪削去名位,故而不载,待考。

总之,在乾隆改元之初,曹氏家族的情况似并无很大变化。然而,至迟在乾隆八年癸亥(1743),曹氏家族已子孙流散,无可寻觅,"落得白茫茫一片大地真干净"了。这个信息,我们是从屈复《弱水集》卷十四《消暑诗十六首》之十二《曹荔轩织造》诗中得到的。

屈复字见心,号悔翁,陕西蒲城人,生于康熙七年(1668),并非明代遗民而终身未应正式科举考试,以布衣终老。一生浪迹天涯,仆仆奔走于南北道途,以诗闻名。乾隆元年(1736),屈复已六十九岁,刑部右侍郎杨超曾荐其为丙辰博学宏词科征士,屈复辞而不赴,作《感遇》三十首。诗见《弱水集》卷三,其一为:

> 贞不必绝俗,隐不必逃世。自我来燕山,星霜已五易。风云有青蝇,洁洁无白璧。点污徒尔为,本自不相识。

可知屈复以贞隐之士自命,而视杨超曾之荐举为"点污",措词之激烈,较拒绝参加康熙己未博学鸿儒科的明遗民有过之而无不及,则其身世可能有难言之隐,录此备查。屈复一生曾五次寓居北京,在京时与各界知名人士多所往还,怡亲王允祥曾欲聘为记室,亦婉辞(《雪桥诗话》卷一)。屈复为人如此,故其所言可信度很高。为便分析,今录其《消暑诗十六首》小序及此组诗之十二《曹荔轩织造》诗:

消暑诗十六首

吾年二十七出关浪游,今七十有六矣。凡一粒一丝、寸纸点墨皆赖友朋,然得力者少。癸亥客姑苏,老病酷热,独坐一室,挥汗成雨,长饥可忍而仆怨莫解,作绝句若干首。其人之死生、贵贱、亲疏皆不论,意之所至,在我不在彼也。

曹荔轩织造

荔轩,康熙间织造江宁,颇礼贤下士,当时称之,所著有《楝亭诗集》。

> 直赠千金赵秋谷,相寻几度杜茶村。
> 诗书家计俱冰雪,何处飘零有子孙?

据组诗小序,此诗作于乾隆癸亥夏,即乾隆八年,公元1743年。诗中提及的赵秋谷及杜茶村即赵执信和杜濬,两人皆系曹寅生前友人。诗意若谓:曹寅生前礼贤下士,慷慨助人;所著诗文晶莹如冰雪。管理江宁织造及两淮盐政,操守清洁亦如冰雪。如斯品格,如斯才华,而天道无知,令其子孙飘泊无依!

笔者根据《弱水集》所载诗词勾稽互考,得知屈复自雍正十年(1732)进京后,一直滞居京师,直至乾隆八年(1743)初方始南下。故屈复有亲见曹氏家族全面破败悲惨过程及场面之可能。事实上,如非屈复亲见亲闻曹氏家族确已衰落,深知曹寅子孙确已流散,《曹荔轩织造》诗亦绝不会如此措词。

然根据我们目前所知的曹氏家世史料,曹頫至迟在雍正十三年(1735)九月已摆脱了罪犯的身份,乾隆初元亦未见有重行罹罪之迹象。蒜市口十七间半房屋如仍为曹頫及其家属所居,则曹寅之子孙自不至飘零。或其时连此小小产业也已收归官有,曹頫及其家属已无可栖身了。曹天祐在乾隆五年(1740)前后明明"现任州同",今按屈复所言,或亦已革职解任,随处飘流,难觅踪迹矣。从广义说,曹顺、曹颀及其儿辈亦曹寅之子孙,顺、颀在雍正朝尚显贵,颀已知死于雍正十一年(1733),顺即使不久即亡,他们的儿孙亦当健在,如有家业可守,必不至于飘泊四散。由此推论,其时"从龙入关""沸沸扬扬将及百载"的曹氏家族必已彻底破败,子孙流散,天各一方了。

综上所述,似可肯定曹氏家族的全面败落当在乾隆五年(1740)底以后、八年(1743)初之前,离屈复写《曹荔轩织造》诗不太久,很可能即在乾隆六、七年间。因为此类题材自应写于事后,然如相隔时间太长,则屈复未必会有此感兴矣。因此,如果我们说整个曹氏家族在乾隆六、七年间曾经历了一场"忽喇喇似大厦倾"的巨变,那还是有一定根据的。

第二节　曹氏家族彻底破败的原因

据上节所析,曹氏家族在乾隆八年(1743)前必已败落,然其破败原因与过程均不见于官私史书明文记载,这就决定了我们对曹氏家族破败原因的探讨不能不是推论性质的。但我们尽可能在归纳史料的基础上进行分析推论,这结论的准确与否,还有待于今后发掘史料,进一步验证。

笔者认为,以往红学界在研究曹家败落原因时,似多偏重于对曹氏家族外部原因的探讨。诸如曹寅受康熙南巡之累以致巨额亏空,曹家因系包衣老奴被卷入雍正帝与其兄弟的争位恶斗,曹𫖯骚扰驿站等等,固然它们不是没有道理,但总觉得似有忽视曹氏家族内部原因的缺欠。因此,我们试将目光转向曹氏家族内部,观察一下这个赫赫扬扬将及百载的典型封建宗法家族,在它的崩溃前夕发生了些什么?为什么会发生?是怎样发生的?曹雪芹在《红楼梦》中以艺术形式所回答的实际上也就是这三大问题,当然小说所概括的要更加广泛而深刻。

我们看到,在雍乾年间,曹氏家族已经面临末世,内部矛盾盘根错节,尖锐复杂。子孙不肖,后继无人,"君子之泽,五世而斩"的规律幽灵般地在这个即将衰败的家族内游荡。事实上,即使没有来自雍正、乾隆父子的无情打击,它的没落解体亦已迫在眉睫。危机本就一触即发,雍正年间曹𫖯的抄家枷号以及乾隆初年的再遭变故,只不过是加速它败落的催化剂、导致它全面破落的导火线而已。在综合考察现有史料之后,笔者认为,曹氏家族的败落原因应是家族内部子孙不肖,后继无人,矛盾复杂尖锐,从兄弟不和发展到招接匪人,彼此告讦,互相残害,由此而引来最高统治者的残酷打击,造成了整个家族的彻底败落。下面我们将从四个方面提出论证。

其一　曹氏家族的内部矛盾

中国封建宗法家族内部矛盾之错综复杂为世所公认,然其中表现最突出、后果最严重的矛盾应推兄弟不和。这实际上是家族成员争夺财产继承权与管理权的集中表现。如果在贵族官僚之家,由于父辈的爵禄和政治权力也可以转化为私有财产并以世袭或恩荫的方式移交给下一代,于是兄弟矛盾就表现为对财产与政治权力两者(即贾政所说的"冠带家私")的争夺。如果在帝王之家,那骨肉兄弟之间的争夺就更为残酷,因为他们争夺的目标乃整个国家的财富和统治权力,这也就是历史上发生各种萧墙之祸的根本原因。可以说,在所有封建宗法家族内部都存在着兄弟矛盾,无一例外,最多只有范围与程度的差别。因而如若认为曹雪芹家竟会是孝友仁义的典范,那就未免与实际情况相差太远。

笔者在考察曹家家世情况时发现,兄弟不和是曹氏家族由来已久的问题。曹家高祖曹锡远与其子曹振彦"从龙入关",曹振彦有二子,长子曹玺乃妻欧阳氏所生,次子尔正系继室袁氏所出,幸兄弟二人年龄相差甚大(至少二十岁),又分居南北,矛盾尚不很突出。曹玺亦有二子,长子曹寅生母乃妾室顾氏(明遗民顾景星之妹),次子曹宣与寅仅差四岁,乃曹玺之妻康熙保母一品夫人孙氏亲生。如按惯例,自然应由嫡子曹宣承继。但由于曹寅少年时代即为康熙帝伴读,援《礼记·文王世子》中"伯禽抗世子法"之古例,履行过代替皇帝受责的"光荣"义务,又常年与康熙帝朝夕相处,故深得康熙帝的欢心。曹寅之舅顾景星系名满海内的学者,曹寅因此而与明遗民有着千丝万缕的联系。曹寅本人又博学多才,确能胜任江宁织造的重任。因此在曹玺死后,康熙帝即命曹寅协理江宁织造,当有令其继任父职之意。这就在曹寅和孙氏、曹宣母子兄弟之间种下了不和的根苗。其后曹寅连连升擢,从内务府慎刑司郎中转广储司郎中,后出为苏州织造,转江宁织造,四十三年(1704)起兼任两淮巡盐御史,与李煦十年轮视淮鹾,次年授通政使司通政使衔,贵为三品大员。而其弟曹宣却仅在京任侍卫兼《南巡图》监画,到晚年还只是六品梁库。兄弟两人的仕宦经历恰成鲜明对比。根据曹寅友人纳兰成德、杜岕、冯景等人的旁证,寅、宣兄弟实亦不和。曹寅自己也在诗文中多次透露过他们兄弟之间"骨肉鲜旧欢"的真相。曹宣和孙氏故后,原已过继为曹寅之子的曹宣长子曹顺被遣回本支,于是曹顺与曹寅、曹颙父子之间的矛盾又开始表面化。这实际是当年孙氏曹宣母子与曹寅之间矛盾的继续,因此很快为康熙帝所知。曹颙死后,深明曹家内情的康熙帝亲自主持为曹寅立嗣,明令不准"不和者"(实即曹顺)入嗣,而另行挑选曹頫为曹寅嗣子,这样,曹顺与曹頫兄弟之间又产生了新的矛盾。曹宣之子顺、顒、颜、頫四兄弟中,顺与顒为庶出之子,颜和頫为嫡出之子,宗法家庭中不可避免的嫡庶矛盾在四兄弟中亦绝无例外地存在。且康熙所云"伊等兄弟原亦不和"语意颇泛，有可能曹宣之四子彼此本也不相和睦。这是康熙年间的情况。

雍正年间，曹氏家族内部兄弟矛盾仍在继续发展。前章探讨曹頫所以被抄家之由，曾指出其直接起因乃雍正帝接到曹頫转移家财之密报，认为曹頫"有违朕恩，甚属可恶"，这才"龙颜大怒"，下令抄家。至于密报者为谁，史无明文。然此类家事，外人何从知晓？唯自家人所知最为详细。而雍正之上谕又特别命令将曹頫之"重要家人立即严拿""家人之财产亦着固封看守"，惩处及于曹家奴仆。故知密报者很可能就是曹氏家族内部成员。雍正六年（1728）六月，审理达七个月之久的骚扰驿站案结案，曹頫革职，应分赔银四百四十三两二钱。时曹頫在北京和江南地区的产业人口均已赏给了隋赫德，故已"无银可赔，无产可变"，好容易东拼西凑交纳了一百四十一两，尚欠三百两有零，于是按例枷号追赔，到次年七月仍在枷号之中。看来在"百年望族"的曹氏家族之内，竟没有一个人愿意慷慨解囊，救援曹頫，与当年曹寅动辄以千金助人之豪举①简直无法相比。如果曹頫的亲属也穷愁潦倒，那还可以理解，可是其时他的亲长兄曹顺早已是司官兼骁骑参领，其堂兄曹颀现任二等侍卫、茶房总领兼佐领，其堂叔曹宜也已任五品护军校，难道他们连三百两银子也拿不出，竟忍心看着自家骨肉枷号追赔一年有余？在封建宗法社会里，关系如此切近的亲属被枷号示众乃整个家族的奇耻大辱，曹顺等竟不肯援之以手，是极其不仁不义的行为。虽然曹顺系庶出，曹頫乃嫡出，但按宗法规定，同父异母兄弟还是亲兄弟，有人认为曹颀即曹宣第三子曹桑额，那他与曹頫的关系更切近了，乃同父同母的亲兄弟。这就是说，曹頫的两个亲兄长身为贵官而不肯为亲弟弟一破悭囊，垫付三百两银子以拯其出于水火，宁可让其身陷囹圄，枷号示众。从这一事实，亦可推想这些亲骨肉之间以往感情交恶的程度。曹頫一旦获释，对这些坐视其落难的兄长绝不会感恩戴德，定然将切齿怀恨，则曹氏家族的内部矛盾将更趋尖锐复杂，当为必然之事。

曹雪芹身处的就是这样一个内部矛盾盘根错节、年深月久的封建宗法家族。曹氏家族的成员，正如探春所形容的那样："一个个不像乌眼鸡似的，恨不得你吃了我，我吃了你！"曹氏家族在乾隆八年（1743）前全面衰败，与其

---

① 顾景星《白茅堂全集》、朱彝尊《曝书亭集》、施闰章《学余全集》等皆曹寅捐资刊行，费率千金。屈复诗言"直赠千金赵秋谷"亦其中一例，唯本事尚未考知。

内部矛盾的发展和激化应该有直接的关系,因为脂砚和畸笏这两位曹家成员都在现存《石头记》钞本的批语中这样提示我们,曹雪芹也运用自己家族的素材这样处理小说中贾家的最后结局。

其二 "鹡鸰之悲,棠棣之威"与"自执金矛又执戈,自相戕戮自张罗"
——脂砚所认为的雪芹之创作动机

曹雪芹为什么要尽半生之力创作《红楼梦》?现代人有现代人的看法,而曹雪芹的亲密合作者脂砚斋也有他自己的意见。这意见在现存庚辰本和甲戌本的批语中都有流露。脂砚斋意见本身的正确与否是另一个问题,我们所注意的是其中透露出的曹家内部情况。

庚辰本第二十一回回前总批有这样一段文字:

> 有客题《红楼梦》一律,失其姓氏,惟见其诗意骇警,故录于斯:"自执金矛又执戈,自相戕戮自张罗。茜纱公子情无限,脂砚先生恨几多。是幻是真空历遍,闲风闲月枉吟哦。情机转得情天破,情不情兮奈我何。"凡是书题者不可〔不以〕此为绝调。诗句警拔,且深知拟书底里,惜乎失石[名]矣。

这首被脂砚评为"诗意骇警""诗句警拔"的题红七律,一向不大有人注意。脂砚认为它的作者(是谁姑且不论)"深知拟书底里"——所谓"拟书底里",即曹雪芹创作《红楼梦》所据的素材及其创作动机,而值得注意的是,它的首联即"自执金矛又执戈,自相戕戮自张罗",分明画出一幅封建宗法家族内部"乌眼鸡"们的自杀自灭图。看,这些"恨不得你吃了我,我吃了你"的亲骨肉们,手执戈矛自相残杀,偷张罗网陷人于罪,这是多么骇目惊心的场面啊!而这,就是脂砚所认为的曹雪芹之"拟书底里"!我们既承认曹雪芹创作《红楼梦》的素材来源于他自己的家族与生活,曹氏家族内部矛盾的尖锐复杂又既经证实,则此诗所写的骨肉相残的悲惨场面就极可能是曹氏家族解体前夕所发生过的。

不仅如此,甲戌本第二回在甄宝玉挨打时大叫姐姐妹妹一段文字上有眉批:"盖作者实因鹡鸰之悲、棠棣之威,故撰此闺阁庭帏之传。"此批更加明确地指出曹雪芹创作《红楼梦》的直接动机是"鹡鸰之悲、棠棣之威"。按此两语实即兄弟不和、自相残杀的委婉语,典出《诗经·小雅·常棣》:

>常棣之华,鄂不韡韡。凡今之人,莫如兄弟。
>死丧之威,兄弟孔怀。原隰裒矣,兄弟求矣。
>脊令在原,兄弟急难。每有良朋,况也永叹。
>兄弟阋于墙,外御其侮。每有良朋,烝也无戎。
>丧乱既平,既安且宁。虽有兄弟,不如友生。
>傧尔笾豆,饮酒之饫。兄弟既具,和乐且孺。
>妻子好合,如鼓瑟琴。兄弟既翕,和乐且湛。
>宜尔室家,乐尔妻帑。是究是图,亶其然乎。

《毛诗正义》卷九孔颖达疏:

>兄弟者,共父之亲。推而广之,同姓宗族皆是也。……周公闵伤管叔、蔡叔失兄弟相承顺之道,不能和睦,以乱王室,至于被诛,使己兄弟之恩疏。恐天下见在上既然,皆疏兄弟。故作此《常棣》之诗,言兄弟不可不亲,以敦天下之俗焉。

朱熹《诗集传》注第二章谓:

>威,畏。……此诗盖周公既诛管蔡而作。故此章以下,专以死丧、急难、斗阋之事为言。其志切,其情哀,乃处兄弟之变,如孟子所谓"其兄关弓而射之,则己垂涕泣而道之"者。

从孔颖达和朱熹对《常棣》诗所作的权威解释,我们懂得了脂砚此批的含义。他认为雪芹因有感于兄弟不和,彼此骨肉相残而创作《红楼梦》,以赞美聪明善良、秉山川日月之灵秀的清净女儿,贬斥渣滓浊沫之须眉男子。当然,脂砚的看法未必准确,但我们所注意探求的并非批语本身,而是使脂砚产生这种意识的客观存在。有人认为脂砚此处乃暗示《红楼梦》有贬斥雍正帝残酷,迫害屠戮兄弟之语,即弘旿所谓"碍语"[①],此说固并非毫无根据,但我们既已证实曹氏家族的彻底败落并非雍正帝一手造成,则"鹡鸰之悲、棠棣之威"与其说是讥刺雍正帝屠戮兄弟,毋宁说是揭露曹氏家族内部骨肉兄弟自相残害更符事实,至少也应该是一击两鸣、一手两牍、一声两歌。根据笔者

---

① 见爱新觉罗·永忠《延芬室集》稿本第十五册《因墨香得观红楼梦小说吊雪芹三绝句》上方弘旿眉批。

的考索,曹氏家族多年以来兄弟不和,以至雍正朝曹頫抄没,后又枷号追赔而无人援救,但这与上引题红七律所写的骨肉相残与《常棣》篇所写的"兄弟之变"还是有很大距离。如果不是其后曹氏家族内部发生某种变故,以至从兄弟不和发展到互相残害,则脂砚两次对作者创作动机的说明就成为无根之游谈,毫无意义了。

综上所述,我们认为,从脂砚对雪芹创作动机的介绍,似有窥见当日曹家最后败落缘由的可能。值得欣幸的是,雪芹的另一个亲密合作者畸笏叟也曾有过相类似的意见,可供我们作进一步探索。

其三 "子孙不肖,招接匪类"
——畸笏所认为的曹氏家族败落原因

脂批中有两条直接论及封建宗法家族破败原因的批语,其一为蒙戚三本第四回"护官符"前句下双批,其二乃靖本第十八回书眉墨批,属今存靖批抄件第83条。为便分析,先录原文:

（1）此等人家,岂必欺霸方始成名耶？总因子弟不肖,招接匪人。一朝生事,则百计营求,父为子隐,群小迎合。虽暂时不罹罗网,而从此放胆,必破家灭族不已。哀哉！

（2）孙策以天下为三分,众才一旅；项籍用江东之子弟,人惟八千。遂乃分裂山河,宰割天下。岂有百万义师,一朝卷甲,芟夷斩伐,如草木焉？江淮无涯岸之阻,亭壁无藩篱之固。头会箕敛者,合从缔交；锄耰棘矜者,因利乘便。将非江表王气,终于三百年乎？是知并吞六合,不免轵道之灾；混一车书,无救平阳之祸。呜呼！山岳崩颓,既履危亡之运；春秋迭代,不免去故之悲。天意人事,可以凄怆〔怆〕伤心者矣！

大族之败必不致如此之速,特以子孙不肖,招接匪类,不知创业之艰难。当知瞬息荣华,暂时欢乐,无异于烈火烹油、鲜花着锦,岂得久乎！戊子孟夏读《虞〔庾〕子山文集》,因将数语系此,后世子孙其毋慢忽之！

上引两条批语虽出自不同版本,但语意颇有相同之处,应出同一批者之手。靖批署"戊子孟夏",按"戊子"为乾隆三十三年(1768),其前一年畸笏叟的批语已云:"今丁亥夏,只剩朽物一枚,宁不痛乎！"(庚辰本二十二回眉批,亦见靖本批语第87条。)故此两条批语应是畸笏所批。靖批末句既云"后世子孙其毋慢忽之",则上文"大族之败必不致如此之速"等语必与批者家世事实有关。蒙戚三本双批亦云:"子弟不肖,招接匪人……必破家灭族不已。哀哉!"如与批者家世无关,何劳其遽发哀鸣?今既知畸笏即曹頫,则上引两批必与曹家家世史实深有关系。因而,上引两批隐含着曹氏家族破败原因的大量信息,值得仔细研究。经初步寻绎,有两点可以注意。

(1)子孙不肖确是曹家的一大隐患。蒙戚三本第四回回前诗即明写曹氏家族子孙不肖,难继祖业:

请君着眼护官符,把笔悲伤说世途。作者泪痕同我泪,燕山仍旧窦公无。

从"作者泪痕同我泪"句,可见此诗作者与曹雪芹关系切近,必为曹氏家族成员。而结句"燕山仍旧窦公无"又用五代窦禹钧(窦燕山)五子相继登科成名之典感叹曹氏家族子孙之零夷。故此诗所写必与曹氏家族的现实情况有关。第五回宁、荣二公之灵对警幻诉说"子孙虽多,竟无一可以继业",甲戌本有旁批:"这是作者真正一把眼泪。"与上诗对看,可见曹氏家族后继无人之真相。且据《八旗满洲氏族通谱》和《五庆堂谱》,曹氏家族至页字辈以下,除曹天祐一人而外已无一有名位者。而曹天祐亦仅官从六品之州同,品级已远远不如他的先人。曹氏家族子孙不肖之朕兆于此可见。

(2)靖批所引大段骈文,乃梁朝庾信《哀江南赋》序文中的一节。畸笏为什么要在写元春省亲的第十八回书眉抄引这段感慨梁朝灭亡的文字?当然,此批中"当知瞬息荣华,暂时欢乐,无异于烈火烹油、鲜花着锦,岂得久乎"数句系对元春省亲而发。然畸笏在此引《哀江南赋》之序文而告诫"后世子孙其毋慢忽之",必因梁朝的灭亡与曹氏家族的最后破败有可以类比的地方。关于梁朝的灭亡原因及过程,《梁书》及《南史》都有详细的记载,此处不赘。据《南史·梁本纪》评梁武帝之语:

帝纪不立,悖逆萌生。反噬弯弧,皆自子弟。履霜勿戒,卒至乱亡。
开门揖盗,弃好即仇。衅起萧墙,祸成戎羯。身殒非命,灾被亿兆。

可见《南史》作者认为,梁朝之所以灭亡,其原因在于诸王争夺帝位,骨肉相残,以及接纳匪人侯景引起内乱。如用畸笏之语来概括,"子孙不肖,招接匪类"八字是最恰当不过的了。

说到梁朝诸王矛盾的起源,也很值得一提。梁武帝早年没有儿子,过继六弟萧宏之子正德为嗣。后武帝生昭明太子萧统,萧正德回归本支,封西丰侯,邑五百户。萧正德失掉皇帝继承权,很不满意,就逃到魏国,自称废太子来避祸,企图引魏军攻梁。魏国未遂其愿,一年后他又逃回梁国。梁武帝哭着教训他,仍给他原有封爵,并不采取措施防微杜渐。结果萧正德野心不死,侯景叛乱时他作内应,引侯军渡江入建康,直接造成了大规模的战乱和屠杀,梁武帝也被困,饿死于台城。梁武帝的其他子孙亦极其丑恶,人人都想做皇帝。昭明太子萧统病死后,梁武帝未按继承惯例立萧统之子为皇太孙,却立第三子萧纲为太子,因而萧纲与其诸弟萧纶、萧绎、萧纪之间,萧统之子萧誉与诸叔之间充满着矛盾与仇恨。侯景叛乱时,这些人自私残忍的真面目就全都暴露,先后起兵为争夺帝位相互残杀。最后梁国终于灭亡于这些不肖子孙之手。

如果将我们已经考知的曹氏家族的内部矛盾与梁朝诸王的争斗相比较,可见两者有着惊人的相似之处。无怪乎畸笏要大段抄录庾信《哀江南赋序》并训诫后世子孙"不可慢忽"了。

这样我们就懂得了畸笏两次说"子孙(弟)不肖,招接匪类(人)"的真实含义:"子孙不肖"者,骨肉兄弟为争夺继承权而彼此相残也;"招接匪类"者,接纳侯景之类人物,导致内乱之谓也。这是畸笏叟一再指出的大族败亡的原因,也是曹氏家族最终衰败的直接原因。畸笏所指斥的"匪人""匪类",对曹家而言,应指中山狼式的忘恩负义之徒,如《红楼梦》中的贾雨村、孙绍祖之流。很可能曹家不肖子孙勾结此类人物兴风作浪,以致家族内部矛盾激化,家族成员彼此告讦,自相残害,招来最高统治者的无情打击,终于落得"破家灭族"的可悲下场。

其四 "必须先从家里自杀自灭起来,才能一败涂地"
——曹雪芹对封建宗法家族败落原因的总结

曹雪芹在《红楼梦》后半部将写到贾府的彻底破败,虽然我们已不能见到雪芹原稿,但贾府由自残而致抄没的趋势在前八十回已明确可见。在第七十四回"惑奸谗抄检大观园"中,作者借探春之口做了预示:

你们别忙,自然连你们抄的日子有呢!你们今日早起不曾议论甄家,自己家里好好的抄家,果然今日真抄了。咱们也渐渐的来了。可知这样大族人家,若从外头杀来,一时是杀不死的,这是古人曾说的"百足之虫,死而不僵",必须先从家里自杀自灭起来,才能一败涂地!

探春先说"你们别忙,自然你们抄的日子有呢",又说"必须先从家里自杀自灭起来,才能一败涂地",可见贾府不久将因"自杀自灭"而导致抄家,最后彻底败落。

至于贾府怎样因自残而导致抄家,限于本题我们不拟做更多的推测。然而有一点是可以肯定的,贾府的最后破败正是曹氏家族彻底败落的艺术再现。当然,《红楼梦》既是小说,就不可避免地会有人物、情节的虚构与集中,但两者在总体上应有所类似。根据本节考索,此点似已可证实,因为:

(1)小说中,贾府将因"自杀自灭"而导致抄家败落;现实中,曹氏家族因"子孙不肖,招接匪类""自执金矛又执戈,自相戕戮自张罗"而致"破家灭族"。

(2)据庚辰本第二十二回探春风筝谜下双批,贾府事败后诸子孙流散;据屈复《曹荔轩织造》诗,曹氏家族亦落得子孙飘零、无从寻觅的地步。

《红楼梦》中贾府因自残而抄没败落的素材来源于当日曹氏家族的破败史实既可肯定,那么上引探春之语就不仅是小说人物"敏探春"对贾府内部矛盾激化必将导致破家灭族恶果的预言,而且是作者对包括自己家族在内的宗法大族因内乱外祸以致彻底破落的历史总结。

上面我们从四个方面探讨论证了曹氏家族彻底败落的原因,由于史料所限,目前我们只能说到这里。至于曹氏家族败落的具体过程,那自然仍是不太清晰的。然而曹氏家族因不睦、内乱、自残致一败涂地的可能还是值得我们予以充分的注意。因为在我国封建社会,自隋唐以来的历朝法律均将此与谋反叛逆案等同,列入"十恶"之罪,遇赦不免[①]。因此,曹氏家族如因不

---

① 隋开皇定律,始有"十恶"。唐律沿隋制,以谋反、谋大逆、谋叛、恶逆、不道、大不敬、不孝、不睦、不义、内乱为十恶。见《隋书·刑法志》和《唐律疏议·名例》。遇赦不免的实例,可见《永宪录》卷一所记雍正帝即位初须布恩诏赦免罪犯的情况:"恩诏除谋反叛逆、子孙谋杀祖父母父母、内乱、妻妾杀夫告夫、奴婢杀家长、杀一家非死罪三人、采生折割人、谋杀故杀真正人命、蛊毒魇魅药杀人、强盗奴变十恶等真正死罪,及军机获罪、藏匿逃人不赦外,咸赦除之。"

睦、内乱、自残而致彻底破败实有法律依据。如果能遍查乾嘉时人的别集与笔记，很可能还会发现某些记述以为佐证。因为从屈复《弱水集》及曹寅《楝亭集》所反映的情况看来，屈复与曹寅并无直接交往，彼此关系可称疏远，而在曹寅去世三十一年之后，屈复居然会写下一首关于曹寅本人及其子孙（包括了曹雪芹）的小诗，透露出曹氏家族已彻底败落的信息，则以曹氏家族成员在康熙、雍正、乾隆三朝的广泛社会交往，其家族的最后破败必然会为人著录并流传至今。就目前我们已知的材料而言，脂批及屈复《曹荔轩织造》诗也尚有做进一步探讨的余地。况且中国第一历史档案馆还保存着大量当时的内务府满文档案，则曹氏家族彻底败落的原因及过程终有真相大白之日。

第六章　曹氏家族年谱简编

后金天命六年(明天启元年,1621)　　辛酉

三月,努尔哈赤攻占沈阳。明沈阳中卫指挥使曹锡远及其子振彦被俘投降,编入额驸佟养性管理之"旧汉兵"[一]。振彦之子曹玺其时已三岁左右[二]。

[一]康熙二十三年未刊《江宁府志》卷十七"宦迹·曹玺传":"及王父宝宦沈阳,遂家焉。"康熙六十年刊《上元县志》卷十六"人物·曹玺传":"大父世选,令沈阳有声。"《八旗满洲氏族通谱》卷七十四:"曹锡远,正白旗包衣人,世居沈阳地方,来归年分无考。"据此知曹雪芹五世祖名曹锡远,又名宝,世选或为字。按:明代沈阳不设县,而置卫,故无县令,只有相当于县令的中卫指挥使,"令沈阳"意即任沈阳中卫指挥使。中卫指挥使为世官,曹氏家族远祖曹俊、曹辅、曹铭等人在明初已任此职。参见冯其庸先生《曹雪芹家世新考》第335—339、357—364页。

[二]康熙六十年刊《上元县志》卷十六"人物·曹玺传":"曹玺,字完璧。……玺少好学,沉深有大志。及壮,补侍卫,随王师出征山右有功。"按:"王师出征山右"指顺治六年多尔衮讨姜瓖叛乱之战;而《礼记·曲礼》有"三十曰壮"之说,按顺治五年曹玺三十岁推算,他当生于明万历四十七年(1619),沈阳为努尔哈赤攻占时年已三岁。

后金天聪四年(明崇祯三年,1630)　　庚午

四月,曹振彦已任佟养性属下之"教官",九月前调为"致政"[一]。

[一]见天聪四年(1630)四月《大金喇嘛法师宝记碑》和九月《重建玉皇庙碑碑阴题名》。详见冯其庸先生《梦边集》第186—188、112—115

页。曹振彦入满洲正白旗包衣籍至迟应在后金天聪八年（1634）以前，至早亦应在天聪四年九月以后，其间当以佟养性去世后最为可能。参见《梦边集》第 137—140 页。

后金天聪六年（明崇祯五年，1632）　　壬申

佟养性死，曹振彦可能于此时或稍后拨入满洲正白旗（或镶白旗）为旗鼓佐领下人，成为满洲贵族的包衣（家奴）[一]。十二月初一日，孙氏（后嫁为曹玺继妻）生[二]。

[一] 见"后金天聪四年"注[一]。

[二] 据尤侗《艮斋倦稿》卷四康熙三十年作《曹太夫人六十寿序》"于今辛未腊月朔日，年登六秩"之语推算。

后金天聪八年（明崇祯七年，1634）　　甲戌

本年前，曹振彦已任多尔衮属下的旗鼓牛录章京即旗鼓佐领，且因参加大凌河战役有功而加半个前程[一]。

[一]《清太宗实录》卷十八"天聪八年甲戌"条下记："墨尔根戴青贝勒多尔衮属下旗鼓牛录章京曹振彦，因有功加半个前程。"按："墨尔根戴青"系满语音译，乃天聪二年清太宗皇太极赐其异母弟多尔衮的美号，郑天挺《清史探微》认为即"睿智聪明"义。贝勒，满语音译，意为旗主。多尔衮及其同母弟多铎其时为正白旗与镶白旗旗主，参见孟森《明清史论著集刊》一书之《八旗制度考实》。

清顺治元年（明崇祯十七年，1644）　　甲申

五月，曹家"从龙入关"，清王朝定鼎北京。十月，豫亲王多铎率清兵南下，曹振彦及其子曹玺可能随军参加了进击弘光政权的战争[一]。

[一] 详见本编第一章"曹氏先祖"。

顺治二年（1645）　　乙酉

五月，清军攻占南京，十月班师。曹寅生母顾氏（明遗民顾景星之妹）可能在此期间为清军在昆山地区掳获，后归曹玺为婢妾[一]。孙氏约在此年前后选入宫中为女官[二]。

[一] 见本编第三章第二节"曹寅舅氏顾景星和生母顾氏"。

[二] 据吴振棫《养吉斋丛录》卷二十五:"挑选八旗秀女……其年自十四至十六为合例。"顺治二年孙氏十五岁,当于此年前后被选入宫为孝庄文皇后(玄烨祖母)之侍从女官,故以后得选为玄烨保母。

顺治三年(1646)　　丙戌

三月,殿试天下贡士,曹振彦与试[一]。

[一] 曹振彦有"贡士"之功名(见"顺治六年"注[一]),应即于此年考试取得。

顺治六年(1649)　　己丑

曹振彦、曹玺父子随摄政王多尔衮出征大同,平定姜瓖叛乱[一]。

[一] 曹振彦及曹玺均参加了此年的平定姜瓖叛乱之战,据《顺治朝揭帖奏本启本》中曹振彦奏本及康熙二十三年未刊《江宁府志》、六十年《上元县志》所载"曹玺传"考知,详见张书才先生《曹振彦档案史料的新发现》(《红楼梦学刊》1980年第三辑)及冯其庸先生《梦边集》中《曹雪芹家世史料的新发现》。又《康熙山西通志》卷十七"职官志":"平阳府吉州知州曹振彦,奉天辽阳人,贡士,顺治七年任。"当于平定叛乱后留任当地为知州。

顺治七年(1650)　　庚寅

大同乱平,曹振彦留任山西平阳府吉州知州[一]。曹玺选入銮仪卫,任二等侍卫[二]。振彦妻欧阳氏前此已经去世,继娶袁氏,生曹尔正[三]。十二月,多尔衮病卒。

[一] 见"顺治六年"注[一]。

[二] 康熙二十三年未刊《江宁府志》卷十七"宦迹·曹玺传":"补侍卫之秩,随王师征山右建绩。世祖章皇帝拨入内廷二等侍卫,管銮仪事,升内工部。"

[三] 顺治八年八月二十一日覃恩诰命:"授山西平阳府吉州知州曹振彦奉直大夫,封妻袁氏宜人。"又康熙十四年十二月曹玺之父母所获覃恩诰命:"赠曹振彦光禄大夫,妻欧阳氏一品太夫人,封继室袁氏一品

夫人。"并赞袁氏"抚异产为己出"。因诰命"自身曰授,上代未服官或已致仕曰封,已故曰赠",故知曹玺应系欧阳氏所出,欧阳氏卒于顺治八年前。曹尔正应为袁氏所生,其生卒年不详,然康熙三十六年时他还随清圣祖西征噶尔丹并掌管随行马匹,其年龄当至少比曹玺小二十余岁。曹尔正别名"鼎",见《五庆堂辽东曹氏宗谱》。

顺治八年(1651)　　辛卯

二月,追夺多尔衮封爵,正白旗归皇帝自将。曹氏家族成员遂以正白旗包衣入内务府为皇帝家奴。

顺治九年(1652)　　壬辰

曹振彦调任山西阳和府知府[一]。

[一] 见中国第一历史档案馆藏《顺治朝揭帖奏本启本》内《曹振彦奏本》(顺治九年十二月初八日)自署职衔,其全称为"山西等处承宣布政使司阳和府知府",奏本全文载《红楼梦学刊》1980年第三辑。《山西通志》载该年曹振彦为"大同府知府",误。

顺治十一年(1654)　　甲午

三月十八日,玄烨生。二十三岁的孙氏由女官而被选为玄烨保母[一]。纳兰成德十二月十二日生。

[一] 据萧奭《永宪录续编》,曹寅"母为圣祖保母"。又冯景《解春集文钞》卷四《萱瑞堂记》云:"康熙己卯夏四月,皇帝南巡回驭,止跸于江宁织造臣寅之府。寅绍父官,实维亲臣、世臣,故奉其母孙氏朝谒。上见之色喜,且劳之曰:'此吾家老人也。'赏赉甚厚。会庭中萱花开,遂御书'萱瑞堂'三大字以赐。尝观史册,大臣母高年召见者,第给扶,称'老福'而已,亲赐宸翰,无有也。"又毛际可《安序堂文钞》卷十七亦有《萱瑞堂记》,内云:"时内部郎中臣曹寅之母封一品太夫人孙氏叩颡墀下,兼得候皇太后起居。问其年已六十有八,宸衷益加欣悦,遂书'萱瑞堂'以赐之。"合而观之,知为"圣祖保母"者乃曹寅之嫡母孙氏。

顺治十二年(1655)　　乙未

曹振彦升两浙都转运盐司运使(从三品)[一]。曹寅内兄李煦生于本年正月,其父李士桢时三十七岁,任安庆知府[二]。

　　[一] 见《清世祖实录》卷九十三及《浙江通志》卷一二二"职官志"。
　　[二] 详见王利器《李士桢李煦父子年谱》。

顺治十五年(1658)　　戊戌

曹振彦离任[一],约在此后不久去世。九月初七日,曹玺之妾顾氏生长子曹寅[二]。比成德小三岁。

　　[一] 见"顺治十二年"注[一]。
　　[二] 曹寅生年月日参见周汝昌先生《红楼梦新证·史事稽年》"顺治十五年"条下考析。曹寅字子清,见《五庆堂曹氏宗谱》,又屡见于清人记载。其别号甚多,有荔轩、楝亭、雪樵、鹊玉亭、柳山居士、棉花道人、紫雪轩、紫雪庵主、西堂扫花行者等,晚年又因耳聋目昏自号盹翁、柳山聱叟。为省篇幅,不一一注明出处。

顺治十八年(1661)　　辛丑

正月初九日,玄烨即皇帝位。孙氏是年三十岁,出宫嫁曹玺为继室[一]。十二月,南明永历帝为吴三桂擒杀,明亡。

　　[一] 见"清顺治元年"注[一]。

康熙元年(1662)　　壬寅

二月十二日,曹宣(字子猷)出生[一]。

　　[一] 康熙二十九年四月初四日《总管内务府为曹顺等人捐纳监生事咨户部文》:"三格佐领下《南巡图》监画曹荃(按,即曹宣),情愿捐纳监生,二十九岁。"逆推其生年当为康熙元年。曹宣生日为二月十二日,《楝亭诗钞》卷三《支俸金铸酒枪一枚寄二弟生辰》"百花同日着新绯"句下自注:"生辰同花生日。"俗以农历二月十二日为花生日,又称花朝,见清潘荣陛《帝京岁时纪胜》。参见冯其庸《曹雪芹家世新考》第103—105页。

康熙二年(1663)　　癸卯

曹玺前此已升任内务府郎中。二月,出任江宁织造,携家定居江宁(今南京)[一]。

[一] 据康熙二十三年未刊《江宁府志》及六十年《上元县志》的两篇"曹玺传":"康熙二年,特简督理江宁织造。"参见周汝昌先生《红楼梦新证·史事系年》"康熙二年"条。

康熙三年(1664)　　甲辰

曹玺聘明遗民马銮(马士英之子)为曹寅之蒙师[一]。曹寅本年七岁,能辨四声[二]。此后数年内,曹玺亲自督教寅宣兄弟于江宁织造署西花园楝亭[三]。

[一]《楝亭诗别集》卷一有《见雁怀马伯和》《哭马伯和先生二首》,其二首联:"忆昔提携童稚年,追欢最在小池边。"可知马伯和是曹寅幼时塾师。按:马伯和名銮,贵阳人,弘光政权大学士马士英之子,明亡后在江宁教书为生,工诗,有《咏美人绝句三十六首》,多所寄托,诗见卓尔堪《明遗民诗》卷十二。笔者据卓尔堪此书作者小注及作品勾稽互考,推知马銮与杜濬(茶村)、杜岕(些山)、姚潜(后陶)等明遗民交往密切,曹玺、曹寅父子与明遗民的往来可能即由马銮开始介绍。吴美渌有《曹寅塾师马伯和考》(《贵州文史丛刊》1983年第一期),可参看。

[二] 康熙六十年刊《上元县志》卷十六"曹玺传":"子寅,字子清,号荔轩,七岁能辨四声。"

[三] 据纳兰成德《曹司空手植楝树记》(《楝亭图》卷一):"子清为余言:其先人司空公当日奉命督江宁织造……衙斋萧寂,携子清兄弟以从,方佩觿佩韘之年,温经课业,靡间寒暑。其书室外,司空亲栽楝树一株,今尚在无恙。"

康熙九年(1670)　　庚戌

曹寅十三岁,有神童之誉,约于本年前后挑为侍卫,兼为康熙帝在南书房及经筵读书时的伴读[一]。曹尔正之子曹宜约生于本年前后[二]。

[一] 顾景星《荔轩草序》:"子清门第国勋,长江南佳丽地,束发即以诗词经艺惊动长者,称神童,既舞象,入为近臣。"邓之诚《清诗纪事初编》卷六乙编"曹寅":"寅年十三,挑御前侍卫。"关于曹寅为玄烨伴读、

曹寅与顾景星舅甥关系,曹寅生母顾氏及曹寅、曹宣兄弟不和诸事,详见本编第二章"曹寅"及第三章"曹寅和曹宣的兄弟关系"。

[二]曹宣生年系笔者据内务府档案中有关曹宣的文献推算而得。曹宣在雍正十三年(1735)还健在且现任参领,其年龄当不超过七十岁;而康熙四十七年时曹宣作为钦差奉佛至普陀山安置,其时当在三十岁以上:故笔者推定曹宣当生于本年或稍后。

康熙十三年(1674)　　甲寅

上年底,康熙帝决意撤藩,吴三桂、孙延龄和耿精忠相继叛乱割据,史称"三藩之乱"。内务府三旗包衣佐领多派往江浙一带镇压耿军。时曹尔正可能已任正白旗包衣第五佐领第一旗鼓佐领[一],曹寅亦于本年至江南侍曹玺往句容等地[二]。除曹玺代表清廷坐镇江南,在政治、经济两方面为清廷效忠而外,曹尔正亦可能亲身参加了平定耿军的战争。

[一]《八旗通志》卷七"旗分志"于"正白旗包衣佐领管领"下记:"第五参领第一旗鼓佐领亦系国初编立,始以高国元管理;高国元故,以曹尔正管理;曹尔正缘事革退,以张士鉴管理;张士鉴故,以郑连管理;郑连缘事革退,以曹寅管理。(下略)"曹尔正任佐领及革退年分系笔者据各种文献资料推算暂定。

[二]《楝亭诗钞》卷四《句容馆驿》:"余十七岁侍先公馆此,今来往三十年矣。"据此知曹寅康熙十三年曾来江南。

康熙十六至十七年(1677—1678)　　丁巳、戊午

曹玺连续两年督运,进京陛见。康熙帝"面访江南吏治,乐其详剀","赐蟒服,加正一品,御书'敬慎'匾额"[一]。十七年,曹寅南下至江浙一带,似与次年春的博学鸿儒科有关[二]。曹宣庶长子曹顺生[三]。

[一]引自康熙二十三年未刊《江宁府志》和六十年《上元县志》的两篇"曹玺传"。

[二]曹寅于本年南下江浙,系笔者据《楝亭集》及有关材料考得。详见拙作《呼吸会能通帝座——关于曹寅与康熙帝》,《上海师范大学学报》1988年第四期。

[三]康熙二十九年四月初四日《总管内务府为曹顺等人捐纳监生

事咨户部文》:"三格佐领下苏州织造曹寅之子曹顺,情愿捐纳监生,十三岁。"逆推知生于此年。曹顺生父实系曹宣,详本编第三章"曹寅和曹宣的兄弟关系"。

康熙十八年(1679)　　己未

曹寅已任銮仪卫治仪正[一],参与博学鸿儒科接待工作,与应试征士多有交往,特别与舅氏顾景星及施闰章、陈维崧、朱彝尊等人情谊深厚。暇时并与陈、朱、蒋景祈(《瑶华集》编者)、陈枋(陈维崧之侄)及黄庭(《采香泾词》作者)填词唱和[二]。此后数年内,曹寅屡次随驾巡视塞北,从猎回中[三]。

曹寅生母顾氏约在此年前去世[四]。曹尔正约在此年前后缘事革退佐领[五]。

[一]张伯行《正谊堂文集》卷二十三《祭织造曹荔轩文》:"比冠而书法精工,骑射娴习,擢仪尉、迁仪正。"

[二]王朝璩《楝亭词钞序》:"当己未庚申(按,即康熙十八、十九年),陈、朱两太史(按,即陈维崧、朱彝尊)同就征入馆阁,而公以期门四姓官为天子侍卫之臣。……每下直,辄招两太史倚声按谱,拈韵分题,含毫邈然,作此冷淡生活。每成一阕,必令人惊心动魄,两太史动以陈思天人目之。时又有检讨从子次山(按,即陈维崧侄陈枋,'次山'为其字)、阳羡蒋郡丞京少(按,即蒋景祈,'京少'为其字)、长洲黄孝廉葴山(按,即黄庭,'葴山'为其字)相与庚和,所作甚夥。"顾景星《白茅堂集》及施闰章《学余全集》亦屡见与曹寅酬答之篇什。参见周汝昌《红楼梦新证·史事稽年》"康熙十八年"条下。

[三]曹寅此后数年屡次随驾巡视塞北,系笔者撰《楝亭集》勾稽考核推知。康熙二十一年,曹寅曾随康熙帝出关东巡奉天,直至乌喇,见《楝亭词钞别集》《满江红·乌喇江看雨》;数随帝出猎回中,见《楝亭诗别集》卷一《送桐初南归三首》之三:"年年待猎出回中。"(按,"桐初"即叶藩,乃叶燮侄,杜濬婿。)

[四]见"康熙九年"注[一]。

[五]见"康熙十三年"注[一]。

康熙二十年(1681)　　辛酉

曹寅结发妻某氏约在本年前后病亡,寅有《吊亡》诗[一]。

[一] 见《楝亭诗别集》卷一。诗约作于康熙二十年左右,内有"枯桐斵琴凤凰老,鸳鸯冢上生秋草"之句,当为悼亡妻诗。故知曹寅有一结发妻,前此已经亡故。

康熙二十一年(1682)　　壬戌

春夏,曹寅扈从康熙帝东巡至奉天及乌喇一带,有词《满江红·乌喇江看雨》[一]。

[一] 见"康熙十八年"注[三]。

康熙二十三年(1684)　　甲子

六月,曹玺病逝于江宁,曹寅迅即南下奔丧。诏升曹寅为内务府慎刑司郎中,协理江宁织造[一]。孙氏、曹宣母子因之与曹寅不和,家庭矛盾尖锐,寅作《放愁诗》抒怀。为缓和家庭矛盾,曹寅主动辞让协理江宁织造之职于其弟曹宣,然未获康熙帝谕允[二]。十一月初,康熙帝第一次南巡回銮至江宁,亲往江宁织造署"抚慰诸孤",并特遣内大臣祭奠曹玺,赠工部尚书衔[三]。十二月初三日,马桑格从内务府员外郎转升江宁织造[四]。曹玺入祀名宦祠[五]。

曹玺逝后,曹寅、曹宣兄弟以《楝亭图》六卷征集名家题咏纪念亡父。

[一] 康熙二十三年未刊《江宁府志》卷十七"宦迹·曹玺传":"甲子六月,又督运。濒行,以积劳成疾,卒于署寝。……是年冬,天子东巡抵江宁,特遣致祭。又奉旨以长子寅仍协理江宁织造事务,以缵公绪。"康熙六十年刊《上元县志》卷十六"人物·曹玺传":"甲子卒于署,祀名宦。子寅……玺在殡,诏晋内少司寇(按,此即代指内务府慎刑司郎中),仍督织江宁。"

[二] 见本编第三章第三节"骨肉鲜旧欢"。

[三][五] 熊赐履《经义堂集》卷四《曹公崇祀名宦序》:"洎甲子夏,以劳瘁卒于官。易箦之五月,遇天子巡幸至秣陵,亲临其署,抚慰诸孤,特遣内大臣以尚尊奠公,若曰:'是朕荩臣,能为朕惠此一方人者也。'而都人士益思公不能忘,既合请于有司,张鼓乐,导公主侑食学宫名宦祠,复作为诗歌,寿之枣梨,以侈公盛美。"

[四]《历朝八旗杂档》:"原任吏部尚书马桑格……(康熙)二十年十

二月初三日从佐领员外郎转升南京织造员外郎。""二十年"应是"二十三年"之误。见马国权先生《关于马桑格的一件新史料》,《红楼梦学刊》创刊号。

康熙二十四年(1685)　　乙丑

五月底,曹寅携全家于江宁登舟扶父柩返京,到京已在重阳以后。途中有《北行杂诗》二十首及《黄河看月示子猷》诗[一]。此后曹寅就任慎刑司郎中,仍兼佐领。曹宣任侍卫,改名曹荃,以避康熙帝名"玄烨"之音讳[二]。纳兰成德于五月三十日病卒于北京,时三十一岁。

[一] 诗见《楝亭诗钞》卷一《北行杂诗》之一:"六月水初宽。""未及渡江看。"杜岕《岕山集辑》卷二《思贤篇》题下小注:"送荔轩还京师,时乙丑五月,登舟日也。"故知曹家离江宁返京时间乃康熙二十四年五月底。又《北行杂诗》之十九:"明日黄花外,萸囊意倍亲。"之二十:"野风吹侧帽,断岸始登高。"皆证曹家于京郊张家湾登陆时为重阳节,则其进京已在此后。

[二] 参见周汝昌《红楼梦新证》第二章"人物考"。

康熙二十五年(1686)　　丙寅

曹荃次子曹颀出生,曹顺过继为曹寅嗣子[一]。

[一] 康熙二十九年四月初四日《总管内务府为曹顺等捐纳监生事咨户部文》:"三格佐领《南巡图》监画曹荃之子曹颀,情愿捐纳监生,五岁。"逆推知生于康熙二十五年。曹顺过继为曹寅之子,当在曹颀出生以后。笔者认为,此举当是曹寅对孙氏、曹荃母子让步而采取的姿态,详见本编第三章"曹寅和曹宣的兄弟关系"。

康熙二十六年(1687)　　丁卯

曹寅续娶李煦从妹李氏为继室。李氏本年约三十岁,可能原系宫中女官当差满限放出择配[一]。是年,李煦在宁波知府任,李士桢十一月从广东巡抚任休致,退居潞河[二]。

[一] 康熙五十四年正月十八日《苏州织造李煦奏安排曹頫后事折》:"盖頫母(按,指寅妻李氏)年近六旬,独自在南奉守夫灵。"如该年李

氏五十八岁,逆推李氏当生于顺治十五年,则康熙二十六年时为三十岁。《楝亭诗钞》卷一《五月十一夜集西堂限韵》之五有"欲奏成连音,床琴久无弦"之句,虽用陶潜无弦琴典,亦寓断弦未娶之意,故知曹寅于写作此组诗的康熙二十五年尚未续娶。且曹寅应为其父玺服丧三年,康熙二十六年方始满服,曹颙生于康熙二十八年,故李氏嫁曹寅应在康熙二十六或二十七年。其时李氏年已三十岁,当时社会早婚成习,李氏如非宫中女官,决不可能延至此时方始结婚。而康熙朝秀女入宫三十岁遣出嫁人,年龄正合。

[二]见"顺治十二年"注[二]。

康熙二十七年(1688)　　戊辰

曹荃三子曹颜生。曹宜之子曹颀约生于本年或上年,略早于曹颜[一]。

[一]康熙二十九年四月初四日《总管内务府为曹顺等捐纳监生事咨户部文》:"三格佐领下苏州织造曹寅之子曹颜,情愿捐纳监生,三岁。"逆推当生于此年。据笔者考证,曹颜实乃曹荃三子,小名桑额。详见本编第三章"曹寅和曹宣的兄弟关系"。

康熙二十八年(1689)　　己巳

春,曹荃随康熙帝第二次南巡,回京后以侍卫衔任南巡图监画[一]。曹寅之子曹颙出生[二]。

[一]尤侗《曹太夫人六十寿序》(《艮斋倦稿》卷四):"曹母孙太夫人者,司空完璧先生之令妻,而农部子清、侍卫子猷两君之寿母也。"又有"难弟子猷,为朝廷管册府"之语。证以康熙二十九年四月初四日内府《咨文》称曹荃为"《南巡图》监画",可知曹荃其时乃系以侍卫衔任此职;"为朝廷管册府"即"任《南巡图》监画"之谓。按,《南巡图》系第二次南巡回京后康熙帝谕令王翚、宋骏业等江南地区名画家多人历三年绘成,今存故宫博物院。曹荃擅长绘画,又可能亲见第二次南巡盛典,故康熙帝令其任《南巡图》监画。

[二]康熙二十九年四月初四日《总管内务府为曹顺等捐纳监生事咨户部文》(后简称"咨文"):"三格佐领下南巡图监画曹荃之子曹颙,情愿捐纳监生,二岁。"逆推当生于此年。据笔者考证,曹颙系曹寅之子,

总管内务府的笔帖式在抄写此《咨文》时将曹颙与曹颜调错了位置。详见本编第三章"曹寅与曹宣的兄弟关系"。

康熙二十九年（1690）　　庚午

四月，曹寅从广储司郎中出为苏州织造，行前为弟曹荃及子侄辈曹顺、曹颜、曹颀、曹颙等捐纳监生[一]。此后，曹寅奉养嫡母孙氏一品太夫人于苏州织造署，并于署内筑"怀棣堂"，又于堂下遍植萱草，以示孝于父母[二]。

曹寅长女（后嫁为平郡王讷尔苏妃）约生于本年前后[三]。九月，多罗平悼郡王讷尔福生长子讷尔苏。

[一] 康熙五十二年正月初九日《内务府奏请补放连生为主事掌织造关防折》："查曹寅系由广储司郎中补放织造郎中。"而上注引总管内务府《咨文》称其为"苏州织造曹寅"，故而知曹寅升任苏州织造的时间及其原任职务。捐纳监生者名单据《咨文》。

[二] 尤侗《艮斋倦稿》卷四《曹太夫人六十寿序》："当司空在金陵尝筑棣亭，今农部于姑苏作怀棣堂以志慕。其事太夫人也，卷耩鞠䐏，尽晨夕之欢，北堂之下，又树萱焉。"所云"北堂"，当即怀棣堂。

[三] 据中国第一历史档案馆藏清代玉牒，讷尔苏生于康熙二十九年九月十一日，曹寅长女年当相若，故系此年。

康熙三十一年（1692）　　壬申

秋，曹寅进京述职[一]。十一月，从苏州织造调江宁织造[二]。是年，曹寅曾游越五日倚舟作《北红拂记》，归苏州命家伶演之。此后，又有《虎口余生》及《后琵琶》传奇之作。曹家之有家庭小戏班当不迟于此年[三]。

[一] 钱秉镫《田间尺牍》卷三《与曹子青[清]书》："去秋过吴门趋候，知旌节已入都门。"书作于康熙三十二年秋。又《楝亭诗别集》卷二有《自润州至吴门行将北归杜些山程令彰作诗见寄奉和二首》，诗作于三十一年秋。故知其时曹寅曾回京陛见述职。

[二] 见"康熙二十九年"注[一]。

[三] 尤侗《艮斋倦稿》卷九《题北红拂记》云："荔轩游越五日，倚舟脱稿，归授家伶演之，予从曲宴得寓目焉。"文作于康熙三十一年壬申。故知曹家已有小戏班。曹寅作《虎口余生》及《后琵琶》，见刘廷玑《在园

杂志》卷三及萧奭《永宪录续编》。

康熙三十二年(1693)　　癸酉

三月,李煦由畅春园总管出任苏州织造[一]。曹寅次女(后嫁某王子)约生于本年[二]。

十二月,曹寅有《祀灶后作》七绝三首,据其中"所愿高堂频健饭,灯前儿女拜成群"之句,知是年曹家已儿孙满堂[三]。

　　[一] 见王利器《李士桢李煦年谱》。

　　[二] 萧奭《永宪录续编》记曹寅"二女皆为王妃";又康熙四十八年二月初八日《江宁织造曹寅奏为婿移居并报米价折》:"臣愚以为皇上左右侍卫朝夕出入,住家恐其稍远,拟于东华门外置房移居臣婿,并置庄田奴仆,为永远之计。臣有一子,今年即令上京当差,送女同往,则臣男女之事毕矣。"是曹寅次婿时为侍卫,后袭王爵。其人为谁今尚难确知。曹寅次女生年系据此推算。可参考第二编第二章"《红楼梦》的素材与构思"。

　　[三] 诗见《楝亭诗钞》卷二。

康熙三十五年(1696)　　丙子

曹尔正前此为内务府派出管理税务或盐差等,迟至此年已经回京[一]。其子曹宜开始在内务府当差。[二]

　　[一] 康熙三十六年正月二十六日《内务府总管海拉逊等奏请派定张进孝、曹尔正等随同出行轮班掌管马匹折》云:"此次出行,请派出巴延人备办收掌太监之马匹。"被派出巴延人中有曹尔正之名。"'巴延'是满文译音,意为'富户人'。'派巴延'是清初一种专为皇帝当差报效的制度。凡是内务府出外差的人员(如盐税、关税等),回京后都要编入'巴延'等候派差。"(引自《关于江宁织造曹家档案史料》页8)可见曹尔正前此曾为内务府派出管理盐差或税务。

　　[二] 雍正七年十月初五日《署内务府总管允禄等奏请补放内府三旗参领等缺折》:"尚志舜佐领下护军校曹宜,当差共三十三年,原任佐领曹尔正之子,汉人。"查《八旗通志》卷七"旗分志",尚志舜乃正白旗包衣第五参领第一旗鼓佐领,曹家即属此佐领。逆推知曹宜于康熙三十

五年开始当差,雍正七年前为护军校。

康熙三十六年(1697)　　丁丑

正月,康熙帝第三次北征噶尔丹部。曹宣从军出征,任康熙帝之侍从军官[一]。曹尔正被派巴延,掌管随行马匹[二]。曹寅有《闻二弟从军却寄》诗[三]。冬,曹寅与漕运总督马桑格及江苏巡抚宋荦奉旨赈济江淮灾民[四]。曹荃第四子曹𫖯约生于本年前后[五]。

　　[一][三]《楝亭诗别集》卷三《闻二弟从军却寄》称"与子四十犹婴孩",康熙三十六年曹寅正四十岁。是年康熙帝第三次亲征噶尔丹,故曹寅《松茨四兄远过西池》组诗之五云:"勾陈逼招摇,幽天风夜至。单于六裸走,羽林呼动地。三驱度瀚海,持冰裹糇糒。念我同胞生,旃裘拥戈寐。"从"三驱"句可证曹荃确于此年从军西征。而由"羽林""旃裘"等句可知曹荃系康熙帝的侍从军官,这亦符合清代上三旗包衣制度,参见《清朝文献通考·职官考三》。

　　[二]见"康熙三十五年"注[一]。

　　[四]曹寅奉旨赈济江淮灾民事,详康熙三十六年十月二十二日《江宁织造曹寅奏押运赈米到淮情形折》。

　　[五]曹𫖯生年系笔者据有关文献推考而得,详见本编第四章第二节"曹𫖯"。

康熙三十八年(1699)　　己卯

春,曹荃因盐务及南巡事宜南下,途经淮安,会见阎若璩,并应阎之请作怪石枯枝画,阎亦有《赠曹子猷》诗。随后,曹荃又至仪真淮南盐运使院,寓居西轩(即十年后为曹寅所命名的思仲轩),手植杜仲一株于庭。又至江宁,向曹寅宣读康熙帝圣旨[一]。

闰四月初十日,康熙帝第三次南巡回銮至江宁,驻跸江宁织造署,召见保母孙氏,赐御书"萱瑞堂"匾额[二]。闰四月十四日,康熙帝亲祭明太祖陵寝,次日谕曹寅会同宋荦修理孝陵,并制"治隆唐宋"御书匾[三]。张玉书撰《驾幸江宁纪恩碑记》,碑后刻有"管理江宁织造内务府三品郎中加五级臣曹寅"之署名[四],知此时曹寅已"三品食禄"(每年银一百三十两、米六石)[五]。

　　[一]阎若璩《潜丘札记》卷六《赠曹子猷》:"骨肉谁兼笔墨欢,羡君

兄弟信才难。南临淮海熬波远，北觐云霄补衮宽。坐啸应知胜公幹，暮归还见服邯郸。请挥一匹好东绢，怪石枯枝即饱看。""南临""北觐"分咏曹荃、曹寅弟兄，"熬波"用张融《海赋》"漉沙构白，熬波出素"及欧阳修《运盐》"熬波销海水"典，即煎海水以取盐之意。按：清代淮北盐运使院驻节淮安，曹荃在淮安与阎若璩见面，必系其因两淮盐务出差至此之故。曹荃旋南下真州，住淮南盐运使院西轩。曹寅于康熙四十八年作《思仲轩诗》二首（《楝亭诗集》卷六）纪念曹荃，有"忆汝持节来，锦衣貌殊众。举眼历十稔，拱木已成栋"之句，故知曹荃此来在康熙三十八年。朱彝尊《题曹通政寅思仲轩诗卷》（《曝书亭集》卷二十三）自注："公弟居此，植杜仲一本于庭，故以名轩。"据曹寅《思仲轩诗小序》："思仲，杜仲也。俗呼为檰芽，可食。其木美荫而益下，在使院西轩之南。"故知思仲轩即西轩，乃曹寅为纪念二弟曹荃而临时给予西轩的别名。详见本编第二章"曹寅"、第三章"曹寅和曹宣的兄弟关系"。

[二] 见"顺治十一年"注[一]。

[三][四] 见张玉书《张文贞公集》卷六《驾幸江宁纪恩碑记》及康熙三十八年五月二十六日《江宁织造曹寅奏与督抚公议明陵俟秋凉修补折》，碑今存明孝陵，内记康熙帝谕旨："朕昨往奠洪武陵寝，见墙垣复多倾圮，可交与江苏巡抚宋荦、织造郎中曹寅会同修理。朕御书'治隆唐宋'四大字，交与织造曹寅制匾悬置殿上，并行勒石，以垂永远。"碑后有当时在江宁的高级官员名单。

[五] 《楝亭诗钞》卷三《支俸金铸酒枪一枚寄二弟生辰》"三品全家增旧禄"句下自注："近蒙恩擢阶正三品食禄。"据而知曹寅"三品食禄"在本年二月。

康熙三十九年(1700)　　庚辰

秋，顾景星第三子顾昌奉其父遗像至金陵，曹寅作《舅氏顾赤方先生拥书图记》[一]。

[一] 文见《楝亭文钞》。记云："后己未（按，康熙十八年）二十二年庚辰（按，康熙三十九年），寅行年四十三，文饶（按，顾昌字）四十有八，舅黄公（按，顾景星字）先生弃世已十四年。寅出使莅吴十年，文饶三上

公车矣。文饶下第,自都门奉遗像及海内名家诗赞共一巨卷,投知己中丞宋公(按,江苏巡抚宋荦),抵苏州而还,过金陵使院,将买舟归黄冈。八月十七夜,晚厅画诺毕,振衣履,秉烛炬,出像瞻拜,颧颊宛然,謦欬如在,第须鬓苍白,稍异前时,问知为后来追想补图者。中间人事不足述,感叹存殁,悠悠忽忽,何以遂至二十二年之久。而灯影徘徊,亦竟忘余与文饶之年皆企于知非不惑之间也。然自今以往,得睹此卷者尚有日,虽寿至耄耋,子孙满前,亦终拳拳于二十二年之前也。"顾景星为曹寅舅氏,此记为确证之一。

康熙四十年(1701)　　辛巳

春,曹寅与苏州织造李煦、杭州织造敖福合奉旨公议委派杭州织造署物林达(司库)莫尔森出使东洋(日本)[一]。五月,曹寅、曹荃兄弟合办五关铜斤,实际事务交与家人王文及曹寅嗣子(曹荃庶长子)曹顺办理。曹荃前此已调任上驷院或庆丰司物林达[二]。五月初三日曹寅作《东皋草堂记》。时曹家宝坻田庄已为曹荃所有,并由曹荃管理[三]。

[一]见康熙四十年三月《苏州织造李煦奏与曹寅等议得莫尔森可去东洋折》,《李煦奏折》第 17 号。

[二]见康熙四十年五月二十三日《内务府题请将湖口等十四关铜斤分别交与张鼎臣、王纲明、曹寅等经营本》。曹寅、曹荃兄弟分办龙江、淮安、临清、赣关、南新五关铜斤共八年,实际事务由曹顺及王文办理,因其时寅荃兄弟曾呈文内务府称:"我们兄弟二人俱有钦交差使,无暇办铜,今着我们的孩子赫达色带领家人王文等采办。"据考,"赫达色"即曹顺。参见张书才先生《有关曹家子侄的几个问题》,《江海学刊》1984 年第六期。曹荃任物林达在四十年五月之前,因康熙四十年十一月十二日《内务府总管玛斯喀等奏曹荃呈称户部交进豆草请与户部会议具奏折》称曹荃"物林达",上注引同年五月二十三日内务府题本亦已称其为"物林达曹荃"。"物林达"为满文"司库"音译,曹荃既掌豆草,则应为上驷院或庆丰司之司库。

[三]文见《楝亭诗钞》,篇末署"康熙四十年五月初三日记于萱瑞堂之西轩"。内谓:"予家受田亦在宝坻之西,与东皋鸡犬之声相闻,仆仆

道途,沟塍多不治。兄归,幸召佃奴挞而教之,且以勖弟筠石。至东皋墙垣篱落庖湢之处,耕艺之事,筠石爱弄柔翰,尚能记之。予以未及见,故不书。""筠石"为曹荃字。文中暗示宝坻庄田已为曹荃所有并管理。

康熙四十一年(1702)　　壬午

顾昌再至江宁。曹寅捐千金,代梓舅氏顾景星《白茅堂全集》[一]。

[一] 顾湛露为其父顾昌所作《皇清拣授文林郎顾公培山府君行略》谓:"迨壬午,以中丞牧仲宋公招,自都门达姑苏。宋公有意梓征君(按,指顾景星)集,时幕客有以费繁议艾蕟者,府君不欲也。去止金陵,晤银台曹公。公时织造江南,兼盐漕务察院,前与征君燕台雅集,舅甥契谊,遂捐千金,代梓《白茅堂全集》,府君一手较正。历癸未、甲申,剞劂告成,征君诗文始大行海内。"此文作于乾隆二十年,见《白茅堂全集》附录。

康熙四十二年(1703)　　癸未

春正月,康熙帝第四次南巡,二月回銮驻江宁织造府,曹家第二次接驾。曹寅与李煦奉旨从下年起轮管两淮盐政,以十年为期[一]。

曹寅于本年完成杂剧《太平乐事》。十二月,洪昇为作序文[二]。

[一] 见康熙四十三年七月二十九日《江宁织造曹寅奏谢钦点巡盐并请陛见折》:"去年奉旨著与李煦轮管盐务,今又蒙钦点臣寅本年巡视两淮。"又康熙五十一年七月二十三日《苏州织造李煦奏请代管盐差一年以盐余偿曹寅亏欠折》:"江宁织造臣曹寅与臣煦俱蒙万岁特旨,十年轮视淮鹾。"

[二] 见曹寅《太平乐事》卷首《自序》及洪昇所作序文。洪序末署"癸未腊月钱塘后学洪昇拜记",故知此剧在康熙四十二年已经写成。录洪序片断以见此剧大概:"柳山先生出使江左,铃阁多暇,含风咀雅,酌古准今,撰《太平乐事》杂剧以纪京华上元。凡渔樵耕牧、嬉游士女、货郎村伎、花担秧歌,皆摩肩接踵,外及远方部落,雕题黑齿,卉服长髦侏兜离,罔不罗列院本。其传神写景,文思焕然;该谐笑语,奕奕生动,比之吴昌龄《村姑演说》(按,出于杨景贤《唐三藏西天取经》杂剧,非吴昌龄作),尤错落有古致。而序次风华,即《紫钗·元夕》数折,无以过

之。至于《日本灯词》（按，系《太平乐事》第八出），谱入蛮语，怪怪奇奇，古所未有。即以之绍乐府余音，良不虚矣。吾知此剧之传，百世以下犹可想见其盛，而况身际昌期者乎！"

康熙四十三年（1704）　　甲申

四月，曹寅迎洪昇来江宁，搬演《长生殿》凡三昼夜，并作《读洪昉思稗畦行卷感赠一首兼寄赵秋谷赞善》诗，并以"上帑兼金"赠之[一]。是年，《白茅堂全集》刊行[二]。

十月，曹寅首任两淮巡盐御史，立志整顿盐务，两月之内连进有关盐务密折五件[三]。自去年起曹寅与李煦各捐银二万两，于扬州宝塔湾高旻寺西监修行宫，本年底竣工[四]。

[一] 金埴《巾箱说》："迨甲申（按：康熙四十三年）春杪，昉思别予游云间、白门……提帅张侯云翼（按，时为江南提督）驻节云间（按，今松江），开宴于九峰三泖间，选吴优数十人搬演《长生殿》，军士执殳者亦许列观堂下，而所部诸将并得纳交昉思。时督造曹公子清寅亦即迎致于白门。曹公素有诗才，明声律，乃集江南江北名士为高会。独让昉思居上座，置《长生殿》本于其席，又自置一本于席。每优人演出一折，公与昉思雠对其本，以合节奏。凡三昼夜始阕。两公并极尽其兴赏之豪华，以互相引重，且出上帑兼金赆行。长安传为盛事，士林荣之。迨归至乌镇，昉思酒后登舟，而竟为汨罗之投矣。伤哉。"曹寅《太平乐事自序》亦谓："武林稗畦生（按，洪昇别号）击赏此词，秋碧曾为稗畦说宫调，令其注《弹词·九转货郎儿》下。未几，有捉月之游。"按，洪昇死于该年六月初一日。故曹寅置会演《长生殿》当在四、五月间。曹寅赠洪昇诗见《栋亭诗钞》卷四，诗云："惆怅江关白发生，断云零雁各凄清。称心岁月荒唐过，垂老文章恐惧成。礼法谁尝轻阮籍，穷愁天亦厚虞卿。纵横捭阖人间世，只此能消万古情。"笔者认为，曹寅以"上帑兼金"为洪昇赆行，且赠诗有"礼法"一联，细味其意，似是以康熙帝名义赠洪昇程仪，乃为其在康熙二十八年孝懿仁皇后丧期演《长生殿》得罪事公开平反，故金埴言"士林荣之"云云。张云翼与曹寅身为高级官吏，竟敢不避风险公演《长生殿》，或亦事先征得康熙帝同意。金埴亦云："先是康熙戊辰，朝

彦名流闻《长生殿》出，各醵金过昉思邸搬演，觞而观之。会国服未除才一日，其不与者嫉而构难，有翰部名流坐是罢官者。后其本遂经御览，被宸褒焉。"可证此推论有据。

　　[二] 见"康熙四十一年"注[一]。

　　[三]《关于江宁织造曹家档案史料》第17—21号。

　　[四] 监修行宫事见康熙四十四年闰四月初五日《内务府等衙门奏曹寅李煦捐修行宫议给京堂兼衔折》。关于宝塔湾行宫修建情况，详见黄进德先生《三汊河干筑帝家，金钱滥用比泥沙》(《曹雪芹江南家世考》第190—220页)。

康熙四十四年(1705)　　乙酉

　　春，康熙帝第五次南巡，四月回銮至江宁，仍驻跸江宁织造府，曹寅第三次接驾。江宁知府陈鹏年因行宫草创几为皇太子胤礽所杀，得曹寅向康熙帝力请而免。曹𫖯时年约十岁，已为曹寅抚养于江宁[一]。闰四月，曹寅与李煦因捐修宝塔湾行宫给予京堂兼衔，曹为通政使司通政使，李为大理寺卿，皆正三品[二]。

　　曹荃四十四岁，五月病卒于北京[三]。

　　五月，曹寅开始于扬州天宁寺设立书局主持校刊《全唐诗》[四]。十月，曹寅进京陛见，进呈部分《全唐诗》样本[五]。

　　[一]《耆献类征》卷一六四宋和《陈鹏年传》："乙酉，上南巡。总督（按，时两江总督为阿山）集有司议供张，欲于丁粮耗加三分。有司皆慑服，唯唯；独鹏年不服，否否。总督怏怏。议虽寝，则欲抶去鹏年矣。无何，车驾由龙潭幸江宁，行宫草创，欲抶去之者因以是激上怒，时故庶人（按，指太子胤礽）从幸，更怒，欲杀鹏年。车驾至江宁，驻跸织造府。一日，织造幼子嬉而过于庭，上以其无知也，曰：'儿知江宁有好官有乎？'曰：'知有陈鹏年。'时有致政大学士张英来朝……使人问鹏年，英称其贤，而英则庶人之所傅。上乃谓庶人曰：'尔师傅贤之，如何杀之？'庶人犹欲杀之。织造曹寅免冠叩头为鹏年请。当是时，苏州织造李某伏寅后，为寅娓，见寅血被额，恐触上怒，阴曳其衣警之。寅怒而顾之曰：'云何也？'复叩头，阶有声，竟得请。"该年寅子曹颙已十七岁，故文中所云

"织造幼子"应为曹頫。

　　[二] 见"康熙四十三年"注[四]。

　　[三] 曹荃卒于本年系笔者考证所得。康熙四十四年冬，曹寅致汪绎函自署"期弟寅"，是曹荃至早亦当逝于四十三年底。而《思仲轩诗》作于四十八年五月，可能时当曹荃忌日，故曹荃卒于四十四年五月的可能最大。详见本编第三章"曹寅与曹宣的兄弟关系"。

　　[四][五] 曹寅主持校刊《全唐诗》事见康熙四十四年五月初一日《江宁织造曹寅奏刊刻全唐诗集折》及同年十月二十二日《江宁织造曹寅奏进唐诗样本折》。

康熙四十五年（1706）　　丙戌

二月前，孙氏病故于江宁，享年七十五岁[一]。秋，曹寅复点盐差，十月进京为孙氏营葬[二]。十一月二十六日，曹寅长女嫁镶红旗王子讷尔苏[三]。

九、十月间，《全唐诗》陆续刻印完毕，送呈御览[四]。

　　[一][二][三] 见康熙四十五年八月初四日《江宁织造曹寅奏谢复点巡盐并奉女北上及请假葬亲折》及同年十二月初五日《江宁织造曹寅奏王子迎娶情形折》。按：曹寅长女本年十一月二十六日出嫁，按礼法她应为祖母孙氏守期年丧（实际九个月），故孙氏应于本年二月前去世。

　　[四] 见康熙四十五年九月十五日《江宁织造曹寅奏报起程日期并进刻对完全唐诗折》。

康熙四十六年（1707）　　丁亥

正月，康熙帝第六次南巡。三月回銮至江宁，驻江宁织造署。曹寅第四次接驾。四月十六日，康熙帝作《全唐诗序》成。

春，曹寅有《喜三侄颀能画长干为题四绝句》，知该年前曹颀已入宫当差，其画梅曾受康熙帝称誉[一]。冬，曹寅盐务任满进京陛见，曹頫随行，有《途次示侄骥》三首。时曹頫二十二岁，年少有志，精于骑射[二]。

　　[一]《喜三侄欣能画长干为题四绝句》诗见《楝亭诗钞》卷五。笔者据其前后诗写作时间定其作于本年。因前四首《哭东山修撰》乃康熙四十五年五月哭《全唐诗》校刊者翰林院编修汪绎，而其后第二首为《南辕杂诗》，第七首下小注"二月十四日惊蛰雷雨"，正符四十七年之节气，故

介于它们之间的为曹颀所作题梅诗必为康熙四十六年之作。题画诗之一云："墨沈鳞皴蛰早雷,后生蜂蝶尽知猜。一家准敕谁修得,压卷诗从笨伯来。"诗下小注："补之画梅,蜂蝶皆集,高宗谓之'准敕恶梅'。"用杨补之画梅得宋高宗品评典,典出虞集《梅野诗序》及李日华《六砚斋二笔》。故知曹寅、曹荃、曹颀的画梅都得到过康熙帝的称赏,"一家准敕谁修得"句充分流露了曹寅洋洋自得、受宠若惊的心态。据此推论,曹颀在康熙四十六年前应已在宫内当差,因之有机会接近康熙帝,其画梅得入皇帝"龙目"而受称赞。康熙五十五年曹颀被破格提拔为茶房总领,与此亦有联系。详见本编第四章"曹頫、曹颀和曹氏家族的其他成员"。

[二]《途次示侄骥》诗见《楝亭诗钞》卷五。其三首句为"吾年方半百",故知作于曹寅五十岁即康熙四十六年冬。

康熙四十七年(1708)　　戊子

三月,曹宜奉佛至扬州,随杭州织造孙文成至普陀山安置,曹寅、李煦均有折奏报[一]。五月,曹、李及两淮运使李斯佺共捐银二万两买米平粜以济江淮灾民[二]。六月二十六日,曹寅长女生福彭[三]。

九月,皇太子胤礽废。查胤礽于四十四年、四十六年派内务府总管凌普向曹寅索银五万两,向李煦取银三万余两[四]。康熙帝免究曹、李之罪,曹寅、李煦有密折奏谢"天恩""抚恤周详"[五]。

秋,曹寅出资代刊之施闰章《学余全集》印行。[六]

[一][二]《关于江宁织造曹家档案史料》第45、46、47号。

[三]《关于江宁织造曹家档案史料》第52号,康熙四十七年七月十五日《江宁织造曹寅再奏洪武陵冢塌陷折》："臣接家信,知镶红旗王子已育世子。……所有应备金银缎匹鞍马摇车等物,已经照例送讫。"同书附录《镶红旗第五族讷尔苏诸子生平简历》"多罗平敏郡王福彭"条："康熙四十七年戊子六月二十六日卯时,嫡福晋曹佳氏、通政使曹寅之女所出。"

[四][五]康熙四十七年九月二十三日《八贝勒等奏查报讯问曹寅李煦家人等取付款项情形折》载废太子胤礽向曹、李取银事甚详。其后,曹、李即有密折叩谢"天恩",语焉不详,然联系当时政治背景必与胤

奶取银事有关。参见康熙四十七年十月初五日《曹寅奏请圣安并江南虽知异常之变但无异说折》(《关于江宁织造曹家档案史料补遗》第33号)、四十七年十月初七日李煦《谢恩并进扬州晴雨册折》(《李煦奏折》第72号)。

[六] 梅庚为施闰章《学余全集》作跋:"今通政楝亭曹公追念旧游,惧遗文之就湮也,寓书于其孤,举《学余全集》授诸梓,经始于丁亥五月,又馆其孙璸于金陵事雠校,戊子九月刻垂竣。"

康熙四十八年(1709)　　己丑

二月,曹颙送妹入京,嫁某侍卫(时系王子,后袭王爵),曹寅为次婿于东华门外置房移居,并购置庄田奴仆[一]。九月,曹寅作《太平乐事》杂剧自序[二]。

四月前,曹顺已回归曹荃本支[三]。五月,曹寅作《思仲轩诗》二首纪念亡弟曹荃[四]。

本年五月,曹寅办理八年五关铜斤已期满,共交节省银三十二万余两[五]。秋,曹寅捐资倡助刊刻朱彝尊《曝书亭集》[六]。

[一] 康熙四十八年二月初八日《江宁织造曹寅奏为婿移居并报米价折》:"臣愚以为皇上左右侍卫,朝夕出入,住家恐其稍远,拟于东华门外置房移居臣婿,并置庄田奴仆为永远之计。臣有一子,今年即令上京当差,送女同往,则臣男女之事毕矣。"据萧奭《永宪录续编》"(曹寅)二女皆为王妃",知此年出嫁之次女后亦为王妃,其次婿后应袭王爵。

[二]《太平乐事》自序末署"己丑九月十五日,柳山居士书"。曹寅别号柳山,见张云章《朴村诗集》卷四《奉陪曹公月夜坐柳下赋呈》"柳山先生性爱柳"及句下自注:"公以柳山自号。"

[三] 康熙四十八年四月十三日《内务府奏曹寅办铜尚欠节银应速完结并请再交接办折》内引曹顺呈文,"我伯父曹寅"出现四次,内务府折且两次称其为"曹寅弟弟之子曹顺",故知曹顺回归本支当在此前。曹顺生父曹荃及祖母孙氏卒于康熙四十四、四十五年,其回归本支应在此后,约当四十六、四十七年间。详本编第四章"曹颙、曹𫖯和曹氏家族的其他成员"。

［四］据《楝亭诗钞》卷六各诗前后编年，《思仲轩诗》二首当作于此年。而朱彝尊《题曹通政寅思仲轩诗卷》及《五月曹通政寅招同李大理煦李都运斯佺纳凉天池水榭即席送大理还苏州》二诗编年皆在"屠维赤奋若"即"己丑"（二诗见《曝书亭集》卷二十三），可知《思仲轩诗》必作于该年五月。

［五］见《关于江宁织造曹家档案史料》第57、60、61号。

［六］查慎行《曝书亭集序》："刻始于己丑秋，曹通政荔轩实捐资倡助。工未竣而先生与曹相继下世。"

康熙四十九年（1710）　　庚寅

八月，两江总督噶礼欲参曹寅、李煦亏空两淮盐课三百万两，为康熙帝所阻止[一]。时曹李实际亏空数已达一百八十万两。康熙帝屡于曹李密折加批，嘱其设法补亏以免遗罪子孙[二]。十月，曹寅复任两淮巡盐御史。寅耳鸣目昏，已露衰病之象[三]。

［一］［二］康熙五十三年八月十二日《上谕着李陈常巡视盐差一年请补曹寅李煦亏欠》："先是总督噶礼奏称，欲参曹寅、李煦亏欠两淮盐课银三百万两，朕姑止之。查伊亏欠课银之处，不至三百万两，其缺一百八十余万两是真。"曹、李自四十三年秋兼任两淮巡盐御史，每年约得余银五十五万两左右，其中二十一万两应拨充江宁、苏州织造署经费。至四十九年秋，已获余银一百八十万两以上。噶礼时为江南总督，素与曹、李不和，至将已拨充织造费用的款项也计入亏空，意欲公开参奏。自四十九年八月起，康熙帝屡在曹、李密折加批警告，如该年八月二十二日《盐法道李斯佺病危预请简员佐理折》朱批："风闻库帑亏空者甚多，却不知尔等作何法补完？留心，留心，留心，留心！"九月十一日《苏扬田禾收成折》朱批："每闻两淮亏空甚是利害，尔等十分留心。后来被众人笑骂，遗罪子弟，都要想到方好。"（《李煦奏折》第109、110号）九月初二日《江宁织造曹寅奏进晴雨录折》朱批："两淮情弊多端，亏空甚多，必要设法补完，任内无事方好，不可疏忽。千万小心，小心，小心，小心！"五十年二月初三日《江宁织造曹寅奏进晴雨录折》朱批："两淮亏空近日可曾补完否？"三月十九日《江宁织造曹寅奏设法补完盐课

亏空折》朱批:"亏空太多,甚有关系,十分留心,还未知后来如何,不要看轻了。"(《关于江宁织造曹家档案史料》第 70、74、75 页)将以上材料综合分析,可证噶礼欲参曹李的时间正在康熙四十九年秋。

[三] 康熙四十九年十月初二日《江宁织造曹寅奏设法补完盐课亏空折》朱批有"尔病比先何似"之语。十一月初三日《江宁织造曹寅奏病已渐愈折》云:"臣今岁偶感风寒,因误服人参,得解后旋复患疥,卧病两月有余,幸蒙圣恩命服地黄汤得以痊愈。"《楝亭诗钞》卷七《题徐文长墨芭蕉图》题下小注:"时病耳鸣。"又有"蹋壁静偃双荷鸣"之句。而《楝亭诗别集》卷四《于宫赠柽屑枕志谢二首》题下小注:"时病耳闭。"诗末自注:"近复苦目暗。"此后遂自号"柳山聋叟"及"盹翁"。马湘兰兰竹立轴有曹寅题诗,落款"康熙辛卯乙酉日真州使院柳山聋叟书"。"盹翁",见《楝亭诗别集》卷四《赠杨舜章二首》《题秘戏图》。

康熙五十年(1711)　辛卯

三月初九日,曹寅有《设法补完盐课亏空折》,并附奏《钱粮实数单》,并谓:"两淮事务重大,日夜悚惧,恐成病废,急欲将钱粮清楚,脱离此地。"盖其时曹、李两人亏欠数已达三百八十万两,虽其中有部分可补,实际亏空钱粮数额仍巨[一]。

三月,曹寅次子珍儿殇,有《辛卯三月二十六日闻珍儿殇书此忍恸兼示四侄三首》。时寅双耳已聋,曹頫随侍寅于扬州盐运使院,曹颙在京等待引见[二]。

四月初十日,曹荃三子曹桑额(颜)与曹寅之子曹颙引见,桑额录取为宁寿宫茶上人[三]。

冬,曹寅始识张云章。曹颙家报生子,张有《闻曹荔轩银台得孙却寄兼送入都》诗为贺。寅进京陛见[四]。

[一] 据康熙五十年三月初九日《江宁织造曹寅奏设法补完盐课亏空折》及所附《钱粮实数单》。亏欠数系据此单开列数目相加而得。

[二] 诗见《楝亭诗别集》卷四。其一有"零丁摧亚子,孤弱例寒门"之句,知珍儿为曹寅次子。"四侄"指曹頫,因康熙五十四年正月十二日《内务府请将曹頫给曹寅之妻为嗣并补江宁织造折》有"曹荃第四子曹頫

好,若给曹寅之妻为嗣,可以奉养"之语。曹颙自四十八年二月送妹入京后未归,唯曹頫在侧,故寅以此诗示之,且勉其"努力作奇男""程朱理必探"(其二)。寅时已衰病,故有"老不禁愁病""殷勤慰衰朽,素发满朝簪""耸耸双荷异"诸句。

[三] 见《关于江宁织造曹家档案史料》第77号。

[四]《朴村文集》卷十八《祭曹荔轩通政文》:"吾始谒公,辛卯之冬。我刺初入,喜溢公容。遍告座客:'吾于天下士,独未识者此翁'。"张诗见《朴村诗集》卷十:"天上惊传降石麟(时令子在京师,以充闻信至),先生谒帝戒兹晨。俶装继相萧为侣,取印提戈彬作伦。书带小同开叶细,凤毛灵运出池新。归时汤饼应招我,祖砚传看入幕宾。"周汝昌先生因曹頫康熙五十四年三月初七日奏折有"奴才之嫂马氏因现怀妊孕已及七月……将来倘幸而生男,则奴才之兄嗣有在矣"诸语,推论此子旋即夭殇。笔者赞同此说。详见《红楼梦新证·史事稽年》。

康熙五十一年(1712)　　壬辰

正月十五日,曹寅于畅春园领宴。二十九日,随侍康熙帝于鹿苑。二月初十日,陛辞回江宁。各有诗纪其事[一]。三月,曹寅至扬州书局料理《佩文韵府》刊刻事宜。七月因风寒转疟,李煦代请赐"圣药"。康熙帝命驿马专程驰送金鸡拿,限九日到扬州。二十三日,药未至而曹寅病故,时年五十五岁[二]。张伯行、张云章均有祭文[三]。

七月二十三日,李煦请代曹寅管理两淮盐政一年,以盐课羡余为曹寅补欠,得准。九月初三日,曹顺奉命南下宣示圣旨,曹颙有折谢恩[四]。

八月二十七日江西巡抚郎廷极(时署理江南总督印务)以江宁士民、机户、匠役等吁请曹颙继任织造事奏报。十月,康熙帝特谕命曹颙继任江宁织造[五]。

[一] 见《楝亭诗钞》卷八《畅春苑张灯赐宴归舍恭纪四首》《正月二十九日随驾入侍鹿苑二月初十日陛辞南归恭纪四首》。

[二] 见《关于江宁织造曹家档案史料》第85、87、88号。

[三] 张伯行《祭曹荔轩织造文》,《正谊堂文集》卷二十三;张云章〈祭曹荔轩通政文〉,《朴村文集》卷十八。周汝昌先生《红楼梦新证·史

事稽年》该年条下有全文引录。

[四][五] 见《关于江宁织造曹家档案史料》第 88、92、90、94、98、99、105、106、108、117、110、111、113 号。

康熙五十二年(1713)　　癸巳

正月初五日,内务府奉旨议奏补放曹𫖯为主事。二月初二日,曹𫖯就任江宁织造。十一月,李煦代管盐差任满,代补完欠共五十四万九千余两。曹𫖯具折以三万六千两余银"恭进主子添备养马之需,或备赏人之用",康熙帝以其中三万两赏曹𫖯归还私债[一]。

[一] 见"康熙五十一年"注[四]。

康熙五十三年(1714)　　甲午

曹、李十年轮管两淮盐政已满,李煦奏请再赏盐差数年以补江宁、苏州织造亏空。康熙帝不允所请,另派李陈常为两淮巡盐御史,命其以任内余银代曹李补欠[一]。

冬,曹𫖯进京述职染疾,康熙帝日遣太医调治不效,于本年底或次年初去世[二]。

[一] 见"康熙五十一年"注[四]。

[二] 康熙六十年刊《上元县志》卷十六"人物·曹玺传":"孙𫖯,字孚若。嗣任三载,因赴都染疾,上日遣太医调治,寻卒。上叹息不置。"康熙五十四年正月十二日《内务府奏请将曹頫给曹寅之妻为嗣并补江宁织造折》:"康熙五十四年正月初九日,奏事员外郎双全……交出曹𫖯具奏汉文折。"据而知曹𫖯卒于五十三年底至五十四年正月初九前。

康熙五十四年(1715)　　乙未

正月十二日,康熙帝亲自主持将曹荃第四子曹頫过继与曹寅为嗣,并补放曹頫为江宁织造,给予主事之职。曹頫于三月初六日南下任职[一]。

夏四、五月间,曹𫖯妻马氏生遗腹子,取名为"霑",字之"天祐",即曹雪芹[二]。七月,曹頫奉旨奏闻家产。十二月初一日御前会议,户部尚书赵申乔等奏:江宁、苏州两处织造亏欠共八十一万九千余两[三]。

本年始,李煦、曹頫在苏州、江宁一带试种双季稻[四]。

[一] 见"康熙五十一年"注[四]。

[二]《五庆堂曹氏宗谱》："十三世，颙，寅长子，内务府郎中，督理江宁织造，诰封中宪大夫，生子天佑。""十四世天佑，颙子，官州同。"《八旗满洲氏族通谱》卷七十四："曹天佑，现任州同。""佑""祐"通。康熙五十四年三月初七日《江宁织造曹頫代母陈情折》有"奴才之嫂马氏，因现怀妊孕已及七月"之语，则曹颙确有遗腹子曹天祐。此子应即曹雪芹，因雪芹名"霑"，取字"天祐"正合古人命名取字的原则。按《诗经·小雅·信南山》有"即霑既足，生我百谷""曾孙寿考，受天之祐"之句，乃曹家为此曹颙遗腹子取名出典：一以感激康熙帝命曹頫袭职保全曹家之"浩荡皇恩"，二以报谢苍天赐予男嗣之福祐，三以祝颂此子未来富贵寿考有如周成王——日后曹雪芹以曹頫为主要原型虚构小说人物贾政，字之以"存周"，亦可能即于此（周公旦为周成王摄政以存周）联想取义。参见王利器《马氏遗腹子·曹天祐·曹霑》一文考证（《耐雪堂集》第310—319页）。

[三] 见《关于江宁织造曹家档案史料》第117—122号。按曹頫所奏家产有"京中住房二所、外城鲜鱼口空房一所、通州典地六百亩、张家湾当铺一所、本银七千两、江南含山县田二百余亩、芜湖县田一百余亩、扬州旧房一所"，有研究者因此数与雍正六年初抄家田产数不符而怀疑曹頫隐瞒了家产。但曹頫此折内谓"此田产数目，奴才哥哥曹颙曾在主子跟前面奏过的"，而曹頫似无必要向康熙帝谎报，故此数应系实情。可注意者，曹寅于四十年五月作《东皋草堂记》中述及的"宝坻受田"已不在内，联系此文内"兄归，幸召佃奴挞而教之，且以勖弟筠石"诸语，"宝坻受田"必已早属曹荃一支所有。

[四] 见《关于江宁织造曹家档案史料》第118、121页，《补遗》第83、91、95、104号。

康熙五十五年(1716)　　丙申

曹頫遵旨照看已故大学士熊赐履之子[一]。闰三月，曹颀补放茶房总领[二]。

七月二十七日，两淮巡盐李陈常病故。十月，李煦再派两淮盐差。前此李陈常已代补江宁、苏州织造署钱粮五十四万二千两[三]。

[一][二][三] 见《关于江宁织造曹家档案史料》第124、125、126、129、131、132、133号。《李煦奏折》第323号《加户部右侍郎衔谢恩折》所具日期为康熙五十六年十二月十七日，内云："窃奴才接到京抄，知蒙万岁垂念亏欠补完，特敕议叙，授奴才户部右侍郎之衔。"按当时驿递条件，从北京到苏州至少需二十天，则李煦加衔当在十一月。曹𫖯加员外郎衔亦应于此时，详见本编第四章"曹颙、曹𫖯和曹氏家族的其他成员"。

康熙五十六年(1717)　　丁酉

九月，李煦以两淮余银补完江宁、苏州织造公帑亏欠二十八万八千两。十月，康熙帝交吏部议叙[一]。十一月，李煦加户部右侍郎，曹𫖯升员外郎[二]。

[一][二] 见"康熙五十五年"注[一]。

康熙五十七年(1718)　　戊戌

正月，曹𫖯、李煦、孙文成奉旨在南方出售人参。六月，康熙帝命曹𫖯密折奏闻地方大小事务[一]。

[一] 见《关于江宁织造曹家档案史料》第134、135号，《补遗》第112号。康熙五十八年六月十一日《曹𫖯奏为筹尽铜斤节省效力折》内奏称："奴才因见铜斤缺误，鼓铸维艰，思图效力，仰求万岁天恩，将八省督抚承办七分红铜，赏给奴才采办。奴才当于添给节省二分水脚银内，仍可节省一分，每年可节省银三万余两。自五十九年起承办十年，共可节省银三十余万两。"朱批："此事断不可行。当日曹寅若不亏出，两淮差如何交回？后日必致噬脐不及之悔。"可证曹寅办理八年铜斤实有亏空，曹𫖯奏请承办，实属少不更事。

康熙五十八年(1719)　　己亥

六月十一日，曹𫖯奏请承办铜斤十年，共交节省银三十余万两，康熙帝不准所请[一]。二十七日，茶房总领曹顾等因做茶不合罚俸一年，降三级[二]。

[一] 见"康熙五十七年"注[一]。

[二] 见《关于江宁织造曹家档案史料》第137、138、139、142号。

康熙五十九年(1720)　　庚子

二月，康熙帝谕曹𫖯："已后非上传旨意，尔即当密折内声名奏闻。"[一]

[一]见"康熙五十八年"注[二]。

康熙六十年(1721)　　　辛丑

李煦、曹頫、孙文成(苏州、江宁、杭州三织造)奉旨修理扬州天宁寺,九月告竣。又发三织造库帑各五百两装修佛像[一]。

[一]见"康熙五十八年"注[二]。

康熙六十一年(1722)　　　壬寅

李煦亏空公帑四十五万两,奏请逐年补还[一]。十月,内务府奏请严催曹頫、李煦送交售参银两[二]。

十一月,康熙帝病逝于畅春园。四子雍亲王胤禛即位。

[一]李果《在亭丛稿》卷十一《前光禄大夫户部右侍郎管理苏州织造李公行状》:"康熙六十一年,崂山李公亏织造库帑金四十五万两,上奏圣祖皇帝,请以逐年完补。今上即位,清查所在钱粮,覆核无异,温旨赦其罪,令罢官,以家产抵十五万两,又两淮盐商代完库三十余万两,盖公视鹾时有德于商人也,帑金以清。"但据雍正元年六月十四日《内务府总管允禄等面奏查抄李煦家产并捕其家人等解部事》:"李煦亏空银三十八万两。查过其家产,估银十万九千二百三十二两余,京城家产估银一万九千二百四十五两余,共十二万八千四百七十七两余。以上抵补外,尚亏空二十五万一千五百二十三两余。"又雍正二年《步军统领隆科多奏李煦亏空银两处理情形折》:"据江南总督查弼纳查出李煦亏空银内,减去商人担赔少缴秤银三十七万八千八百四十两,此项银两应由商人头目追赔。"三者记录可互为补充。李煦革职抄家原因复杂,然其导火线正因奏请代王修德挖参而起。关于李煦被罪情况,李果所作《行状》及内务府档案有明确记录,详参王利器《李士桢李煦父子年谱》所引文献,此处不再一一注明。

[二]见"康熙五十八年"注[二]。

雍正元年(1723)　　　癸卯

正月,李煦因奏请代王修德挖参而触怒雍正帝,谕令革职抄家,以其家产抵补亏空。家属十人及奴仆二百二十名在苏州变卖,其在京产业同时查抄。其余亏空后由两淮盐商解纳,得清[一]。八月,在京房屋奉旨赏年羹尧[二]。

三月,怡亲王允祥分管户部。三月十六日,令两淮停解江宁、苏州织造经费银(年二十一万两)。十二月,两淮巡盐御史谢赐履奏称本年曾两次解过江宁织造银八万五千一百二十两,部议令曹頫解还户部,而曹頫竟无回覆[三]。本年秋冬之间,雍正帝曾欲就曹頫亏空案对其进行某种处置,为同情曹頫的怡亲王所救[四]。

曹顺授二等侍卫[五]。

[一][二]见"康熙六十一年"注[一]。

[三]见《雍正朱批谕旨》第十三册《两淮巡盐御史谢赐履雍正元年十二月初一日折》及第三十九册《两淮巡盐御史噶尔泰雍正五年正月十八日折》。

[四]详本编第四章"曹颙、曹頫和曹氏家族的其他成员"。

[五]《八旗通志》卷四十五"职官志四·内务府":"雍正元年定饭房、茶房总领俱授为二等侍卫。"

雍正二年(1724)　　甲辰

正月,曹頫奏谢允准将织造补库分三年带完[一]。又有请安折,雍正帝书写长达二百字之长批,其大要有二:一不准攀援结党,二诸事听怡亲王教导而行。朱批并谓:"主意要拿定,少乱一点,坏朕声名,朕就要重重处分,王子也救你不下了[二]。"五月初七日又有奏报江南蝗灾折,雍正帝朱批甚峻,谓:"据实奏,凡事有一点欺隐作用,是你自己寻罪,不与朕相干。"[三]

十月,谕将李煦家属十名交还,其奴婢财物等赏年羹尧拣选,余着崇文门监督变价[四]。

曹寅妹夫富察傅鼐原为雍亲王府侍卫,本年出任汉军镶黄旗副都统,授兵部右侍郎[五]。

[一][二][三]见《关于江宁织造曹家档案史料》第144、148、152、154、159、160、161号。

[四]见"康熙六十一年"注[一]。

[五]有关傅鼐事迹,详《清史稿》本传及袁枚《小仓山房文集》卷二

《刑部尚书富察公神道碑》。

雍正三年（1725）　　乙巳

五月，内务府奉旨赏给曹𫖯住房一所[一]。

十二月，年羹尧以九十二款大罪赐自尽。其家产奴婢赐与议政大臣、兵部尚书蔡珽[二]。

　　[一] 见"雍正二年"注[一]。

　　[二] 蔡珽为年羹尧政敌，年之家产及奴婢二百二十五人赏给蔡珽见《永宪录》卷三，时蔡珽为兵部尚书兼议政大臣、正白旗汉军都统。由是知李煦家奴婢后尽入蔡家。

雍正四年（1726）　　丙午

三月，曹𫖯因织缎轻薄罚俸一年并令织赔[一]。冬十一月进京送赔补绸缎，内务府又奉旨"将缎匹轻薄者完全加细挑出交伊织赔"[二]。曹𫖯在本年前已兼任镶黄旗包衣第四参领第二旗鼓佐领[三]。

五月，傅鼐获罪革职，遣戍黑龙江[四]。七月，平郡王讷尔苏因与雍正帝政敌允禩案有牵连"革退王爵，不许出门"。世袭罔替的平郡王爵由其长子福彭（曹寅长女生）承袭[五]。十月，桑额等人设计逮捕曹𫖯家人吴老汉[六]。

　　[一][二][六] 见"雍正二年"注[一]。

　　[三]《八旗通志续集》卷一〇八及卷一〇九《选举志》分别有雍正四年武举人谭五格，雍正五年武进士谭五格隶"包衣曹𫖯佐领"之记载，且注明为"镶黄旗"，故知曹𫖯至迟在雍正四年已任镶黄旗旗鼓佐领。其所任佐领编制见《八旗通志》卷七《旗分志》。

　　[四] 见"雍正二年"注[五]。

　　[五] 见"康熙二十九年"注[三]。

雍正五年（1727）　　丁未

正月，两淮巡盐御史噶尔泰向雍正帝密折报告："访得曹𫖯年少无才，遇事畏缩，人亦平常。"雍正帝朱批："原不成器。""岂止平常而已！"[一]五月，特旨令曹𫖯押送三处织造缎匹进京[二]。六月，曹𫖯因御用褂面落色罚俸一年[三]。十一月，曹𫖯督运龙衣进京，因骚扰驿站，二十四日为山东巡抚塞楞额所参奏[四]。十二月四日,上谕交吏部和内务府严审,十五日由隋赫德接任江宁织造。二十四日,雍正帝因得曹頫转移家产之密报而令江南总督范时绎查抄曹頫家产,其在京产业当即查封[五]。

曹頎年终得御笔"福"字之赏[六]。

本年二月,李煦因于康熙五十二年以八百两银子买五个苏州女子送给阿其那(即雍正帝政敌允禩)而发往打牲乌拉[七]。

　　[一] 见"雍正元年"注[三]。

　　[二][三][四][五][六] 见《关于江宁织造曹家档案史料》第162、163、164、167、168、169号。

　　[七] 见"康熙六十一年"注[一]。

雍正六年(1728)　　戊申

正月十五日前,曹頫在江宁的家产被抄没,计有"房屋并家人住房十三处,共计四百八十四间;地八处,共十九顷零六十七亩,家人大小男女共一百十四口","外有所欠曹頫银连本利共计三万二千余两",加上曹頫在北京地区的家产,其总值当不亚于五万两[一]。雍正帝将其全部赏给隋赫德[二]。

夏,曹頫家属回京,隋赫德奉旨"少留房屋以资养赡",拨给崇文门外蒜市口十七间半房屋及家仆三对,给予曹寅之妻李氏、曹颙之妻马氏及子天祐、曹頫妻儿等度日[三]。至此,前后在江南生活长达六十年左右的曹家回京归旗,曹雪芹随其祖母李氏与母亲马氏离开了生活十三年的江宁。

六月,曹頫骚扰驿站案结,得革职处分,并令赔还多取银两[四]。七月,隋赫德奏报曹頫曾代贮塞思黑(雍正帝政敌允禟)所铸镀金铜狮一对[五]。

十一月,有旨设立咸安宫官学。十二月二十七日,曹頎得赐御书"福"字一张[六]。

　　[一][二] 见《关于江宁织造曹家档案史料》第172号。此处曹頫家产占银数,系笔者根据雍正元年四月初九日总管内务府所奏李煦抄家清单(见《历史档案》1981年第一期)中房地人口折银数估算。雍正帝素性节俭,今将价值甚巨之财产赐与一包衣奴才而不以之抵曹頫亏空,显示曹頫抄家原因不尽是亏空帑金,可能有较为复杂的背景。

　　[三] 雍正七年七月二十九日《刑部移会》引总管内务府五月七日

《咨文》:"查曹𫖯因骚扰驿站获罪,现今枷号。曹𫖯之京城家产人口及江省家产人口,俱奉旨赏给隋赫德。后因隋赫德见曹寅之妻孀妇无力不能度日,将赏伊之家产人口内于京城崇文门外蒜市口地方房十七间半、家仆三对,给与曹寅之妻孀妇度命。"载《历史档案》1983年第一期。

[四]《曹𫖯骚扰驿站获罪结案题本》,载《红楼梦学刊》1987年第一辑。

[五][六]《关于江宁织造曹家档案史料》第173、174、177、176、179号。

雍正七年(1729)　　己酉

七月,曹雪芹可能选入咸安宫官学就读[一]。曹𫖯时枷号示众,原因不明,或因为不能如期交纳追赔银(总数为四百四十三两二钱)而致枷号催追[二]。十一月初八日,雍正帝发布宽释功臣子孙犯法问罪及亏空拖欠者之上谕,曹𫖯可能援此得释[三]。

十月初五日曹顺(赫达色)补放为镶黄旗包衣第一参领之骁骑参领,前此曹顺已任内务府司官兼骁骑参领[四]。曹宜前此已任正白旗包衣第五参领第一旗鼓佐领护军校[五]。

本年二月,李煦在乌喇流放地冻饿病卒[六]。十月,爱新觉罗·敦敏生。

[一]清代为培养内务府子弟设立的学校有景山官学与咸安宫官学。雍正六年十一月始有谕旨成立咸安宫官学,后选定十三岁以上、二十三岁以下俊秀者九十名,于七年七月正式成立。按曹雪芹年龄及智力条件,有可能入选。

[二]见"雍正六年"注[三]。

[三]上谕全文见《雍正朝起居注》,内云:"上年降旨,令各旗将功臣之子孙犯法问罪及亏空拖欠者一一查出具奏,今年各该旗陆续查奏前来。……此项钱粮俱系国家公帑,非朕所得私自用恩者。着内库银两照数拨补,代为伊等完项。其或充发、或问监候及妻子家属入辛者库等罪者,概行宽释。……其余八旗所查功臣之子孙可宽者,亦无及候朕再详加细阅发出。"实际上是在八旗内实行了一次大赦。雍正帝自七年冬起即病重,一度垂危,九年秋始恢复健康。他采取此类宽宥功臣子孙的

措施或有为自己祈福之目的。

　　[四]雍正七年十月初五日《署内务府总管允禄等奏请补放内府三旗参领等缺折》，记："司官兼骁骑参领白喜、刘格、鄂善、七十、赫雅图、赫达色、八十、穆克德木布、舒通阿等，解除参领。……奉旨：以……赫达色、萨哈连、常寿等，补放骁骑参领。……按照本堂掣签，以赫达色为镶黄头甲喇。"按"甲喇"满语音译，意为"参领"。又雍正十一年七月二十四日《内务府总管允禄为旗鼓佐领曹顺等身故请补放缺额折》内有"骁骑参领黑达色""以黑达色补放旗鼓佐领""黑达色补郑禅宝之佐领"等语。《八旗通志》卷七"旗分志·正白旗包衣佐领管领"条下记："第五参领第二旗鼓佐领亦系国初编立。……郑禅宝升山东布政使，以参领赫达色管理。"可见黑达色与赫达色两者实系一人。据以上文献可知，赫达色原系"司官兼骁骑参领"，后补"镶黄旗包衣第一参领"，又调正白旗包衣第五参领，故能接替郑禅宝兼任该参领的第二旗鼓佐领。按：曹家是正白旗包衣第五参领第一旗鼓佐领下人，曹顺（满名赫达色）任本旗参领兼佐领，这是符合内务府三旗任职惯例的。详见本编第四章"曹頫、曹𫖮和曹氏家族的其他成员"。

　　[五]见"雍正六年"注[五]。

　　[六]见"康熙六十一年"注[一]。

雍正八年（1730）　　庚戌

五月怡亲王允祥卒，在其生前代为各官弥补亏空达二百五十余万两，曹頫之亏空亦经补完[一]。

　　[一]怡亲王允祥故后，雍正帝接连颁发上谕表示哀悼，并亲赐书谥"贤"。如雍正八年五月十六日上谕："王自总理户部以来，谦领度支，均平贡赋，月要岁会，令肃风清，无弊不除，无惠不举。……如户部库帑累年亏空至二百五十万之多，王则经理多方，代为弥补，使各官脱然无累，子孙并免追赔；此王之功德及于众姓者也。又如朕因怡亲王之奏而蠲免多年之逋欠，宽宥各官之处分，此王之功德及于天下者也。"由此可知，曹頫亏空在怡亲王生前应已补完。

雍正十年（1732）　　壬子

曹雪芹十八岁，其父曹頫乃郎中，曹雪芹可能于本年或稍后以恩荫八品入仕[一]。

曹頫已获自由，常出入平郡王府，并敢于觊觎抄没之家产。讷尔苏令六子福靖（曹寅女所生）向回京闲居的隋赫德索借银五千两，恰符原曹家扬州房地产变卖银数。后分两次实借给三千八百两[二]。

  [一]曹颙官"郎中"见《八旗满洲氏族通谱》卷七十四及《五庆堂曹氏宗谱》。据迄今所见内务府档案，曹颙仅官主事，估计"郎中"系身后封赠。据清代恩荫之制，其子曹雪芹可荫八品官，年满十八岁即可等候补缺。

  [二]雍正十一年十月初七日《庄亲王允禄奏审讯绥赫德钻营老平郡王折》录绥（隋）赫德供词："奴才来京时，曾将官赏的扬州地方所有房地卖银五千余两。我原要带回京城，养赡家口。老平郡王差人来说要借银五千两使用，奴才一时糊涂，只将所剩银三千八百送去借给是实。"又其子富璋供："从前曹家人往老平郡王家行走，后来沈四带六阿哥并赵姓太监到我家看古董，二次老平郡王又使六阿哥同赵姓太监到我家向我父亲借银使用。"同折内富璋曾供称"看古董"为雍正十年十一月之事，则"从前曹家人往老平郡王家行走"的时间概念乃雍正八、九年。富璋以"从前""后来"云云暗示其中的因果关系：老平郡王借银与曹家有关，讷尔苏似有代曹家向隋赫德索回家产之意。详见本编第四章"曹颙、曹頫和曹氏家族的其他成员"。隋赫德奉旨"发往北路军台效力赎罪，若尽心效力，著该总管奏闻；如不肯实心效力，即行请旨，于该处正法。"亦见此折，其家产如何处置，未见档案。

雍正十一年（1733）　　癸丑

七月前，曹顺已调任正白旗包衣第五参领之骁骑参领，七月二十四日始兼此参领下第二旗鼓佐领[一]。曹宜前此已为鸟枪护军参领，同日补放正白旗护军参领[二]。曹顾于七月前去世[三]。

十月，隋赫德钻营平郡王案结，隋赫德发往北路军台效力赎罪，老平郡王讷尔苏未予追究[四]。时平郡王福彭已为定边大将军。

  [一]见"雍正七年"注[四]。

  [二][三]见"雍正六年"注[五]。

[四]见"雍正十年"注[二]。

雍正十二年(1734)　　甲寅

曹雪芹二十岁。曹頫一家有可能于本年前后发还家产,迁入一所有花园之宅第[一]。

三月,爱新觉罗·敦诚出生。

[一] 从脂评中可见雍末乾初曹雪芹活动鳞爪。己卯、庚辰本第三十八回在"宝玉命将那合欢花浸的酒烫一壶来"句下有双批:"伤哉,作者犹记矮舠舫前以合欢花酿酒乎?屈指二十年矣。"此双批时间不迟于乾隆二十四年己卯,但亦不能早于乾隆十八年,故所记往事当在乾隆四年前,雍正十一年后。时曹家有矮舠舫(当为花园中的船形建筑,富贵人家多用作书室)、合欢树,此绝非蒜市口旧居所能有,显示曹家此际已迁入一所有较富丽花园之宅第。联系雍正十一年十月隋赫德获罪发配之事,曹家原在北京的房产(已于雍正六年初赏给隋赫德)或有发还的可能。

雍正十三年(1735)　　乙卯

七月,曹宜以护军参领派出巡察圈禁允䄄地方,时已兼正白旗包衣第四参领第二旗鼓佐领[一]。八月二十三日,雍正帝暴卒。九月初三日,乾隆帝即位,有恩诏宽免曹頫骚扰驿站案尚欠银三百二两二钱[二]。曹宜之祖曹振彦及父曹尔正覃恩封赠二品资政大夫[三]。

十一月,福彭协办总理事务;十二月,傅鼐兼兵、刑二部尚书。有旨编修《八旗满洲氏族通谱》。

[一] 雍正十三年七月十七日《内务府奏拿获允䄄使用之太监李凤琛越墙案请旨折》有"派出巡察圈禁允䄄地方之护军参领曹宜"之语,按允䄄为康熙帝第十四子,雍正帝同母弟,雍正元年五月孝恭仁皇后(雍正帝及允䄄生母)病亡,封为恂郡王。三年十二月革郡王,四年五月拘禁大内寿皇殿。允䄄为雍正帝之政敌,曹宜获此重任,知其颇受信用。又同年十二月十五日《内务府奏请补放护军校等缺折》称其为"正白旗曹宜佐领",经查《八旗通志》卷七"旗分志"知曹宜其时为正白旗包衣第四参领第二旗鼓佐领。

[二]见"雍正六年"注[五]。

[三]见雍正十三年九月初三日诰命。诰命共两件，追封曹宜之祖曹振彦为资政大夫，其妻欧阳氏、继妻袁氏为夫人，曹宜之父曹尔正为资政大夫，妻徐氏及梁氏（曹宜生母）为夫人。诰命原件藏北京大学图书馆。《红楼梦新证·史事稽年》该年条下有全文引录。据此诰命，知曹宜生母梁氏其时仍健在。

乾隆元年(1736)　　丙辰

曹雪芹可能于此年或稍后转升从六品州同，曹頫或可能起复为内务府员外郎。[一]

三月，福彭为正白旗满洲都统。

[一]《八旗满洲氏族通谱》卷七十四："曹天祐，现任州同。"《五庆堂谱》："天祐，颙子，官州同。"乾隆五年十二月初八日奏准："蒙古、高丽、尼堪（汉人）、台尼堪、抚顺尼堪等人员，从前入于满洲旗分内，历年久远者注明伊等情由，附于满洲姓氏之后。"故曹天祐"现任州同"的时间必在乾隆五年前后。又前谱同卷载"曹頫，原任员外郎"。曹頫自康熙五十六年至雍正五年任内务府员外郎，乾隆元年有否复职，无文献记载。唯用"原任"字样，证实曹頫在乾隆五年前必已离任。周汝昌先生认为曹頫于乾隆元年起复，乃根据当时政治气候所作假设，可供参考。

乾隆二年(1737)　　丁巳

本年，曹雪芹与曹頫等有"谢园送茶"等活动[一]。

傅鼐为内务府总管，二月，复授正蓝旗满洲都统。

[一]靖本第四十一回妙玉品茶一段眉批："尚记丁巳春日谢园送茶乎？展眼二十年矣。丁丑仲春畸笏。""丁巳"为乾隆二年。畸笏可能是曹頫的化名，参见赵冈先生《红楼梦新探》、皮述民先生《补论畸笏叟即曹頫说》、戴不凡先生《畸笏叟即曹頫辨》等文。

乾隆五年(1740)　　庚申

九月初五日，讷尔苏卒[一]。十二月，乾隆帝有旨将历年久远之尼堪（汉人）列入《八旗满洲氏族通谱》附录[二]。

［一］见"康熙二十九年"注［三］。

［二］见《八旗满洲氏族通谱》之《凡例》。

乾隆八年(1743)　　癸亥

夏，屈复作《曹荔轩织造》诗，内有"诗书家计俱冰雪，何处飘零有子孙"之句，透露前此曹家已彻底败落，子孙流散[一]。

［一］诗见屈复《弱水集》卷十四《消暑诗十六首》之十二。组诗小序："吾年二十七出关浪游，今七十有六矣。凡一粒一丝、寸纸点墨皆赖友朋，然得力者少。癸亥客姑苏，老病酷热，独坐一室，挥汗成雨，长饥可忍，伥怨莫解，作绝句若干首。其人之死生、贵贱、亲疏皆不论，意之所至，在我不在彼也。"《曹荔轩织造》诗小序："荔轩，康熙间织造江宁，颇礼贤下士，当时称之，所著有《楝亭诗集》。"全诗云："直赠千金赵秋谷，相寻几度杜茶村。诗书家计俱冰雪，何处飘零有子孙？"据笔者考证，曹氏家族败落的原因应是家族内部子孙不肖，后继无人，矛盾尖锐复杂，从连续数代的兄弟不和展到招接匪人，彼此告讦，互相残害，由此而引来最高统治者的残酷打击，造成整个家族的彻底破败。详见本编第五章第二节"曹氏家族彻底破败的原因"。

乾隆九年(1744)　　甲子

曹雪芹三十岁，开始创作《石头记》初稿[一]。

十二月，《八旗满洲氏族通谱》成，曹氏家族六代十一人收入卷七十四[二]。

［一］《脂砚斋重评石头记》甲戌本第一回："后因曹雪芹于悼红轩中披阅十载，增删五次，纂成目录，分出章回。……至脂砚斋甲戌抄阅再评，仍用《石头记》。"据此可知，乾隆十九年甲戌，《石头记》已抄阅再评，且经曹雪芹"披阅十载（实即创作十载），增删五次，纂成目录，分出章回"，则《石头记》初稿的创作应开始于乾隆九年。时曹雪芹三十岁。由本《年谱》，可见曹雪芹孕育《红楼梦》的创作计划，实开始于曹氏家族彻底败亡之后。

［二］《八旗满洲氏族通谱》卷首乾隆帝御制序文，署"乾隆九年十二月初三日"，可视为此谱全部告成时间。曹氏家族在此谱第七十四卷，

记于"曹氏"条下,全文为:"曹锡远,正白旗包衣人,世居沈阳地方,来归年分无考。其子曹振彦,原任浙江盐法道;孙曹玺,原任工部尚书;曹尔正,原任佐领;曾孙曹寅,原任通政使司通政使;曹宜,原任护军参领兼佐领;曹荃,原任司库;元孙曹颙,原任郎中;曹𫖯,原任员外郎;曹颀,原任二等侍卫兼佐领;曹天祐,现任州同。"

乾隆十三年(1748)　　戊辰

约本年前后,曹雪芹在右翼宗学任笔帖式,与宗学学生敦敏、敦诚兄弟结社联吟,后敦诚有诗述及[一]。

十一月,平郡王福彭卒。次年三月,子庆明袭爵[二]。

　　[一]敦诚《四松堂集》卷一《寄怀曹雪芹霑》:"少陵昔赠曹将军,曾曰魏武之子孙。君又无乃将军后,于今环堵蓬蒿屯。扬州旧梦久已觉(雪芹曾随其先祖寅织造之任),且著临邛犊鼻裈。爱君诗笔有奇气,直追昌谷披篱樊。当时虎门数晨夕,西窗剪烛风雨昏。接䍦倒著容君傲,高谈雄辩虱手扪。感时思君不相见,蓟门落日松亭樽(时余在喜峰口)。劝君莫弹食客铗,劝君莫叩富儿门。残杯冷炙有德色,不如著书黄叶村。"据吴恩裕先生考证,"虎门"即宗学之代词。按:据敦敏《敬亭小传》,二敦在乾隆九年宗学创办时即入右翼宗学就读,时敦敏十六岁,敦诚十一岁。因其时二敦年少且走读,故他们与曹雪芹友谊的产生并日渐增进,当系在数年之后。曹雪芹没有正途功名,不可能担任宗学教习,只可能是一般职员。据《大清会典事例》,宗学属内务府管辖,故宗学的工作人员必由内务府委派。内务府在上三旗包衣中挑选知书识字者任笔帖式(官阶最高为七品),在所属各机构中任文书工作,宗学编制中亦有笔帖式,曹雪芹做过州同,有资格挑选任此职。又据周汝昌先生《曹雪芹小传》第215页引民国二十四年第187期《立言画刊》槐隐《李广桥浓阴如画绝似江南水国》云:"雪芹官内务府笔帖式,学问渊博,曾为明相国邸中西宾。因有文无行,遂下逐客之令,后以贫困而死。传闻如是,不知确否。"亦谓曹雪芹官内务府笔帖式,可参考。按:敦敏(1729—1796后),字子明,有《懋斋诗钞》;敦诚(1734—1791),字敬亭,号松堂,有《四松堂集》。二敦是清太祖努尔哈赤第十二子阿济格的五世孙。阿

济格原封英亲王,顺治时因党同多尔衮被抄家,赐自尽,并黜去宗籍;康熙时改封阿济格之子为镇国公;乾隆登基后方为阿济格恢复名誉,以亲王仪制重修陵墓。因之二敦虽系宗室,却并不显贵。其父瑚玏,系管理山海关税务官,亦无政治地位。二敦的这种家世背景,或许是他们能够理解并欣赏曹雪芹的原因之一。关于二敦情况,可参考吴恩裕《曹雪芹丛考》及周汝昌《曹雪芹小传》。

　　[二] 见"康熙二十九年"注[三]。

乾隆十五年(1750)　　庚午

约本年前后,曹雪芹已完成第三次增删稿《风月宝鉴》,前附其弟曹棠村之序文[一]。

九月,庆明卒。十二月,曹寅女所生子福秀之子庆恒过继袭封平郡王[二]。

　　[一]《脂砚斋重评石头记》甲戌本第一回页八眉批:"雪芹旧有《风月宝鉴》之书,乃其弟棠村序也。"第一回正文述及小说创作过程:"空空道人……将这《石头记》再检阅一遍,……方从头至尾抄录回来,问世传奇。因空见色,由色生情,传情入色,自色悟空,遂易名为情僧,改《石头记》为《情僧录》,至吴玉峰题曰《红楼梦》,东鲁孔梅溪则题曰《风月宝鉴》。后因曹雪芹于悼红轩中披阅十载,增删五次,纂成目录,分出章回,则题曰《金陵十二钗》。……至脂砚斋甲戌抄阅再评,仍用《石头记》。"据此可知:小说初稿名《石头记》,第一、二、三、四次增删稿分别为《情僧录》《红楼梦》《风月宝鉴》和《金陵十二钗》,乾隆十九年甲戌开始第五次增删,仍改名为《石头记》,今存《脂砚斋重评石头记》甲戌本、己卯本和庚辰本即作者第五次增删稿的过录本。从此创作过程推测,实际存在过的第三次增删稿《风月宝鉴》当于乾隆十五年左右完成。

　　[二] 见"康熙二十九年"注[三]。

乾隆十六年(1751)　　辛未

正月十三日,乾隆帝第一次南巡。江宁织造署改建为行宫。曹雪芹有可能随从南巡[一]。

　　[一] 据《清高宗实录》卷三百八十四记载,单为预备此次南巡随从

之拜唐阿（执事人）和护军的回京乘骑，一次就从山东省驿站调拨驿马达四千零五十五匹之多，显示随从人员多达四千余人。曹雪芹其时仍为内务府包衣，不难得到扈从南巡的机会。笔者个人认为，曹雪芹可能亲身经历过第一次南巡，因为甲戌本第十六回回首总评曾云："借省亲事写南巡，出脱心中多少忆惜［昔］感今。"庚辰本第十七、十八合回元春省亲仪仗一段旁批又云："难得他（夺'写'字）的出，是经过之人也。"显示作者有过类似经历。而今己卯、庚辰本第十七、十八回（写大观园及元春省亲）尚未分开，显示这两回定稿较晚。可能曹雪芹在乾隆十六年亲身参与了南巡，增加了对南巡及南方园林建筑、风土人情的感性认识，因而在乾隆十九年甲戌开始的最后一次增删中，对有关大观园和省亲大典的情节进行了较大修改补充，以致到乾隆二十四、二十五年间（即己卯庚辰年间）尚未将这两回最后定稿。今存其他各脂本的分回有很大差异，正是分回出于他人之手的明证。

乾隆十八年（1753）　　癸酉

本年底（或下年初）前，曹雪芹已完成第四次增删稿，即明义所见《红楼梦》，脂砚斋为作《凡例》，此即脂砚斋抄阅初评本[一]。

[一] 富察明义《绿烟琐窗集》有《题红楼梦》组诗二十首，显示《红楼梦》旧稿与今本第五次增删稿内容基本一致，而细节有较大差异。明义所见《红楼梦》旧稿应即第四次增删稿，今存甲戌本卷首《凡例》即为此稿撰写。因为其首条即称"《红楼梦》旨义"，显示它系为《红楼梦》旧稿而非《石头记》所撰，而其末七律"十年辛苦不寻常"句又显示《凡例》撰写时间系在作者创作十年之后，即乾隆十八年底十九年初，正当第四次增删完成之时。脂砚斋于乾隆十九年甲戌开始抄阅再评，则第四次增删稿即明义所见《红楼梦》应即脂砚斋抄阅初评本。参见第二编第三章第三节"关于明义所见《红楼梦》"。

乾隆十九年（1754）　　甲戌

前此数年，曹雪芹离开宗学，有过一段投亲靠友的生活经历。三月，曹雪芹离开内务府出旗为民，并迁居西山，开始第五次增删。脂砚斋随而开始抄阅再评，仍名小说为《石头记》[一]。

[一] 乾隆十九年三月有旨准"八旗奴仆"出旗为民，其谕云："八旗奴仆受国家之恩百有余年，迩来生齿日繁，不得不酌为办理。是以经朕降旨，将京城八旗汉军人等听其散处，愿为民者准其为民，见为遵照办理。"此旨既言及"八旗奴仆"，则内务府上三旗包衣自应包括在内，曹雪芹很可能于此旨颁发后不久离开内务府迁居西郊，散处为民。按，早在乾隆七年四月，清高宗即有旨准八旗汉军出旗为民，但其谕旨有谓："从龙人员子孙皆系旧有功勋，历世既久，无庸另议更张。"将内务府包衣汉人划于准许出旗范围之外。且曹雪芹在乾隆九年后还由内务府派往右翼宗学任职，故他不可能在此次办理汉军出旗开户时离开内务府。曹雪芹之迁居西山，当在乾隆十九年，因为在此年所作的第一回回前总评（甲戌本混入《凡例》中），脂砚斋记"作者自云"，已有"虽今日之茅椽蓬牖、瓦灶绳床，其风晨月夕、阶柳庭花，亦未有伤于我之襟怀笔墨者"诸语，显示了一种初获自由者"久在樊笼里，复得返自然"的轻松舒畅与狷傲自信，说明其时曹雪芹已摆脱了内务府包衣的低贱身份迁居乡间。至于其迁居地为北京西郊，除后人多种传说以外，其好友张宜泉诗已屡次言及，如"庐结西郊别样幽"（《题芹溪居士》），"寂寞西郊人到罕"（《和曹雪芹西郊信步憩废寺原韵》），见《春柳堂诗稿》；敦敏《访曹雪芹不值》也有"山村不见人，夕阳寒欲落"之句。皆可为曹雪芹迁居西山之证。又，根据敦诚《寄怀曹雪芹霑》"劝君莫弹食客铗，劝君莫叩富儿门。残杯冷炙有德色，不如著书黄叶村"诸句，曹雪芹在迁居西山潜心著书之前，有过一段投亲靠友的生活经历，脂评中亦有涉及，参见周汝昌先生《曹雪芹小传》。

乾隆二十一年(1756)　　丙子

五月，曹雪芹第五次增删稿第七十五回已基本写成并誊清[一]。

约本年前后，曹雪芹与张宜泉结识。张有《题芹溪居士》诗，赞美曹雪芹拒绝皇室征召之品格。敦敏在此前后亦有《题芹圃画石》诗赞其"傲骨"[二]。

[一] 庚辰本第七十五回回前页（影印本第1831页）有"乾隆二十一年五月初七日对清，缺中秋诗，俟雪芹"的题记，显示本回届时已基本完成并誊清。

[二]《题芹溪居士》诗见《春柳堂诗稿》,题下有小注:"姓曹名霑,字梦阮,号芹溪居士,其人工诗善画。"诗云:"爱将笔墨逞风流,庐结西郊别样幽。门外山川供绘画,堂前花鸟入吟讴。羹调未羡青莲宠,苑召难忘立本羞。借问古来谁得似,野心应被白云留。"颈联显示内务府有征聘曹雪芹为皇家画苑如意馆画师之举,但为其断然拒绝。《题芹圃画石》诗见《懋斋诗钞》,云:"傲骨如君世已奇,嶙峋更见此支离。醉余更扫如椽笔,写出胸中块垒时。"按:张宜泉,杨钟羲《白山词介》卷三:"兴廉原名兴义,字宜泉,汉军镶黄旗人,嘉庆二十四年举人,官候官令,升鹿港同知,工画。"巴噜特恩华《八旗艺文编目别集》卷五:"《春柳堂诗稿》汉军兴廉著。兴廉原名兴义,字宜泉,隶镶黄旗,嘉庆己卯举人,官候官知县,鹿港同知。"其中介绍有误。嘉庆二十四年己卯(1819)张宜泉已至少九十岁,殆无中举之理。而张《春柳堂诗稿自序》曾言及"想昔丁丑礼部试,我皇上钦定乡会小考增试五言排律八韵",经查《清高宗实录》,乾隆二十二年正月确有旨令"嗣后会试第二场表文可易以五言八韵唐律一首,其即以本年丁丑科会为始":张宜泉既能参加丁丑科会试,必系乾隆丙子科以前之顺天乡试举人。光绪时延茂、贵贤为《春柳堂诗稿》作序,曾称"宜泉隐下僚","宜泉先生久轻轩冕、涸迹樵渔",其《五十自警》诗亦云:"天命知还未?蹉跎五十春。服官惭计拙,衣帛愧家贫。"可证张宜泉确曾出为下级官吏,后弃官还乡,隐居京郊。张宜泉为人如此,其经历和爱好又与曹雪芹相仿,故两人意气相投。惟因其所居在东郊(《春柳堂诗稿》页四十九《四时杂兴》组诗八首之二:"东郊一去几弓余,欲踏芳尘事竟虚。"证实其所居近北京东郊),与曹雪芹居处相距较远,两人见面机会不多。《春柳堂诗稿》留存四首有关曹雪芹的诗歌,是关于曹雪芹生平的宝贵资料。

乾隆二十二年(1757)　　丁丑

迟至本年二月,畸笏叟已参与《石头记》抄阅评批工作[一]。

二月,敦诚协助其父山海关关督瑚玠分榷喜峰口税务;秋,作《寄怀曹雪芹霑》[二]。

正月至三月,乾隆帝第二次南巡。

[一] 畸笏叟评语署年最早者为"丁丑仲春",即本年二月,见靖本批语抄件第四十一回眉批:"尚记丁巳春日谢园送茶乎?展眼二十年矣!丁丑仲春,畸笏。"

[二] 敦敏《敬亭小传》:"丁丑二月,随先大人司権山海,住喜峰口。"敦诚《寄怀曹雪芹霑》自注:"时余在喜峰口。"参见"乾隆十三年"注[一]。

乾隆二十四年(1759)　　己卯

曹雪芹第五次增删稿已完成前八十回(内缺第六十四、六十七回)[一],乃离京南游江宁一带[二]。张宜泉有《怀曹芹溪》诗[三]。

畸笏叟于本年冬开始抄写己卯原本。脂砚斋第四次阅评《石头记》,并于本年冬夜作有大量批语[四]。

[一][四] 今己卯本第三册首页有"己卯冬月定本"之题记,而今庚辰本第五、六、七、八册首页均有"庚辰秋(月)定本"之题签。据笔者考证,今己卯、庚辰二本同出于己卯庚辰原本,己卯原本(未经"庚辰秋定"者)已有八十回(内缺第六十四、六十七回),此即己卯冬月曹雪芹写定《石头记》第五次增删稿的情况。脂砚斋署"己卯冬夜"或"己卯冬"的评语共二十四条,见庚辰本,又己卯、庚辰二本册首有"脂砚斋凡四阅评过"的题签,可见乾隆二十四年己卯脂砚斋已第四次评阅。己卯庚辰原本非脂砚斋清抄,因此本款式与脂砚斋自留本甲戌原本完全不同,且第一回回首即漏抄石头与一僧一道对话的四百二十九字(此乃脂砚斋不可能出现的错误),故笔者推定己卯庚辰原本乃畸笏叟所抄。参见第三编第七章"《红楼梦》版本源流总说"。

[二] 敦敏《懋斋诗钞》有《芹圃曹君霑别来已一载余矣偶过明君琳养石轩隔院闻高谈声疑是曹君急就相访惊喜意外因呼酒话旧事感成长句》七律(明琳疑即富察明仁、明义之堂兄弟)。诗云:"可知野鹤在鸡群,隔院惊呼意倍殷。雅识我惭褚太傅,高谈君是孟参军。秦淮旧梦人犹在,燕市悲歌酒易醺。忽漫相逢频把袂,年来聚散感浮云。"诗题及末句均显示曹雪芹于一年前似离京他往。此诗按《懋斋诗钞》顺序编年应为乾隆二十五年之作品。此诗及次年敦敏《赠芹圃》诗、敦诚《赠曹雪

芹》诗均有提及江宁曹氏老家之句，如"秦淮旧梦人犹在""秦淮风月忆繁华""废馆颓楼梦旧家"等，且嘉庆十一年刊吴兰征《绛蘅秋》传奇序言亦提及曹雪芹曾游南京。故可推知曹雪芹于乾隆二十四年冬将前八十回定稿后曾南游江宁一带。1977年在北京发现一对乾隆时的松木书箱，据吴恩裕先生《曹雪芹佚著浅探》及冯其庸先生《梦边集》所考，此书箱乃曹雪芹续婚时友人所赠。左箱面刻有"乾隆二十五年岁在庚辰上巳"，知即其继娶之日，"秦淮旧梦人犹在"则显示此女子乃经历过曹家昔日繁华之旧人。据左书箱背面五行题词，知此女名为"芳卿"。然箱背墨迹恐不可靠，参见"乾隆二十八年"注[二]。

[三]《怀曹芹溪》："似历三秋阔，同君一别时。怀人空有梦，见面尚无期。扫径张筵久，封书畀雁迟。何当长聚会，促膝话新诗。"见《春柳堂诗稿》。此诗念远之情显示当作于曹雪芹离京后不久。

乾隆二十五年（1760）　　庚辰

三月初三上巳，曹雪芹在江南与少年时代旧人结褵[一]。夏秋间，曹雪芹回京，重定畸笏叟抄录之己卯原本为庚辰秋定本[二]。

春二月底，敦敏有《小诗代简寄曹雪芹》约其同赏杏花春色，曹雪芹因南游未赴[三]。秋冬间，敦敏访友明琳于养石轩，得遇隔院高谈之曹雪芹，有七律一首感赠[四]。约本年前后，敦诚作白香山《琵琶行》传奇一折，曹雪芹为作题跋[五]。

[一][四]见"乾隆二十四年"注[二]。

[二]见"乾隆二十四年"注[一]。

[三]《懋斋诗钞》《小诗代简寄曹雪芹》诗："东风吹杏雨，又早落花辰。好枉故人驾，来看小院春。诗才忆曹植，酒盏愧陈遵。上巳前三日，相劳醉碧茵。"因其前三首《古刹小憩》下注有"癸未"且《小诗代简》所写内容亦合癸未年物候，故周汝昌先生等认为《小诗代简》亦作于癸未，并进而以此否定曹雪芹卒于壬午说。然国内所藏《懋斋诗钞》"癸未"二字有挖改迹，经赵冈先生查阅美国哈佛燕京图书馆藏《八旗丛书》第27册《懋斋诗钞》清钞本后考证认为此二字应作"庚辰"（详见赵冈先生《〈懋斋诗钞〉的流传》）。可知《小诗代简寄曹雪芹》亦作于乾隆二十

五年庚辰春。

[五] 敦诚《四松堂集》卷五《鹪鹩庵杂志》记："余昔为白香山《琵琶行》传奇一折，诸君题跋不下几十家。曹雪芹诗末云：'白傅诗灵应喜甚，定教蛮素鬼排场。'亦新奇可诵。曹平生为诗大类如此，竟坎坷以终。余挽诗有'牛鬼遗文悲李贺，鹿车荷锸葬刘伶'之句，亦驴鸣吊之意也。"曹雪芹题跋应系七律，不详其年，暂系于此。

乾隆二十六年（1761）　　辛巳

秋，敦敏、敦诚兄弟访曹雪芹于西山，各有赠诗[一]。冬，敦敏重访曹雪芹未遇，有小诗纪其事[二]。

约本年前后，曹雪芹以第四次增删稿《红楼梦》之钞本借予富察明义，明义作《题红楼梦》组诗二十首[三]。

[一] 敦敏《懋斋诗钞·赠芹圃》："碧水清山曲径遐，薜萝门巷足烟霞。寻诗人去留僧舍，卖画钱来付酒家。燕市哭歌悲遇合，秦淮风月忆繁华。新愁旧恨知多少，一醉酕醄白眼斜。"敦诚《四松堂集·赠曹雪芹》："满径蓬蒿老不华，举家食粥酒常赊。衡门僻巷愁今雨，废馆颓楼梦旧家。司业青钱留客醉，步兵白眼向人斜。何人肯与猪肝食？日望西山餐暮霞。"二诗同用麻韵，诗意又颇切近，应为同时所作。味二诗涵意，似二敦兄弟访雪芹西山新居，雪芹留客小饮乃畅怀叙谈上年江南见闻经历而致宾主感慨无已。敦敏"燕市哭歌悲遇合，秦淮风月忆繁华"与去冬诗"秦淮旧梦人犹在，燕市悲歌酒易醺"所咏应系曹雪芹半生不遇、流落燕市而恰与昔日秦淮同度繁华旧梦之情人重逢等情事，参见"乾隆二十四年"注[二]。

[二] 敦敏《懋斋诗钞·访曹雪芹不值》："野浦冻云深，柴扉晚酒薄。山村不见人，夕阳寒欲落。"抄录于《赠芹圃》诗后五首位置，应系同年冬作。

[三] 组诗《题红楼梦》见明义《绿烟琐窗集》。组诗小序云："曹子雪芹出所撰《红楼梦》一部，备记风月繁华之盛。盖其先人为江宁织府。其所谓大观园者，即今随园故址，惜其书未传，世鲜知者，余见其钞本焉。"因《绿烟琐窗集》非编年体，故仅能据此小序知其作于曹雪芹生前。

又，明义姊丈墨香（即爱新觉罗·额尔赫宜）生于乾隆八年，明义年龄当相若，则雪芹去世时明义已二十岁。明义之作《题红楼梦》当在本年前后，故系此。参见本书第二编第三章第三节"关于明义所见《红楼梦》"。

乾隆二十七年（1762）　　壬午

曹雪芹四十八岁。初秋，曹雪芹入城访敦敏于槐园。次晨风雨，敦诚适至，乃同畅饮，雪芹欢甚作长歌以谢，敦诚有《佩刀质酒歌》纪其事[一]。

未几，曹雪芹爱子夭亡，因感伤成疾，于本年除夕（公元1763年2月12日）病逝[二]。

是年，畸笏叟为《石头记》作多条评语[三]。

本年春，乾隆帝第三次南巡。闰五月，平郡王庆恒缘事降为固山贝子[四]。

[一] 敦诚《四松堂集》《佩刀质酒歌》之小序："秋晓，遇雪芹于槐园。风雨淋涔，朝寒袭袂。时主人未出，雪芹酒渴如狂。余因解佩刀沽酒而饮之。雪芹欢甚作长歌以谢余，余亦作此答之。"按，槐园为敦敏别墅，在太平湖侧，见于《雪桥诗话正集》卷六。敦诚此诗后半描写曹雪芹性格风采，为极可宝贵之直接文献："曹子大笑称快哉，击石作歌声琅琅。知君诗胆昔如铁，堪与刀颖交寒光。我有古剑尚在匣，一条秋水苍波凉。君才抑塞倘欲拔，不妨斫地歌王郎。"曹雪芹之长歌今已不复可见。《四松堂集》此诗下第二首《南村清明》题下注"癸未"，故《佩刀质酒歌》应作于壬午秋。

[二] 敦诚《鹪鹩庵杂记》抄本《挽曹雪芹》："四十萧然太瘦生，晓风昨日拂铭旌。肠回故垄孤儿泣（前数月伊子殇，因感伤成疾），泪迸荒天寡妇声。牛鬼遗文悲李贺，鹿车荷锸葬刘伶。故人欲有生刍吊，何处招魂赋楚蘅？""开箧犹存冰雪文，故交零落散如云。三年下第曾怜我，一病无医竟负君。邺下才人应有恨，山阳残笛不堪闻。他时瘦马西州路，宿草寒烟对落曛。"由于前首"八庚"韵而伶字为"九青"出韵，后敦诚又将它们改写成一首，见《四松堂集》抄本（刻本未改），题下注有"甲申"，应系改写之年，也可能是乾隆六十年此抄本编辑者宜兴（敦诚堂弟）所加。诗云："四十年华付杳冥，哀旌一片阿谁铭？孤儿渺漠魂应逐（前数

月伊子殇,因感伤成疾),新妇飘零目岂瞑？牛鬼遗文悲李贺,鹿车荷锸葬刘伶。故人惟有青衫泪,絮酒生刍上旧坰。"按,曹雪芹的卒年有壬午、癸未、甲申三说:"壬午"说据甲戌回页八眉批"壬午除夕,书未成,芹为泪尽而逝"的直接文献记载(此批"乾隆二十九年"注[一]有全文引录);"癸未"说则认为敦敏《小诗代简寄曹雪芹》作于癸未(参见"乾隆二十五年"注[三]),断无前此之"壬午除夕"雪芹已逝之理,应系脂砚斋误记,曹雪芹应卒于癸未除夕;"甲申"说则将甲戌本第一回页八那条眉批分读为三条,认为"壬午除夕"系署年而非曹雪芹卒年,并以敦诚《四松堂集》抄本《挽曹雪芹》题下注"甲申"为据定其卒年为甲申。笔者认为后两说虽均有一定理由而尚不足以推翻脂批的直接文献证据,且《小诗代简寄曹雪芹》未必作于癸未(《八旗丛书》清抄本为"庚辰"参见"乾隆二十五年"注[三]),甲戌本那条眉批也未必一定能分成三条(最显明者,"今而后"乃承上之词,何能独起一条?),"壬午除夕"视为署年则脂批中更无同例可证。目前既无新的过硬证据,不妨仍据脂评定曹雪芹之卒年为"壬午除夕"。

[三]庚辰本有署年为"壬午春""壬午孟夏""壬午九月"等的畸笏评语共四十二条。

[四]见"康熙二十九年"注[三]。

乾隆二十八年(1763)　　癸未

初春,敦诚有《挽曹雪芹》七律二首[一]。曹雪芹继妻旋亦飘零离京[二]。春夏间,张宜泉重访曹雪芹西山故居,感悼而作《伤芹溪居士》诗[三]。

[一]见"乾隆二十七年"注[二]。

[二]敦诚《挽曹雪芹》:"新妇飘零目岂瞑?"按,1977年发现的曹雪芹书箱左箱背有五行墨笔章草:"为芳卿编织纹样所拟歌诀稿本。""为芳卿所绘彩图稿本。""芳卿自绘编锦纹样草图稿本之一。""芳卿自绘编锦纹样草图稿本之二。""芳卿自绘织锦纹样草图稿本。"又有七言悼亡诗一首:"不怨糟糠怨杜康,乩诼玄羊重克伤。睹物思情理陈箧,停君待殓鬻嫁裳。织锦意深睥苏女,续书才浅愧班娘。谁识戏语终成谶,窆窀何处葬刘郎。"又有勾去的草稿"丧明子夏又逝伤,地坼天崩人未亡,才非班女书难续,义重冒"等词句。不知是否确系曹雪芹及其续妻所书,

盖书箱虽真,墨迹固可以不必为真也。"芳卿"之称太俗,明代拟话本小说中屡见,乃嫖客对妓女的称呼,以曹雪芹之才华,连《红楼梦》中的小丫环名字亦精心构思,何能对自己夫人之名如此草率不恭?悼亡诗亦不为佳。然曹雪芹逝前确有一新婚不久之夫人,见于敦诚挽诗;且书箱据专家鉴定确系乾隆时代旧物,箱面兰花及题词亦皆不俗。书箱为曹雪芹遗物之可能颇大。1980年前后学术界讨论此书箱真伪时,有专家提出:左箱面题词"清香沁诗脾,花国第一芳"不合韵律,且"诗脾"不词。笔者认为题词不同于作诗,固不必合近体诗之韵律,而"诗脾"典出曹寅《楝亭诗钞》卷八《蓼斋饷麻酥笋豆鹅卵题三绝句志谢兼索数句为笑》之一:"稻花作炒遍瓯牺,巨胜扶衰只渾糜。谁似殷家出新意,捣成环玦利诗脾。"题词显系兰花助曹雪芹诗情之意。题签者读过《楝亭集》,可见书箱造假不易,或真为曹雪芹之遗物也。又据此箱题刻诗画,曹雪芹之继妻可能名"兰"(或与"兰"相关)。

[三]张宜泉《春柳堂诗稿·伤芹溪居士》诗题下小注:"其人素性放达,好饮,又善诗画,年未五旬而卒。"诗云:"谢草池边晓露香,怀人不见泪成行。北风图冷魂难返,白雪歌残梦正长。琴裹坏囊声漠漠,剑横破匣影铓铓。多情再问藏修地,翠迭空山晚照凉。"据末联,知此系春夏间张宜泉重访西山曹雪芹居处所作。张宜泉住北京东郊(详"乾隆二十一年"注[二])或其时始得雪芹死讯而来吊问,诗中未言及雪芹家属,"新妇"可能此时已飘零他去。

乾隆二十九年(1764)　　甲申

八月,脂砚斋于甲戌原本第一回"满纸荒唐言"五绝书眉作一长批,谓"余常哭芹,泪亦待尽",不久亦即逝世[一]。

[一]甲戌本第一回页八眉批:"能解者方有辛酸之泪,哭成此书。壬午除夕书未成,芹为泪尽而逝。余尝哭芹,泪亦待尽。每意觅青埂峰再问石兄,奈余不遇癞头和尚何?怅怅。""今而后惟愿造化主再出一芹一脂,是书何本,余二人亦大快遂心于九泉矣。甲午八日泪笔。"按:此在甲戌本上抄成两条,位置亦在"满纸荒唐言"诗稍后,且有误字,应系甲戌本过录者之失,在甲戌原本上应为批于"满纸荒唐言"诗上的一长

批。因"夕葵书屋《石头记》卷一"批语作:"此是第一首标题诗。能解者方有辛酸之泪哭成此书。壬午除夕书未成,芹为泪尽而逝,余常哭芹,泪亦待尽。每思觅青埂峰再问石兄,奈不遇赖头和尚何,怅怅。今而后愿造化主再出一脂一芹,是书有幸,余二人亦大快遂心于九原矣。甲申八月泪笔。"合甲戌本之三条批为一长批。据俞平伯先生考证,应以后者为是,详见《记"夕葵书屋〈石头记〉卷一"的批语》,上海古籍出版社《俞平伯论〈红楼梦〉》。笔者赞同俞先生的意见,故以此批为脂砚斋甲申八月临卒前不久的批语。

乾隆三十年至三十六年(1765—1771)

畸笏叟继续评批并开始向外传抄《石头记》[一],于乾隆三十六年辛卯冬以后去世,身后遗有子孙[二]。

[一]乾隆五十七年二月十六日,程伟元、高鹗为程乙本作《引言》,内云:"是书前八十回藏书家抄录传阅几三十年矣。"逆推则前八十回《石头记》开始向外传钞正当曹雪芹身后不久。而脂砚斋于甲申八月后不久即弃世,向外传钞的工作应非畸笏叟莫属。今存各脂本除甲戌本以外均系己卯庚辰本系统,亦即来自畸笏所整理抄录的己卯庚辰原本,显示《石头记》前八十回的向外传钞实由畸笏主其事。各脂本版本系统的考析,详第三编第七章"《红楼梦》版本源流总说"。

[二]今存庚辰本有署"乙酉冬雪窗畸笏老人"之眉批一条,畸笏又有"丁亥春""丁亥夏"的批语二十七条,乙酉、丁亥乃乾隆三十年、三十二年。据传靖本批语抄件第八十三条署"戊子孟夏",第一〇二条署"辛卯冬日",戊子、辛卯为乾隆三十三年、三十六年,皆应为畸笏之批。故畸笏有可能活到乾隆三十六年辛卯以后。又靖本批语抄件第八十三条有"后世子孙其毋慢忽之"语,故判断畸笏身后遗有子孙。

曹氏家族世系表

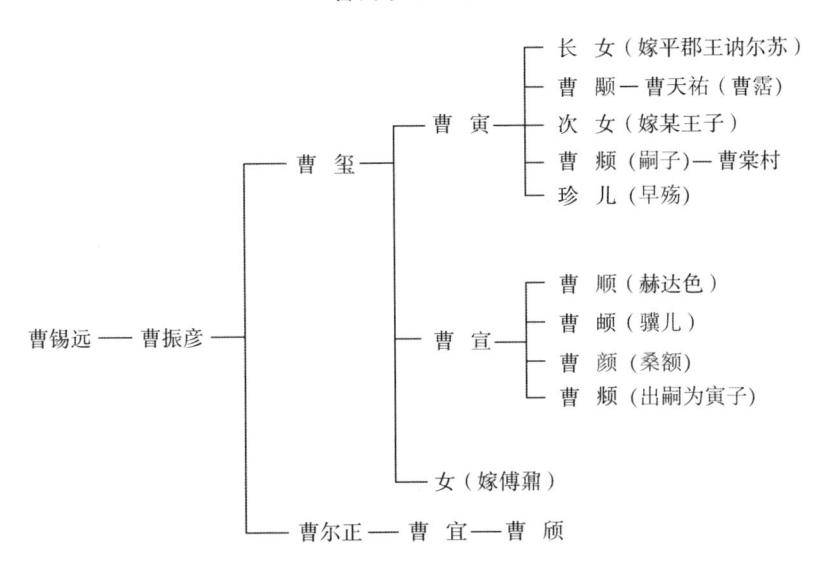

```
                          ┌─ 长  女（嫁平郡王讷尔苏）
                          ├─ 曹 颙 — 曹天祐（曹霑）
                   ┌─ 曹 寅 ─┼─ 次  女（嫁某王子）
                   │       ├─ 曹 頫（嗣子）— 曹棠村
                   │       └─ 珍 儿（早殇）
            ┌─ 曹 玺 ─┤
            │       │       ┌─ 曹 顺（赫达色）
            │       │       ├─ 曹 颀（骥儿）
            │       ├─ 曹 宣 ─┼─ 曹 颜（桑额）
            │       │       └─ 曹 頫（出嗣为寅子）
            │       │
曹锡远 — 曹振彦 ─┤       └─ 女（嫁傅鼐）
            │
            └─ 曹尔正 — 曹 宜 — 曹 颀
```

|第二编|

曹雪芹与《红楼梦》的创作

第一章　曹雪芹

关于《红楼梦》作者曹雪芹的直接文献记载,除了其友人敦敏、敦诚、张宜泉和明义的诗文,脂砚斋和畸笏叟等人的评语而外,简直难以寻觅。乾嘉时代袁枚、西清、裕瑞等人虽有一些记述,但他们与曹雪芹并不相识,所记仅为传闻,自不能完全信从。清代后期梁恭辰、赵烈文等人所传述,因其离曹雪芹年代已远,更难作为信史。至于张永海、舒成勋等所述故老"口碑",因其出现已在曹雪芹逝世二百年以后,殊难引以为据。因此,目前学术界对曹雪芹的了解仍很不够。为慎重起见,本书只能在前辈学者研究成果的基础上,根据现有的文献资料,作出尽可能客观的论证与推断。

第一节　《红楼梦》的著作权

《红楼梦》的作者是曹雪芹。虽然在考证上不断有人对此提出疑问,但根据下列乾隆、嘉庆时代的文献记载,这一结论是不可动摇的:

(一)《红楼梦》第一回"楔子"有"曹雪芹于悼红轩中披阅十载,增删五次,纂成目录,分出章回"正文。因前此有空空道人从青埂峰顽石上抄来初稿之神话,故此处只能以"披阅十载"代"创作十载",否则整个楔子的神话将失去其立足之点。有人据此推论曹雪芹并未创作《红楼梦》,仅做过批阅、增删、分回、纂目等编辑工作,可能是忽视了青埂峰顽石神话的缘故。对讲求现实较少幻想的中华民族而言,确实可能产生这种疏忽,故脂砚斋在此处加批提醒读者:

若云"雪芹披阅增删",然后开卷至此这一篇楔子又系谁撰?足见作者之笔狡猾之甚。后文如此者不少。这正是作者用画家"烟云模糊"

> 处,观者万不可被作者瞒弊[蔽]了去,方是巨眼。(甲戌本第一回页八眉批)

将此脂评与"楔子"正文合看,足见《红楼梦》之作者乃曹雪芹。

(二)脂评多次明确指出作者是曹雪芹,略举数例:

> (1)能解者方有辛酸之泪哭成此书。壬午除夕,书未成,芹为泪尽而逝。

此批见于甲戌本第一回页八,又见于夕葵书屋《石头记》卷一批语。

> (2)余谓雪芹撰此书,中亦为传诗之意。(甲戌本第一回页十三)
>
> (3)只此一诗便妙极。此等才情自是雪芹平生所长。余自谓评书,非关评诗也。(甲戌本第二回页二)
>
> (4)秦可卿淫丧天香楼,作者用史笔也。老朽因有魂托凤姐贾家后事二件……其言其意则令人悲切感服,姑赦之,因命芹溪删去。(甲戌本第十三回回末)
>
> (5)此回未成而芹逝矣,叹叹!丁亥夏,畸笏叟。(庚辰本第二十二回回后加页)

上引五条脂评,(4)(5)条出自畸笏,(1)(2)(3)条则应系脂砚所批,他们都指明作者是曹雪芹。

(三)富察明义《绿烟琐窗集》有《题红楼梦》组诗二十首,其小序明确指出《红楼梦》系曹雪芹"所撰":

> 曹子雪芹出所撰《红楼梦》一部,备记风月繁华之盛。盖其先人为江宁织府,其所谓大观园者,即今随园故址。惜其书未传,世鲜知者,余见其钞本焉。

(四)爱新觉罗·永忠《延芬室稿》第十五册有作于乾隆三十三年的组诗《因墨香得观红楼梦小说吊雪芹三绝句姓曹》:

> 传神文笔足千秋,不是情人不泪流。可恨同时不相识,几回掩卷哭曹侯。
> 颦颦宝玉两情痴,儿女闺房语笑私。三寸柔毫能写尽,欲呼才鬼一中之。
> 都来眼底复心头,辛苦才人用意搜。混沌一时七窍凿,争教天不赋穷愁。

永忠乃康熙帝十四子允禵之孙,题中"墨香"乃雪芹好友敦敏和敦诚之叔额尔赫宜，他又是明义的堂姐夫。可见永忠和墨香也都认为曹雪芹创作了《红楼梦》。

（五）明义之友袁枚《随园诗话》（乾隆五十七年刊本）卷二记：

> 康熙间，曹练[楝]亭为江宁织造……其子[孙]雪芹撰《红楼梦》一书，备记风月繁华之盛。明我斋读而羡之。

袁枚此言源自明义《题红楼梦》组诗而有所增益补充，可为明义、永忠题诗之佐证。

（六）西清《桦叶述闻》（邓之诚《骨董琐记》卷八引）云：

> 《红楼梦》始出，家置一编，皆曰"此曹雪芹书"。而雪芹何许人，不尽知也。雪芹名霑，汉军也。其曾祖寅，字子清，号楝亭，康熙间名士，累官通政。为织造时，雪芹随任，故繁华声色，阅历者深。然竟坎坷半生以死。

西清姓西林觉罗，字研斋，满洲镶蓝旗人，系清世宗宠臣大学士鄂尔泰之曾孙（见西清《黑龙江外纪》序），著名学者。其祖鄂昌官居广西巡抚，因胡中藻案牵连赐自尽。至西清时家已中落，嘉庆十一年遂不得不出关为黑龙江将军之幕僚。西清家世生平与曹雪芹有类似之处，故上文介绍雪芹生平虽略有小误（曹寅乃曹雪芹之祖，误为曾祖）基本符合史实。

（七）沈赤然《五砚斋诗钞》卷十三有《曹雪芹红楼梦题词四首》。沈赤然乃浙江仁和人，乾隆十年生，按其集编年此组诗作于乾隆六十年。

（八）周春《阅红楼梦随笔》亦谓："此书曹雪芹所作。"周春系浙江海宁人，雍正七年生，乾隆十九年进士，《随笔》成书于乾隆末期。

（九）嘉庆十一年，许兆桂为女作家吴兰徵《绛蘅秋》传奇（系据《红楼梦》改编）作序，谓：

> 乾隆庚戌秋，余至都门……近有《红楼梦》……既至金陵，乃知作者曹雪芹为故尚衣后。

"庚戌"为乾隆五十五年。上引这些早期的文献记录，使得种种否定曹雪芹著作权的假说都显得软弱无力。如果不能全面否定以上记载并对其做出妥善解释，"《红楼梦》作者系曹雪芹"的论断是无法推翻的。

第二节　关于曹雪芹的生父和生卒年

曹雪芹,名霑,又名天祐,字号梦阮、芹圃、芹溪居士等①。康熙五十四年(1715)夏生于江宁②,生父曹颙,生母马氏,乃曹颙之遗腹子。乾隆二十七年壬午除夕(1763年2月12日)去世,享年四十八岁。这是根据现有文献资料所做的推论。

曹雪芹之生父是曹颙还是曹頫,目前未见直接记载。推论其生父为颙,乃基于下列文献资料:

(1)曹雪芹系曹寅之孙,这有敦诚《寄怀曹雪芹霑》"扬州旧梦久已觉"句下自注"雪芹曾随其先祖寅织造之任"为证(见《四松堂集》刊本卷一)③。又庚辰本第五十二回双批:"按四下乃寅正初刻,'寅'此样(写)法,避讳也。"亦从侧面指出作者乃曹寅之子孙。上节所引袁枚、西清等人的记载可为旁证。曹寅仅有曹颙、曹頫二子,故其生父必系二者之一。

(2)曹颙有子名"天祐",而曹雪芹名"霑","霑"与"天祐"有典籍联系。按照我国古代男子命名表字的习惯,"霑"与"天祐"极可能为一人。

《五庆堂辽东曹氏宗谱》载明:"十三世,颙,寅长子,内务府郎中。……生子天祐。十四世,天祐,颙子,官州同。"又《八旗满洲氏族通谱》卷七十四在"曹锡远"条下也有"曹天祐,现任州同"的记载。"佑"与"祐"古字通。而"霑"与"天祐"有密切的关联,见《诗经·小雅·信南山》二、四章:

上天同云,雨雪雰雰。益之以霡霂,既优既渥。既霑既足,生我百

---

① 关于曹雪芹之字号,见张宜泉《题芹溪居士》自注:"姓曹名霑,字梦阮,号芹溪居士。"又见敦敏《芹圃曹君霑别来已一载余矣》及敦诚《寄怀曹雪芹霑》等。诗见一粟编《红楼梦卷》卷一。原作分别载《春柳堂诗稿》《懋斋诗钞》和《四松堂集》。

② 关于曹雪芹的生父和生年,影响较大者尚有三说:一谓系曹頫之子,生于雍正二年,见周汝昌《红楼梦新证》;二谓系曹頫之子,生于康熙五十四年,见吴世昌《红楼梦探源外编·曹雪芹的生卒年》;三谓生于康熙五十年,乃曹颙长子,见吴新雷《曹雪芹江南家世考》。

③ 详见王利器《马氏遗腹子·曹天祐·曹霑》(《耐雪堂集》,中国社会科学出版社1986年版)。唯王先生认为雪芹原名"天祐",雍正六年后改名"霑"。然乾隆初出版之《八旗满洲氏族通谱》尚载"曹天祐",且古人以字行者颇常见,曹雪芹名霑字天祐的可能是存在的。乾隆八年前曹家彻底破败,已无"天祐"可言,雪芹改用原名"霑"亦近情理。

谷。……曾孙之穑,以为酒食。畀我尸宾,寿考万年。中田有庐,疆场有瓜。是剥是菹,献之皇祖。曾孙寿考,受天之祐。

上引文字据明代国子监本,《楝亭书目》卷一"经部"有此本。很可能当时曹颙之妻马氏遗腹产男,曹家为之取名"霑",字"天祐"。一以感激康熙帝命曹頫袭职保全曹寅一家之"浩荡皇恩",二以报谢上天赐予男嗣之福佑,三以祝颂此子未来富贵寿考有如周成王——多年以后曹雪芹以曹頫为主要原型塑造小说人物贾政,字之以"存周",亦可能即于此联想取义。且曹家男子命名取字均出自儒家经典,如曹寅字子清,出自《尚书·舜典》:"夙夜惟寅,直哉惟清。"曹颙字孚若,出于《易经·观卦》:"盥而不荐,有孚颙若。"故曹霑字天祐出自《诗经》很为合理。

从考证角度看,根据典籍联系推断"霑"与"天祐"为同一人是可以成立的。如曹宣以往不知其名,仅知其字"子猷",1953年周汝昌先生据《诗经·大雅·桑柔》"秉心宣犹,考慎其相"推论其名为"曹宣"(详见《红楼梦新证·人物考》),而当时所见文献如《八旗满洲氏族通谱》和内务府档案等皆仅有"曹荃"之名。1975年冯其庸先生发现康熙二十三年未刊《江宁府志》,查出其中《曹玺传》有"仲子宣"的记载,"子猷"名"宣"方得到文献证实。可见严密的推理有时可以代替并胜过直接的文献记录。

(3)康熙五十四年三月初七日曹頫奏折:"奴才之嫂马氏,因现怀妊孕已及七月,恐长途劳顿,未得北上奔丧。将来倘幸而生男,则奴才之兄嗣有在矣。"据此可知当时曹颙并无男嗣,故五十年十一月曹颙所生长子必已夭亡。遗腹子曹天祐即曹霑应行二,生于康熙五十四年夏。

至于曹雪芹的卒年,据甲戌本第一回页八眉批和夕葵书屋《石头记》卷一批语"壬午除夕,书未成,芹为泪尽而逝",可以定为乾隆二十七年壬午(1762)除夕。据此生卒年推算,曹雪芹享年四十八岁。这与张宜泉《伤芹溪居士》题下自注"其人素性放达,好饮,又善诗画,年未五旬而卒"相符,与敦诚《挽曹雪芹》"四十萧然太瘦生"和"四十年华付杳冥"亦无不合("四十"系举成数,此乃诗词惯例)①。

---

① 关于曹雪芹卒于壬午除夕的考证,详见俞平伯《记"夕葵书屋〈石头记〉卷一"的批语》(《红楼梦研究集刊》第一辑)和《红楼梦论丛》中陈毓罴《关于曹雪芹卒年问题的商榷》《曹雪芹卒年问题再商榷》《曹雪芹卒于癸未除夕新证质疑》等文。

第三节　曹雪芹生平述略

曹雪芹一生大致可以分成四个阶段：

（1）从康熙五十四年（1715）至雍正六年（1728）初曹家抄没，曹雪芹在江南地区度过了十三年富贵温柔的生活，这是他锦衣纨袴的少年时期。

（2）从雍正六年回北京至乾隆八年（1743）前曹家彻底败落，家人星散，这是曹雪芹阅尽人间世态的青年时期。

（3）十年创作时期。从乾隆九年（1744）至十八年（1753），曹雪芹"十年辛苦不寻常"，完成了《红楼梦》的第四次增删稿。

（4）西山著书时期。乾隆十九年（1754）曹雪芹迁居西山，开始对小说进行第五次增删。至二十七年（1762）除夕去世，全书尚未完成。

对曹雪芹一生的这四个时期，有必要分别考察分析，以较为全面客观地描摹出曹雪芹的生平经历及其思想演变轨迹。

一　秦淮旧梦

曹雪芹呱呱坠地之时，其祖曹寅、父曹颙均已去世，嗣父曹頫少不更事，江宁织造曹家已经度过了它"烈火烹油、鲜花着锦"的繁华顶峰，开始面临末世。然而，已经三代四人担任江宁织造，受到康熙帝信用近五十年的曹家，犹如"百足之虫，死而不僵"，较之一般仕宦之家，到底气象不同。《红楼梦》卷首"作者自云"有"上赖天恩，下承祖德，锦衣纨袴之时，饫甘餍美之日，背父母教育之恩，负师兄规训之德"诸语，敦诚、敦敏也有"扬州旧梦久已觉""秦淮风月忆繁华"等句，皆证实曹雪芹少年时期在江宁和扬州地区有过一段难以忘怀的繁华旧梦。

根据上编对曹雪芹家世的考索，我们对曹家独特的家世背景已经有所了解。由于清朝最高统治者的恩宠，实际身份为包衣奴才的曹氏家族呈现出"家世通显""诗礼簪缨"的假象，在清代前期社会安定、经济繁荣的基础之上建造了他们穷奢极欲的殿堂。"天恩祖德"带来的富贵不仅保证了曹家世代继任江宁织造，而且在曹家造就了浓厚的文学艺术氛围。曹雪芹的祖父曹寅生前藏书万卷，其中有大量的诗词曲赋、戏剧小说以及笔记杂著，为少年曹雪芹准备了"杂学旁搜"的物质条件。祖国文化的丰美乳汁哺育滋养了这位未来的伟大作家,培养了他敏锐的观察力与丰富的想象力,催生了他文学创作的萌芽。曹家是个爱好艺术的家庭,曹寅和曹宣兄弟工诗善画,曹寅本人"贝多金碧、象数艺术,无所不窥;弧骑剑槊、弹棋擘阮,悉造精诣",具有多方面的艺术才能。曹寅生前,曹家有过家庭小戏班,曹寅亲自为之创作剧本且排练演出,甚至亲自粉墨登场。康熙末期曹頫任织造时,曹家和苏州织造李煦家的"家伶"仍未遣散。曹雪芹自幼耳濡目染,养成了对诗词、音乐、绘画和戏剧的爱好,在人生最重要的少年时期发展了自己的文学艺术才能,为中年以后的小说创作打下了广博深厚的知识基础。

然而,曹氏这个"诗礼传家"的官僚地主家庭对少年曹雪芹进行的正规教育却不能不是封建式的。在当时社会,只有参加科举考试取得举人、进士资格才是所谓的"功名正途"。"四书""五经"是钦定的教材,朱熹的《集注》是必读的内容,八股文是猎取功名的工具。而这些腐朽的思想、刻板的形式与丰富多彩的文学艺术正形成了鲜明的对比。天资聪慧且受过优秀文艺哺养的曹雪芹对这"每日诗曰子云的读书"不由厌恶至极。根据脂评透露的情况,当时雪芹之嗣父曹頫为了教育这个才智超群而不走正途的嗣子,迫使他走光宗耀祖的科举之路,曾对他进行过严格的管教[①]。

曹寅和曹颙的遗孀李氏和马氏虽然也赞同把雪芹教养成乃父之肖子以继承重振曹氏之家业,但未必同意曹頫那种"世家严父"的教育方式。她们所实施的,恐怕更多的是溺爱与纵容。于是,她们的慈爱和曹頫的严厉给少年雪芹之身心留下了不可磨灭的印记。前者使雪芹有可能避开正统儒家教育的压力,博览楝亭藏书,汲取各方面的知识,接受各种非正统思想;后者则因其酸腐粗暴而从反面激发了他对儒家经典和传统思想特别是封建伦理道德的反抗心理。

曹家自康熙二年(1662)定居江南以来,生活方式已与江南士大夫逐渐

[①] 庚辰本和蒙戚三本第二十二回有双批:"非世家经严父之训者断写不出此一句。"其所谓"严父",当即指雪芹之嗣父曹頫。又高阳先生《曹雪芹年龄与生父新考》在分析第三十三回宝玉被笞一节时,对文中贾母、贾政与宝玉之间的关系有过精解,认为其素材即来自当年李氏和曹頫教育少年雪芹之冲突,可供参考。文见《红楼一家言》(台湾联经出版事业公司,1981版)。

靠拢。曹玺、曹寅生前购买了大量苏、扬一带的奴婢,这些奴婢及其后代在为曹家主子服役的同时,受到曹家文化艺术气息的熏陶,其中当不乏聪明美丽而又有才能的女奴。曹家的"家伶"艺术才华为南方人士所击节赞赏,又曾在康熙帝御前演出,龄官式的优伶当亦必有。曹雪芹系曹寅嫡孙,在曹家地位特殊,可能与这些女奴建立较为亲密的关系。曹雪芹自己的姊妹也是世上少有的好女儿(详下章)。这些纯洁的少女给予少年雪芹以深刻的印象,多年以后作为艺术形象进入了他的杰作《红楼梦》。

曹雪芹就这样在江南度过了他锦衣纨袴、饫甘餍美的少年时代。虽然从雍正帝登基后曹頫就受到一连串政治和经济方面的威胁:舅氏李煦被抄没家产且发往打牲乌拉为奴;姑父傅鼐谪戍黑龙江;姐夫讷尔苏革去王爵,在家圈禁;自己则屡遭严谴。但是这对少年雪芹还不至于有太大的影响。当时曹家尚有织造府的西园和地处城西北小仓山的桃源别墅(详本编第二章第四节),几千亩的良田沃土与百余名男奴女婢保证了织造府少数主子的优裕生活,织造府六十年来的传统生活方式一时尚不可能改变。在江南生活期间,曹雪芹有可能去过苏州、扬州等地,对江南地区的风土人情、园林建筑、衣饰肴馔、花鸟草木、工艺器用等都有直接的感性体验。这些直接生活经验均成为他日后创作的丰富素材来源。

二 阅历人生

雍正五年(1727)底,正当曹頫因骚扰驿站而离职受审之际,曹家内部有人向雍正帝密报曹頫转移家财,以至"龙颜大怒",下令抄家。按照当时的驿递条件,江南总督范时绎执行查抄江宁织造府当已在次年正月十五前一二日。明清时抄家之实况,《明史》卷二二六《吕坤传》所述较有代表性:

> 自抄没法重,株连数多:坐以转寄,则并籍家资;诬以多赃,则互连亲识;宅一封而鸡豚大半饿死,人一出则亲戚不敢藏留。加以官吏法严,兵番搜苦,少年妇女亦令解衣。臣曾见之,掩目酸鼻。此岂尽正犯之家、重罪之人哉?一字相牵,百口难解,奸人又乘机恐吓,挟取资财,不足不止。半年之内,扰遍京师。

雍正初抄家之风特盛,其情形当亦相仿。十四岁的曹雪芹目睹身历了"一伙穿靴戴帽的强盗"之白日抢劫,自己的家园和朝夕相处的侍女统统蒙"天恩"

赏给了继任江宁织造的隋赫德。这次家难,使少年曹雪芹开始看到了所谓"天恩"的狰狞面目。

按照满洲贵族的不成文法,主子如不杀包衣,必须将其养活,给以生活出路。曹𬱖家属因而得到一所原系曹家产业的京中蒜市口十七间半房屋和三对奴仆,"以资养赡"。雍正六年(1728)曹雪芹回到北京后,与其祖母李氏、寡母马氏及曹𬱖妻儿住进了地处广渠门内崇文门外蒜市口的小四合院。这地区是当时普通汉族平民聚居之处,曹家的生活与以往相较发生了根本的改变。但曹雪芹因而得以与普通市民有所交往,《红楼梦》中一些下层人物如倪二、卜世仁夫妇、金荣之母等的最初原型,很可能就来自于这些底层市民。不久,曹𬱖被正式革职,接着又被枷号示众,似因骚扰驿站案应赔银不能清完所致。这项欠银,曹氏家族显贵的亲骨肉们均不肯代纳,直至雍正七年(1729)七月,曹𬱖仍在枷号之中。曹家亲骨肉的这种冷漠势利乃至落井下石,使曹雪芹开始对所谓的"人伦至亲""兄弟鹡鸰"有了新的认识。家庭的变故犹如一只无形之手揭开了两面国人的浩然巾,显露出封建时代最为神圣的"君""亲"之真相。

曹雪芹回京之后的具体生活经历,由于缺少可靠的史料,尚难以做出详细的描述。雍正六年十一月,世宗下谕在景山官学外设立咸安宫官学,选拔内务府佐领和管领下俊秀者入学,结果选定十三岁以上、二十三岁以下学生九十名,于次年正式成立。按照曹雪芹的年龄和才学,他亦有选入官学就读的可能。《永宪录续编》雍正六年条下记:"国制:旗员子弟年十八者当差三年,量能授秩。"曹雪芹在雍正十一年(1733)年届十八,乾隆元年(1736)已二十一岁,已到规定的当差授职年龄。其时他的表兄平郡王福彭和祖姑父傅鼐均受重用:福彭于雍正十一年任定远大将军,乾隆登基后奉旨协办总理事务,任正白旗满洲都统;傅鼐雍正九年(1731)从戍地召还,"入宫侍起居",任侍郎,擢都统,乾隆改元后又授兵、刑二部尚书,总管内务府大臣兼正蓝旗满洲都统。这些显贵的亲戚都可以轻而易举地为曹雪芹谋得较好的职位。曹雪芹之父曹𫖯死后封赠郎中,按照清代的恩荫之制,曹雪芹可以取得八品虚衔,成年后即可等候补缺。《八旗满洲氏族通谱》卷七十四记:"曹天祐,现任州同。"可能曹雪芹在雍正末期以八品恩荫入仕,乾隆初转升州同。州同系协助知州工作的从六品低级官吏,处理地方事务,与普通人民有较多的接触。《红楼梦》显示出它的作者对社会人生观察之深刻,这证明曹雪芹有深入社会的经历,他在青年时期担任过州同之类的低级官吏不是没有可能的。

从脂评中也可见到曹雪芹在乾隆初年的活动鳞爪。己卯、庚辰本第三十八回有双批:"伤哉,作者犹记矮颤舫前以合欢花酿酒乎?屈指二十年矣。"此双批批写时间不迟于乾隆二十四年(1759),故所记往事不迟于乾隆四年(1739)。当时曹家有矮颤舫、合欢树,此决非蒜市口旧居所能有,似曹家在雍正末、乾隆初已迁居另一所花园宅第。又靖本第四十一回妙玉送茶一段有眉批:"尚记丁巳春日谢园送茶乎?展眼二十年矣。丁丑仲春,畸笏。"(靖批抄件第97条)"丁巳"为乾隆二年,"谢园送茶"虽不知其详,然亦可见当时曹雪芹与曹頫等人的生活相当优裕。

然而好景不长,乾隆八年(1743)前,曹氏家族终于因"子孙不肖,招接匪人",相互告讦,自杀自灭而招来最高统治者的无情打击,落得"何处飘零有子孙"的下场。曹氏家族的解体、生活的巨变,促使漂泊中的曹雪芹痛定思痛,在回忆中观照思考其家族灭亡的原因,逐渐看清了以前可能习焉不察的家族之丑恶腐朽,进一步认识了这个携带着封建社会全部遗传信息的细胞,并通过对此细胞的剖视透析,认识了当时封建家族之共同本质,看到了它们必然走向衰亡的命运。只有到了此时,曹雪芹的思想才会产生飞跃,才可能真正发展其叛逆意识,向封建地主阶级显现其离心离德。也只有到了此时,曹雪芹才可能认识到这个家族之毁灭是不足惜的,最可惋惜的是那些伴随着这个家族的灭亡而惨遭不幸的女儿们。美伴随着丑恶而毁灭,玉石俱焚,这才是最震撼灵魂的人生悲剧。曹雪芹孕育《红楼梦》之创作计划,应即开始于曹氏家族彻底败亡之后。

据甲戌本第一回正文,在"脂砚斋甲戌抄阅再评"之前,曹雪芹已经"披阅十载"即创作十年,则《石头记》初稿的写作应开始于乾隆九年(1744),即曹雪芹三十岁时。只有阅尽人间春色,目睹可憎者对所爱者的横暴践踏而无可援手,以至精神遭受深锐伤痛之诗人如曹雪芹者,才能怀抱着对所爱者的激情而有经久不衰的创作冲动,以自己的人生经验为素材,写出这部美伴随着丑恶毁灭的史诗《红楼梦》。

三 创作十年

从乾隆九年至十八年(1753),是曹雪芹"十年辛苦不寻常"创作《红楼梦》的时期。曹雪芹在乾隆八年(1743)前失去了州同的官职,回归内务府。他是正白旗包衣汉人,皇室家奴,不能自由离开北京,也不能自谋生计,必须听候本佐领和内务府派差,否则便要作为"八旗逃人"受到严厉惩罚。因此,曹雪芹创作《红楼梦》既不可能有充裕的时间,又不可能有坚强的经济后盾,他是在艰苦的环境与条件下开始自己的创作。

乾隆九年(1744),清皇室筹办左、右翼宗学,以教育宗室子弟,为爱新觉罗氏培养人材。不久曹雪芹被内务府派往右翼宗学(校址在今石虎胡同),担任笔帖式之类的文墨工作。在那里,他与敦敏、敦诚兄弟相识,结下了终生的友谊。

敦敏(1729—1796后),字子明,著有《懋斋诗钞》。敦诚(1734—1791),字敬亭,号松堂,有《四松堂集》。他们是清太祖努尔哈赤第十二子阿济格的五世孙。阿济格原封英亲王,顺治时因党同多尔衮被抄家、赐自尽并黜去宗籍,康熙时改封阿济格之子为镇国公,乾隆初方为阿济格恢复名誉,以亲王仪制重修陵墓。故二敦虽系宗室却并不显贵,这或许是他们能理解曹雪芹的原由之一。据《四松堂集》前附敦敏《敬亭小传》,他们兄弟二人在宗学创办初即入学就读,时敦敏十六岁,敦诚十一岁。二敦兄弟与曹雪芹友谊的产生并日渐增进,当是在数年之后。对此,吴恩裕先生《曹雪芹丛考》和周汝昌先生《曹雪芹小传》均已有所考索。

乾隆二十二年二月,敦诚去喜峰口协助其父山海关税务官瑚玐办理税务。当年秋,他写了长篇歌行《寄怀曹雪芹霑》,诗中忆及在右翼宗学时与曹雪芹之友情,有句云:

当时虎门数晨夕,西窗剪烛风雨昏。接䍦倒着容君傲,高谈雄辩虱手扪。

诗中"虎门"即宗学之代称[①]。"数晨夕"典出陶潜《移居》:"闻多素心人,乐与数晨夕。""接䍦倒着"用晋人山简"倒着白接䍦"之典(《世说新语·任诞》),"虱手扪"用晋人王猛"扪虱而言,旁若无人"故事(《晋书·苻坚传》附)。两句画出曹雪芹不拘礼节、疏狂傲岸之魏晋风度。从"容君傲"之语气,可以推

[①] 《八旗文经》卷三十六果亲王允礼《宗学记》曾云:"念我宗室子弟,尤教育所宜先。特谕设立东西二学于禁城之左右。自王公、庶位以及凡百属籍者,其子弟愿学则入焉。即《周官》立学于虎门之外以教国弟子之义也。"吴恩裕《曹雪芹丛考》据此考定"虎门"即右翼宗学。

断曹雪芹与敦诚不是师生关系。因为敦诚在其诗文中提及老师黄克显、徐秋园等，措辞均极尊崇。曹雪芹没有正途功名，不可能担任宗学教习，只能是宗学的一般职员。据《大清会典事例》，宗学属内务府管辖，故其工作人员必由内务府委派。内务府在上三旗包衣中挑选知书识字者任笔帖式，派往所属各机构任文书工作。宗学编制中亦有笔帖式，曹雪芹很可能是这种身份的职员①。

据敦敏和敦诚诗文勾稽，当时与曹雪芹等一起晨夕相共的友人还有敏诚（寅圃，敦敏宗兄）、吉元（复斋，敦敏宗叔）、敦奇（汝猷，敦敏四弟）、宜孙（贻谋，敦敏堂弟）等，皆宗学学生。此外还有浙江人卜邻（宅三）、周于礼（立崖）等人。卜邻后来考取举人，在赴京会试时死去。敦敏《吊卜宅三孝廉》云："昔年同虎门，联吟共结社。"敦诚亦有"宴集思畴昔，联吟忆晦明"之句。可见这群趣味相投的友人在风雨晨昏之时，常一起结社联吟，饮酒聚谈。其中，曹雪芹以其傲岸倜傥的风姿、高谈雄辩的气概为众所瞩目，多年之后还长留于同人的记忆，并在亲友中广泛传说。裕瑞《枣窗闲笔·红楼梦书后》即有所记录：

  （雪芹）其人身胖头广而色黑，善谈吐，风雅游戏，触境生春。闻其奇谈，娓娓然令人终日不倦，是以其书绝妙尽致。……又闻其尝作戏语云"若有人欲快睹我书不难，惟日以南酒烧鸭享我，我即为之作书"云。

裕瑞所记大约得之于其舅氏明义、明琳等人，应该有相当的真实性。曹雪芹创作《红楼梦》的部分思想就可能来自这种友朋聚谈所触发的灵感。

从曹雪芹友朋诗文中可见，曹雪芹爱好艺术，擅长绘画诗词，又善弹琴舞剑。敦敏、敦诚都对其诗才赞颂备至，比之于曹植与李贺："诗才忆曹植。""诗追李昌谷。""爱君诗笔有奇气，直追昌谷破篱樊。""知君诗胆昔如铁，堪与刀颖交寒光。"②可见曹雪芹之诗风格清瘦奇幻，与李贺相似。惜今存曹雪

---

① 梁恭辰《北东园笔录》卷四谓曹雪芹系"贡生"。然清代拔贡名额极少，每旗仅二名，康雍时六年选拔一次，乾隆七年起改为十二年选一次。曹雪芹系内务府包衣，并无选为贡生之可能。又《燕都》1986年第六期周绍良《关于曹雪芹传说的考证》亦认为曹雪芹在宗学任笔帖式。

② 所引二敦诗句均见《懋斋诗钞》《鹪鹩庵笔麈》及《四松堂集》。一粟编《红楼梦卷》已全部辑录，故不再一一注出篇名，下同。

芹之诗除了题敦诚《琵琶行传奇》七律末联"白傅诗灵应喜甚，定教蛮素鬼排场"而外，已经全部亡佚了。曹雪芹的画，王利器先生在20世纪40年代末尚见到过他的《秋菊立石图》（见《耐雪堂集》）。敦敏曾有《题芹圃画石》诗：

> 傲骨如君世亦奇，嶙峋更见此支离。醉余奋扫如椽笔，写出胸中块磊时。

敦敏以此嶙峋画石作为曹雪芹一身傲骨的象征，确实抓住了曹雪芹性格的基本特点。

曹雪芹性格之高傲放达、蔑视流俗，亦可从其友朋的诗句中见出。敦敏、敦诚兄弟常以阮籍、山简、王猛、刘伶、王祥等魏晋间人比曹雪芹，除了上面已经引述的敦诚诗句外，还有"一醉酕醄白眼斜""狂于阮步兵""步兵白眼向人斜""鹿车荷锸葬刘伶""君才抑塞倘欲拔，不妨斫地歌王郎"等句。它们绘出了曹雪芹狷傲狂放、卓荦不群的风度及蔑视礼法、与流俗格格不入的叛逆性格。

曹雪芹的这种个性当然很难被宗学中持正统观念的总管、教习乃至学生所理解接受。虽然他受到少数青年的欣赏，却必然招来周围环境中人的不满、嫉恨与厌恶，以至无法在宗学容身，不得不拂袖而去。曹雪芹之离开宗学，似不能晚于乾隆十九年（1754）初（详后）。

在这十年里，曹雪芹不一定始终在宗学任职。然因直接文献资料缺乏，他这一阶段的生活情况尚难确知。笔者个人认为，曹雪芹在此期间或有参与乾隆帝首次南巡的可能。甲戌本第十六回回前总评谓："借省亲写南巡，出脱心中多少忆惜［昔］感今！"而庚辰本在元妃銮驾将至太监拍手处有旁批："难得他（疑夺'写'字）的出，是经过之人也。"可证曹雪芹确曾经历过类似的南巡接驾场面。而在曹雪芹生前，乾隆帝已有三次南巡（分别举行于十六年、二十二年、二十七年），其场面之浩大、光景之豪侈都远远超过了乃祖康熙皇帝。据《清高宗实录》卷三八四记载，单为预备首次南巡随从之拜唐阿（满语音译，意为"执事人"）和护兵的乘骑，一次就从山东省驿站抽拨驿马达4055匹之多，可以想见当时随从人员数量之庞大。而乾隆十六年（1751）时曹雪芹尚是内务府包衣，要取得一随从拜唐阿之差使并非难事。曹雪芹如曾扈从乾隆帝首次南巡，则会对他创作《红楼梦》中的大观园及元妃省亲的盛大场面有极大帮助。

如果联系《红楼梦》的成书过程和版本特征考察，似更能说明问题。明义所见《红楼梦》旧稿完成于乾隆十九年（1754）前，其中已有对大观园的描写，而己卯、庚辰本第十七、十八回尚未分开，显示这两回定稿较晚。造成此情况的原因之一，可能是曹雪芹亲身经历了乾隆帝之首次南巡，增加了对南巡和南方园林建筑艺术的感性认识，因而在乾隆十九年甲戌开始的最后一次增删中，对有关元妃省亲和大观园的情节描写进行了较大的修改补充，到己卯、庚辰年间（乾隆二十四、二十五年）尚未将这两回定稿。以上推想因未见文献直接记载，尚需今后进一步发掘史料证实。

又某些清人笔记中谈及曹雪芹之"放浪"，如蒋瑞藻《小说考证拾遗》引赵烈文《能静居笔记》记宋翔凤言："曹实楝亭先生子，素放浪，至衣食不给。其父执某，钥空室中，三年遂成此书。"又善因楼梓本《批评新大奇书红楼梦》第一回朱笔眉批："曹雪芹为楝亭寅之子，世家，通文墨，不得志，遂放浪形骸，杂优伶中，时演剧以为乐，如杨升庵所为者。"（转引自周汝昌《红楼梦新证》）"放浪"与张宜泉所云之"素放达"意近，故上引两条有一定真实性。曹雪芹于家庭破败、家人星散之后，以放浪形骸的形式反抗社会亦属可能。如杨懋建《京尘杂录》卷四记黄景仁轶事云：

> 昔乾隆间黄仲则居京师，落落寡合，每有虞仲翔青蝇之感，权贵人莫能招致之。日惟从伶人乞食，时或竟于红氍毹上现种种身说法，粉墨淋漓，登场歌哭，谑浪笑傲，旁若无人，如杨升庵在滇南，醉后胡粉傅面，插花满头，门生诸妓，舁以过市。

曹雪芹很可能有过类似的经历。唯"其父执某，钥空室中，三年遂成此书"之说，与《红楼梦》之成书过程不合。且此类事唯聚居之大家族始能行之，曹氏家族于乾隆八年前已破败四散，似已无将青年曹雪芹拘禁三年之条件与可能。考诸曹雪芹生平，这一段"放浪形骸"并杂于优伶中歌哭笑傲以泄郁愤的经历，也只有发生于曹氏家族彻底败落之后、在右翼宗学任职之前最为可能。

此外，据脂评及敦诚诗句，曹雪芹在离开宗学之后至迁居西山之前有过一段投亲靠友的生活经历。敦诚在乾隆二十二年（1757）秋所作的《寄怀曹雪芹霑》中就有"劝君莫弹食客铗，劝君莫叩富儿门。残杯冷炙有德色，不如著书黄叶村"之句，确证此段生活在曹雪芹迁居西山之前。甲戌本第六回有标题诗："朝叩富儿门，富儿犹未足。虽无千金酬，嗟彼胜骨肉。"（又见蒙戚三本、杨藏本和己卯本夹条）同回又有脂批："且为求亲靠友下一棒喝。""穷亲戚来看是好意思，余又自《石头记》中见了，叹叹。"皆显示曹雪芹及脂砚斋对投亲靠友的辛酸回忆，而"嗟彼胜骨肉"的内涵，更无疑与曹氏家族之自杀自灭以至一败涂地有关。

曹雪芹在失去宗学的职位之后，为了坚持《红楼梦》的创作，不得不忍受了一个时期的食客生活。但一当他有可能脱离内务府的羁縻时，他就立即与之诀绝，决心隐居西山，为创作《红楼梦》竭尽全部心力。甲戌本第一回页十一眉批以诸葛亮和岳飞的赍志以没比作者曹雪芹，谓："武侯之三分、武穆之二帝，二贤之恨及今不尽，况今之草芥乎！"正是出于对曹雪芹这种高尚精神的深刻理解与衷心赞美。

四 西山著书

曹雪芹之迁居西山，当不晚于乾隆十九年（1754）。

早在乾隆七年（1742）四月，清高宗即有旨准八旗汉军出旗为民，但其谕旨有"从龙人员子孙皆系旧有功勋，历世既久，无庸另议更张"之语，将内务府包衣汉人划于准许出旗范围之外。且曹雪芹在乾隆九年（1744）后还由内务府派往宗学任职，自不可能在此次办理汉军出旗开户时离开内务府。乾隆十九年三月，清高宗又有旨准许"八旗奴仆"出旗开户为民，内云：

> 八旗奴仆受国家之恩百有余年，迩来生齿日繁，不得不酌为办理。是以经朕降旨，将京城八旗汉军人等听其散处，愿为民者准其为民。见在遵照办理。

此旨既言及"八旗奴仆"，则内务府上三旗包衣自应包括在内。故曹雪芹很可能于乾隆十九年甲戌迁居西山。这有脂评为证，在此年所作的第一回回前总评中，脂砚斋记"作者自云"，已有"虽今日之茅椽蓬牖、瓦灶绳床，其风晨月夕、阶柳庭花，亦未有伤于我之襟怀笔墨者"诸语，显示此时曹雪芹已定居乡郊。他已摆脱了内务府包衣的低贱身份，正式成为国家的自由民，因而才能有这种初获自由者的轻松舒畅与狷傲自信。它实际上是曹雪芹西山著书生活的实录。

当然，获取这种自由亦必然要付出代价。离开内务府意味着从此失去内务府可以给予的就业机会（当时称为"挑差"或"派差"）以及闲散包衣人每季银四两的"养赡钱粮"①。但渴望自由的曹雪芹绝不会在有可能跳出内务府樊笼时为了区区数额的银子而驽马恋栈。据敦诚《赠曹雪芹》诗,他在西郊时生活穷困到了"举家食粥酒长赊""日望西山餐暮霞"的地步。在二敦兄弟有关曹雪芹的诗中,又有"且着临邛犊鼻裈""司业青钱留客醉""卖画钱来付酒家"等句,似乎曹雪芹还一度有过司马相如那样开小酒店躬自操作的经历,后来又曾以授馆和卖画维持生活。虽然诗句反映的情况不甚明确,但曹雪芹在西山时期生活困苦是可以肯定的。

从二敦诗中可见,曹雪芹所居住的山村冷僻荒寂,门对青山,旁临野水,径掩蓬蒿:"碧水青山曲径斜,薜萝门巷足烟霞。""衡门僻巷愁今雨。""满径蓬蒿老不华。""野浦冻云深,柴扉晚烟薄。山村不见人,夕阳寒欲落。"据周汝昌先生《曹雪芹小传》考证,这荒凉的山村有可能就在今香山卧佛寺以西之退谷与樱桃沟附近。曹雪芹在极端艰苦的环境中坚持不辍地创作为时人所不齿的小说,表现了艺术家的勇气和献身事业的忠诚。

曹雪芹迁居西山后,敦敏、敦诚兄弟仍不时与他联系。乾隆二十二年(1757),瑚玐任山海关税务官,二敦前去协助其父,分任锦州、松亭税务,至二十四年(1759)回京②。敦敏家住太平湖侧,居处名槐园。二十五年(1760)庚辰春,敦敏作《小诗代简寄曹雪芹》③,邀其于"上巳前三日"去槐园同赏杏花春色。其年秋,敦敏作七律《芹圃曹君霑别来已一载余矣偶过明君琳养石轩隔院闻高谈声疑是曹君急就相访惊喜意外因呼酒话旧事感成长句》,从此诗题可以推知雪芹春天未能赴约。诗云:

可知野鹤在鸡群,隔院惊呼意倍殷。雅识我惭褚太傅,高谈君是孟参军。秦淮旧梦人犹在,燕市悲歌酒易醺。忽漫相逢频把袂,年来聚散感浮云。

---

① 《大清会典》卷七十七载,内务府三旗包衣"凡鳏寡孤独无产业者有养赡钱粮,每月给银一两,每季准银一两折米发给"。
② 参见吴恩裕《曹雪芹丛考》。
③ 此诗周汝昌先生等认为系癸未年作,因为它的前三首《古刹小憩》下注有"癸未",所写内容亦合癸未春天之时令物候特征。但赵冈先生《〈懋斋诗钞〉的流传》谓,经查阅美国哈佛燕京图书馆藏《八旗丛书》第二十七册《懋斋诗钞》清钞本,此处"癸未"原为"庚辰",乃《八旗丛书》编者恩华挖改。故《小诗代简寄曹雪芹》应作于乾隆二十五年庚辰春。陈毓罴先生亦早主此说。

诗题、尾联及全诗惊喜的语气均显示，曹雪芹前此年余似曾离京他往。曹雪芹以"秦淮旧梦人犹在"为话题与友人畅谈，友人为之唏嘘感慨，似说明当时曹雪芹刚从江南归来①。曹雪芹这次去拜访的朋友很可能即明琳的堂兄弟明仁和明义，因为他们都是富察氏傅恒家的子弟，隔院同居合乎当时大家族的生活习惯。

二十六年（1761）秋，敦敏、敦诚兄弟相约去西山拜访曹雪芹，各有麻韵七律一首留赠，诗云：

> 碧水青山曲径遐，薜萝门巷足烟霞。寻诗人去留僧舍，卖画钱来付酒家。燕市哭歌悲遇合，秦淮风月忆繁华。新愁旧恨知多少，一醉酕醄白眼斜。（敦敏《赠芹圃》）

> 满径蓬蒿老不华，举家食粥酒长赊。衡门僻巷愁今雨，废馆颓楼梦旧家。司业青钱留客醉，步兵白眼向人斜。何人肯与猪肝食，日望西山餐暮霞。（敦诚《赠曹雪芹》）

两诗对曹雪芹在西山时期的生活、思想与情感都有生动的描绘。其中"燕市哭歌悲遇合，秦淮风月忆繁华""废馆颓楼梦旧家"诸句，如与上引"秦淮旧梦人犹在"一联合看，更见二敦兄弟乃在以曹雪芹少年时期在江南经历的繁华旧梦与今日之悲歌京华作对比。"遇合"原指君王对臣下之赏识重用，后引申可指友朋乃至情人的契合。研究者一般均倾向于认为指曹雪芹与昔日情人的离合悲欢，并认为她可能即"秦淮旧梦人犹在"句中经历过曹家繁华之旧人。有人并根据脂评中女性口吻的评语进一步推断她就是《红楼梦》中史

---

① 曹雪芹有否在此段时间内去过江南，研究者意见尚不一致。周汝昌和宋谋玚等认为，曹雪芹不但去过江南，而且担任过当时的两江总督尹继善之幕僚，并以陆厚信绘曹雪芹小像题记中"雪芹先生洪才河泻，逸藻云翔，尹公望山时督两江，以通家之谊罗致幕府"等语为证。但学术界对此画像及题记持否定意见者甚多（参见陈毓罴、刘世德先生《曹雪芹画家辨伪》和冯其庸先生《梦边集》自序），殊难据以论定。且此画像之收藏者河南省博物馆之调查报告云，此像所绘乃尹继善之幕僚俞瀚，题记系河南商丘人郝心佛和朱聘之所伪造，郝本人亦已有文章说明作伪经过（均见《红楼梦研究集刊》第十二辑）。但此画像虽伪，曹雪芹去过江南却是有可能的，参见周汝昌《曹雪芹小传》第二十五、二十六节。又另一幅王冈所绘的所谓"悼红轩小像"，像主亦非曹雪芹。据王利器考证所绘者为倪承宽，而陈毓罴、刘世德考证，像主系金梯恩。均见《红楼梦研究集刊》第九辑。

湘云(或谓麝月)的原型①。

  研究者当然都希望能早日发现文献佐证以解决曹雪芹生平中的这一疑点。1977年在北京发现了一对乾隆时期的松木书箱,箱面刻有左右相对的兰花。右箱面兰花下有石,上方横刻"题芹溪居士句",下刻五绝一首:"并蒂花呈瑞,同心友谊真。一拳顽石下,时得露华新。"左箱面刻有"乾隆二十五年岁在庚辰上巳""清香沁诗脾,花国第一芳""拙笔写兰",其背面书有毛笔字,右方系五行章草:

    为芳卿编织纹样所拟歌诀稿本
    为芳卿所绘彩图稿本
    芳卿自绘编锦纹样草图稿本之一
    芳卿自绘编锦纹样草图稿本之二
    芳卿自绘织锦纹样草图稿本

左方系行书,为七言悼亡诗:

    不怨糟糠怨杜康,乩诼玄羊重克伤。睹物思情理陈箧,停君待殓鬻嫁裳。织锦意深睏苏女,续书才浅愧班娘。谁识戏语终成谶,窀穸何处葬刘郎。

  在前二联旁又有写后勾掉的"丧明子夏又逝伤,地坼天崩人未亡。才非班女书难续,义重冒"等词句。吴恩裕和冯其庸二先生经考证认为,这一对书箱是曹雪芹的遗物,它们系乾隆二十五年(1760)曹雪芹续婚时朋友送的贺礼。箱门背面章草五行乃曹雪芹亲笔,悼亡诗作者即雪芹从江南偕归的继娶夫人,亦即敦敏所说"秦淮旧梦人犹在"中之女子,敦诚《挽曹雪芹》中言及的"寡妇""新妇"②。但学术界对此书箱及芳卿题诗的真实性意见尚有分歧,目前尚难作出最后论断。笔者个人认为,书箱是否曹雪芹遗物虽尚无确证,但书箱之为乾隆时旧物专家并无异议。如果此书箱之文字材料属实,则关于曹雪芹晚年情况的诸有限文献记录能够贯通,曹雪芹身后留有"新妇"又明见敦诚挽诗,脂评批者中有一女性亦可论定,则上述假说并非臆断,自可暂

---

① 详见周汝昌《红楼梦新证·脂砚何人》和戴不凡《脂批中的女性是"麝月"》,《红楼梦研究集刊》第三辑。
② 详见吴恩裕《曹雪芹佚著浅探》和冯其庸《梦边集》。

存以俟他日文献之佐证。

在西山生活时期,曹雪芹新结识了一位朋友张宜泉。张宜泉《春柳堂诗稿·自序》曾言及"想昔丁丑礼部试,我皇上钦定乡会小考增试五言排律八韵"。查《清高宗实录》,乾隆二十二年(1757)丁丑正月确有旨令"嗣后会试第二场表文可易以五言八韵唐律一首,其即以本年丁丑科会试为始"。张宜泉既能参加丁丑科会试,必系乾隆丙子科以前之顺天乡试举人。且光绪年间延茂、贵贤为《春柳堂诗稿》作序,曾称"宜泉隐下僚""宜泉先生久轻轩冕、溷迹樵渔",其《五十自警》诗亦有"服官惭计拙,衣帛愧家贫"之句。全面考察《春柳堂诗稿》,可以推知张宜泉确曾出为下级官吏,后弃官还乡,隐居京郊,以课徒为生。张宜泉为人如此,其经历和爱好又与曹雪芹相仿,故两人意气相投。唯因其所居在北京东郊①,与雪芹居处甚远,两人见面机会不多。《春柳堂诗稿》留存四首有关曹雪芹的诗歌,是关于曹雪芹生平的直接文献记载,极可宝贵。其中《题芹溪居士》和《伤芹溪居士》两诗题下均有小注,提供了曹雪芹名、字、别号、享年及性格等多方面的情况。下录前诗:

题芹溪居士 姓曹名霑,字梦阮,号芹溪居士。其人工诗善画

爱将笔墨逞风流,庐结西郊别样幽。门外山川供绘画,堂前花鸟入吟讴。羹调未羡青莲宠,苑召难忘立本羞。借问古来谁得似,野心应被白云留。

末联以宋初魏野谢绝宋真宗宣召(见《宋史》卷四五七)比曹雪芹,颈联又用唐代诗人李白和画师阎立本召入内廷供奉典,似透露当时内务府曾征召曹雪芹入皇家画苑如意馆为画师,而为雪芹所拒绝。此事虽别无佐证,然颇合曹雪芹粪土功名、傲视王侯之性格。

乾隆二十七年壬午除夕(1763年2月12日),《红楼梦》第五次增删稿尚未完成,曹雪芹在贫病交迫中去世。次年春,敦诚作《挽曹雪芹》七律二首,见《鹪鹩庵杂记》抄本:

四十萧然太瘦生,晓风昨日拂铭旌。肠回故垄孤儿泣(前数月伊子殇,因感伤成疾),泪迸荒天寡妇声。牛鬼遗文悲李贺,鹿车荷锸葬刘

---

① 《春柳堂诗稿》页四十九《四时杂兴》组诗八首之二:"东郊一去几弓余,欲踏芳尘事竟虚。"可证张宜泉所居近北京东郊。

伶。故人欲有生刍吊，何处招魂赋楚蘅？

开箧犹存冰雪文，故交零落散如云。三年下第曾怜我，一病无医竟负君。邺下才人应有恨，山阳残笛不堪闻。他时瘦马西州路，宿草寒烟对夕曛。

由于上首用八庚韵而"伶"字九青出韵，后敦诚又将它们改写成一首，见《四松堂集》抄本（刻本未收），题下注有"甲申"，或系改写之年，也可能是敦诚堂弟宜兴在乾隆六十年编辑付刻时所加①。诗云：

四十年华付杳冥，哀旌一片阿谁铭？孤儿渺漠魂应逐（前数月伊子殇，因感伤成疾），新妇飘零目岂瞑？牛鬼遗文悲李贺，鹿车荷锸葬刘伶。故人惟有青衫泪，絮酒生刍上旧坰。

由此三诗可知，雪芹之子死于壬午秋，他因而感伤成疾，因家贫无医，遂致病卒。身后遗有一新婚之继娶夫人，贫困寡居无法自存，只得飘零他去。诗中"开箧犹存冰雪文""山阳残笛不堪闻"和"牛鬼遗文悲李贺"诸句，都有可能指未完成之《红楼梦》。次年春夏间，张宜泉始得雪芹死讯前来吊问，有《伤芹溪居士》诗，题下自注："其人素性放达，好饮，又善诗画，年未五旬而卒。"诗云：

谢草池边晓露香，怀人不见泪成行。北风图冷魂难返，白雪歌残梦正长。琴裹坏囊声漠漠，剑横破匣影铓铓。多情再问藏修地，翠叠空山晚照凉。

曹雪芹辛苦写作十九年的悼红轩已人逝室空，唯余琴音漠漠、剑影铓铓，象征着曹雪芹的高傲品格和叛逆精神将与其创作的文学巨著《红楼梦》一起永远流传，亘古长存。

---

① 参见周绍良《红楼梦研究论文集·关于曹雪芹的卒年》。

第二章 《红楼梦》的素材与构思

第一节 从第一回看《红楼梦》的总体构思

今《红楼梦》第一回以青埂峰顽石的神话引出全书缘起,以甄士隐和贾雨村、甄英莲和贾娇杏两组人物的人生浮沉象征小说人物的悲剧命运,并以《好了歌》及其注概括了封建末世的社会现实,预示了全书情节发展的轮廓和结局。它是曹雪芹精心撰写的最重要的篇章,为了把握作者对《红楼梦》的总体构思,我们不能不着重探讨一下第一回。

一 青埂峰顽石、神瑛和绛珠

第一回"楔子"介绍了一块女娲补天所遗的青埂峰顽石,它"自经锻炼之后,灵性已通",因不甘寂寞而幻形入世,其幻形通灵宝玉与其人格化身贾宝玉一起,"历尽悲欢离合,炎凉世态",并根据自己的尘世经历写成《石头记》一书,由空空道人抄录问世传奇。青埂峰顽石实即小说的叙述者。这奇特的构思与独创的表现手法在中国古典小说中是独辟蹊径、前无古人的。

作者不仅将青埂峰顽石作为小说叙述者,而且以之作为小说主人公贾宝玉的象征。因为入世而为贾宝玉的赤瑕宫神瑛侍者就是这块青埂峰顽石的化身。瑛是"似玉美石"(《玉篇》),"神瑛"即已通灵性,具有知觉、意识、思想和情感的假玉真石,神瑛侍者与青埂峰顽石本是一而二,二而一。据考,青埂峰顽石乃从作者祖父曹寅《巫峡石歌》(《楝亭诗钞》卷八)所咏之巫峡石发展而来。巫峡石是一块"娲皇采炼古所遗,廉角磨砻用不得"且又"顽而矿"的石头,它因棱角磨损而不堪补天之用,又因痴顽愚钝成不了金玉之器而为世所弃。青埂峰顽石也是这样,不成材,不成器,因堕落"情根"而无补天之用——"无材不堪入选"。在作者的构思中,这正象征着主人公贾宝玉秉正邪两赋之性,聪明灵秀而又乖僻邪谬,鄙弃功名利禄而拒绝补封建社会之天,即拒绝走封建主义正途的叛逆性格。

为了在卷首即概括预示全书主要内容之一的宝黛爱情悲剧,作者又构思了神瑛与绛珠的木石前盟。犹如青埂峰顽石、神瑛侍者和贾宝玉那样,绛珠草、绛珠仙子和林黛玉也是三位一体。据考,作者构思中的绛珠草实即古代神话中炎帝季女瑶姬精魂所化的灵芝仙草,而绛珠仙子即瑶姬形体之化身巫山女神。巫山顽石崚嶒不平,最易成为清露凝聚之处,石畔灵芝因而多得甘露之惠,滋生繁茂,长青不凋。作者从古代神话得到启发,创造性地构思了绛珠仙子以一生眼泪来偿还神瑛侍者甘露之爱的神话。笔者《红楼梦研究·〈红楼梦〉神话论源》对此已做详细考证,可以参看。

曹雪芹就这样以木石前盟的神话象征了贾宝玉和林黛玉的人生悲剧,为《红楼梦》罩上了神话的面纱,赋予作品迷离恍惚、似假如真的特殊审美价值。

二 甄士隐、贾雨村与甄英莲、贾娇杏两组人物的象征意义

按照作者的构思,第一回的四个主要人物,甄士隐、贾雨村,甄英莲、贾娇杏是两对具有象征意义的人物,他们在一定程度上不是作为典型的艺术形象,而是作为托言寓意的人格化身而存在,其象征意义实超过了形象本身的意义,带有黑格尔所说的"自觉之象征表现"的性质(《美学》第二卷《序论》)。

甲戌本《凡例》第五条指出:

> 作者自云,因曾经历过一番梦幻之后,故将真事隐去而撰此《石头记》一书也,故曰:"甄士隐梦幻识通灵。"……今风尘碌碌一事无成,忽念及当日所有之女子,一一细推了去,觉其行止见识皆出于我之上。……何为不用假语村言敷演出一段故事来,以悦人之耳目哉。故曰:"风尘怀闺秀"乃是第一回提纲正义也。

这段"作者自云"清楚地表明了第一回回目"甄士隐梦幻识通灵,贾雨村风尘

怀闺秀"的象征意义。"梦幻"即作者之亲身经历,"闺秀"即"当日所有之女子",前者成为小说的素材来源,后者化为小说中的艺术形象金陵十二钗。作者立意将"真事隐去",以"假语村言"(即小说的形式)来反映封建末世的社会现实以及那一时代女性的悲剧命运。

甄士隐与贾雨村的人生经历亦有其象征意义。作者以甄士隐的败落及最终出家,象征贾氏家族的彻底破败与主人公贾宝玉的最终遁入空门,悬崖撒手;又以贾雨村之为贪婪和野心所驱使,不择手段地从微贱地位钻营上升,接着又从得意之顶峰跌落,为小说中的"禄蠹""浊物"传影。

甄英莲和贾娇杏也是具有象征意义的形象。英莲是全书第一个薄命女,癞头和尚以"有命无运、累及爹娘"预言了她一生的命运。甲戌眉批指出:"看他所写开卷之第一个女子便用此二语以订终身,则知托言寓意之旨。谁谓独寄兴于一'情'字耶?"甄英莲谐音"真应怜",她的被拐、沦落以至夭亡,实有象征封建时代女性悲剧命运的意义。小说中以林黛玉为代表的绝大多数女子的悲剧就是属于这种"真应怜"的类型。而由于偶然的机缘从婢妾上升为贵妇的贾娇杏,在作者看来亦不过是"假侥幸",这不仅因为贾雨村系"奸雄""下流之人"(甲戌本第一、二回旁批),而且因为她之"命运两济",不过是取得了贾雨村附属品的资格,做稳了其奴婢的总头领而已。她是相对于"真应怜"的封建时代女性悲剧的另一象征,以薛宝钗为代表的包括贾元春、探春等人"假侥幸"的悲剧即是其现实的表现形式。作者在本回中以贾雨村的中秋诗联"玉在椟中求善价,钗于奁内待时飞"预示了薛宝钗的悲剧命运。

三 《好了歌》及其注的概括和预示

《好了歌》及其注概括并预示了《红楼梦》的主题与人物结局。《好了歌注》分六段,除首尾总领收结外,中间四段分写世人对妻妾、金银、儿孙和功名的企望与追求,正与《好了歌》相对应。如将其与甲戌本脂评对读,可略见作者对全书之总体构思:

《好了歌》《好了歌注》及有关脂批对照表

好了歌	好了歌注	旁批	眉批
	陋室空堂，当年笏满床。	宁荣未有之先。	先说场面。忽新忽败，忽丽忽朽，已见得反覆不了。
	衰草枯杨，曾为歌舞场。	宁荣既败之后。	
	蛛丝儿结满雕梁，	潇湘馆、紫（绛）芸轩等处。	
	绿纱今又糊在蓬窗上。	雨村等一干新荣暴发之家。	
世人都晓神仙好，只有娇妻忘不了。君生日日说恩情，君死又随人去了。	说什么脂正浓粉正香，如何两鬓又成霜？	宝钗、湘云一干人。	一段。妻妾迎新送死，倏恩倏爱，倏痛倏悲，缠绵不了。
	昨日黄土陇头送白骨，	贷（黛）玉、晴雯一干人①。	
	今宵红灯帐底卧鸳鸯。		
世人都晓神仙好，只有金银忘不了。终朝只恨聚无多，及到多时眼闭了。	金满箱，银满箱，展眼乞丐人皆谤。	熙凤一干人②。甄玉、贾玉一干人。	一段。石火光阴，悲喜不了；风露草霜，富贵嗜欲，贪婪不了。
	正叹他人命不长，那知自己归来丧？		
世人都晓神仙好，只有儿孙忘不了。痴心父母古来多，孝顺儿孙谁见了。	训有方，保不定日后作强梁。	言父母死后之日。柳湘莲一干人。	一段。儿女死后无凭，生前空为筹画计算，痴心不了。
	择膏粱，谁承望流落在烟花巷。		
世人都晓神仙好，只有功名忘不了。古今将相在何方，荒冢一堆草没了。	因嫌纱帽小。致使锁枷扛。	贾赦、雨村一干人。	一段。功名升黜无时，强夺苦争，喜惧不了。
	昨怜破袄寒，今嫌紫蟒长。	贾兰、贾菌一干人。	
	乱烘烘你方唱罢我登场，反认他乡是故乡。	总收。太虚幻境、青埂峰一并结住。	总收。古今亿兆痴人共历幻场，此幻事扰扰纷纷，无日可了。
	甚荒唐！到头来都是为他人作嫁衣裳。	语虽旧句，用于此妥极是极。苟能如此便了得。	

第一段概写全书"场面"。荣宁二府兴起了，又衰败了。"雨村等一干新荣暴发之家"在既败之后的宁荣二府的基础上又重建了他们的乐园。于是绿纱又糊上了潇湘馆和绛芸轩的蓬窗，新贵贾雨村成了荣府的主人。可是

---

① 这两条旁批各下移了一句，参见本书第三编第二章。
② 这两条旁批各下移了一句，参见本书第三编第二章。

他又怎能逃脱"忽新忽败,忽丽忽朽""反覆不了"的规律呢！此段所写贵族之家的典型代表贾家的兴衰史正是小说所要反映的重要主题。

第二段概写封建时代女性的悲剧。反抗时代,追求自由与爱情的黛玉、晴雯等人受封建势力的迫害而夭折了；顺应时代,为环境所容纳的宝钗、湘云等人也逃不脱社会变动与自然规律的支配,只能迎新送死,改嫁他人,落得两鬓成霜,苦痛余生。一切美的人物都将消失,化为黄土陇中的白骨,或者变成扰扰世上的"鱼眼睛"。这些薄命少女是封建末世社会变动中最直接的、最无辜的,因而也是最可同情的牺牲者。封建时代的女性,无一不是悲剧中人,这正是小说所要着力表现的另一主题。

第三段概写金钱的悲剧。金钱拜物教的狂热信徒王熙凤贪婪地追求财富,转眼满箱金银化为泡影,"及到多时眼闭了"。为财富所牢笼的锦衣玉食公子甄宝玉、贾宝玉最后陷入贫困,沦为乞丐,体验了人生的另一面："寒冬噎酸齑,雪夜围破毡。"(见己卯、庚辰、戚序本第十九回句下双批)终于"悬崖撒手",出家为僧,以涅槃割断对人生的系恋。

第四段概写贵族家庭后继无人的悲剧。世代簪缨、诗礼传家,号称"教子有方"的贵族名门,随着大家庭的崩溃,儿孙流散甚至落到男盗女娼的可悲境地。

第五段概写权势的悲剧。一等将军荣公长孙贾赦、兵部尚书军机大臣贾雨村身居显要,仍然欲壑难填,妄想攫取更大的权力,终于锁枷扛铐,充军发配,"荒冢一堆草没了"。只有贾兰、贾菌在困苦中发愤读书,功成名就,"威赫赫爵禄高登",可是恐怕也难免古今功名追求者悲剧的重演。以上三段乃是第一段主旨的延伸,它们以概括而形象的语言,集中展示了小说的重要主题:贵族之家必然会走向衰亡。

第六段总收。总写封建末世统治阶级内部的剧烈争夺："乱烘烘你方唱罢我登场。"指出对功名、金钱、爱情、子孙的执着或追求全都是徒劳,枉费心力。

从整体看来,《好了歌》及其注对封建末世社会生活的各个方面作了现实主义的速写,强调了客观事物的发展和变化,指出世界上的万事万物无不走向自己的对立面,这恰恰是朴素辩证法的观点,而并非一般所认为的是色空观念的形象图解。综观《好了歌》及其注,它们不仅透露了小说情节发展的脉络和轮廓,预示了小说主要人物的结局,并且概括了全书最突出的两大主题:贵族家庭的必然衰亡和封建时代女性的必然毁灭。这两大主题交织在一起,在错综复杂的矛盾冲突中发展深化,汇成一部封建末世的人生大悲剧:在贵族之家的典型代表贾府逐步没落的背景中,一场"千红一哭,万艳同悲"的美伴随着丑恶而毁灭的悲剧正以各种不同的形式几乎是无声地展现于人生舞台。

这一切,就是曹雪芹在第一回中所透露的《红楼梦》之总体构思。

第二节　贾氏家族衰亡史的素材来源与王熙凤形象的出现

一　脂评证实:有关贾氏家族的主要素材来自曹家

《红楼梦》中的贾氏家族是曹雪芹创造的艺术典型。根据作者至亲脂砚、畸笏等人的评语,我们知道小说中有关贾氏家族的生活素材主要来自作者青少年时代生活其中的曹氏家族。这有多处脂评为证:

(1) 第二十二回贾政有谜:"身自端方,体自坚硬。虽不能言,有言必应。"正文点明谜底是砚台。但庚辰本和蒙戚三本谜下有双批:"好极,的是贾老之谜,包藏贾府祖宗自身。"砚台与贾府祖宗有什么相干呢?原来此谜真正的谜底是玉玺即皇帝之印,用了皇帝玉玺的诏书,当然是"有言必应"了,而这谜底正是隐藏了"曹"府祖宗曹玺之名!可见此处连作者、批者都将曹家与贾府混而为一了。

(2) 第三回荣禧堂上的对联"座上珠玑昭日月,堂前黼黻焕烟霞",其字面义不过是说荣府之主宾富贵显赫且文采风流而已。而甲戌本与蒙戚三本有批曰"实贴""实衬"。原来"黼黻"乃古代官服上的织锦花纹,清代江宁织造即专负生产此类锦缎之责。此联切合织造府的地位身份,故脂批谓之"实贴"。可见在作者和批者心目中的荣府乃江宁织造曹家。

(3) 庚辰本第七十七回在王夫人整肃怡红院一段下有双行脂评:"况此亦此[是]余旧日目睹亲闻,作者身历之现成文字,非搜造而成者,故迥不与小说之离合悲欢窠臼相对。想遭零落之大族子见此,难[虽]事有各殊,然其情理亦有点契于心者焉。此一段不独批此,真从妙脸[抄检]大观园及贾母对月典[兴]尽生悲皆可附者也。"据此双批,可见第七十四回至七十七回的情节:抄检大观园,逐司棋、入画,甄家转移财物,中秋赏月贾母生悲,晴雯、四儿、芳官等遭谗被撵等情节均系当日曹家曾经发生的实事。

（4）第二回冷子兴介绍贾政,说"皇上因恤先臣……立刻引见,遂额外赐了这政老爹一个主事之衔,令其入部习学,如今现已升了员外郎了",甲戌本旁批云:"嫡真实事,非妄拥[拟]也。"原来作者此处运用了有关曹𬪩的素材（详本书第一编第四章第二节）。

（5）第十三回秦氏托梦于凤姐,有言:"若应了那句'树倒猢狲散'的俗语,岂不虚称了一世的诗书旧族了。"甲戌本此处眉批:"'树倒猢狲散'之语,全[余]犹在耳,曲指三十五年矣。"作者祖父曹寅生前友人施瑮（施闰章之孙）《随村先生遗集》卷六《病中杂赋》之八诗注:"曹楝亭公时拈佛语对坐客云:'树倒猢狲散。'"脂批证实作者在此处又运用了曹氏家族的素材。

因此,《红楼梦》中的贾氏家族以江宁织造曹家为主要素材来源已不成问题。但曹雪芹在卷首声称"真事隐去""假语村言",则来自曹家的素材已经经过变形与重新组合,且不免有虚构与夸张之艺术加工,故生活素材与小说内容之间已产生很大差距。简言之,同一生活原型的素材可以分解为不同的人物形象,不同生活原型的素材可以集中塑造为一个典型人物。小说情节的素材固然主要来自曹家,却也可能集中了曹家亲友甚至一般贵族家庭的生活素材。因而曹雪芹家世研究所取得的成绩正可以用来探索《红楼梦》中贾氏家族衰亡史的创作素材和作者之构思。

二 贾府家世和人物关系之构思

第五回中,贾府先人荣宁二公贾演、贾源之灵对警幻仙姑称:"吾家自国朝定鼎以来,功名奕世,富贵传流,已历百年。"第七回焦大骂贾蓉:"你祖宗九死一生挣下这家业。"尤氏说焦大:"从小儿跟着太爷们出了三四回兵,从死人堆里把太爷背起来得了命。"第七十五回贾政亦自称贾府系"武荫之属。"贾赦和贾珍现袭一等将军、三品将军（第三回、第十三回）。反映出贾府祖先贾演、贾源在新王朝建立的过程中,为王前驱,以军功起家的历史。作为开国元勋,贾氏先人被封为宁国公、荣国公,占了开国时分封的"八公"之二(第十三、五十三回),子孙得以世袭爵禄,荣跻贵族之列。

作者对小说中贾氏家世的构想显然是以曹氏家世为素材而进行了必要的艺术夸张。曹氏先人的实际身份虽不过是包衣,但曹振彦及其子曹玺"从龙入关",追随睿亲王多尔衮和豫亲王多铎兄弟驰驱征战,出生入死,自辽东至北京、江南、大同,屡建战功,迅速上升为最高统治者宠信的新贵。曹玺、曹寅、曹颙和曹頫三代四人连任江宁织造五十八年,作为康熙帝在南方的耳目股肱,曹玺和曹寅一度炙手可热,受信任之程度超过了封疆大吏。而且,从顺治元年(1644)五月清王朝定都北京到乾隆八年(1743)前曹家彻底破败,时间亦正是"已将百载"。由此可见,作者所构想的贾氏家世正是现实生活中曹氏家世的艺术反映。

不仅如此,曹雪芹在构想贾府人物及具体的人物关系时,也常常从曹家选取原型及生活素材。如贾政之得额外主事,从主事升员外郎其素材取自曹頫之经历;贾珠之可望继业而青年早夭,留有寡妻幼子,取材于曹颙。这些都是显明的例证。这里还有一个很有意思的例子。

《红楼梦》的读者都注意到,曹雪芹在处理贾赦、贾政与贾母的关系时写得非常特殊:贾赦系贾代善之长子,承袭世职"一等将军",却偏安于荣府花园一隅,经济上也与贾母和贾政分开;贾政乃次子,却占据了荣国府的正房荣禧堂。作者似以此显示,荣国府的世职与财产之继承权已在贾赦和贾政两兄弟中分散,贾赦得到世职,贾政得到家产。但这是与我国封建社会的一般继承情况相违背的,因为按照宗法制度,应该由嫡长子继承世职和绝大部分家产。这确是曹雪芹写人物关系之不可解处。然如对曹氏家族的内部关系有一比较深入之了解,它又未必是真的不可解。脂砚曾多次说作者之笔"狡猾之甚",提醒读者切不可为作者之"烟云模糊"法所瞒蔽,因而有必要仔细推敲一下第二回中作者借冷子兴之口介绍的荣府情况:

> 自荣公死后,长子贾代善袭了官,娶的也是金陵世勋史侯家的小姐为妻,生了两个儿子:长子贾赦,次子贾政。如今代善早已去世,太夫人尚在,长子贾赦袭着官。次子贾政,自幼酷喜读书,祖、父最疼,原欲以科甲出身的,不料代善临终时遗本一上,皇上因恤先臣,即时令长子袭官外,问还有几子,立刻引见,遂额外赐了这政老爷一个主事之衔,令其入部习学,如今现已升了员外郎了。

这段话有三点可注意：

(1)它只说贾代善生了两个儿子，并未叙明赦、政皆史太君所生。

(2)贾源和贾代善最疼贾政，欲命其从科举出身，获取所谓"正途功名"。可见荣公在日，早已内定贾政不承袭世职。

(3)贾赦袭职乃皇上特旨，贾政点主事系皇上额外恩典，皆非他人所能改变。

《红楼梦》中多次明写贾母与贾赦母子感情冷漠，贾母厌恶贾赦，贾赦则公然讥刺贾母"偏心"。贾赦甚至不参加元宵家宴，"贾母知他在此彼此不便，也就随他去了"。贾赦明知贾母疼爱宝玉和贾兰，却偏在贾母和贾政面前称赞庶出的贾环，说："以后就这么做去，方是咱们的口气，将来这世袭的前程定跑不了你袭呢。"（第七十五回）种种描写的背后都暗透出这样一件隐蔽的事实：贾赦乃代善之妾所生庶长子，虽因荣公贾源的愿望和皇上特旨承袭世职，荣府的财产他无权问津，财产还得按照宗法制度由嫡子承继绝大部分。这就是贾政以次子而能占据荣禧堂的根本原因。荣国府内部种种矛盾之根源亦在于此。

曹雪芹所写的这种世职与财产继承权分离的情况在封建社会极为少见，但是在作者家世中却可以找到现实依据。本书第一编考出曹寅乃曹玺之庶长子，系其侍妾顾氏所生；曹宣为曹玺嫡子，乃一品太夫人孙氏亲生。然由于康熙帝从政治需要出发，指定曹寅继任江宁织造，以至曹宣仕途运乖，未为世用。虽然曹宣承继了父亲的财产，但失去政治前途，终成憾恨。这一切造成了寅宣兄弟之"骨肉鲜旧欢"，并导致了曹宣诸子与曹颙的"兄弟不和"。这历史事实证明：《红楼梦》中关于贾赦、贾政兄弟的关系显然是糅合了曹家两代人的关系构想而成。

三　贾氏姻戚和世交的构思

《红楼梦》写及贾、史、王、薛四大家族"连络有亲，一损俱损，一荣俱荣"，又与北静王等王公贵族为世交彼此提携。这当然是作者对封建社会中统治阶级内部结成联盟的艺术写照，然其素材却颇有取自曹家及其姻戚的成分。

例如，贾母娘家史氏有可能取材于李煦家。曹寅之妻（作者之祖母）李氏系李煦之妹，见于《李煦奏折》。李煦官至苏州织造、两淮盐政，兼摄户部右侍郎衔,雍正元年(1723)正月因奏请欲代王修德挖参而革职抄家,北京、苏州两地的家产全部抵补亏空,家属一度在苏州变卖。雍正五年(1727),又查出康熙五十二年(1713)曾用银八百两买五名女子送给雍正帝之政敌阿其那(允禩),刑部议以斩监候,世宗下旨"宽免处斩,发往打牲乌拉",即流放吉林乌拉地区充当奴隶,两年后冻饿病卒(详见王利器《李士桢李煦父子年谱》)。其子李鼎、李鼐与小说中忠靖侯史鼎、保龄侯史鼐(庚辰本第四十九回)取名相同,应系联想取材之证。

李煦之父李士桢和曹寅之妹夫富察傅鼐的部分素材被组合虚构为《红楼梦》中的王家。李士桢自从龙入关,屡立功劳,渐次擢升。康熙二十一年(1682)五月从江西巡抚转广东巡抚,治声卓著,并亲自筹建广州海关、招商组织洋行,主持并管理外国朝贡与对外贸易诸事宜(同上)。二十六年(1687)十一月年老休致,退居潞河。三十年(1671)秋,康熙帝巡狩"从口外回,有临幸公(指李士桢)第之旨。公匍伏恭迎。上喜动颜色,慰劳再三,出尚方之膳以赐"(杜臻《广东巡抚都察院右都御史李士桢墓志铭》)。《红楼梦》第十六回在谈到接驾时凤姐声称:"我们王府也预备过一次。那时我爷爷单管各国进贡朝贺的事,凡有的外国人来,都是我们家养活。粤、闽、滇、浙所有的洋船货物都是我们家的。"其素材应即来自李士桢之经历。富察傅鼐原系清世宗为雍亲王时之"藩邸旧人"即亲信侍从,雍正初一度谪戍黑龙江,雍正后期起用,乾隆初元官至内务府总管、满洲正蓝旗都统、兵刑二部尚书,后因误举参领明山和失察家人革职落狱,病卒于家。其子昌龄,雍正元年进士,官翰林院编修[①]。小说中所写王子腾系京营节度使、九省都统制,或即取材于傅鼐。

薛家系户部挂名皇商,按诸清代史实,当时确有领内府帑银之商人,如曹寅、曹宣和曹顺领内府银十万两采办铜斤八年,即系其中一例。曹寅、曹頫等任江宁织造,有代皇帝采办物品之责。据今存清代内务府档案记载,曹家为皇帝备办之物品,上至丝绸古董、瓷器珐琅,下至笔墨扇面、鲥鱼露酒,无所不包,还长期代为内务府在南方出售人参,实亦系皇商之一种。有关薛家之素材,有一部分当亦来自曹家。

[①] 详见袁枚《小仓山房文集》卷二《刑部尚书富察公神道碑》。李文藻《南涧文集》曾谓"昌龄官至学士,楝亭之甥也",又见《八旗文经》卷五十七《曹寅传》。

贾府的其他亲戚世交，如江南甄府，乃钦差金陵体仁院总裁，曾接驾四次，明显以江宁织造曹家为原型。北静王水溶，第十四回介绍"当日惟北静王功高，及今子孙犹袭王爵""年未弱冠，生得形容秀美，情性谦和"，其原型很可能即是作者姑表兄福彭。他是清太宗长子礼亲王代善六世孙，封多罗克勤平郡王，乃清代八个"世袭罔替"的铁帽子王之一。林如海之官两淮巡盐御史，也可能是从曹寅四任盐政而联想虚构。

总之，《红楼梦》写贾府富贵显赫，与四王八公等贵族有密切交往，又与史、王、薛等家族结成姻亲，正是曹氏家族在康、雍、乾之际有着广泛的上层社会关系之艺术反映。

四　贾氏家族败落的构思

曹雪芹原稿止于八十回，但贾府已衰象丛生，其彻底败落乃至子孙流散，"落了片白茫茫大地真干净"的变故即将发生。俞平伯先生在《红楼梦研究》中根据小说正文和脂评列下表说明贾氏家族衰败之原因：

```
A 急剧的 ┬ 甲 抄家……（外祸）
        └ 乙 内残……（内乱）
                ┬ a、排场过大 ┐
B 渐进的 ─ 丙 枯干┤ b、子弟浪费 ├ 贾氏衰败
                └ c、为皇室消耗 ┘
```

所论极其精辟。而这一切促使贾氏家族衰败的根由，我们几乎都可以从作者家世中找到现实依据。

根据本书第一编曹雪芹家世研究的探讨结果，我们知道曹氏家族的败落可以分成两个阶段：

第一阶段的衰落自康熙后期至雍正朝。曹家由于四次接驾、采办铜斤、皇室耗费、权贵勒索等原因而致巨额亏空，虽康熙帝破格保全，命李煦、李陈常等代补而得免罪累，然家境已渐趋萧索。雍正帝登基后，因厌恶曹頫而屡加严谴，五年(1727)底终因曹頫骚扰驿站而命其离职受审，接着又因曹家人告发曹頫转移家产而下令抄家，家产人口全部赏给了隋赫德，曹家从江宁回到北京。这一阶段一直延续到雍正末期。

第二阶段曹家从复苏走向彻底衰败。其时间约从雍正末期至乾隆八年

(1743)前。如前所考,曹家在经济上开始好转,曹天祐官州同,曹頫有可能起复为员外郎,举家迁入一有花园之宅第,后又因"子孙不肖,招接匪类""自杀自灭"而招致来自最高统治者的打击,最终子孙飘零,彻底败落。

曹雪芹在构思贾氏家族衰亡史时,固然是主要利用了曹氏家族的素材,却将这三十余年的家史重新剪裁组合,集中在数年的时间中表现。曹家的衰亡史发生于江宁、北京两地,小说中将地点集中于北京。此外,作者亲属李煦家、傅鼐家的衰败史亦可能取而为贾氏家族衰亡之素材。研究者常常觉得《红楼梦》在时间、地点的描写上不很精确,往往在描写中出现时序混乱倒流、地点或南或北的现象。造成这些现象的原因除了东方民族审美心理忽视精确的时空表现以及作者故意的"狡猾之笔"外,更多地是由于作者集中、剪裁、组接情节所引起的(详本编第三章第四节)。作者之所以需要多次集中情节,乃是因为所利用的素材本身比较分散、初稿《石头记》带有更为明显的"实录其事"的成分之故。

五　王熙凤形象之构思

作者在《红楼梦》中以贾氏家族衰亡史为主线之一展开典型环境,则必须创造一个能与此主线相始终的主要人物以贯串贾氏家族的衰亡史。这个主要人物又必须能与小说的另一条主线即宝黛钗爱情婚姻悲剧有密切联系,因为只有这样,通过两大主线的平行及交叉发展乃至最终并合,小说才可能融铸成统一而密不可分的完美整体。这个人物本身也必须是悲剧人物,在其周围应该有一些因性格与环境而各有其不幸遭际的女子,因为只有这样,此人才可能成为整体中的必要组成部分之一,全书表现封建时代女性悲剧的重要主题才可能与贵族家庭必然衰亡的主题相颉颃、相配合,不至于为后者所压倒而减弱。"需要是创造之母",于是,出于人物、结构、主题等多方面的需要,王熙凤形象在作者构思中逐步形成,在五次增删之后,她终于活跳纸上。

当然,王熙凤形象是经过作者长期酝酿并多次修改后方始逐步丰满的。在初稿《石头记》及其他早期稿本中,她尚不可能如今本这样鲜明生动,也不可能在全书结构中占有如此重要的地位。但在作者初稿中,她至少应已具备贯串贾氏家族衰亡史展开典型环境、与宝黛钗悲剧相联系的两大功能。

王熙凤形象是有生活原型的。她的原型,畸笏和脂砚都很熟悉,我们从下列脂评中可以发现这一点:

(1)第二十二回凤姐点"刘二当衣",引得贾母十分喜悦。庚辰本此处有眉批:"凤姐点戏,脂砚执笔事,今知者聊聊[寥寥]矣,不怨夫!"此批又见于靖批抄件第八十七条。可知脂砚曾见及凤姐之原型并与她一起在大家庭中生活过。

(2)第六回凤姐接见刘姥姥,说:"周姐姐快搀住,不拜罢,请坐。我年纪轻,不大认得,可也不知是什么辈数,不敢称呼。"甲戌本旁批:"凡三四句,一气读下,方是凤姐声口。"想见凤姐原型说话如流水般快速,而批者熟悉其说话声口。

(3)第十五回写王熙凤弄权铁槛寺,甲戌、己卯、庚辰、蒙戚三本均有一连串批语涉及其心理,显示批者对其原型十分熟悉。如庚辰本在凤姐自称"从来不信什么是阴司地狱报应的"句旁有批语:"批书人深知卿有是心,叹叹。"甲戌本又有"五字是阿凤心迹""阿凤欺人如此""总写阿凤聪明中的痴人"等旁批,又见于己卯、庚辰、蒙戚三本。

(4)第十六回己卯、庚辰本有双批:"再不略让一步,正是阿凤一生断[短]处,脂砚。"又见于甲戌本、蒙戚三本。

王熙凤的生活原型既为脂砚、畸笏等曹家人所熟知,我们可以推断她大概是江宁织造曹家的管家奶奶。第十六回她向赵嬷嬷等谈及自己爷爷曾接驾并接待外国贡使,而她呼之为"爷爷"的生活原型乃李煦之父李士桢,以此推测,她的原型有可能是李士桢的孙女。李士桢有六个儿子,康熙三十四年(1696)他去世时已有孙男十五人,孙女除两人已出嫁外,余皆未字(见杜臻《广东巡抚都察院右都御史李公士桢墓志铭》)。王熙凤的原型即可能是其中之一,后来嫁给了曹寅的子侄辈。

当然,王熙凤虽有生活原型,但并非即此原型。王熙凤是艺术形象,在她身上,作者凝聚了中国封建大家庭中管家奶奶的共同特征,又赋予她独特的个性。作为封建社会崩溃前夜的一个即将衰亡之贵族官僚家庭的管家妇,她精明强干,能说会道,八面玲珑,必要时又凶悍泼辣,诡计多端。这或许是此类人物的共性。但是她性格中已经带有资本主义折光,蔑视封建主义的道德说教,甚至蔑视神权、夫权,不顾一切地以追逐金钱和权力为人生目的,才是这一人物形象性格本质之所在。在世代簪缨、诗书旧族的贾氏家族之核心已经出现了这样的"新人",她将从内部影响这个家族的安定与稳固,甚至可能成为导致这封建家族趋向灭亡的"罪魁"之一。然而作者还是同情她,在一定程度上原谅她,并将她归入"薄命司"。因为在曹雪芹看来,她之所以成为罪人,是她受男性社会中须眉浊物所作所为影响毒害之结果,最根本的责任应该由男性去负。在这个人物身上,作者的赞叹同情与憎恶揭露始终交织在一起,充分流露了作者不同于世俗的、极为大胆的妇女观。

第三节 宝黛钗和其他悲剧女性形象之原型与构思

一 贾宝玉形象的原型与构思

贾宝玉是文学作品中最为复杂的人物形象之一。探讨这一形象的生活原型与作者的构思,是一项艰巨的任务,目前我们只能就此做一些初步探索。

今《红楼梦》前八十回所写乃少年时代的贾宝玉,但这一艺术形象的思想已经颇为深刻,叛逆性格亦已比较明显。例如,贾宝玉反对"文死谏、武死战"的所谓"君臣大义",反对程朱理学,反对科举制度,拒绝走"光宗耀祖"的"仕途经济"之路,主张"女清男浊"、个性解放乃至一定范围以内的自由与平等。这种已经带有初步民主主义色彩的先进思想当然不是任何一个生活在18世纪中叶的少年所能具备的。然根据文学创作的一般规律,作为一个独立人格的伟大作家,他本人的思想和人生观不可能不反映于其作品中,特别是在作家怀着激情所肯定的主要人物身上,更常常可以找到作家本人思想的投影。也正是在这个意义上,法国作家法朗士认为:"一切作品都是作家的自传。"曹雪芹之于贾宝玉当然并不例外。但这并不等于说贾宝玉是曹雪芹,《红楼梦》是曹雪芹的自传。实际上,贾宝玉的思想和性格显示出成年曹雪芹的思想与人生观。在现实生活中并不存在贾宝玉这样自觉背叛封建主义传统观念的贵族少年,即使是曹雪芹本人,在其少年时代也不可能达到贾宝玉的思想境界。因此,贾宝玉实际上是一个带有很浓的理想色彩的形象。

正因为作者将自己成熟的思想赋予了自己笔下的艺术形象贾宝玉,所以贾宝玉的主要生活原型是作者曹雪芹,这有脂评可为佐证。

贾宝玉出场前,王夫人曾对林黛玉称其"孽根祸胎",甲戌本旁批:"四字是血泪盈面,不得已,无可奈何而下,四字是作者痛哭。"末句又见于蒙戚三本。又第五回荣宁二公对警幻言:"子孙虽多,竟无一可以继业。其中惟嫡孙宝玉一人,禀性乖张,性情诡谲,虽聪明灵慧略可望成,无奈吾家运数合终,恐无人规引入正。"甲戌本前二句旁批:"这是作者真正一把眼泪。"同回《红楼梦曲·引子》"谁为情种"句旁又批:"非作者为谁?余又曰,亦非作者,乃石头耳。"在以上三条批语中的"作者"显系指那个"孽根祸胎",不走正路的"嫡孙宝玉"和"石头"而言。联系小说卷首脂砚斋所记录的"作者自云"一段所谓"自欲将""今日一技无成、半生潦倒之罪编述一集以告天下人",可知贾宝玉形象的主要原型是作者自己。

不仅如此,根据脂评提示,有关贾宝玉的某些具体情节,其素材亦来自作者本人的生活经历。例如:

(1)第十七回贾宝玉在稻香村发挥其"天然"说,贾政斥其为"无知的孽障",庚辰本有眉批:"爱之至,喜之至,故作此语。作者至此宁不笑杀。壬午春。"此乃畸笏之批语,它证实此处所写素材来自作者少年时代的生活。

(2)第二十一回宝玉续《庄子》,庚辰本有眉批:"趁着酒兴不禁而续,是非[作]者自站地步处,谓:'予何人耶? 敢续《庄子》!'然奇极悟极之笔,从何设想,怎不令人叫绝。己卯冬夜。"这条出自脂砚的批语透露,续《庄子》一段情节乃取材于作者之往事。

(3)第十七回开首写宝玉听见贾政将至,"带着奶娘小厮们一溜烟就出园来",庚辰本此处旁批:"不肖子弟来看形容。余初见之,不觉怒焉,谓作者形容余幼年往事。因思彼亦自写其照,何独余哉。"明确指出所写系作者幼时情景。

有关贾宝玉之情节素材,除取于曹雪芹本人之外,还有不少来自脂砚、畸笏之个人身世或他们三人的共同生活经历。这有大量脂评为证,例如:

(1)第十八回元春省亲,见园内匾联皆宝玉所拟,正文补明其故:"那宝玉未入学堂之先,三四岁时已得贾妃手引口传,教授了几本书数千字在腹内了。"庚辰本此处旁批:"批书人领至此教,故批至此竟放声大哭。俺先姊先[仙]逝太早,不然予何得为废人耶?"下文写"元春将宝玉携手拦于怀内,又抚其头颈笑道：'比先竟长了好些。'一语未终，泪如雨下。"又有旁批："作书人将批书人哭坏了。"这两条批语应出畸笏之手，他显然是以此处的贾宝玉自居了。又第三回贾宝玉出场时，作者写其面貌，有"面若中秋之月，色若春晓之花"诸语，甲戌本有眉批："少年色嫩不坚劳〔牢〕以及非夭即贫之语，余犹在心，今阅至此，放声一哭。"此批符合畸笏批语特征（参见戴不凡《畸笏即曹頫辨》，《红楼梦研究集刊》第一辑），故贾宝玉少年时的外貌描写乃以畸笏为模特儿。

（2）第九回宝玉将入塾读书，"忽想起未辞黛玉，又忙至黛玉房中来作辞"。蒙戚三本在前句下有双批："妙极，何顿挫之至。余已忘却，至此心神一畅，一丝不走。"又第十九回袭人说父母要赎她回去，己卯、庚辰本及蒙戚三本均有双批："即余今日尤难为情，况当日之宝玉哉。"句下双批一般出于脂砚，可知脂砚自认乃此二处贾宝玉之模特儿。

（3）第八回吴新登等向宝玉讨赏斗方，说"前儿在一处看见二爷写的斗方儿字法越发好了，多早晚赏我们几张贴贴"，"好几处都有，都称赞的了不得，还和我们寻呢"，宝玉被奉承得飘飘然得意非凡。甲戌本此处眉批："余亦受过此骗，今阅至此赧然一笑。此时有三十年前向余作此语之人在侧，观其形已皓首驼腰矣，乃使彼亦细听此数语。彼则潸然泣下，余亦为之败兴。"

（4）第八回贾宝玉带秦钟拜见贾母，贾母给秦钟一个金魁星为初见之礼，甲戌本眉批云："作者今尚记金魁星之事乎，抚今思昔，肠断心摧。"

（5）第二十八回宝玉向黛玉吐露衷曲："万不敢在妹妹前有错处。""谁知你总不理我，叫我摸不着头脑，少魂失魄，不知怎么样才好。"庚辰本有旁批"有是语""真有是事"。

（6）同回薛蟠生日请客，宝玉为令官，说："我先饮一大海发一新令，有不遵者连罚十大海，逐出席外与人斟酒。"庚辰本眉批云："大海饮酒，西堂产九台灵芝日也。批书至此，宁不悲乎！壬午重阳日。"甲戌本亦有旁批："谁曾经过，叹叹，西堂故事也。"西堂乃江宁织造署内之书斋，是此情节的生活素材发生于雍正五年（1727）之前，畸笏曾亲身参与其事。

（7）第三十八回黛玉要吃烧酒，宝玉"命将那合欢花浸的酒烫一壶来"，己卯、庚辰本均有双批："伤哉，作者犹记矮颥舫前以合欢花酿酒乎，屈指二十年矣。"

(8)第七十五回赏中秋,宝玉因贾政在座而局促不安,推辞说不会讲笑话,庚辰本双批:"实写旧日往事。"

由以上各例,可见有关贾宝玉的某些情节,作者、脂砚或畸笏都曾亲身经历,他们都曾或多或少地充当过贾宝玉这一艺术形象的模特儿。

要之,贾宝玉形象的生活原型不止一人,除了作者、畸笏和脂砚等人外,还可能有其他人。作者以文学典型化手法在几个原型的基础上,集中塑造了艺术形象贾宝玉。此形象的思想性格多取之于成年曹雪芹,而具体的情节素材多取自脂砚、畸笏及作者等人,当然还有许多艺术想象、虚构的成分。因此我们可以得出结论:贾宝玉是艺术形象,但是确有生活原型,作者曹雪芹即是此艺术形象的主要模特儿。

作者在小说卷首即已表示,他写作《红楼梦》的动机有二:一是"将已往所赖上赖天恩、下承祖德,锦衣纨袴之时,饫甘餍美之日,背父母教育之恩,负师兄规训之德,已致今日一事无成、半生潦倒之罪编述一记以告普天下人";二是"记述当日闺友闺情""为闺阁昭传"。作者为此而构思了贾宝玉这一艺术形象,一方面通过贾宝玉自身的悲剧以表现作者在封建主义压力下所产生的巨大精神苦闷,并以之流露作者对传统思想的反叛,对现存制度长治久安的怀疑;另一方面又以贾宝玉这一人物作为金陵十二钗(广义,包括正、副、又副共三十六人)人生悲剧的直接参与者和观照者(即己卯、庚辰本第十七、十八回回前总评所谓的"宝玉系诸艳之贯"),以之为线索展开书中绝大部分女儿的人生悲剧。这两者的结合,就构成了《红楼梦》在表现贾氏家族衰亡史以外的主要内容。这也就是作者构思贾宝玉这一艺术形象的目的之所在。

二 林黛玉和薛宝钗形象之构思

贾宝玉是艺术形象,林黛玉和薛宝钗亦然。前者由几个原型集中概括而成,后者却是以一个原型一分为二,再通过虚构、夸张等艺术手法创造而出。

林黛玉和薛宝钗的原型乃是一人,这有脂评可证。庚辰本第四十二回回前总评云:

钗玉名虽二个,人却一身,此幻笔也。今书至三十八回时已过三分之一有余,故写是回,使二人合而为一。请看黛玉逝后宝钗之文字,便知余言不谬矣。

此批所谓"使二人合而为一",并非超自然地将钗黛合为一身,而是指本回"金兰契互剖金兰语",钗黛从此契合和好如一人而言。小说中并不存在一个合钗、黛而为一的人物,此批所谓之"幻笔"乃指作者将生活原型之"一身"分写成林黛玉与薛宝钗两个性格有很大差异的小说人物。作者将生活原型性格中纯真的一面加以丰富发展,通过艺术虚构,集中塑造成林黛玉这个带有初步民主主义色彩的封建主义叛逆者的形象;又将生活原型性格中世俗的一面加以丰满并典型化,概括创造了封建淑女薛宝钗。作者的这种构思是很深刻的:封建社会的黑暗现实扼杀了少女心灵中真与美的因素,使之逐渐消亡,最终悲惨地死去;却又保存了她身上的世俗之善并誉之为美,而这"善"最终却又不得不变而为"伪"。作者的这种创作意图有庚辰本第二十二回眉批可作旁证:

将薛林作甄玉、贾玉看书,则不失执笔人本旨矣。丁亥夏,畸笏叟。

上批又见于靖本批语抄件第86条。甄宝玉与贾宝玉实即一人两面,畸笏要读者将钗黛也看成甄贾宝玉,其意即第四十二回回前总评所谓的"钗玉名虽二个,人却一身"。脂评两次提出这个看法并认为是"执笔人本旨",即作者之创作意图,说明这两个艺术形象的生活原型实乃一人。明确了这一基本之点,曹雪芹之所以将她们写成两种不同性格、不同悲剧的代表并在具体的情节描写中注意将她们并列以作对比,甚至在金陵十二钗图册中将她们写入一诗一图也就不难理解了。

由于曹雪芹爱好并擅长诗画,他在具体构思钗黛这两个艺术形象时,还注意向前人的诗歌、绘画乃至真实的历史人物汲取创作素材。最显著的例子如钗黛之体形一肥一瘦,即可能自绘画取意。唐代以前的仕女图以丰腴莹润为美,明代的文人画则转而描绘瘦削纤丽的女子,此类审美观影响及于其他艺术领域,以至在文人心目中,"瘦"象征清高孤傲,"肥"象征世俗富贵。曹雪芹将钗黛比为杨妃和飞燕、牡丹和芙蓉正是出于这种审美认识。

为了充分表现林黛玉的诗人气质以及高洁纯情的精神境界,曹雪芹又自楚辞及刘希夷、唐寅、晏几道、纳兰成德等人的诗词中借鉴取意,并做了新的艺术创造。

如前所述,林黛玉前身绛珠仙子之构思源自古代神话中的巫山女神瑶姬。屈原《九歌·山鬼》所咏唱的就是这个深于情、痴于情的巫山女神[①]。她"既含睇兮又宜笑,子慕予兮善窈窕"。"含睇"即含情斜视,半露幽怨而又半含喜悦,而作者在林黛玉出场时对她的外形描绘正是突出她那"两湾似蹙非蹙罥烟眉,一双似笑非笑含露目"(引自己卯本)。瑶姬自称"余处幽篁兮终不见天",林黛玉也正居住在"有千百竿翠竹遮映""凤尾森森,龙吟细细"的潇湘馆。瑶姬的精魂早已化为巫山灵芝,却"采三秀兮于山间,石磊磊兮葛蔓蔓",仍然在乱石葛藤之中固执地寻觅着自己失去的精魂,想以此作为信物赠送给自己的恋人,表现出一种缠绵生死终古不化的深情;而瑶姬那"君思我兮不得闲""君思我兮然疑作""思公子兮徒离忧"的哀吟又细腻地流露了她的内心情感。这一切都令人联想起林黛玉在封建礼教的磐石重压下曲折生长的爱情特征。但巫山女神在失恋的绝望之下,支撑她生命的力量仍然是爱情,唯有爱而绝无恨,正如林黛玉之爱情坚贞纯洁,甘愿为所爱者而泪尽。屈原诗中的巫山女神善良美丽,她渴望得到真诚的爱情,也十分真挚地将自己的全部感情乃至灵魂奉献给所爱之人,这正是曹雪芹笔下的林黛玉之精神。而林黛玉那飘灵超逸的风度,显然又取法于宋玉的《神女赋》。曹雪芹主张文学创作应"远师楚人"(第七十八回),从屈原和宋玉的作品中摄取林黛玉形象的身影是可能的。

至于林黛玉形象与其他古典诗词的密切联系,那就更多了。如黛玉葬花吟《葬花词》,显自唐代刘希夷《代悲白头翁》和明代唐寅《花下酌酒歌》及其葬花佚事联想:

> 洛阳城东桃李花,飞来飞去落谁家? 洛阳女儿好颜色,坐见落花长叹息。今年花落颜色改,明年花开复谁在? ……年年岁岁花相似,岁岁年年人不同。(《全唐诗》卷八十二)

> 枝上花开能几日,世上人生能几何? 昨朝花胜今朝好,今朝花落成秋草。花前人是去年身,今年人比去年老。今日花开又一枝,明日来看

[①] 见[清]顾成天《九歌解》、闻一多《怎样读九歌》、郭沫若《屈原赋今译》。支持此说的学者颇多,陈子展先生、金开诚先生等均认为山鬼即巫山神女。

知是谁？明日今年花开否,今日明年谁得知？(《六如居士全集》卷一)

唐子畏居桃花庵,轩前庭半亩多种牡丹。花开时,邀文征明、祝枝山赋诗浮白其下,弥朝浃夕,有时大叫恸哭。至花落,遣小伻一一细拾,盛以锦囊,葬于药栏东畔,作《落花诗》送之。(《六如居士外集》卷二)

刘希夷和唐寅都是作者在第二回中所提及的正邪两赋之"情痴情种",以之为林黛玉形象构思之素材当然更为可能。下列这些诗词名句也可能对作者之构思林黛玉形象有所影响。如晏几道《小山词》：

南楼翠柳,烟中愁黛,丝雨恼娇颦。(《少年游》)

年年衣袖年年泪,总为今朝意。问谁同是忆花人,赚得小鸿眉黛也低颦。(《虞美人》)

又如纳兰成德《饮水词》：

林下荒苔道韫家,生怜玉骨委尘沙。……半世浮萍随逝水,一宵冷雨葬名花。(《摊破浣溪沙》)

此夜红楼,天上人间一样愁。(《减兰》)

作者祖父曹寅的《题柳村墨杏花》(《楝亭诗钞》卷四)：

省识女郎全匹袖,百年孤冢葬桃花。

由此可见,曹雪芹创造林黛玉这一艺术形象与中国传统文化有着密切的联系,她是作者以自己的全部思想和情感提炼凝聚结晶而成的艺术典型。

曹雪芹将林黛玉形象塑造成清雅孤傲的诗与情之化身,又将薛宝钗形象描绘为性格复杂的封建淑女。作者以"可叹停机德"的判词(第五回)和"时宝钗"的回目(己卯、庚辰、列藏本第五十六回)概括了薛宝钗性格的基本特征：乐羊子妻所代表的那种顽强地追求现实功利的精神和随时俯仰的处世方式。围绕着这一性格核心,作者以白描手法写出了薛宝钗性格的各个侧面：稳重和平、安分随和、豁达大方、博学多能、渴望上升、圆滑世故和冷酷无情。作者所构想的薛宝钗"假侥幸"之人生悲剧即由其性格和环境的合力所铸成。正由于她内心深处始终怀抱着"好风凭借力,送我上青云"的理想,在环境顺遂之时,她善于克制自己的情感,顺应环境的要求,"安分随时",以博取权力者们的欢心,成就了"金玉良姻"。当金玉良姻化为一场春梦,环境发生根本变化,她本人沦为奴婢之后,她亦可能怀着重上青云的渴望,在现实功利诱惑的面前战胜封建传统观念的自我束缚,采取圆通的实用主义态度,以从屈辱的境遇中求得上升。早在第一回里,曹雪芹就以贾娇杏象征了薛宝钗人生悲剧之性质,并以贾雨村中秋吟月一联"玉在椟中求善价,钗于奁内待时飞"预示了她的未来。在贾府抄没之后,她将被迫改嫁"表字时飞"的贾雨村,最终落得"金簪雪里埋"的下场。

曹雪芹就这样构思了《红楼梦》中的女主角林黛玉和薛宝钗。至于她们的生活原型是谁,这问题尚难确切回答。但我们大致可以肯定她是作者青少年时代的恋人,因为甲戌本第一回页九眉批谓:

> 以顽石草木为偶,实历尽风月波澜,尝遍情缘滋味,至无可如何始结此木石因果以泄胸中悒郁。
>
> 知眼泪还债大都作者一人耳。余亦知此意,但不能说得出。

可知作者在现实生活中确曾经历过爱情方面的巨大变故,方构思出绛珠仙子以泪还债的爱情悲剧。从作者对《红楼梦》中钗黛形象之构思推测,似乎曹雪芹少年时代有过一个恋人,由于某种原因(如家庭干涉、选为秀女或因曹家衰败而离散等)而未能结合,此女后为某显贵者所占有。作者始终不能忘怀其往日之痴情,故创造了林黛玉这个"情情",以充分表现她美好纯真的一面。作者谅解了她因环境逼迫和自身性格中的弱点而致的"无情",创造了另一个封建淑女薛宝钗。当然,这两个人物都曾经过艺术虚构与夸张,无论是林黛玉还是薛宝钗或者她们的合而为一,与其生活原型的距离都已很远了。

三 其他悲剧女性形象之原型

曹雪芹创作《红楼梦》的动机之一是"使闺阁昭传",因而书中许多悲剧女性都有生活原型。正是由于作者那"不忍使其泯灭"的博大胸怀,才使这些"当日所有之女子"能作为艺术形象超越了时空局限而流传至今。除了前面已经讨论过的黛钗凤三人之外,以下这些人物都可以肯定有其生活原型:

(1)贾元春。畸笏在批语中称她为"先姊",则其原型可能即曹寅长女,她在康熙四十五年(1706)十一月嫁平郡王讷尔苏为王妃。第六十三回众人对探春说:"我们家已有了个王妃,你也是王妃不成?"已暗示元春实系王妃而非贵妃。第十八回元春省亲时贾政隔帘行参,有"岂意得征凤鸾之瑞"等语,庚辰本在此句旁有批:"此语犹在耳。"应系畸笏之批。畸笏应即曹頫,曹寅长女出嫁时他至少已经十岁左右,且已为曹寅所抚养,有可能亲闻曹寅对女儿说过这句话。

(2)贾探春。按照小说第六十三回预示,探春亦将嫁为王妃。曹寅次女于康熙四十八年出嫁,其丈夫当时系康熙帝之侍卫,后来也袭了王爵。她可能即是探春的生活原型。

贾元春和探春的生活原型是曹雪芹的姑母,这有裕瑞《枣窗闲笔》的记载为佐证:"所谓元迎探惜者,隐寓'原应叹息'四字,皆诸姑辈也。"曹寅二女出嫁都在曹雪芹诞生之前,故有关素材可能多由畸笏提供。

(3)史湘云。史湘云亦有生活原型,见于靖本批语抄件第96条:"观湘云作海棠诗,如见其娇憨之态。是乃实有,非作其事者杜撰也。"后句疑当校作:"非作者杜撰其事也。"可见史湘云的生活原型就是这样一位娇憨女儿。由于史湘云之叔史鼐、史鼎之名系从李煦之子李鼎、李鼐联想,故其原型有可能是李煦的孙女或侄孙女。李煦有五个兄弟,至少有十四个侄子,其侄孙女数量当不少。曹家与李家姻戚往来,曹雪芹从青少年时代起就与她们熟悉,取其中之一以为史湘云之生活原型是可能的。

(4)麝月。庚辰本第二十回有眉批:"麝月闲闲无语,令余酸鼻,正所谓对景伤情。丁亥夏,畸笏叟。"可见麝月的原型在乾隆三十二年(1767)还活着。她大约是曹家当日的丫头,曹家败落后仍跟随曹頫,做了他的侍妾。

(5)英莲。甲戌本第四回在叙英莲遭遇一段旁批:"可怜真可怜。""一篇薄命赋,特出英莲。"又见于靖本批语抄件第18条,前多"批书(按,此处疑夺'人'字)亲见"四字。可知英莲亦有其原型。

(6)李纨。李纨青年守寡,她的某些素材可能取自曹颙之妻马氏,即作者之母亲。

(7)金钏。第二十三回写金钏拉住宝玉问他吃不吃胭脂,庚辰本有旁批:"有是事,有是人。"

(8)秦可卿。甲戌本第十三回末朱笔批语:"秦可卿淫丧天香楼,作者用史笔也。"既云"史笔",则秦可卿自尽必系现实生活中发生过的事件,秦可卿应有其生活原型。

(9)妙玉。靖本第四十一回妙玉泡茶一段眉批:"尚记丁巳春日谢园送茶乎?展眼二十年矣。丁丑仲春,畸笏。"又庚辰本同回"也没这些茶糟蹋"句下双批:"茶下'糟蹋'二字,成窑杯已不屑再要。妙玉真清洁高雅,然亦怪谲孤僻甚矣。实有此等人物,但罕耳。"蒙府本亦有旁批:"更奇,世上我也见过此等人。"皆可证妙玉确有其原型。

实际上,《红楼梦》中悲剧女性之有原型者远不止以上数人。曹雪芹的姊妹即可能被用作模特儿,这有脂评可证。第二回贾雨村说甄宝玉"几个好姊妹都是少有的",甲戌本旁批云:"实点一笔,余谓作者必有。"作者创作《红楼梦》时将自己的姊妹作为小说中艺术形象之原型是可能的。此外,曹雪芹耳闻目睹的亲友家中诸琼英秀玉也可能被作为生活原型摄入《红楼梦》中。

《红楼梦》中所写的大量聪明美丽而身为下贱的丫环们,其生活原型可能是当日曹家和李家的侍女。据内务府档案记载,曹家在雍正六年(1728)初抄没时单在江南一带即有奴婢114人,李家在雍正元年(1723)抄家,其奴婢在北京、苏州二地共有302人,其中当然不乏秀外慧中且独具个性的人物。曹、李二家都蓄有家伶,据记载,其家庭戏班的艺术水平相当高超。这些侍女和女伶遭遇极为不幸。在曹、李二家未曾败落时,她们是笼中的鹦鹉,是太太奶奶们役使的对象、老爷少爷们取乐的工具。曹、李二家抄没后,她们更流转人间,备尝辛酸。曹家奴婢赐予隋赫德,四年后隋赫德获罪充军,她们不知流落何方。李家奴婢先在苏州变卖,后又驱赶至京,由年羹尧拣选,她们势必如羊入虎口。雍正三年底年羹尧因叛逆罪赐死,其奴婢225人又被赐予蔡珽,当时的兵部尚书兼议政大臣、正白旗汉军都统[1]。她们的悲剧命运将极大地激发曹雪芹的创作灵感,成为《红楼梦》丰富的素材来源。

天才作家曹雪芹正是这样,从现实生活中选取人物原型,汲取情节素材,并将其博大深厚的爱与同情给予了"当日所有之女子",在《红楼梦》中塑造了千姿百态的女儿形象。《红楼梦》将传之千古,这些美的化身,作者立意为之传照的诸女儿之艺术形象亦将长留人间,永为后世所激赏。

---

[1] 分别见雍正二年十月十六日《内务府总管允禄等奏李煦家人拟交崇文门监督变价折》(《关于江宁织造曹家档案史料》附录一)、《清史列传》卷十三《蔡珽传》和《永宪录》卷三。

第四节　大观园与太虚幻境之构思

一　大观园与太虚幻境之关系

在曹雪芹的构思中,大观园与太虚幻境实为一而二,二而一,太虚幻境是大观园在天国的反映。这从下列脂评可以见出:

(1)第五回贾宝玉梦游太虚幻境,"见鲜花馥郁,异草芬芳,真好个所在",甲戌本及蒙戚三本均有脂批:"已为省亲别墅画下图式矣。"

(2)第十六回叙及将建园迎接元春省亲,"已经传人画图样去了",其内旁庚辰本有脂评:"大观园系玉兄与十二钗之太虚玄[幻]境,岂不[可]草索[率]。"

(3)第十七回宝玉题额,见到大观园正殿和前面的玉石牌坊,"心中忽有所动,寻思起来,倒象那里曾见过的一般,却一时想不起那年月日的事了"。己卯、庚辰和蒙戚三本均有句下双批:"仍归于葫芦一梦之太虚玄[幻]境。"

综观这些脂评,可见作者是把大观园和太虚幻境作为同一对象来处理的。大观园是《红楼梦》中主要人物生息活动的现实环境,相对于它周围的污浊黑暗而言,它已是一块富于理想色彩的净土。在这花柳繁华之地,有美和青春在闪光,但也有人间种种忧患、缺憾和不平。宝黛钗和众女儿的悲剧就在这人生舞台的一角逐步展开,最终大观园及其儿女们将伴随着周围黑暗污浊环境即贾府的没落而凋零毁灭。而太虚幻境是存在于虚无缥缈之中的幻想世界,它是大观园在天国的投影,大观园中的女儿们最后还会回到太虚幻境。作者深切地同情人间女儿的不幸,因而为她们创造了这样一个可以不受男性奴役的、真正自由幸福的天国乐园,以此寄托自己的美好理想。但这天国乐园又是一片虚空,这与作者最终将大观园归于毁灭一样,都显示了作者对现实社会长治久安的怀疑,对未来一切难以把握的困惑。

二　大观园自然环境之素材来源

就大观园的社会属性而言,它是现实的;但就其自然属性而论,它是理想的,因为这座"天上人间诸景备"的芳园是作者虚构想象的产物。

曹雪芹所写之大观园,其素材来自两个方面:一是当时现实中存在的园林,包括北京的皇家御苑和南方苏扬一带的名园,曹雪芹生活过的江宁织造署之西园、曹家在南京小仓山的桃源别墅和在北京的芷园,以及曹雪芹所游历过的亲友家的花园;二是文学作品中所描绘的园林,包括文人构想中的并未实建的纸上花园。

曹雪芹是内务府包衣,有可能进入皇家苑囿参观或当差,所以他有可能获取皇家园林的素材。在曹雪芹生活的时代,北方的御苑就有热河避暑行宫,北京城西的清漪园、静宜园、圆明园和畅春园,城内的西苑(三海)等园林胜景。《红楼梦》中的大观园是贵妃的省亲别墅,一切设计皆应体现皇家的气派与规模,所以书中写大观园周围三里半,其中心为行宫御道,四面飞楼,玉石牌坊,有大片稻田,又有多处佛寺道观。这些皆是当时御苑的建制,显系自皇家苑囿构想。甚至大观园中的某些题额都可能来自御苑,如西苑有沁香亭、绛雪轩,圆明园有稻香亭,静明园有嘉荫轩(见《养吉斋丛录》卷十八),与沁芳亭、绛芸轩、稻香村、嘉荫堂等都有明显的联系。

曹雪芹少年时生活于江南地区,南方的园林名胜当为其所熟悉。大观园中的潇湘馆、蘅芜苑、秋爽斋等都是南方园林建筑的格局。园中景物取自南方的更是屡见不鲜,如栊翠庵的梅林、潇湘馆的竹林、南方花木梧桐、桂树、芍药、芭蕉等都显示作者构思大观园之素材有许多来自江南园林。

曹家在江宁织造署的西园和在小仓山的桃源别墅亦可能被用作大观园的素材。康熙帝六次南巡有五次以江宁织造署为行宫,故织造署西园颇有景观。乾隆南巡时又将此地改建为行宫,西园复加修葺。《江宁府志》卷十二:"乾隆十六年,大吏改建行殿,有绿静榭、听瀑轩、判春室、镜中亭、塔影楼、彩虹桥、钓鱼台诸胜。"其中应有部分旧景。尹继善编辑之《南巡盛典》卷一〇一有略图可按。桃源别墅即随园之前身,富察明义《题红楼梦》组诗小序、袁枚《随园诗话》卷二和爱新觉罗·裕瑞皆谓大观园即随园,则桃源别墅也可能是大观园的素材来源之一①。曹家在北京的芷园后归曹宣所有,屡见于《楝亭诗钞》,因非曹𫖯财产,不属抄没范围,曹雪芹回京后十余年内尚存,或亦有可借鉴之处。

曹雪芹爱好艺术,博览群书,大观园的设计也可能向前代或当代的艺术家借鉴模仿。据邓云乡先生《红楼风俗谭·大观意境》,曹雪芹构思设计大观园时很可能参考了清初艺术家高凤翰的《人境园腹稿记》,下面节录该文以作比较:

> 外园门,南向偏西。即就群房开一寻常棂子大门,不必过作局面,使人便不可测。入门即植丛竹,稍东北折,横界以砖墙,上砌一小石额曰"竹径"。由此北行,东西两墙尽以山石叠砌作虎皮文,下壮上细,砌结墙顶,作鹰不落,密栽薜萝,曰"萝巷"。……内园门东向……曰"结庐人境",或曰"人境园"。入门即植一太湖石。……南界则遍列密柏如墙,曰"柏屏"。……作小屋三四间,竹篱茅舍,鸡犬吠鸣,以居园丁。更相隔数步,鼎足作三井,不必甃砌,旁植垂柳,各安一吊罐坠石之野辘轳。……(四照亭)亭前植红药,曰药栏,亭后作一长轩,疏棂短槛四五槛,使其障日通风,以荫兰桂,曰"并香榭"。其药栏前临荷池作一小船房,四面轩敞,但安短栏,不设窗牖,背亭向池,曰"荷舫"。出舫南行,接一板桥,红栏翼之,跨池穿荷,小作曲折,曰"分香桥"。桥尽即置一五间长房,曰"藕花书屋"。……
>
> 及园中之半,开一大月门,去西墙五六尺辟一馆,前敞后窗,后植紫藤作架,而列梧竹数十百本于前院,曰"来凤馆"。……南向作长廊,护以朱栏,曲折横斜,多种梅品,曰"香雪步"。于廊中间凿后壁作门,通以

---

① 明义、袁枚和裕瑞皆谓大观园即随园,应有一定根据。裕瑞所云较详:"闻袁简斋家随园,前属隋家者,隋家前即曹家故址也,约在康熙年间。书中所称大观园,盖假托此园耳。"(《枣窗闲笔·〈后红楼梦〉书后》)而据黄之隽《唐堂集》卷十四《游金陵城西北记》:"雍正十年春客金陵……极称城西北山川之胜……上巳之明日,往观焉。……北行地稍峻,俯瞰朱栏翠循,隔一水,隋织造园也。……遂入园,为桃源别墅,今曰映山。其水竹花木颇胜,亭馆梁约,布置亦佳。"此园不可能为隋赫德所建。因其雍正六年方始至江宁,应系曹家旧园而转赐于隋赫德。吴新雷先生考证,此园由明末四公子之一吴应箕首建,康熙间归曹家,乾隆十三年袁枚以三百金购得,详《曹雪芹江南家世考·南京曹家史迹考察记》。

疏棂细槅,别为暖室者三楹,以使风雪中时款佳客,而额其上曰"雪窟阳春"。……

　　大略园中之物,各有所宜。如墙,则外之东西巷宜薜荔,南宜荼蘼,内西墙宜砖花砌,内北墙宜编竹。其桥,则有宜石版、木版、略彴、蜂腰,或用槛,或不用槛。其石则或宜巧,宜拙,宜块,宜片,宜色,宜素,又或直矗,或偃卧,或欹斜而婆娑,或整齐而端重。各以出奇争新,勿使雷同为要。而四时之景与其方隅,亦须先有全算,始足以备观览。举此遗彼,缺略荒陋,未善也。至其中所用栏循、窗槅、几榻、器具,亦必变换,勿生厌观。是又所当博取佳色,广求妙品,以成胜观,是在园翁主人矣。

高凤翰(1683—1749),字西园,号南村,别号南阜老人。著名艺术家,能诗善画,精于治砚,著有《砚史》,上文收入《南阜山人敩文存稿》。其笔下之人境园与大观园虽有小大之分,然亦有不少地方显著类似,如以虎文石砌门墙,门内置太湖石栽竹以遮挡园内景物,园中设四时景点,器用摆设需求配合精当等等,均为大观园设计所采用。特别是他所设想的萝巷、茅舍、药栏、并香榭、分香桥、藕花书屋、来凤馆、香雪步、雪窟阳春、蜂腰桥等,在大观园的曲径通幽处、稻香村、红香圃、藕香榭、暖香坞、红栏折带桥、蜂腰板桥都可以见到其影子。

要之,大观园是曹雪芹园林艺术构思的集中表现,它是集皇家苑囿、江南园林和艺术家想象于一体的产物。在现实生活中,曹家并不可能有这样一个规模的"大观园"。

三　太虚幻境与警幻仙姑之构思

与人间的大观园相对,在"离恨天之上,灌愁海之中"有一个警幻仙姑主管的太虚幻境。第五回警幻仙姑出场时,有一篇小赋专以描绘歌咏她的容貌仪态,其遣词造句颇多模仿曹植《洛神赋》之处。甲戌本和蒙戚三本此处均有脂评:

　　按此书《凡例》本无赞赋闲文,前有宝玉二词,今复见此一赋,何也?盖此二人乃通部大纲,不得不用此套。

脂评称贾宝玉和警幻仙姑"乃通部大纲",应指作者以其贯串全书而言。贾宝玉之贯串全书的作用前文已经论及，警幻仙姑则仅在第五回贾宝玉梦游中一见，何以亦为"通部大纲"？这就必须注意作者创造这位女神的缘由。

在曹雪芹的构思中，警幻仙姑是作为情爱女神出现的，她出场时自称"司人间之风情月债，掌尘世之女怨男痴"可证。但在中国文化史上，从来就只有婚姻之神，却没有情爱之神。从远古神话中的高禖到唐代传奇中的月下老人，都是主管婚姻而不问爱情。这正是封建主义传统思想的体现：恋爱是不正当的，不需要的，而婚姻却是人之大伦，不可没有。因而，礼法不但禁止自由恋爱，即使在夫妇之间，提倡的也是"敬"而不是"情"，以免由于夫妇之爱而颠倒了夫妇之伦。这种传统思想决定了，情爱之神可以无，婚姻之神必须有。于是，出于对封建主义传统观念的反叛，曹雪芹创造了中国文化史上从未出现过的情爱女神警幻仙姑。

正如由于贾宝玉和众女儿形象的产生而出现了大观园一般，随着警幻仙姑这位情爱女神的诞生，太虚幻境亦开始形成。甲戌本第五回页六眉批云："菩萨天尊皆因僧道而有以点俗人，独不许幻造太虚幻境以警情者乎？"作者构想太虚幻境既是为了"以警情者"，则"警幻"实即"警情"。这位情爱女神以情警幻，以幻警情，因为正如《红楼梦》正文和脂评所谓"情天情海幻情身""情即是幻，幻即是情"，情与幻正是具有同一性的一对矛盾。这里，曹雪芹提出了他的"幻情"说，它与佛家的"色空"说有根本不同，"色空"说否定情的存在，而"幻情"说首先肯定了情，情之所以成幻，是由于不合理的社会现实扼杀了情。这思想体现于全部《红楼梦》中，所以作者在第一回中写空空道人抄录了《石头记》后，由于受了《石头记》中"情"的影响和熏陶，他"因空见色，由色生情，传情入色，自色悟空"，变成了"情僧"。由空空道人向情僧的转化，正是"情"战胜了"空"之象征。因此，作者以警幻仙姑为"通部大纲"，正是以"情"为全书之贯，显现了"情"在天国和人间的无穷力量。

曹雪芹将情爱女神主宰的天国称为"太虚幻境"，源自《庄子·知北游》："是以不过乎昆仑，不游乎太虚。"晋代孙绰《游天台赋》亦有"太虚辽廓而无阂，运自然之妙有"之句，李善注："太虚，谓天也。""幻境"则是佛家语，指虚空之境。故"太虚幻境"即无何之乡。作者把它处理成"幽微灵秀"之地、"清净女儿"之境。这里，不存在封建家长的压迫，也不存在"须眉浊物"的摧残；这里，女儿们青春长在，美将永存。但就在这里，贾宝玉品尝了群芳髓（碎）、千红一窟(哭)和万艳同杯(悲),这正象征着作为小说主人公的贾宝玉将一一目睹众女儿的人生悲剧,亲尝她们的苦痛,承受她们苦痛总和的重压,并为之付出他全部的爱与同情。

  在曹雪芹的构思中,警幻仙姑和太虚幻境之作用颇为重要,并非外加于《红楼梦》的赘文。

第三章 《红楼梦》成书过程考索

第一节 总说

关于《红楼梦》的成书过程,曹雪芹在第一回曾有自叙,透过"楔子"的神话面纱,小说的成书过程清晰可见。如再辅以明义的《题红楼梦》组诗及有关脂评,加以小说前八十回的大量内证,则《红楼梦》的成书概况可以得到大致说明。

作者在第一回中先借青埂峰顽石幻形入世的神话介绍了小说初稿的概况(引文据甲戌本,下同):

> (空空道人)忽从这大荒山无稽崖青埂峰下经过,忽见一大石上字迹分明,编述历历。空空道人乃从头一看,原来就是无材补天,幻形入世,蒙茫茫大士、渺渺真人携入红尘,历尽离合悲欢炎凉世态的一段故事。后面又有一首偈云:"无材可去补苍天,枉入红尘若许年。此系身前身后事,倩谁记去作奇传?"诗后便是此石堕落之乡、投胎之处,亲自经历的一段陈迹故事。

这段文字实乃作者对小说初稿的自我观照。由此可知,小说初稿已包括了今第一回顽石补天神话、"无材可去补苍天"一绝以及顽石入世后亲身经历的长篇故事。这反映出小说初稿已具备了今本的最基本内容和结构框架。

接着,作者继续交代小说创作过程中的详细情况:

> (空空道人)因毫不干涉时世,方从头至尾抄录回来问世传奇。因空见色,由色生情,传情入色,自色悟空:遂易名为情僧,改《石头记》为

《情僧录》。至吴玉峰题曰《红楼梦》,东鲁孔梅溪则题曰《风月宝鉴》。后因曹雪芹于悼红轩中披阅十载,增删五次,纂成目录,分出章回:则题曰《金陵十二钗》。并题一绝云:"满纸荒唐言,一把辛酸泪。都云作者痴,谁解其中味?"至脂砚斋甲戌抄阅再评,仍用《石头记》。

因为作者在上文假托小说初稿系空空道人从青埂峰顽石上抄来,亦即将神话中的顽石作为初稿的作者,故此处只能以"披阅十载"代替创作十载,否则整个楔子将失去其立足基点,整部小说的神话框架亦将倒坍。文中加点的两句为甲戌本所独有,故此段文字应是乾隆十九年(1754,甲戌)第五次增删开始时所写。由此可知:

(1)作者至乾隆甲戌年既已创作十载,则其开始创作《石头记》初稿的时间是乾隆九年(1744)。

(2)上文所谓"披阅十载"只能解释为从初稿至第五次增删开始的时间,而不包括第五次增删的时间,因为当时第五次增删刚刚开始,究竟需要多长时间还是个未知数。因而在甲戌年之前作者实际上只完成了第四次增删稿[①]。

(3)作者创作此书时系先写成长篇故事,至第四次增删时方按流行体裁"纂成目录,分出章回",将此长篇故事剪接成章回小说。第四次增删稿至迟在乾隆十八年癸酉(1753)已经写定,脂砚斋已有初评。故其初稿与前三次增删稿乃系长篇故事,并未分回。

(4)小说的初稿和前四次增删稿先后共有五个题名:《石头记》《情僧录》《红楼梦》《风月宝鉴》《金陵十二钗》。实际上是作者每增删一次,就增加一个题名,它们所题的是同一部小说在不同创作阶段的稿本,乃作者增删小说的雪鸿之迹。

然而,上文虽然提及了早期稿本有五个题名,却并不等于说作者在甲戌年之前有过五个稿本。实际上,前两次增删有可能即在初稿之上进行,因为目前我们能够肯定确实存在过的稿本(除初稿外)只有两本,一是曹棠村作序之《风月宝鉴》,二是明义、墨香、永忠等所见之《红楼梦》。前者见于甲戌本第一回页八眉批(又见于梦觉本):

雪芹旧有《风月宝鉴》之书,乃其弟棠村序也。今棠村已逝,余睹新

[①] 参见周绍良《红楼梦研究论集·读甲戌本〈脂砚斋重评石头记〉散记》。

怀旧,故仍因之。

据此批"旧有""睹新怀旧"之语,《风月宝鉴》之书至迟在甲戌年已经不存在,这证明它较明义等人所见之《红楼梦》为早,很可能是已第三次增删的作者第四稿。

后者之确实曾经存在,有明义《题红楼梦》组诗和永忠《因墨香得观红楼梦小说吊雪芹三绝句姓曹》为证。明义组诗证实其所见内容与今本有较大差异,因而,明义、墨香、永忠等人在乾隆三十三年(1768)前还读到的《红楼梦》旧稿应系已经四次增删的第五稿,它已"纂成目录,分出章回",乃乾隆十八年(1753)底之前完成的脂砚斋初评本。此本已经写完,书前可能已附有与甲戌本相近的《凡例》(至少有第一条"《红楼梦》旨义")。

从乾隆十九年(1754)甲戌开始,曹雪芹最后一次增删、修改、剪接旧稿,脂砚斋抄阅再评并决定以《石头记》为正名,这就是作者的第六稿即第五次增删稿。据甲戌本第一回页九眉评:"壬午除夕,书未成,芹为泪尽而逝。"可证此稿作者并未完成。我们今日所见之《脂砚斋重评石头记》甲戌、己卯、庚辰本即此稿的过录本。

因此,如以宏观角度考察《红楼梦》的成书过程,或可简单归纳成下表:

《红楼梦》成书过程简表

版　本	成　书　概　况
初、二、三稿	稿本系长篇故事,尚未分回。第三次增删稿《风月宝鉴》前有曹棠村之序文。
四稿:《风月宝鉴》(第三次增删稿)	
五稿:明义所见《红楼梦》(第四次增删稿)	此稿已"纂成目录,分出章回",至迟在乾隆十八年底已经完成。此本有脂砚斋之初评,书前可能已附有与今甲戌本相近的《凡例》(至少有第一条"红楼梦旨义")。
六稿:《脂砚斋重评石头记》(第五次增删稿)①	甲戌原本:乾隆十九年(1754)开始抄阅再评的脂砚斋自留编辑本。卷前有《凡例》。在作者逝世前它至少已积累至八十回,包括有脂砚斋四评。
	己卯原本:乾隆二十四年(1759)冬定稿的脂砚斋四评本,它至少已抄成七十回(第六十四、六十七回尚缺),很可能已有八十回。书前无《凡例》。
	庚辰原本:乾隆二十五年(1760)秋将己卯原本点改为此本,已抄完八十回(第六十四、六十七回尚缺),书前无《凡例》。

---

① 关于甲戌、己卯、庚辰本的版本情况,详见本书第三编。

关于《红楼梦》成书过程的详细情况,本章各节将进行讨论。

第二节 关于《风月宝鉴》

《风月宝鉴》是一本什么样的书?甲戌本第一条"《红楼梦》旨义"曾谓:

> 是书题名极多,《红楼梦》是总其全部之名也。又曰《风月宝鉴》,是戒妄动风月之情。又曰《石头记》,是自譬石头所记之事也。此三者,皆书中曾已点睛矣。……又如贾瑞病,跛道人持一镜来,上面即錾"风月宝鉴"四字,此则《风月宝鉴》之点睛。

可见《风月宝鉴》乃小说的题名之一,寓有"戒妄动风月之情"的象征意义。上文已经指出,《风月宝鉴》乃已经三次增删的作者第四稿,因而它至少已具备下列内容:

(1)初稿《石头记》所已经具有的总体轮廓:青埂峰顽石投入人世之神话及其入世后亲身经历的长篇故事。

(2)顽石的人格化身既已在小说中充当主角,则已应有围绕他展开的故事,其中至少已有关于其爱情和婚姻的故事。甲戌本第一回页九眉批:"以顽石草木为偶,实历尽风月波澜,尝遍情缘滋味,至无可如何始结此木石因果以泄胸中悒郁。"可见青埂峰顽石与绛珠草的神话系作者开始创作时已有的构思,则在小说第四稿《风月宝鉴》中,这条情节线索必已相当开展,情节内容和人物性格都应相当丰富。

(3)据上引甲戌本《凡例》第一条及今本第十二回"贾天祥正照风月鉴"的回目及正文,可知关于贾瑞与王熙凤的故事在此稿中经存在。

(4)今本已删的"秦可卿淫丧天香楼"故事。庚辰本第十一回回前页有"诗曰:一步行来错,回头已百年。古今风月鉴,多少泣黄泉"并有"此回可卿梦阿凤"等脂评两条,又见于靖本第十三回批语,显系第十三回回前总评和标题诗而误置者。标题诗明文点出"风月鉴"三字,乃秦可卿故事确系此稿内容之一的证据。

综上所述,可知《风月宝鉴》至少已包含了宝黛爱情悲剧和贾府衰亡两大内容。此外,今本《石头记》中某些故事属"妄动风月之情"的范围,如有关薛蟠的故事、尤氏姊妹的故事、秦钟与智能的故事、多姑娘的故事等,它们都可能在此稿中已经出现。

但是,《风月宝鉴》绝非一部情色小说。因为其中石头与绛珠草的爱情悲剧系写"儿女真情"之文字,未可与传统的风月故事等同。且曹雪芹对"风月"的理解与流俗不同,他是将所有的男女情爱都划归"风月"以内的。这有今本正文为证。第五回太虚幻境宫门上书"孽海情天",两旁对联:"厚地高天,堪叹古今情不尽;痴男怨女,可怜风月债难偿。"作者将"风月债"与"古今情"对举。同回警幻仙子又自言:"司人间之风情月债,掌尘世之女怨男痴。"可见曹雪芹所谓的"风月"乃对所有男女情爱的概括。因而单就"风月"一词的狭义理解而判断《风月宝鉴》系内容猥亵的情色小说是根据不足的。当然,《风月宝鉴》系曹雪芹创作过程中的一个稿本,其思想艺术水准当远不及今本,其内容不够深刻甚至有较多的色情描写也是可能的。

《风月宝鉴》前有曹雪芹之弟曹棠村的序文。曹棠村有可能是曹頫之子,其序文已佚[①]。

第三节 关于明义所见《红楼梦》

一 明义及其《题红楼梦》组诗的写作年代

明义,字我斋,姓富察氏,满洲镶黄旗人,都统傅清之子,乾隆时曾任上驷院侍卫兼参领。其生卒年未见文献记载,据吴恩裕先生《曹雪芹丛考》考证,约生于乾隆八年,卒于嘉庆十年(1743?—1805?)。明义有《绿烟琐窗集》传世,其中《题红楼梦》组诗七绝二十首是迄今为止所发现的最早题红诗,是研究《红楼梦》成书过程极其宝贵的资料。

明义的题红组诗前有小序:

> 曹子雪芹出所撰《红楼梦》一部,备记风月繁华之盛。盖其先人为江宁织府,其所谓大观园者,即今随园故址。惜其书未传,世鲜知者,余见其钞本焉。

[①] 参见吴世昌《〈风月宝鉴〉的棠村序文钩沉与研究》及《红楼梦研究集刊》第二辑伍隼《"棠村小序"说质疑》。

据此小序，可知明义与曹雪芹是相熟的友人，所以能在"其书未传，世鲜知者"之时见到作者亲自借予之钞本。小序称"曹子雪芹"，显系平辈而年幼于雪芹者之口气。由于明义题红组诗小序自述其所见《红楼梦》系曹雪芹拿出借予，故而组诗应作于曹雪芹生前，它的写作下限不能迟于乾隆二十七年（1762）。它的写作上限不应早于乾隆二十四年（1759），因为当年明义才十六七岁，再提前就不太合理。因此，明义的《题红楼梦》组诗的写作年代可以推定在乾隆二十四年至二十七年之间。

二　《题红楼梦》组诗考释

由于明义《题红楼梦》组诗反映出他所见旧稿的面貌，因此我们有必要加以探讨，以进而考察《红楼梦》旧稿的构成以及曹雪芹增删旧稿的概况。

　　佳园结构类天成，快绿怡红别样名。
　　长槛曲栏随处有，春风秋月总关情。（其一）

此首总领组诗，总咏大观园。以"快绿怡红"代园中主要楼馆建筑，以"长槛曲栏"代园内一般景观小品。此诗证实明义所见《红楼梦》已有为元春省亲而建造大观园的情节，园内已有"怡红快绿"之题额。末句"春风秋月总关情"反映出明义对此稿的总体印象，他认为这是一部"大旨谈情"的小说。

　　怡红院里斗娇娥，姊姊姨姨笑语和。
　　天气不寒还不暖，曈昽日影入帘多。（其二）

首句仿李商隐《霜月》"月中霜里斗婵娟"句式，"斗娇娥"即斗艳争俏。"姊姊姨姨"乃明义之惯用词语，屡见于其诗集，意为姐姐妹妹。全诗咏诸姐妹春日聚会于怡红院，俏丽娇艳，笑语相和。今本第二十五回有类似情节。

　　潇湘别院晚沉沉，闻道多情复病心。
　　悄向花阴寻侍女，问他曾否泪沾襟。（其三）

此诗"多情"系借代女主角林黛玉，说明在明义所见旧稿中她已住入潇湘馆。诗中写宝玉晚上去看她，先悄悄问其侍女："今天妹妹有否哭过？"今本第二十六、二十九、三十、四十五、六十四、六十七回都有宝玉去看黛玉的情节，但均无"问他曾否泪沾襟"的细节，可知今稿已经对此进行了修改。这修改很有道理：黛玉爱哭，常常泪痕不干，问她有否哭过似属多余。今本都改成宝玉问病，更能显现宝玉对她的关心。

> 追随小蝶过墙来，忽见丛花无数开。
> 尽力一头还雨[两]把，扇纨遗却在苍苔。（其四）

此诗咏宝钗扑蝶，但所反映的旧稿细节与今本第二十七回"滴翠亭杨妃戏彩蝶"有较大差异。"雨"极可能是"两"的误抄，"两把"指满族女子所梳的"两把头"。从此诗分析，明义所见的扑蝶故事是这样的：宝钗追扑蝴蝶过了院墙，看见无数鲜花正当盛开，蝴蝶在花丛中飞来飞去，引得宝钗赶东赶西，因用力太过，头上发髻散开了，回复成两把青丝（还，音 huán，回复原状），宝钗只得放下扇子重新把头发挽好，正当此时她听见了房内小红与坠儿的对话，于是玩了个金蝉脱壳之计，骗过她们后宝钗匆匆离开，慌忙间把扇子遗失在苍苔上了。

我们在今本第二十七回所见之扑蝶故事，已经与明义所见旧稿大不相同，故事的背景已改变为四面环水的滴翠亭，宝钗因扑蝶而发髻散乱，因慌忙而丢失纨扇的情节都已删去。

> 侍儿枉自费疑猜，泪未全收笑又开。
> 三尺玉罗为手帕，无端掷去复抛来。（其五）

此首咏宝黛和解，所反映的情节与今本第三十回相近：宝玉去访黛玉，两人对泣，黛玉见宝玉用衣袖拭泪，将一方绡帕掷给他。"无端掷去复抛来"虽不见今本，但写诗炼句，这样措辞也是可以的。此诗证实明义所见旧稿已有此段故事。

> 晚归薄醉帽颜[檐]欹，错认猧儿唤玉狸。
> 忽向内房闻语笑，强来灯下一回嬉。（其六）

今本第三十一回宝玉错认晴雯为袭人，即此诗前两句所本。"猧儿""玉狸"均系借代，此处代袭人、晴雯。虽怡红院众丫环曾笑呼袭人为"西洋花点子哈巴儿"（第三十七回），王夫人也曾骂晴雯为"狐狸精"（第七十七回），旧稿中不必真有袭人绰号"猧儿"、晴雯小名"玉狸"的文字。今本以下即写"撕扇子作千金一笑"，但此诗却全未写及撕扇，可见明义所见旧稿尚无晴雯撕扇情节，它应是在第五次增删时方始增写的。

此诗第三、四句所反映的旧稿内容似为：宝玉见袭人和麝月等在内房大声说笑,就强唤她们出房至院中灯下乘凉游戏。似乎旧稿中曾写及她们不满宝玉之"做小伏低"主动与晴雯和解,因而故意躲在房内大声谈笑以示瑟歌之意。这些文字今本均已删却。

  红楼春梦好模糊,不记金钗正幅[副]图。
  往事风流真一瞬,题诗赢[赢]得静工夫。(其七)

此首前两句写宝玉事后追忆梦游太虚幻境,梦中翻看金陵十二钗图册、听演《红楼梦曲》等情事,然已印象模糊。"往事风流真一瞬"收结梦游转入下句宝玉题《四时即事》诗,他心满意足,赢得了暂时的内心平静。这两个情节分别见今本第五、二十三回。此诗将宝玉梦游太虚幻境和题《四时即事》诗捏合一起,显示在明义所见《红楼梦》中,这两个情节先后承接。

  帘栊悄悄控金钩,不识多人何处游。
  留得小红独坐在,笑教开镜与梳头。(其八)

此诗所咏与今本第二十回宝玉为麝月梳头事几乎完全一致,唯旧稿中宝玉为之梳头者非麝月而为小红——即林之孝之女林红玉。明义所见旧稿有宝玉为小红梳头故事,可知旧稿中小红与宝玉的关系比较密切。庚辰本第二十回梳头故事有旁批"虽谑语,亦少露怡红细事",透露出旧稿中梳头故事发生于大观园内。今本宝玉在第二十三回方住进大观园,第一次见到小红在第二十四回。作者写宝玉眼中的小红形象,特别突出她"一头黑鬒鬒的好头发",为全书人物外形描写所仅见,或即旧稿中宝玉为小红梳头故事之导因。此诗显示:曹雪芹在第五次增删时改动了梳头故事的主角小红而代之以麝月,并将此情节提前至今本第二十回。

  红罗绣缬束纤腰,一夜春眠魂梦娇。
  晓起自惊还自笑,被他偷换绿云绡。(其九)

今本第二十八回写宝玉将袭人的松绿汗巾送给琪官蒋玉菡,又在夜里把琪官所赠的茜香罗束在袭人腰上,上诗所咏即此情节。诗中"春眠"显示旧稿中此故事发生于春天,今本已改成夏天,旧稿中袭人"自惊还自笑"的情节亦已删去。

  入户愁惊座上人,悄来阶下慢逡巡。

分明窗纸两珰影，笑语纷絮听不真。（其十）

此首所咏情节在今第二十六回末，末句所写与今本下列描写几乎完全一致："（黛玉）只听里面一阵笑语之声，细听一听，竟是宝玉和宝钗二人。"但据此诗推测，旧稿中无晴雯迁怒闭门不纳黛玉的情节，黛玉已进了怡红院大门，听见宝玉与宝钗在谈笑，还看见窗纸上有宝钗的头影，两个耳环的影子都清晰可见。她不愿惊动他们，只是在阶下悄悄徘徊。

可奈金残玉正愁，泪痕无尽笑何由。
忽然妙想传奇语，博得多情一转眸。（其十一）

此诗咏黛玉葬花。"金残"指暮春百花凋零，"玉正愁"谓黛玉感花伤己而吟《葬花词》。"多情"仍借代黛玉。第三、四句所咏情节在今第二十八回：黛玉总不理宝玉，宝玉叹息"既有今日，何必当初"，引得她回头接口。组诗第十、十一首写宝黛矛盾的产生与解决，其内容从今本第二十六回末延伸到第二十八回，融汇贯通且一气呵成，反映出旧稿中它们紧密相连。而宝钗扑蝶一诗安排于组诗第四首，似显示此情节在旧稿中较早发生。今本可能为将宝钗扑蝶与黛玉葬花辑入同一回而将扑蝶故事移后。

小叶荷羹玉手将，诒他无味要他尝。
碗边误落唇红印，便觉新添异样香。（其十二）

这首诗咏第三十五回"白玉钏亲尝莲叶羹"。但第三、四句全系明义杜撰：他竟把宝玉对金钏之死的满心负疚以及因而对玉钏的加倍怜惜写成了公子哥儿对丫环的调情，把宝玉写成"时时猎色一贼"（庚辰本第四十五回双批），这是对《红楼梦》主人公品格的歪曲。由此诗可知，明义所见旧稿已有金钏之死及宝玉被笞的情节。

拔取金钗当酒筹，大家今夜极绸缪。
醉倚公子怀中睡，明日相看笑不休。（其十三）

这首所咏系"寿怡红群芳开夜宴"，今本在第六十三回。据首句"拔取金钗当酒筹"，可知旧稿乃以金钗行酒令，没有今本掷骰抽花名签及以签文预示众女儿命运的内容。旧稿中既无占花名签情节，怡红夜宴的参加者就不会有宝钗、黛玉、李纨等小姐奶奶。因而此诗所反映的夜宴气氛较今本的描写为热烈狂放:怡红院丫环们都拔去金钗卸去正妆,尽情欢乐——"大家今夜极绸缪"。今本写钗黛等人退席后,怡红诸环喝酒猜拳,唱小曲儿,连平时"沉重知大体"的袭人亦高歌一曲,年幼的芳官竟至醉卧在宝玉身旁,这些文字均应为旧稿所原有。

> 病容愈觉胜桃花,午汗潮回热转加。
> 犹恐意中人看出,慰言今日稍差些。(其十四)

此首咏黛玉病热,宝玉探病。以"桃花"比黛玉病容,今本第三十四回有此描写:

> 林黛玉还要往下写时,觉得浑身火热,面上作烧,走至镜台揭起锦袱一照,只见腮上通红,自羡压倒桃花,却不知病由此萌。

但此回无宝玉去探病的情节。第四十五、五十二回有类似的内容,但细节上也有很多不同。这说明旧稿此段情节已被删改。

> 威仪棣棣若山河,还把风流夺绮罗。
> 不似小家拘束态,笑时偏少默时多。(其十五)

此首咏宝钗,全诗写她的仪容性格,而未涉及具体故事情节,可以看作人物特写。首句典出《诗经》:"威仪棣棣,不可选也。"(《邶风·柏舟》)《左传·襄公三十一年》中北宫文子曾引此句并做了如下解释:"君子在位可畏,施舍可爱,进退有度,周旋可则,容止可观,作事可法,德行可象,声气可乐,动作有文,言语有章,以临其下,谓之有威仪也。"因而"威仪"实包括道德修养、言行举止、仪容风范等各个方面。"棣棣",《毛传》云"富而闲习也",陈奂《诗毛氏传疏》卷三说即"雍容娴雅"的意思,最为确切。《礼记·孔子闲居》引此句作"威仪逮逮",郑注云"安和之貌",两者解释相近。"若山河"活用《诗经》:"委委佗佗,如山如河。"(《鄘风·君子偕老》)孔颖达《毛诗正义》:"其德平易,如山之无不容,如河之无不润。"朱熹《诗集传》:"如山,安重也。如河,弘广也。"全句绘出一个举止端庄、仪态雍容、德量深广、稳重和平的封建淑女。次句承上继续描绘诗中人,她的风流美艳为群芳之冠。后两句写其不苟言笑、端庄沉默,乃大家闺秀之懿范淑姿,与小家碧玉的拘束之态完全不同。综观今本《石头记》,合乎明义所写特征之人只能是薛宝钗。

> 生小金闺性自娇，可堪磨折几多宵。
> 芙蓉吹断秋风狠，新诔空成何处招？（其十六）

此首咏晴雯屈死，宝玉写《芙蓉女儿诔》祭她，其内容在今本第七十八回，已是今存《石头记》八十回钞本将结束之处。但明义组诗在此后还有四首，显然已涉及相当于今本八十回以后之情节。

> 锦衣公子茁兰芽，红粉佳人未破瓜。
> 少小不妨同室榻，梦魂多个帐儿纱。（其十七）

此首咏二宝成婚。诗中称宝玉"锦衣公子"，又喻其如"才抽出嫩箭的兰花"那么美好，可见宝玉与宝钗成婚时仍是贵族少爷，其时贾府并未破败。诗中"红粉佳人"指宝钗，"未破瓜"即未破身，见翟灏《通俗编》卷二十二。末句指二宝虽已成婚而梦魂未通。全诗咏及宝钗在成就金玉良缘后的痛苦处境，与其在更香谜中"琴边衾里总无缘"句所反映的情况一致：她既没有得到宝玉的爱情，甚至也没有成就婚姻，她所得到的只是宝二奶奶的空名。

> 伤心一首葬花词，似谶成真自不知。
> 安得返魂香一缕，起卿沉痼续红丝？（其十八）

此首咏黛玉之死：《葬花词》最后似谶成真，黛玉终于如落花归去。后二句乃明义之观感：怎么能得到一缕神话传说中的"返魂香"，让黛玉起死回生，与宝玉有情人终成眷属呢？此诗确切无误地证实了明义所见旧稿中黛玉死于"沉痼"，这就排除了她自杀殉情的可能。

从第十七、十八首的内容及排列顺序说明：旧稿中二宝成婚在黛玉病逝之前。明义希望林黛玉复活与贾宝玉成婚，说明黛玉之死亦在贾府抄没之前，因为宝玉并娶钗黛只有当他尚是贵族公子的情况下才是可能的。贾府抄没是全书的高潮，应是钗嫁黛死以后的事。

第十九首和二十首咏及二宝的婚姻悲剧以及宝玉落魄、群芳飘零、石归山下，而这一切显然是与贾府抄没密切关联的。诗云：

> 莫问金姻与玉缘，聚如春梦散如烟。
> 石归山下无灵气，总使能言亦枉然！（其十九）
> 馔金炊玉未几春，王孙瘦损骨嶙峋。
> 青蛾红粉归何处，惭愧当年石季伦。（其二十）

明义感叹金玉良缘化为一场春梦,如烟雾般消失得无影无踪了。宝玉已结束了他那饫甘餍肥的纨袴生活,成为瘦骨嶙峋之佛门弟子。据脂批,宝玉在家破之后一度关押在狱神庙,明义此诗以石崇比宝玉,似暗示其入狱为政治原因,且可能有牵涉到书中女主角宝钗之情节,因为"青蛾红粉归何处"中的"红粉",与第十七首之"红粉佳人"一样,就其狭义而言都是借指宝钗。从组诗可知,宝玉困窘之时,群芳已经离散,宝钗也已另有他属。宝玉比之石崇,只能惭愧,因为石崇尚有绿珠为其坠楼殉情,而宝玉却连一个绿珠也没有,他甚至连对自己的爱人、姊妹、妻妾也不能尽保护之责,只能任她们如落花般四散飘零。这样,这位因不甘寂寞而投入人世的青埂峰顽石之人格化身,也只有涅槃一条路可走了:回到大荒山无稽崖去,回复成一块无知无识的顽石,以求得永恒的心灵宁静。

从明义题红组诗结构考察,最后两首实具有总揽全局、收结组诗之作用。为了与小说楔子顽石入世相呼应,明义所见《红楼梦》亦应以石归山下为尾声。但由于组诗落笔就咏大观园,不存在前后呼应的问题,故明义将石归山下写入第十九首,而将宝玉与群芳的落魄飘零写在最后一首。这样处理后,宝黛钗的爱情婚姻悲剧、众女儿的人生悲剧就与贾氏家族的衰亡、宝玉的沦落融成一体,组成了动人心魄的立体场景,再现了小说"飞鸟各投林"的悲剧尾声,这样结束组诗自远较以石归山下结束更为概括有力。

要之,明义组诗所反映的后半部内容虽不很具体,但大致轮廓已经显现:宝玉被迫与宝钗成婚,黛玉因之抑郁夭亡。不久贾府因政治原因被抄,宝玉落魄,群芳飘零,宝钗被迫改嫁,金玉姻缘彻底离散。这与作者在第一回中所透露的总体构思基本一致。

三 明义所见《红楼梦》的构成

综观明义题红组诗,除第十五首系人物特写之外,其他各首都可以绘成一幅有人物有场景的图画。如将组诗出场人物与场景做一统计,就可以明显看出组诗的结构特点。

明义《题红楼梦》组诗人物表

编号	出场人物	幕后人物	场 景	今本回目
1	宝玉及众女儿		大观园全景	
2	宝玉及众姐妹		怡红院,众姐妹聚会	二十五回有相仿情节
3	宝玉、紫鹃	黛玉	潇湘馆,宝玉向紫鹃问黛玉景况	三十、五十七回有类似情节
4	宝钗	小红、坠儿	宝钗扑蝶	二十七回
5	黛玉、宝玉	紫鹃	潇湘馆,宝黛对泣	三十回
6	宝玉、晴雯	袭人、麝月	宝玉错认晴雯为袭人	三十一回
7	宝玉		宝玉神游太虚境及写《四时即事》诗	第五回及二十三回
8	宝玉、小红		宝玉为小红梳头	二十回有相仿情节
9	袭人、宝玉		袭人发现汗巾子被换	二十八回
10	黛玉	宝钗、宝玉	黛玉徘徊于怡红院阶下	二十六回有类似情节
11	黛玉、宝玉		黛玉葬花	二十七回末二十八回始
12	玉钏、宝玉		玉钏尝羹	三十五回
13	宝玉、女儿群		怡红夜宴	六十三回有类似情节
14	黛玉、宝玉		黛玉病热,宝玉探病	四十五回、五十二回有类似情节
15	宝钗		人物特写,场景白化	
16	宝玉	晴雯	宝玉祭奠晴雯	七十八回
17	宝玉、宝钗		钗玉成婚	脂本八十回以后情节
18	黛玉、宝玉		黛玉病死	同上
19	宝玉、宝钗		钗玉分离,石归山下	同上
20	宝玉	女儿群	宝玉落魄,群芳飘零	同上

按上表进行统计,出场次数最多者依次为宝玉、黛玉、宝钗,宝黛钗爱情婚姻悲剧在组诗中得到完整的反映。此外,有五个与宝黛关系密切的丫环,晴雯、袭人、小红、玉钏和紫鹃亦各出场一次。其他所有人物,包括金陵十二钗正册内除钗黛以外的十钗,无论其在小说中的地位如何,都没有作为主角出现,

最多只在第一、二、二十等首的女儿群中一掠而过。以上统计说明,明义题诗并不是随手拈来,而是事先经过周密考虑的。事实上,明义始终围绕宝黛钗爱情婚姻悲剧选取题咏情节,绝不枝蔓(有关晴雯等丫环的故事亦系此悲剧的组成部分)。而且,组诗小序点出:"其所谓大观园者,即今随园故址。"表明组诗题咏范围系在大观园内的人物和故事,所以组诗第一首落笔就咏大观园。这两个大前提的确定,有助于我们推想明义所见《红楼梦》旧稿的构成情况:

(1)由于组诗第十九首言及"石归山下无灵气,总[纵]使能言亦枉然",故知明义所见旧稿中顽石已经回到青埂峰下,正与今本首回顽石不甘寂寞投向人间相呼应,可知明义所见《红楼梦》首尾完整,全书已经完成。组诗小序又云"惜其书未传,世鲜知者",仅惋惜此书未曾流传,并未对书未写完表示遗憾,永忠三绝句亦然。这可与甲戌本第一回"甲午[申]八日[月]泪笔"那条眉批相比较:脂砚因"书未成"而哭芹以致"泪亦待尽",明义、永忠却对此一字不提,正可为旧稿已经写完作一佐证。

(2)组诗前十六首所咏人物和故事均为今本所有或与今本相仿,但细节有较多不同,这证明作者后来又对此稿进行过增删修改。

(3)组诗反映此稿具备初稿《石头记》的总体结构,故明义所见《红楼梦》并不止于组诗所咏及的宝黛钗爱情婚姻悲剧之内容。关于青埂峰顽石之人格化身即贾宝玉亲身经历的贾府衰亡之内容在此稿中应已存在。当然,故事的详略、人物的多寡、情节的先后与细节的描绘与今本会有较大的差异。

(4)查明义《绿烟琐窗集》,此书并非明义手稿,而是由明义定稿后请抄手工楷精钞。明义喜作组诗,习惯在组诗完成后调整其结构重加编次,如其《古意》二十首,下方都注有新的编号。由此推论,《题红楼梦》组诗二十首必在最后定稿付抄时由明义本人调整过次序。因此,此组诗的先后编次很可能即反映了题咏情节在旧稿中的前后位置。如与今本前八十回比较,可知明义所见《红楼梦》与今本情节先后并不完全一致,今《石头记》显然对《红楼梦》旧稿的内容进行过新的剪接。

四 明义所见《红楼梦》前有与今甲戌本相近的《凡例》

按一般创作规律,作者在书稿写完之后方能编写《凡例》,而今《石头记》并未完稿,为什么甲戌本前会有《凡例》出现?而且此《凡例》第一条即称

"《红楼梦》旨义",显示它系为《红楼梦》而非为《石头记》所拟写,因此研究者常常对此《凡例》的真实性提出疑问。

然而,我们既已知道明义等人所见之《红楼梦》即系作者的第四次增删稿,则对此《凡例》也就有了适当的解释:它原系为明义等所见《红楼梦》所拟写,脂砚斋将它保存在自留编辑本即甲戌原本之前,而为今存甲戌本的过录者所抄录。试逐条考察此《凡例》与《红楼梦》旧稿之关系:

(1)其第一条即称"《红楼梦》旨义",解释小说的四个题名,如将此条与明义题诗、第一回楔子介绍的五个题名比较,可以发现它们的内在联系:

明义组诗、甲戌本《凡例》第一条与小说题名比较

题　　名	明义《题红楼梦》	甲戌本《凡例》第一条
《石头记》	石归山下无灵气,总使能言亦枉然	又曰《石头记》,是自譬石头所记之事也
《情僧录》	无	无
《红楼梦》	红楼春梦好模糊	《红楼梦》是总其全部之名也
《风月宝鉴》	春风秋月总关情	又曰《风月宝鉴》,是戒妄动风月之情
《金陵十二钗》	不记金钗正幅[副]图	又名曰《金陵十二钗》,审其名则必系金陵十二女子也。

由此表可见,小说的五个题名有四个在明义组诗及甲戌本《凡例》第一条中点出,而且后者恰恰提及除《情僧录》以外的其他四个题名并做了解释,与明义题红组诗反映的点题情况正相一致。甲戌本《凡例》第一条即称"《红楼梦》旨义",又以《红楼梦》为小说总名,这正显示出它系为明义所见《红楼梦》而拟写。

(2)其第二条言及"中京":

> 书中凡写"长安",在文人笔墨之间则从古之称。凡愚夫妇、儿女子家常口角则曰"中京",是不欲着迹于方向也。盖天子之邦亦当以中为尊,特避其东南西北四字样也。

而今存《石头记》抄本均无"中京"字样,这说明它系为前此有"中京"之称的稿本所拟。这个在《石头记》抄本之前而又以《红楼梦》为总名的稿本只可能是明义所见的第四次增删稿《红楼梦》。

(3)《凡例》最后为一首七律:

诗曰：浮生着甚苦奔忙，盛席华筵终散场。悲喜千般同幻渺，古今一梦尽荒唐。漫言红袖啼痕重，更有情痴抱恨长。字字看来皆是血，十年辛苦不寻常。

此诗应出于脂砚斋之手，诗末言及曹雪芹"十年辛苦不寻常"，则脂砚作此诗时，曹雪芹已有十年的创作经历。前文已经指出，在甲戌年之前，作者已经"披阅十载"即创作十年，可见此七律作于脂砚斋甲戌再评前，亦即乾隆十八年(1753)底。此七律写作时间之确定，有力地证明了今甲戌本《凡例》实系为乾隆十八年底所完稿的、已经四次增删的第五稿，即明义所见《红楼梦》所撰写。

（3）《凡例》第三、四条声称"此书只是着意闺中，故叙闺中之事切，略涉于外事者则简""此书不敢干涉朝廷"等，在甲戌本脂评中已屡见引用，如第四回页八之眉、旁批：

故用"乱判"二字为题，虽曰"不涉世事"，或亦有微辞耳。
可[所]谓"此书不敢干涉廊庙"者，即此等处也。

这类脂评可以证明《凡例》第三、四条的形成时间很早，不会迟于乾隆甲戌脂砚斋抄阅再评之时，似亦应为旧稿《红楼梦》之《凡例》所有。

（4）唯此《凡例》第五条称本书为《石头记》，又首句即云"此书开卷第一回也"，显示它乃"至甲戌脂砚斋抄阅再评，仍用《石头记》"时所作之第一回回前总评，与明义所见《红楼梦》并无直接关联，应系今甲戌本过录时窜入《凡例》。对此下编第二章还将详论。

根据以上考察，我们可以推断：明义所见《红楼梦》卷首附有与今甲戌本大致相同的《凡例》，唯缺其中第五条。

第四节 增删剪接：从《风月宝鉴》、明义所见《红楼梦》到《石头记》

《红楼梦》成书过程中有一明显特点，即作者非按拟就之回目创作，而是先写成长篇故事，到创作过程后期，方始根据新的总体构思将此长篇故事按流行体裁剪接成章回小说。前期的长篇故事乃以贾宝玉之经历贯串始终，所以基本上应是按时间顺序展开故事情节。后期的剪接则至少有过两次：首次剪接将原来的长篇故事即《风月宝鉴》编辑成章回小说，在剪接的同时作者对稿本进行了第四次增删，所成者即脂砚斋初评本明义所见《红楼梦》旧稿。这初次纂目分回当然不可能很严谨妥帖，小说正文亦仍有粗糙不善之处，这从明义组诗已略可窥见大概。于是从乾隆十九年（1754）甲戌开始，作者又对它进行了第五次增删，同时做了第二次剪接，所成者即《脂砚斋重评石头记》之底本。因此，作者所谓的"增删五次"实际不仅是对稿本进行过五次情节内容的增添及删减，还有对它们剪裁、挪移、集中、组合等含义。《红楼梦》之所以能成为今日这样生气流贯的有机整体，与作者多次的增删剪接大有关系。

以上推论除了第一回作者自叙之小说创作过程可为正面证据而外，在前八十回中尚能找到大量内证，在明义题红组诗和脂评中也有不少旁证。当然，我们目前所能读到的已是剪接后的结果，要全部复原作者创作过程中各阶段之旧稿已不可能，但是小说中客观存在的大量矛盾足以证实剪接之存在。例如，研究者都注意到小说人物的身世年龄、情节的时空背景等往往有诸多矛盾现象。它们是不能用作者偶而疏忽来解释的，因为它们不仅数量众多，而且常常同一矛盾反复出现。如果对全书进行总体考察，我们就可以发现这些矛盾之所以反复出现，其实是作者增删剪接旧稿所造成的。下面将对此提出具体论证。

一 分回及回目显示剪接之痕迹

今本前八十回的分回及回目差异显示，作者非按拟就的回目创作，而是先写成长篇故事，最后方剪接成回并拟定回目，与作者第一回之自叙创作过程相符。

首先，今本回目与该回正文的差距显示出回目系在正文联缀组接成回后方始撰写。试以第二十八、四十七回为例。

第二十八回回目为"蒋玉菡情赠茜香罗，薛宝钗羞笼红麝串"。然此回回首有约一千二百余字的黛玉葬花余波与上回"埋香冢飞燕泣残红"相接。这说明作者为了迁就章回小说的特征在回末引起读者悬念而有意将此完整情节剪断。除此葬花余波外，此回又有黛玉配药裁衣、凤姐调走小红等情节约二千二百余字，其总量约占全回的九分之四，但它们在回目中全无反映。如是作者按拟就之回目撰文，自不可能出现这种内容与回目脱节的情况。

第四十七回情况类似，该回约六千字，但与回目"呆霸王调情遭苦打，冷郎君惧祸走他乡"有关的故事仅占二分之一强，有近三千字的内容乃上回"尴尬人难免尴尬事，鸳鸯女誓绝鸳鸯偶"的继续。这说明，作者原稿中长约一万字的鸳鸯抗婚故事因无法在一回中容纳，分出第四十六回后，剩余部分只能与薛蟠和柳湘莲的故事剪辑成一回。

第二，今本尚留存不少分回未定、回目歧出甚至缺回目的情况，如庚辰本第十七、十八回未分，第十九回、八十回缺回目，各本第五、六、七、八等回回目歧出差异极大，皆显示分回与拟目之时间较晚。

第三，前八十回每回字数悬殊，多者近万字，如第六十二回；最少者仅三千五百字左右，如第十二回。除了删节、增写等原因以外，显系作者原稿中情节故事长短不一，分回时只能以保留情节、表现人物为要，无法使各回篇幅长短大致相等。

第四，早期抄本有回前标题诗和回末结束形式，"正是"加一对诗联，但仅有少数留存，或此有彼无。传抄中可能出现差错或漏抄，但决无漏抄大部分之理。可见作者原稿中回前标题诗及回末结束形式即不完整。这是作者将长篇故事分回后方装上此回前回末形式的明证。

第五，在前后两回的承接之间，有时出现情节断裂的情况。如第三十五回末写"黛玉在院内说话，宝玉忙叫快请"，而次回却另叙他事，并无接续。这两回之间的情节断裂应是作者剪接分回时不够仔细而造成。

第六，庚辰本第四十二回回前总评云："今书至三十八回时已过三分之一有余，故写是回。"说明今本第四十二回在脂砚斋初评本中是第三十八回。此乃作者在第五次增删时曾剪接旧稿、改动全书结构的明确证据。

综上所论小说的分回及回目情况，不难得出初步结论：作者系先写成长篇故事再行剪接成章回小说。分回之后，方始拟写回目、标题诗和回末结束形式。在第五次增删时，又再次对全书结构进行了新的设计，有过一次规模较大的增删、剪裁和组合。

二　剪接痕迹之一：前五回系在第五次增删时剪接而成

《红楼梦》前五回是作者精心撰写结构，用以展示其创作总体规划的部分。第一回介绍了小说缘起,以象征手法预示了全书主题、主要人物的结局及情节发展的轮廓,透露了作者对全书的总体构思。第二回借冷子兴演说荣国府介绍环境与部分人物,并以贾雨村的正邪两赋说提出对小说主要人物性格形成的哲学解释。第三回男女主角贾宝玉、林黛玉和王熙凤正式出场,并在黛玉眼中介绍了荣府及一部分次要人物。第四回以乱判葫芦案介绍了社会时代背景并引出另一女主角薛宝钗。第五回则在前四回的基础上以宝玉梦游太虚幻境为线索,以金陵十二钗图册和《红楼梦曲》预示了主要人物的悲剧命运,具体勾画出全书情节发展的轮廓,完成了全书的布局。前五回之所以能成为今本这样严密而又相对独立的有机整体,是作者多次增删修改、剪裁组接的结果。今存甲戌本前五回眉、旁批密集而无句下双批,正显示它们在甲戌年经过大规模的增删并重新抄写誊清(详下编第二章)。前五回的正文和有关脂评中也留有不少剪接的痕迹和证据:

其一,在旧稿《红楼梦》中,青埂峰顽石补天神话尚独立于第一回前,题为"楔子"。这推论至少可以举出四条理由:

(1)甲戌本第一回页九在曹雪芹自题一绝"满纸荒唐言"诗下有批语:"此是第一首标题诗。"显示原第一回正文应从此诗后开始。

(2)今本第一回回目"甄士隐梦幻识通灵,贾雨村风尘怀闺秀"不包括青埂峰顽石故事。与上述第一点理由合看,可见原第一回的内容和形式与今本有差距。

(3)但初稿既已名《石头记》,则顽石故事在《红楼梦》旧稿中必已存在,明义题诗之十九可为确证。且脂批曾两次提及"楔子"专名:

若云雪芹披阅增删,然后开卷至此这一篇"楔子"又系谁撰?(甲戌本第一回页八眉批)

首回"楔子"内云:古今小说,千部共成一套云云。(庚辰本第五十四回回前总评)

脂评公然提出今本正文并未出现之"楔子"专名,说明在旧稿中应有"楔子"。

(4)甲戌本第一回页七眉批:"开卷一篇立意真打破历来小说窠臼,阅其笔则是《庄子》《离骚》之亚。"明指"楔子"而言。假如它原非独立于第一回前,脂评不可能两次称其为"开卷一篇"。

曹雪芹在第五次增删时取消"楔子"专名,并将顽石补天神话并入第一回,似是为了避免落入金圣叹删评《水浒传》的旧套。金圣叹腰斩《水浒传》,又将原本"引首"与第一回合并改称"楔子"独立于卷首,此种版本在清初已广泛流传,于曹雪芹早期稿本之分回可能有一定影响。故作者首次将稿本分回时,可能仍标出"楔子"专名,且将其独立于第一回前。在甲戌年开始第五次增删时,作者方添写了一段关于小说创作过程的自叙,并将"楔子"专名削去,并入今第一回内。

其二,第三回黛玉进京寄居贾府系从后文移前,旧稿在此处有湘云童年随贾母生活之情节,后被删去。

庚辰本和蒙戚三本第二十一回"湘云仍往黛玉房中安歇"句下有双批:

> 前文黛玉未来时,湘云、宝玉则随贾母。今湘云已去,黛玉既来,年岁渐成,宝玉各自有房,黛玉亦各有房,故湘云自应同黛玉一处也。

句下双批一般批写时间较早,甚至有可能是脂砚斋之初评,故此批所云之"湘云、宝玉则随贾母"的"前文"必定是有过的。但湘云在书中地位次于凤、黛、钗诸人,如在女主角出场前先介绍湘云的童年往事,势必轻重失当,造成全书结构松散、开卷气势不足。

为了尽早让女主角林黛玉进入舞台中心,作者删去了湘云童年的有关描写,并将黛玉之入都相应提前至今本第三回。这从她出场前后的有关文字可以见出:

(1)第二回写黛玉之母病逝,其时她年方五岁。第三回她寄居贾府,如按正文前后交代推算,其时她不过七岁。但据己卯本及杨藏本第三回,黛玉入京时是十三岁(详本书第三编第五章第一节)。

(2)作者对黛玉初进贾府时的心理和外形描写也说明她此时已是少女。她"步步留心,时时在意,不肯轻易多说一句话、多行一步路,惟恐被人耻笑了他去",这种心理自非七岁孩童所能有。她"两湾似蹙非蹙罥烟眉,一双似喜非喜含露目。态生两靥之愁,娇袭一身之病。泪光点点,娇喘微微。闲静时如姣花照水,行动处似弱柳扶风。心较比干多一窍,病如西子胜三分",形貌风度已迥非女童,而是芳龄少女了。

由此可见,旧稿中林黛玉确是十三岁入京的。作者在增删剪接旧稿时让她提前出场,自不得不相应缩小她的年龄。今己卯本和杨藏本侥幸保存了作者旧稿中的"十三岁了"等语,他本均无,显已删除。然具体年龄可删,人物的外形、言语、心理描写却无法全部改易,于是在今本中留下了上述增删剪接的痕迹。

其三,第四回宝钗入京待选亦系第五次增删时方从后文剪出改写移置此处。

今本第三、四回黛钗先后进京寄居贾府,前后时间相差不过数月。然据书中人物多次侧面叙及,宝钗入府时已十四岁,比黛玉晚得多:

(1)第二十回宝玉劝慰黛玉:"你先来,咱们两个一桌吃,一床睡,长的这么大了。他(指宝钗)是才来的,岂有个为他疏你的?"可见宝钗当时(省亲之年正月)才来贾府不久。

(2)第二十二回写几天之后贾母捐资为"才来的"宝钗过生日:"谁想贾母自见宝钗来了,喜他稳重和平,正值他才过第一个生辰,便自己捐资二十两,唤了凤姐来,交与他置酒戏。"明白交代出宝钗寄居贾府不过数月。

(3)同回凤姐与贾琏商量为宝钗做生日,贾琏说:"往年怎么给林妹妹过的,如今也照依给薛妹妹过就是了。"凤姐则以"听见薛大妹妹今年十五岁,虽不是整生日,也算得将笄之年"为理由反驳他。一段夫妇对话,反映出宝钗确是"才来的"客人,而黛玉已来贾府多年。

综观以上各处文字,宝玉、贾母和琏凤夫妇绝不可能同时将宝钗来府年月搞错,故此绝不是作者的一时疏忽信笔误书所致。它们反映出这样一个事实:在作者某一旧稿中,宝钗确是在她十四岁那年进京待选的,时当元春省亲之前一年。而这是与当时社会的现实情况相符的:宝钗入京待选妃嫔或女官,其素材来源于清代的秀女制度,据《养吉斋丛录》卷二十五:"挑选八旗秀女……其年自十四至十六为合例。"故作者将宝钗入京待选安排于十四岁有现实依据。

据此可证:在旧稿中,宝钗进府时间较黛玉晚得多,今本黛玉和宝钗在三、四回相继入京显系剪接增删旧稿所致。

根据以上探讨,我们知道《红楼梦》成书过程中钗黛出场的年龄有过三种写法:

(1)早期稿本(《风月宝鉴》):黛玉十三岁进京。在她出场之前,有湘云与宝玉童年生活的故事。

(2)第四次增删稿(明义所见《红楼梦》):黛玉七岁、宝钗十四岁进京。

黛玉出场很早,宝钗在元春省亲前数月出场。

(3)第五次增删稿(《石头记》):黛玉七岁、宝钗九岁进京,两人在第三、四回相继出场。

据此,贾宝玉及其周围的其他女儿,其年龄也必然相应改小。读者常常诧异书中少男少女何以如此早熟,其实这是《红楼梦》成书过程中作者曾将人物年龄普遍改小所致。

其四,第五回宝玉梦游太虚幻境原系发生于他进大观园居住以后,在明义所见之《红楼梦》中,它尚与今本第二十三回宝玉题《四时即事》诗一段内容相接,第五次增删时方始裁出剪接于此。

前面在讨论明义《题红楼梦》组诗时已经指出:其第七首系捏合宝玉梦游太虚幻境和题大观园《四时即事》诗而成,证明在明义所见旧稿中,这两个情节先后邻接。可见作者是在第五次增删时方根据全书新的总体构思,将宝玉梦游情节从后文移至今本第五回。

在此剪接的同时,作者对金陵十二钗正册及《红楼梦曲》也进行过一些调整:将原十二正钗中的薛宝琴、邢岫烟、李纹和李绮四人调出,而代之以贾元春、妙玉、贾巧姐和秦可卿。这有脂评及第五回正文可证。

众所周知,今本第五回正册判词和曲文揭示的十二正钗依次为林黛玉、薛宝钗、贾元春、贾探春、史湘云、妙玉、贾迎春、贾惜春、王熙凤、贾巧姐、李纨、秦可卿。然庚辰本第四十九回回前总评云:"此回系大观园集十二正钗之文。"细读此回文字,所谓"十二正钗"者只能是黛、钗、湘、迎、探、惜、凤、纨、琴、烟、纹、绮十二人,与第五回所透露的人选有四人之差,可见这是第四次增删稿上的批语。这说明作者在第五次增删时方始决定将元春、妙玉、巧姐及秦可卿列入十二正钗,并将宝琴、岫烟、李纹和李绮四人从十二正钗中调出。

作者决定作此改动的原因应是,宝琴等四人系贾府远亲,与贾氏家族的衰亡并无直接关联;而元春、巧姐、可卿等三人系贾氏家族成员,她们的人生悲剧与贾氏家族之衰亡有着直接而密切的关系,妙玉作为依附于贾府的女尼,其命运也早在她进入栊翠庵之时就与贾氏家族牢牢维系在一起了。因而元春等四人是贾氏家族末世由衰至败的身历者与见证人,作者将她们列入十二正钗以替代琴、岫、纹、绮等远客,正是为了加强并突出全书表现贵族家庭的典型代表贾氏家族衰亡史的主题。这也正是作者多次增删剪接旧稿的目的之一。

三　剪接痕迹之二：秦可卿与秦钟故事系从后文辑出，集中组接于元春省亲之前

秦可卿谐音"情可亲"或"情可轻"，其弟秦钟谐音"情种"，这两个人物的象征意义实不亚于其形象本身。但旧稿中有关他们的情节比较分散，不似今本集中组接于第五至第十六回之间。作者这样剪接集中情节，目的在于使二秦姊弟提前死去，以便放笔专写宝玉的大观园生活，细致描绘宝黛爱情及其叛逆性格，并精心刻画性格各异的众女儿形象。有关二秦姊弟的情节在第五次增删时方始删改集中成一片，今本尚能找到不少增删、剪裁、挪移旧稿的痕迹：

（1）今本秦可卿于第五回首次出场，而同回宝玉梦游故事在明义所见旧稿中发生于其入园之初。故全部二秦故事在旧稿中实皆发生于宝玉入大观园之后的数年内。时宝玉和秦钟均已进入青春期，年龄亦至少已十四五岁。宝秦二人在青春期彼此恋慕，是符合这一年龄阶段男性少年心态的，如罗曼·罗兰《约翰·克里斯多夫》中的同名主人公，在少年时就有过与奥多的热烈友谊，双方迷恋沉醉之程度几乎与恋爱相仿。同理，宝玉"梦游"、秦钟与智能偷期等情节也有了可信的现实依据。今本将这些故事情节集中于第十六回前，造成了宝秦二人九、十岁就进入青春期的疏失。

（2）同理，今第九回贾氏家塾一段文字亦应从后文提前。据舒序本第九回，我们知道在该回提前的同时，作者删除了其后薛蟠受贾瑞、金荣挑唆，为秦钟而报复宝玉的情节（详本书第三编第五章第二节）。

（3）由于第十二回贾瑞正照风月鉴故事的插入，致使秦氏之死延迟了一年（详俞平伯《红楼梦研究·论秦可卿之死》）。今第十二回乃全书篇幅最短的一回，仅三千五百余字，显示可能有删节（有关贾瑞的情节可能删去一些过于露骨的描写）。

（4）作者曾根据畸笏的意见将秦可卿之死一节进行过删改，将可卿淫丧天香楼改写为病死（同上）。据靖本批语抄件第 68 条，删去者有"遗簪""更衣"诸文。甲戌本眉批又谓："此回只十页，因删去天香楼一节，少却四五页

也。"可见今第十三回删去内容占旧稿的三分之一。由此推论,今第十、十一回秦可卿病重的情节应系在删去天香楼一节时相应添写。

(5)今第十三回可卿死后宝玉向贾珍推荐凤姐时已考虑周详,行动老练,第十五回送殡时北静王请宝玉去其府邸"与海上诸名士谈会谈会",皆透露出其时宝玉已非十一岁的男孩。这也可旁证秦可卿之死确系从后文移前。

以上这些在今本中残留的痕迹,皆可证二秦故事确系在第五次增删时集中成一片,组接于今本第五回至第十六回内。

四 剪接痕迹之三:省亲之年至少是两年以上故事剪辑集中而成

细按小说正文,省亲之年仅自元春归省至宝玉作《四时即事》诗为止,即今第十八至第二十三回前半共五回半内容。作者在处理该年情节时用了详略二法:第十八至二十二回详写省亲之年正月贾府大小事件与各色人物的活动;第二十三回开始叙宝玉等搬入大观园居住,并以四首即事诗略写该年春夏秋冬四季贾宝玉之大观园生活感受,故此回正文即宝黛共读《西厢》已是次年三月中浣。一般以为省亲之年一直从第十八回延伸至第五十三回上半回"除夕祭宗祠",是忽略了作者以宝玉题《四时即事》诗略写此年情节的创作意图所致。

综观这五回半文字,可以发现它们至少由两年以上内容剪辑而成。这只需举出一条理由就可证明:该片文字写了两个元宵节。第十八回写元宵夜元妃奉旨省亲,贾府诸人全体出动参与接驾大典;而迟至第二十二回"制灯谜贾政悲谶语",却又写元宵节贾母设宴猜谜。这一内证有力地证明了,今本省亲之年的五回半文字至少包含了两年以上的故事,有关春灯谜的情节必然是从后文某处剪出接入第二十二回的。据第十八回末作者交代:"此时贾兰极幼,未达诸事,只不过随母依叔行礼,故无别传。"但"春灯谜"一回中贾兰已能猜谜中的,且能自行制谜,又颇具个性,贾政不唤便不肯参与家宴。两相对看,知今第二十二回春灯谜一节当从数年以后情节中辑出。

如再联系其他材料进一步细析此片文字,尚可发见其他剪接的迹象和证据:

（1）今第二十一回中巧姐出痘及多姑娘一节系从他处阑入，以致造成时序倒流：贾琏和凤姐在正月底二月初商量准备于正月二十一日为新来的宝钗做生日。

（2）今第二十回是迟至第五次增删时方剪辑改写成一回的：

首先，贾环掷骰故事系从他处移入，此事绝不可能在省亲数日后发生。第十八回各脂本皆有交代："贾环自年内染病未痊，自有闲处调养，故亦无传。"己卯、庚辰和蒙戚三本且有句下双批："补明，方不遗失。"可见此乃作者原构思方案：贾环染病不轻，未预省亲大典。而掷骰情节与省亲之夜最多相隔两三天，却有"彼时正月内，学房中放年学""贾环也过来玩"诸语，显示他并非大病初愈。而掷骰故事中又有宝钗和莺儿出现，故可推知在旧稿中它本系省亲次年正月初情节而剪接入此回。

其次，麝月篦头故事在明义所见旧稿中乃是小红梳头，且此事发生于宝玉搬入怡红院之后。第五次增删时作者按照新的总体构思重新安排了麝月的结局，将她处理成送春之荼蘼花，即最终跟随宝玉夫妇的唯一丫环，因之麝月在书中地位亦得到加强，旧稿中的林红玉梳头故事改换为麝月篦头并提前至今第二十回。

第二十回篇幅较短，仅四千二百余字，有关贾环与麝月的情节约占一半，前后又接上袭人生病、湘云出场等不相连续的情节，皆显示它是较晚方移并改写成一回的。因明义所见旧稿尚是小红梳头，故可推定第二十回系在乾隆甲戌年（1754）以后方改写集辑成回。

由于省亲之年作者仅详写了省亲及正月间的活动，其他均以四首即事诗略写，故该年及次年春三月中浣前可能有某些内容被删去或移并他处。上面已提及，宝玉梦游、初试及宝秦初会等情节都可能系从省亲次年初春故事中剪出提前。删去者则可能有宝钗参加秀女挑选而被黜的情节（清制于每年正月挑选内务府包衣少女，见《养吉斋丛录》卷二十五），因第二十一回正文点明该年宝钗十五岁，正值清制规定的八旗秀女备选年龄。但此情节与全书主题关系不大，删去无损小说整体构思，为免情节过于枝蔓，作者删而不存（或甚至避而不写）都是可能的。

五　剪接痕迹之四：省亲次年情节至少是三年以上内容的剪辑集中

省亲次年的情节从第二十三回下半回开始至第五十三回上半回，共占了三十回篇幅，乃全书描写最为细腻详尽的一年。作者在安排结构此年情节时高度施展了他的剪接技巧，几乎达到了天衣无缝的境界。然如细读正文及脂评，仍可发现如下剪接痕迹：

其一，宝黛等人年龄的矛盾显示省亲次年至少由三年以上情节剪裁合成。

该年人物的年龄存在不少矛盾，很多研究者都对此提出质疑，认为系曹雪芹行文之疏忽。如对小说作全面考察，可以发现雪芹搞错人物年龄与列夫·托尔斯泰误书安娜年龄性质不一，他乃多次重复同一说法，非如托翁偶而疏忽笔误。这就只能用雪芹因将数年情节集中剪接于一年之内以致产生人物年龄前后不一致来解释了。

试以宝黛年龄为例。第二十三回宝玉题诗时正文称他为"十二三岁的公子"，第二十五回癞头和尚也说："青埂峰一别，展眼已过十三载矣！"而同年秋，黛玉却对宝钗说："我长了今年十五岁，竟没一个人像你前日的话教导我。"（第四十五回）第三回明叙宝玉比黛玉大一岁，而这时她却反而比他大了两岁，大家都认为是曹雪芹弄错了。于是出现了种种人物年龄计算法，甚至动用了电子计算机。但其实这数处对宝黛年龄的交代是没有错的，省亲次年宝玉十三岁至少可以举出另外三条旁证：

（1）第二十三回宝玉准备入园，"忽见丫环来说，老爷叫宝玉"。庚辰本旁批："多大力量写此句，余亦惊骇，况宝玉乎。回思十二三时亦曾有是病来，想时不再至，不禁泪下。"

（2）第二十四回宝玉对贾芸说："你倒比先越发出挑了，倒像我的儿子了。"庚辰本旁批："何尝是十二三岁小孩语。"

（3）同回正文，贾芸自称"我长了今年十八岁"，贾琏说贾芸比宝玉"大四五岁"，则在作者构思中，宝玉其时正是十三岁。

林黛玉该年十五岁也有旁证。庚辰本第四十五回在她自叙年龄句下双批："黛玉才十五岁，记清。"第四十九回正文又写众女儿"叙起年庚，除李纨年纪最长,他十二个人皆不过十五六七岁",可见此处黛玉年龄亦系作者之原文而非抄误。宝黛年龄既皆准确,则造成上述矛盾的原因只可能有一个,即省亲次年情节原是三年以上内容的紧缩,作者在剪接集中情节时对人物年龄未及统一。

正因为省亲次年情节至少由三年以上内容剪辑而成,所以在同一年的人物描写中,出现了宝玉一头滚进王夫人怀中(第二十五回)与扭股糖似的粘在鸳鸯身上,邢夫人摩挲抚弄宝玉(第二十四回)等显示宝玉年龄尚小的描绘;又出现了他和薛蟠、冯紫英等人挟妓饮酒,与忠顺王府优伶琪官交游,遥爱二十三岁(杨藏本作"二十一二岁",可能系作者原文)的老处女傅秋芳等情节,显示其时宝玉至少已十六岁以上,已达明清时成丁年龄。这些书中存在的内部矛盾,有力地证明了作者在"纂成目录,分出章回"之时及之后,对原来的长篇故事进行过剪裁与组接。

其二,第四十七回下半回和第四十八回所写薛蟠游艺与香菱学诗故事系从他处剪接于此,或系第五次增删时添写。

从第四十三回开始,日期均历历写明,如按此排比,则可见:

九月二日　　凤姐生日泼醋,宝玉祭钏。(第四十三回)

九月十四日　赖家请客,薛蟠挨打。(第四十七回)

十月十四日　薛蟠南行,香菱入园。(第四十八回)

十月十五日　琴、烟、纹、绮进府。[①](第四十九回)

那香菱学诗应该发生于何时?简直连插针之缝隙也没有。在这部分故事中,凤姐生日泼醋、宝玉祭钏和琴、烟、绮、纹故事都是旧稿所原有的,在第四次增删稿中已经存在,因为明义题红组诗之十二咏玉钏送羹,则必有金钏之死,这与凤姐生日、宝玉祭钏有密切联系,而琴、烟、绮、纹在第四次增删稿中尚属正钗之列,故第四十九回亦系旧稿已有之文。既然它们在明义所见旧稿中早已存在,则这一大片文字中时间难以容纳情节的失误只能是因薛蟠游艺、香菱学诗等内容的插入所造成。

这从庚辰本第四十八回香菱入园处句下双批可以得到旁证。由此长批,我们知道第四十七、四十八回系同时构思创作:

---

① 第五十回贾母说:"这才是十月里头场雪。"第四十九回宝玉云:"明儿十六,咱们可该起社了。"据此可知宝琴等入府系十月十五日。

细想香菱之为人也，根基不让迎探，容貌不让凤秦，端雅不让纨钗，风流不让湘黛，贤惠不让袭平。所惜者青年罹祸，命运乖蹇，足［是］为侧室；且虽曾读书，不能与林、湘辈并驰于海棠之社耳。然此一人岂可不入园哉？故欲令入园，终无可入之隙。筹画再四，欲令入园，必呆兄远行后方可。然阿呆兄又如何方可远行？曰名不可，利不可，正事不可，必得万人想不到，自己忽一发机之事方可。因此思及情之一字及呆（此处疑夺"兄"字）素所误者，故借"情误"二字生出一事，使阿呆游艺之志已坚，则菱卿入园之隙方妥。回思因欲香菱入园是为阿呆情误，因欲阿呆情误，先写一赖尚华［荣］，实委婉严密之甚也。脂砚斋评。

则这一旨在引出香菱正文的情节可能是从他处剪接入省亲次年秋天，也可能是作者在第五次增删时补写缀入。

　　其三，作者在将三年以上情节综合剪接于一年时，旧稿中的某些情节故事因各种原因被剪删不存。试举较显著的数例：

　　（1）有关黛玉生病服药的情节被裁去。第二十八回回前庚辰本和蒙戚三本（甲戌本在回后）均有总评："自'闻曲'回以后回回写药方，是白描颦儿添病也。"今本仅第二十八回写及黛玉配药，他回均无，当已删除。

　　（2）黛玉见莺儿结梅花络之情节。黛玉见莺儿结通灵玉上的穗子，肯定有所反应，但今本第三十五回末与三十六回始的情节断裂使其失踪。这当是作者剪接时疏忽所致。

　　（3）宝玉初会妙玉的故事。第四十一回妙玉出场，她以梅花雪烹茶招待宝黛钗，给钗黛用名贵茶具䀉瓟斝和点犀盉，却"仍将前番自己常日吃茶的那只绿玉斗来斟与宝玉"，并对黛玉说："这是五年前我在玄墓蟠香寺住着，收的梅花上的雪，共得了那一鬼脸青的花瓮一瓮。总舍不得吃，埋在地下，今年夏天才开了。我只吃过一回，这是第二回了。""前番"即前一回，用一"仍"字，透露出旧稿中有当年夏天宝玉初访妙玉，她以绿玉斗招待他共饮梅花雪的情节。删却这一情节，使今本对妙玉性格的刻划更为含蓄蕴藉。

六　剪接痕迹之五：第五十三回至五十六回一片文字系第五次增删时从他处移入，此片文字本身亦系组合而成

　　今己卯本和庚辰本第五十六回末都有双行小注："以下紧接慧紫鹃情辞

试忙玉。"它应是作者手稿上之自注,而为己卯、庚辰原本所照录,今己卯本和庚辰本又据其过录。它指示出今第五十六回和五十七回之间曾有过拼接,旧稿中它们并不连属。

细检正文,果然在此前后发现了今第五十三回至五十六回系从他处插入的证据。这证据是与林黛玉之燕窝有关的。第五十七回慧紫鹃试忙玉,先与之谈燕窝:

> 你都忘了,几日前你们兄妹两个正说话,赵姨娘一头走了进来。我才听见他不在家,所以我来问你。正是前日你和他才说了一句燕窝就歇住了,总没提起,我正想着问你。

紫鹃所说在今本第五十二回,乃晴雯补裘前一天之事:

> 宝玉又笑道:"正是有句要紧的话,这会子才想起来。"一面说一面便挨过身来,悄悄道:"我想宝姐姐送你的燕窝——"一语未了,只见赵姨娘走了进来瞧黛玉……

据今本,燕窝之事至少已相隔三个月,而紫鹃却一再说是"几日前""前日",实在大相矛盾。这矛盾显然是由于第五十三回至五十六回一片文字的插入而造成的。

这插入的四回文字,其主要内容为祭宗祠、庆元宵和探春理家。这段情节其实亦是多处文字剪裁组合而成,细读小说正文及有关脂批即可找到佐证:

(1)"乌进孝送租"一节系从后文剪出接入,或者是第五次增删时添写,贾蓉之言可为内证:

> 贾蓉又笑向贾珍道:"果真那府里穷了。前儿我听见凤姑娘和鸳鸯悄悄商议,要偷出老太太的东西去当银子呢。"

按,贾蓉所说凤姐向鸳鸯借当事在今本第七十二回,发生于乌进孝送租两年以后,贾蓉何能未卜先知?产生这种矛盾只可能有两个原因:一是旧稿中"送租"后于"借当",作者在剪接此片文字时将"送租"一段从后文辑入;二是作者在第五次增删时添写,其时"借当"情节早已写成,作者在增写"乌进孝送租"时,记忆中有凤姐借当的情节,就随手拈来借贾蓉之口略点荣府经济入不敷出的窘况。无论是哪种原因,将"送租"一段紧接于"祭宗祠"和"庆元宵"之前,揭示出封建社会贵族地主阶级与庄园农奴之间的阶级关系,其客观意义是很深刻的。它证实了作者多次增删剪接的目的在于深化小说主题,全面地反映封建宗法家族的典型贾氏家族的衰亡史。

(2)元宵庆宴与探春理家两大情节是作者为全书结构与风格的转换变化而剪接连属的。

第五十三回下半与第五十四回共一回半约一万余字详细描绘了荣府元宵庆宴的盛况,极尽富贵繁华之景。第五十五回开始转写探春理家,内容与风格便完全不同。蒙戚三本回前总评亦谓:"此回接上文恰似黄钟大吕后转出羽调商声,别有清凉滋味。"可见作者在连接此两回时有以繁华与清凉的对比显示全书结构与风格变化的意图。而且,从庚辰本第五十五回首的一段叙述分析,此回原来与元宵庆宴并不相连:

> 且说元宵已过,只因当今以孝治天下,目下宫中有一位太妃欠安,故各嫔妃皆为之减膳谢妆,不独不能省亲,亦且将宴乐俱免,故荣府今岁元宵亦无灯谜之集。

从行文看,这个元宵节是"宴乐俱免"且"无灯谜之集"的冷落节日,与第五十四回之大张筵宴、演戏取乐不符。从版本情况看,此段文字仅见于庚辰本(己卯本此回回首已佚,但残存之半回仅较庚辰本移后一行,故其已佚之回首应有此段文字),而各本第五十八回皆有"谁知上回所表的那位老太妃已薨,凡诰命等皆入朝随班按爵守制"诸语,显示出庚辰本此段系原稿所有。可能因其与第五十四回的连接方枘圆凿,作者(或脂砚等人)又将它删去,以致第五十八回"上回所表的那位老太妃已薨"失去头绪。

(3)第五十六回贾宝玉梦遇甄宝玉系从省亲次年孟春移至此处。

此回回目为"敏探春兴利除宿弊,时宝钗小惠全大体",至宝钗训话已近五千字,而忽接入一段甄家女人请安、贾宝玉梦遇甄宝玉的情节,与上下文均不相衔接。因此段有甄宝玉"今年十三岁",麝月又引贾母"人小魂不全""小人屋里不可多有镜子"等语,故知"梦遇"时贾宝玉亦十三岁,正当其省亲次年的年龄,此段情节应系从省亲次年孟春故事中剪出移置第五十六回。上文已经指出,今本省亲次年故事从宝黛读《西厢》开始,已是当年三月中浣,当年初春和孟春的故事已剪下移并他处,"梦遇甄宝玉"即其中之一。如果作者在组接时临时添写,就不会产生贾宝玉年龄过小的予盾。

七　剪接痕迹之六：二尤故事集中于第六十三至六十九回即贾敬死后的半年内，它们至少是三年内容的紧缩

二尤故事在全书中是相对独立的部分，作者将其集中于贾敬死后的半年之内，这从文学创作角度看是必要的。然如从成书过程考察，可见这部分内容至少是三年以上情节的集中，因为只有这样解释，方可说明此段文字中存在的许多时空矛盾。

先看今本从贾敬暴卒至三姐自刎一段。据第六十三回，贾敬死于宝玉生辰的次日，正当芍药花期，故其时为四月中旬。尤氏得信，"掐指算来，至早也得半月工夫，贾珍方能来到"，故第六十四回交代贾珍"择初四日卯时请灵柩入城"，应系五月初四。按可卿丧事规矩，七七四十九日出殡，已是六月上旬。贾蓉作媒择初三日迎娶二姐，至早已是七月初三（第六十四回黛玉题《五美吟》一段可证明系后来剪接此处，略去不计），则婚后两个月贾琏首次赴平安州在九月初，路遇薛蟠和柳湘莲为尤三姐作伐，半月工夫才回，已是九月下旬。因此尤三姐之自刎，至早也已是九月底十月初的事了。这就与薛蟠、柳湘莲的行动产生了矛盾：

（1）第四十八回交代，薛蟠十月十四日南行，预定第二年春天北上，赶端阳节前回京。且第六十七回薛姨妈也对薛蟠说："人家陪着你走了二三千里的路程，受了四五个月的辛苦。"可证薛蟠确是按预定日期回京的。这样他就绝不可能与贾琏路遇。

（2）第六十六回有"谁知八月内湘莲方进了京"的交代。如按上述贾琏之日程，已是次年八月，这自然说不通。只有按薛蟠春天回京之日期计算，方始合拍。湘莲回京后不久就顿生悔婚之意，亲去索取鸳鸯剑，故按此三姐自刎应在八月。

由此可见，此片文字中有关二尤、湘莲、薛蟠和贾琏等人的情节出现了大量时空不一致的矛盾，而其中有关贾琏之描述显然有错。

关于贾敬死期也是矛盾丛生。第六十四回写其出殡后停灵铁槛寺，"等过百日后方扶柩回籍"。如贾敬确死于四月中旬，则贾珍应于八月送灵柩南归，即使从出殡之日算，也应在十月内送灵，第六十九回却写是"腊月十二日"。

以上种种矛盾的产生，只能用作者剪接集中旧稿来解释。综观此数回情节，旧稿中的时序安排可能是这样的：贾敬死于此年秋，故贾珍于腊月十二回南葬父。贾琏偷娶在次年初，故系服中娶亲。贾琏春三月第一次去平安州，才能路遇薛蟠和柳湘莲。这样，"谁知湘莲八月内方进了京"这类事出意外的语气才合乎背景，平安州节度使嘱贾琏"十月前后务要还来一次"，而贾琏去时节度使又出巡在外（第六十六回）方合乎情理。故旧稿中尤三姐在二姐嫁后约八个月自尽，在经历了沉沦、抗争与憧憬的人生历程之后，她终于因对人生的绝望而结束了自己的生命。上面已经指出，薛蟠南行和香菱学诗都是第五次增删时添写或从后文移入的，所以二尤故事的集中亦必是乾隆十九年（1754）以后的事。

再看尤二姐被赚入大观园至其自尽一段（第六十八、六十九回）。据书中叙述，贾琏十月里第二次去平安州，"回程已是将两个月的限了"，到家不几天，贾珍送灵南下安葬，故贾琏回京已在腊月。这两个月里凤姐大显威风：十月十五日计赚尤二姐，后又贿买察院，指使张华告状，大闹宁国府；接着又假装贤良，带尤二姐见贾母，其时当已十一月。贾母和凤姐都有"一年后圆房"之说，如按上面推断贾敬死于上年秋，则至一年后圆房恰二十七个月，合乎侄儿为伯父服丧三年（实际以九月为一年）之丧仪规定。贾琏回家后又娶秋桐，尤二姐"受了一个月的暗气"，得病堕胎而吞金自尽，至早已在次年正月，而第六十九回正文仍写作"腊月"。尤二姐在旧稿中的实际死期应是八月中旬，因为第七十二回贾琏托凤姐向鸳鸯借当时，凤姐乘机以"后日是尤二姐的周年"为由向贾琏敲诈了二百两银子，其时在八月初十前后。尤二姐从上年十月十五日被凤姐诱进贾府，十个月后终于被作践而死。

综上所论，可见单单为了容纳二尤之情节，首尾也至少得三年之久。如旧稿中还有其他穿插，则二尤故事的延续时间可能更长（参见戴不凡《揭开〈红楼梦〉作者之谜》，《北方论丛》1979年第一期），故二尤情节之经过剪裁集中是可以肯定的。

八 其他剪接增删痕迹

除了上面所举的例证，小说成书过程中增删剪接的痕迹尚有一些可以考知：

其一,今本写贾赦所住乃荣府花园,在荣府之东,大观园乃荣府花园和宁府会芳园拆建而成。但在脂评及正文中,却出现了不少与此相反的记述,如:

(1)第三回黛玉去拜见贾赦,甲戌本有旁批:"为后大观园伏脉。试思荣府园今在西,后之大观园偏写在东,何不畏难之若此。"

(2)第三十回各脂本均写及宝玉"从贾母这里出来,往西走过了穿堂,便是凤姐的院落"。其所述方位与今本正巧相反,今本穿堂在贾母院之东。

(3)第七十五回尤氏偷看贾珍聚赌之状,听见邢夫人之兄傻大舅发牢骚,"乃悄悄向银蝶笑道:'你听见了?这是北院里大太太的兄弟抱怨他呢!'"

据此可见,在某一阶段的旧稿中,荣府花园在府西,贾母院在府东,贾赦一家住在"北院"。这时期的旧稿可能是以江宁织造府的建筑为原型的,带有更多的写实成分(参见戴不凡《曹雪芹"拆迁改建"大观园》,《红楼梦学刊》创刊号)。由于明义所见旧稿已有大观园,所以它可能是较早的《风月宝鉴》。

其二,今第六十四回"幽淑女悲题五美吟"半回系在二尤故事集中成一片后方剪辑至此处。

据第五十八、五十九回交代,贾母等送老太妃之灵出门一月,她们清明后不久动身,无论如何在宝玉生日之前即四月初就该回来了。而据第六十四回,她们却是在黛玉作《五美吟》的次日才回府,由于此段中借宝玉之心理活动点明其时已是"七月""瓜果之节",一下子就把贾母等回家日期推迟了三个月。这就暴露出"五美吟"一段文字的插入痕迹。

其三,今第七十回与七十一回之间有大块的时间跳跃,显示此处曾经剪去过大量情节。

第七十回写桃花社与柳絮词,皆春天之事。文中交代贾政因海啸顺路赈济,冬底方回。第七十一回开始贾政已经回家,接着就写八月初三贾母八十寿辰,其中剪去了整整一年半的情节[①],今尚可考定者有:

[①] 第七十六回贾母对尤氏说:"可怜你公公已是两年多了。"又第七十七回王夫人责问芳官说:"前年我们上皇陵去,是谁调唆着宝玉要柳家的五儿了?"皆可旁证此处曾裁去一年半左右的情节。

（1）尤二姐遭欺凌以至自尽的情节。其自杀旧稿中在重建桃花社之年的八月，故至贾母寿辰后数日即其周年。这部分情节已集中到贾敬死后半年之内。

（2）今第二十二回下半回"春灯谜贾政悲谶语"。因抄检大观园后不久迎春即出嫁，"春灯谜"半回在旧稿中的位置不可能迟于此年。贾政上年冬底回家，元宵承欢贾母膝下也合彼时情景和人物关系。贾兰该年已十三岁（第七十八回），能自行制谜并猜谜中的。此段情节因裁出组接于第二十二回，以至出现了省亲之年两个元宵节的疏失。

其四，第七十八回"姽婳词"一段系从他处辑入。

从第七十一回贾母八十大寿至第七十八回芙蓉诔为止，构成了以抄检大观园为中心的大块文字。贾母寿辰命史、薛、林及探春晋见南安太妃，已伏邢夫人"嫌隙人有心生嫌隙"，近连抄检大观园，远系凤姐之结局；"鸳鸯女无意遇鸳鸯"又伏绣春囊事件，直接关系到抄检及司棋之被逐。第七十四、七十七回两次抄园，至第七十八回"痴公子杜撰芙蓉诔"仍是其余波。其中第七十五、七十六回写宁府开夜宴、荣府赏中秋及凹晶馆联诗亦关系到贾府之败落，整整六回文字分两条线索围绕抄检大观园之前前后后详细铺叙，文字一气呵成，结构严丝合缝，这一大段文字应是同一时期定稿的。

这大块文字只有第七十八回上半回"姽婳词"一段是例外，与前八十回其他部分故事毫无联系，八十回以后因非曹雪芹原稿当然也没有照应，以至在全书中成为一个赘疣。可以相信，曹雪芹不会因要写出那篇《姽婳词》而在书中夹进这段游离章节，在以后事件的发展中，"姽婳词"一节可能会成为贾府抄没、宝玉入狱的导火线，因为其中"天子惊慌恨失守，此时文武皆垂首。何事文武立朝纲，不及闺中林四娘"诸句有讥讽皇帝的嫌疑（详张锦池《红楼梦十二论》）。在文字狱遍及全国的康、雍、乾时代，作者以此影射是可能的。据此推论，"姽婳词"一节应系在第五次增删时从他处（很可能原在八十回以后）移入并与"痴公子杜撰芙蓉诔"辑成一回。

九　结论

通过以上探讨，我们可以概括出《红楼梦》成书过程中的特点：曹雪芹确系先写成长篇故事，到创作过程后期方按新的总体构思将此长篇故事剪接成章回小说,且其间有过对故事情节的多次增删和集中。至于回目的拟写,则更是分回确定以后的事。今存早期脂本(甲戌、己卯、庚辰本)的正文和回目差异,除去抄手的妄改和抄写中可能发生的错误而外,正反映出作者增删修改过程中的遗留痕迹。

曹雪芹曾因配合分回而对全书进行两次剪接之事实,可以解释《红楼梦》内在的种种矛盾和疏失(如人物年龄的不一致及时序倒错),避免某些误会和争执。例如,关于《红楼梦》的作者问题,两百年来是一个常常有人提出的问题,这问题至1979年戴不凡先生《揭开〈红楼梦〉作者之谜》提出的论据而达到了高峰。但其实戴先生所提出的五大内证,大量吴语词汇、贾府从南京"搬家"到北京、时序倒流、"大宝玉"和"小宝玉"、花园由西而东,都是在小说长达十九年的创作过程中出现的正常现象。大量吴语词汇的运用是作者少年时生活于南方后迁居北京因而能掌握吴方言的反映,贾府南北地点之不定乃作者所采用的素材本身发生于南北两地所造成,至于人物年龄不统一、时序倒流及荣府院宇结构方向的改变等等,更可以用作者修改、增删、剪接、集中旧稿来解释。因而对《红楼梦》素材及成书过程的研讨,实亦有助于《红楼梦》著作权问题的解决。

其次,曹雪芹写作《红楼梦》的此种方式既经证实,则爱新觉罗·裕瑞《枣窗闲笔》所谓曾见诸家所藏之八十回后目录显非实情。其《后红楼梦书后》谓:

> 八十回书后惟有目录,未有书文,目录有"大观园抄家"诸条,与刻本后四十回"四美钓鱼"等目录迥然不同。盖雪芹于后四十回虽久蓄志全成,甫立纲领,尚未行文,时不待人矣。

而根据上文讨论,小说后半部既未完成正文(指第五次增删稿),就绝无完整的回目,先拟回目再写正文并非雪芹著书之习惯。程甲本卷首程伟元《红楼梦序》谓:

> 然原目一百廿卷,今所传只八十卷,殊非全本。……不佞以是书既有百廿卷之目,岂无全璧?

如非托辞,即系误信他人补撰之正文与回目为曹雪芹原稿所致。程甲、程乙本后四十回回目及正文亦非第四次增删稿之面貌,这从关于明义《题红楼梦》组诗后四首的讨论已能确定。而曹雪芹的前三次增删稿尚未分回,更谈不上有目录了。至于程本后四十回内容不符合作者前八十回正文所透露的全书总体构思与人物结局,亦有脂评可为佐证(详下节)。因而,对曹雪芹的创作方式及《红楼梦》成书过程的研究,对后四十回著作权的鉴别亦有助益。

最后,通过对《红楼梦》成书过程的考察,我们将能进一步了解作者在多年创作过程中思想的变化轨迹。从本节的探索可知,作者五次增删和两次剪接旧稿的目的都在于尽可能地增强《红楼梦》的艺术魅力,并深化小说的重要主题:贾氏家族的衰亡史和封建时代女性的悲剧命运,以及作为贵族阶级的叛逆者贾宝玉的人生悲剧。《红楼梦》的成书过程正是它的思想艺术价值不断提高的过程。对此过程研究的不断深入,必将进一步帮助我们探索曹雪芹创作《红楼梦》的主观命意,并推进对《红楼梦》客观意蕴的研究和评价,有助于一般文学创作和理论研究的发展。

第五节　关于《石头记》后半部情节与人物结局之推测

由于曹雪芹的过早去世,第五次增删稿《石头记》未能完成。幸作者在前八十回多次运用象征、预示、伏线等艺术表现手法,加之了解作者构思或读到过部分佚失原稿的脂砚、畸笏等人又留下不少有关后半部内容的评语,使得我们对后半部情节发展的大致轮廓和人物结局有了解的可能。本节试图以尽可能简练的语言表述这方面的研究成果。

一　贾府抄没,子孙流散

贾府最后将抄家,子孙流散无依,作者在第十三回已借秦可卿向凤姐托梦作了预示:

> 如今我们家赫赫扬扬,已将百载。一日倘或乐极悲生,若应了那句"树倒猢狲散"的俗语,岂不虚称了一世的诗书旧族了!……莫若依我定见,趁今日富贵,将祖茔附近多置田庄、房舍、地亩,以备祭祀供给之费皆出自此处,将家塾亦设于此。……便是有了罪,凡物可以入官,这祭祀产业连官也不入的。便败落下来,子孙回家读书务农,也有个退步,祭祀又可永继。

作者的这个预示,在正文及脂评中都有佐证:

(1)第五回《红楼梦曲·飞鸟各投林》以"好一似食尽鸟投林,落了片白茫茫大地真干净"象征贾府之没落,《聪明累》曲又以"家富人宁,终有个家亡人散各奔腾"预示贾府将家破人亡,子孙四散飘零。

(2)脂评多次言及贾府败落,如:

a.己卯、庚辰本第十七、十八回在元春所点之《豪宴》下批:"《一捧雪》中,伏贾家之败。"

b.庚辰本第二十七回眉批:"此系未见'抄没''狱神庙'诸事,故有是批。"

c.第二十二回探春风筝谜下庚辰本有双批:"此探春远适之谶也。使此人不远去,将来事败,诸子孙不至流散也。悲哉伤哉。"

以上这些小说正文和脂评的预示,已足证贾府将彻底破败,子孙飘零。唯贾府何以会得罪抄没,又有多种因素:

(1)贾氏诸人作恶多端,日后败露。如贾赦勾结贾雨村勒逼石呆子古扇致死,又交通平安州节度使(即所谓"交通外官",此乃清代法律所明文禁止者);贾珍爬灰,又与贾蓉共同玩弄尤氏姊妹;贾琏抢占有夫之妇尤二姐;凤姐嘱托长安节度使云光退婚,致张金哥夫妇自尽,得贿三千两,又违禁放高利贷等等。在"圣上"需要时都是可以抄没治罪的极好罪状。

(2)贾府子孙不肖自杀自灭。作者以第七十四回探春之言预示贾府将因自杀自灭而导致抄家。

(3)受贾雨村、孙绍祖等人的告密陷害。甲戌本第一回脂评称贾雨村为"奸雄",己卯、庚辰本和蒙戚三本第十七回双批又谓:"写雨村亲切,正为后文地步,伏脉千里。"第五回迎春判词及《喜冤家》曲称孙绍祖为"中山狼","一味的骄奢淫逸贪还构","构"即"构陷"。第七十九回写孙绍祖"现任指挥之职""现在兵部候缺题升",他正是大司马(兵部尚书)贾雨村的直接下属。脂评又谓《一捧雪·豪宴》一出"伏贾家之败",而《豪宴》内容即严世蕃设宴招待莫怀古和汤勤欣赏《中山狼》杂剧,显以预示贾府将为中山狼式的人物所构陷而破家。中山狼的特征是恩将仇报,贾雨村与孙绍祖构陷贾府恩将仇报实有可能。

(4)受甄府牵连。第一回写葫芦庙失火殃及甄士隐家,甲戌本脂评云

"写出南直召祸之实病";第七十五回写及甄家抄没调京治罪,有甄家女人带几箱东西寄存于贾府,可能因此而致牵惹祸殃。

(5)陷入统治集团内部的权力斗争。第三十三回写及贾府与忠顺王府素不往来,贾府与东南西北四王特别是北静王素昔交好,这种统治集团内部的结党对立,常常引起两党的攻讦以致"一荣俱荣,一衰俱衰",元春之死即与政治斗争有关(详后)。

(6)其他可以借故治罪的政治原因。第十三回秦可卿之棺木用的是"坏了事的忠义老亲王"定下的樯木,贾政出面劝阻,甲戌、庚辰本旁批云:"政老有深意存焉。"因为在封建时代这已可以作为"大逆"的证据。第七十八回贾宝玉之《姽嫿词》有讥评"天子"的诗句,也可能成为文字狱的借口。

这种种因素,已足以致贾府于死地了。据脂评,贾府事败抄没之后,有五六回关于"狱神庙"的情节:

> (1)茜雪至"嶽神庙"方呈正文。……余只见有一次誊清时,与"狱神庙慰宝玉"等五六稿被借阅者迷失,叹叹!丁亥夏,畸笏叟。(庚辰本第二十回眉批)

> (2)"狱神庙"回有茜雪、红玉一大回文字,惜迷失无稿,叹叹。丁亥夏,畸笏叟。(甲戌、庚辰本第二十六回眉批)

> (3)且系本心本意,"狱神庙"回内。(甲戌本第二十七回旁批)

> (4)此系未见"抄没""狱神庙"诸事,故有是批。丁亥夏,畸笏叟。(庚辰本第二十七回眉批)

> (5)红玉后有宝玉大得力处,此于千里外伏线也。(甲戌本第二十七回总评)

> (6)红玉今日方遂心如意,却为宝玉后伏线。(甲戌本第二十七回旁批)

据此可知小说后半部贾府抄没后有凤姐与宝玉沦于狱神庙,为红玉和茜雪所救的情节。唯上引脂批(1)抄作"嶽神庙"而非"狱神庙",故对此情节具体设想不同。一说认为"嶽神庙"抄写正确,它即东岳大帝庙,第八十回所写贾宝玉去还愿的"天齐庙"。贾府抄没后凤姐、宝玉等人无以为生,栖身此庙乞讨度日,为红玉和茜雪所救助。(参见梁归智《石头记探佚》)另一说认为"狱神庙"正确,它即旧时监狱中供狱神之处,又称萧王堂,罪犯入狱、起解或赴刑时都要祭狱神。凤姐、宝玉等人被关押于此,红玉和茜雪设法入内探望,安慰并营救他们出狱。持此说者还认为,她们之所以能救出凤姐宝玉,是因为有贾芸、倪二及其朋辈的协助。(详吴世昌《红楼梦探源外编》)这亦有脂评为证:

(1)芸哥亦善谈,好口齿。……孝子可敬,此人后来荣府事败,必有一番作为。(庚辰本第二十四回)

(2)"醉金刚"一回文字,伏芸哥仗义探庵[监]。(靖本批语抄件第92条)

(3)庚辰本第二十四回旁批赞倪二为"仗义人","四字(指正文"义侠之名")是评,难得难得,非豪杰不可当"。

总之,贾府抄没后有关于"狱神庙"之文字可以肯定。以上两说皆可通,然从小说之史诗性质分析,似以后一说为近是。

在小说近结束处,可能还有荣宁二府及大观园为大火焚去,唯余白地的情节。因为第一回叙甄士隐的"小荣枯",有其家遭火的情节,可能系后文贾府遭火之预演。第五回《飞鸟各投林》曲也有"好一似食尽鸟投林,落了片白茫茫大地真干净"的预示。

综上所论,在曹雪芹的原定构思中,贾府的败落将十分彻底,其场面惊心动魄、惨绝人寰,与今程本后四十回"延世泽""兰桂齐芳"的结局截然不同。

二 诸钗结局

金陵十二钗均系悲剧人物,据第五回十二钗图册及《红楼梦曲》、第二十二回春灯谜、第六十三回花名签等多处预示并结合脂批,可见诸钗结局之大概。钗黛之悲剧上下文均有论及,此处从简。

1. 林黛玉泪尽夭亡。

(1)第一回绛珠仙子以眼泪还债的神话与第五回《枉凝眉》曲"想眼中能有多少泪珠儿,怎禁得秋流到冬,春流到夏"已有概括预示。

(2)林黛玉《葬花词》"似谶成真",她最后"一朝春尽红颜老,花落人亡两不知"。从明义《题红楼梦》组诗之十八及《枉凝眉》曲合推,她因"沉痼"而死于春夏之交。时宝玉已被迫与宝钗成婚,贾府尚未破败。

2. 薛宝钗"金簪雪里埋"。

(1)宝钗先嫁宝玉,"金玉良姻"终获成功,见第五回《终身误》曲和明义《题红楼梦》组诗之十七、十九首。

(2)据庚辰本和蒙戚三本第二十一回回前总评,她婚后还"借词含讽谏",劝导宝玉走仕途经济之路,终为宝玉所弃。同回双批言宝玉"弃宝钗之妻而为僧"(详后),可为明证。

(3)第一回贾雨村高吟一联"玉在椟中求善价,钗于奁内待时飞",甲戌本有脂评:"表过黛玉则紧接上宝钗。""前用二玉合传,今用二宝合传,自是书中正眼。"可见下联之"钗"确指薛宝钗无疑。诗联应严格对偶,上句"善价"既为名词,则下句"时飞"亦必为名词,应即指"字表时飞"的贾雨村。此乃作者构思中宝钗后来改嫁贾雨村之预示。

(4)第二十二回宝钗更香诗谜预示,她日后将"焦首朝朝还暮暮,煎心日日复年年",在富贵优裕的生活之中为自己道德的失落自我谴责,并长期忍受内心深处煎熬烧灼般的痛苦而不能自拔。

(5)据第一回《好了歌注》及甲戌本旁批,贾雨村最后"因嫌纱帽小,致使枷锁扛",薛宝钗红颜枯槁,两鬓成霜,在痛苦中终其天年。

3. 贾元春成为宫廷政治斗争的牺牲品。

(1)元春之图为"弓上挂着香橼"。"弓橼"谐音"宫缘",喻元春入宫为妃。弓系武器,象征斗争;香橼系果品,象征元春;橼挂于弓,象征元春将死于宫廷政治斗争。

(2)元春判词中之"虎兔相逢"既象征一派政治势力战胜另一派,又可实指寅卯年交替之时。己卯本和杨藏本作"虎兕",则显然象征两派政治势力的恶斗。故其判词可能既指她死于宫廷斗争,又指她死于寅年除夕与卯年元旦之际,风俗于此时鸣放爆竹,元春曾作爆竹诗谜,或不仅喻其暴死,且预示她本人将死于爆竹声中。(详见陈毓羆《论元春之死》)

(3)第十八回元春点《乞巧》,己卯、庚辰、梦觉、戚序本等双批云:"《长生殿》中,伏元妃之死。""所点之戏剧伏四事,乃通部书之大过节、大关键。"脂评以杨贵妃比元春,可见其死因确与政治斗争有关,且可能成为贾府破败的导火线之一。

4.贾探春远嫁东海藩属为王妃。

(1)第六十三回探春抽得杏花,签文有"日边红杏倚云栽"及"得此签者必得贵婿"诸语,众人又谓探春"你也是王妃不成",皆预示她将贵为王妃。

(2)探春之图为"两人放风筝,一片大海,一只大船,船中有一女子掩面涕泣",预示她将远嫁海隅。而其判词谓"清明涕泣江边望,千里东风一梦遥",结合画图,可知乃预示其远嫁之日为清明节,远嫁之地为东海某岛。

(3)第二十二回探春所作风筝谜有"游丝一断浑无力,莫向东风怨别离"之句,庚辰本有双批:"此探春远适之谶也。"诗谜之谜底风筝象征她将远嫁不归。

由此可知,探春将作为政治工具远嫁东海某藩属为王妃。探春远嫁性质与王昭君相类,黛玉《五美吟》有咏王昭君一绝,或系影射。

5.史湘云嫁卫若兰,夫妇相离如牛郎织女,白首难圆。

(1)第三十一回回目庚辰、戚序本等均作"因麒麟伏白首双星",应系史湘云结局之预示。"双星"指牛郎、织女二星,屡见于诗词。

(2)己卯、庚辰本和蒙戚三本第三十一回均有脂评:"后数十回若兰在射圃所佩之麒麟,正此麒麟也。提纲伏于此回中,所谓草蛇灰线在千里之外。"则宝玉之雄麒麟后又转为卫若兰所有。第五回《乐中悲》曲谓湘云"嫁得才貌仙郎",与上条合看,可知她嫁卫若兰后不久即婚变,以至夫妇如双星终身相离。

(3)第一回《好了歌注》旁批和眉批预示她将改嫁他人。或谓她后嫁贾宝玉,然明义《题红楼梦》未及湘云,可知明义所见《红楼梦》中尚无此情节。作者第五次增删稿是否有此构想设计,未有确证。

6.妙玉流落风尘,终陷淖泥之中。

(1)《世难容》曲谓妙玉"到头来依旧是风尘肮脏违心愿,好一似无瑕白玉遭泥陷"。"肮脏"读上声,意谓高亢正直貌,引申为强项、不屈。作者以此预示妙玉将在黑暗环境中辗转挣扎,强项反抗而终被吞没的悲剧命运。

(2)靖本批语抄件第98条云:"妙玉偏僻处,此所谓过洁世同嫌也。他日瓜洲渡口各示劝惩,红颜固不能不屈从枯骨,岂不哀哉!"据此,似贾府败落后妙玉流落于瓜洲,为一老而不死之官僚或土豪所霸占。

7. 王熙凤被休弃,哭向金陵,短命而死。

(1)其图为"一片冰山,上面有一只雌凤",冰山象征贾、王家族及其代表人物贾元春、王子腾、贾赦等人在统治阶级内部斗争中处于岌岌可危的境地,雌凤象征王熙凤。她以此自身难保之冰山为倚靠作恶多端,终将随冰山之倾倒而遭没顶之灾。

(2)据脂批,八十回后有"王熙凤知命强英雄"一回,其时她已"身微运蹇",又有"扫雪拾玉"之事(庚辰本和蒙戚三本第二十一回总评、第二十三回双批),最后"短命"而死(庚辰本第四十二回双批)。

(3)凤姐判词中"一从二令三人木,哭向金陵事更哀"应系凤姐结局之隐语。"哭向金陵"应指她被休回娘家。"一从二令三人木"有多解:第一类解释将"一""二""三"看作序数词,解为贾琏对凤姐先是服从,继则命令,最后休弃。第二类解释将"一从"解为"自从","二令三人木"解为"冷人來",唯"冷人"为谁,又有多解。或谓指冷子兴(详吴世昌《红楼梦探源外编》),此人将勾结贾雨村等落井下石,导致贾府抄没,凤姐下狱;或谓当指冷郎君柳湘莲(详见杨光汉《论贾元春之死》),他出家后又成了绿林好汉,将代尤氏姐妹向凤姐报仇;或谓冷美人薛宝钗(参见任少东《抄检大观园初探》),她嫁为宝二奶奶后掌管荣府家政,凤姐回至大房,受邢夫人和贾赦厌恶而致休弃。

8. 贾迎春受中山狼孙绍祖作践,嫁后一年即夭。 其判词和《喜冤家》曲均已明示。

9. 贾惜春出家为尼。

(1)其判词及图已经明示。

(2)第二十二回惜春所作佛前海灯诗谜下,庚辰本和戚序本均有双批:"此惜春为尼之谶也。公府千金至缁衣乞食,宁不悲夫。"第五回《虚花悟》曲"把这韶华打灭,觅那清淡天和","觅"字己卯本和靖本均作"不见",或系作者原文。两相合看,可知惜春虽然出家,但并未在宗教中找到宁静与慰安。

(3)第七回惜春笑说要剃了头跟智能作姑子去,甲戌本眉批云:"闲闲笔却将后半部线索提动。"可知她出家为尼前后有与智能重逢之情节。

10. 贾巧姐流落烟花巷,为刘姥姥所救,后嫁与板儿为妻。

(1)第五回巧姐之判词及《留余庆》曲预示她将为"狠舅奸兄"所卖,幸为刘姥姥巧遇救出。画图显示她将成为一自食其力的农妇。

（2）脂评多次点出巧姐的这个结局。如第六回刘姥姥向凤姐求助，甲戌本有眉批："老妪有忍耻之心，故后有招大姐之事。"又有回后总评："此回借刘妪却是写阿凤正传，并非泛文，且伏二进、三进及巧姐之归着。"第四十一回板儿的佛手与巧姐的柚子交换，庚辰本有双批："小儿常情，遂成千里伏线。""柚子即今香圆之属也，与缘通。佛手者，正指迷津者也。以小儿之戏，暗透前后通部脉络。"第四十二回刘姥姥为巧姐取名字，靖本批语抄件第102条谓："应了这话固好，批书人焉能不心伤。狱庙相逢之日，始知'遇难成祥、逢凶化吉'实伏线于千里。"则巧姐为刘姥姥救后将嫁与板儿。

（3）第一回《好了歌注》有"择膏粱，谁承望流落在烟花巷"之句。从《好了歌注》总体结构看，此句应指贾府之女流落为娼。旧时少女被卖多沦入妓院，脂批又明言刘姥姥招留巧姐乃因"有忍耻之心"，则巧姐在家破之后被"狠舅奸兄"卖入娼寮甚为合理。

11. 李纨晚年荣华富贵，然其子贾兰突然死去，她的一切希望全成泡影。

贾兰在家破之后发愤苦读，终于一举成名，出将入相，紫蟒加身，均已明见《好了歌注》和《晚韶华》曲。李纨亦因而"老来富贵""带珠冠，披凤袄"，成为奉旨旌表、贞节可嘉的诰命夫人。然贾兰正当"气昂昂头戴簪缨""光灿灿胸悬金印""威赫赫爵禄高登"之时，却突然"昏惨惨黄泉路近"。李纨遭逢晚年丧子之痛，陪伴着她的只有那冰冷的贞节牌坊和鲜艳的凤冠霞帔，以及她对"镜里恩情"和"梦里功名"的回忆。

12. 花袭人嫁优伶蒋玉菡。

（1）其判词"堪羡优伶有福"及第二十八回正文袭人之松绿汗巾通过贾宝玉之手与蒋玉菡的茜香罗互换已作明确预示。

（2）庚辰本第二十回、二十八回有数条脂批涉及袭人未来："袭人出嫁后云'好歹留着麝月'一语，宝玉便依从此话。""袭人正文标昌[目曰]花袭人有始有终。""琪官虽系优人，后回与袭人供奉玉兄、宝卿得同终始者。"（末条又见甲戌本和蒙戚三本）据此可知袭人出嫁得宝玉同意，婚后尚有供奉宝玉、宝钗夫妇之事。

13. 麝月代袭人之任，跟随宝玉夫妇。

（1）第二十回正文有宝玉为她梳头的描写，庚辰本有"全是袭人口气，所以后来代任"之旁批。麝月之留乃系袭人所嘱,上文已经言及。

(2)第六十三回她抽得荼蘼花,签词为"开到荼蘼花事了""在席各饮三杯送春",预示她将为群芳之殿、送春之人,即跟随宝玉夫妇的唯一丫环。

14. 香菱被夏金桂折磨而死。

(1)其判词为"自从两地生孤木,致使香魂返故乡","两地生孤木"合为"桂"字,指夏金桂,香菱为其作践夭亡已经明示。

(2)第八十回已写及她"内外挫折不堪,竟酿成干血之症",杨藏本和蒙戚三本回目明标"姣(怯)香菱病入膏肓",可见香菱即将夭逝。

综上所述,可见曹雪芹关于诸钗结局之构思与今程本后四十回亦全然不同。

三 贾宝玉"悬崖撒手""证前缘"与警幻揭示《情榜》

贾府抄没、治罪下狱、子孙流散等重大变故使贾宝玉开始清醒地认识到他所赖以生活成长的家族已经走到了末路,出于对其家庭、阶级和整个社会的绝望,他终于出家为僧。据脂评透露,《红楼梦》将结束处有贾宝玉"悬崖撒手"的情节:

> 宝玉有此世人莫忍为之毒,故后文方能"悬崖撒手"一回。若他人得宝钗之妻、麝月之婢,岂能弃而为僧哉!(庚辰本和蒙戚三本第二十一回双批)

> 叹不能得见宝玉"悬崖撒手"文字为恨。(庚辰本、甲戌本第二十五回眉批)

> "走罢"二字,真悬崖撒手,若个能行。(甲戌本第一回眉批)

> 后回"撒手",乃是已悟;此虽眷念,却破迷关。(靖批抄件第133条)

"悬崖撒手"典出《景德传灯录》卷二十,元代自号湛然居士的诗人耶律楚材《太阳十六题·背舍》:"人亡家破更何依,退步悬崖撒手时。"可能是脂评引语的直接出处,意为解脱、涅槃。因此小说将结束处必有贾宝玉出家为僧并涅槃坐化的情节,这样,神瑛侍者才能去警幻仙姑处销号,与绛珠仙子在青埂峰重证前缘。这有靖本批语抄件第133、144两条为证:

> 后回"撒手",乃是已悟。……青埂峰证了前缘,仍不出士隐梦中。

> 观此知虽诔晴雯,实乃诔黛玉也。试观"证前缘"回黛玉逝后诸文可知。(上半条又见庚辰本第七十九回双批)

可见"证前缘"回之内容乃宝黛之前身神瑛、绛珠在青埂峰重逢,印证木石前盟。然据脂评,在此后尚有一归结全书主要人物之"情榜"出现:

> 树[数]处引十二钗总未的确,皆系漫拟也。至末回"警幻情榜",方知正副、再副、三四副芳讳。壬午季春,畸笏。(庚辰本第十七、十八回眉批)

> 按警幻情榜,宝玉系"情不情"。(甲戌本第八回眉批)

> 后观情榜评曰:"宝玉情不情,黛玉情情。"(己卯、庚辰本和蒙戚三本第十九回双批)

> 宝玉无言可答,仍将一大善知识始终跌[跳]不出警幻情榜中。(庚辰本第二十二回眉批)

> 要紧人,虽未见有名,想亦在副册内者也。观警幻情榜,方知余言不谬。(靖本批语抄件第32、33条)

综观以上脂评,可以推知末回有"警幻仙姑揭示情榜"的内容。"情榜"以贾宝玉冠首,以下为金陵十二钗三十六名女子之名[①],其下各有以"情"字为中心的评语。今尚可知者,除贾宝玉为"情不情",林黛玉为"情情"之外,薛宝钗的评语似可据其牡丹花签诗"任是无情也动人"推为"无情"。"情情"与"无情"又恰构成一对矛盾,正好又体现出作者"一分为二"创造林黛玉和薛宝钗形象的意图。

由此可见,曹雪芹构思中的小说主角贾宝玉的归宿及小说尾声的内容亦与今程本后四十回不同。

根据本节对作者构思中的小说后半部情节及人物结局的初步探索,我们可以得出结论:今程本后四十回系他人续写,非曹雪芹之原稿,也很少有混进部分曹雪芹原稿之可能。

[①] 参见蔡义江《警幻情榜及金陵十二钗》(《红楼梦研究集刊》第一辑)与拙作《金陵十二钗应是三十六人》(《红楼梦学刊》1981年第二期)。

|第三编|

《红楼梦》版本探源

第一章 版本及脂评概述

第一节 版本简介

《红楼梦》的版本可以分成脂本和程本两大系统。

曹雪芹逝世以后,带有脂砚斋、畸笏等作者亲友评语的八十回抄本《石头记》开始从作者周围圈子中向外传抄[1]。到乾隆中后期,"好事者每传抄一部,置庙市中,昂其值得数十金,可谓不胫而走者矣"(程伟元《红楼梦序》)。可见其时已有相当数量的八十回抄本在社会上流传。这种带有脂评或虽无脂评而正文仍从其过录的八十回抄本,在《红楼梦》版本学中称为脂本。今存脂本系统抄本尚有十一种,其中绝大多数在乾嘉年间已经抄成。它们是:

(1)《脂砚斋重评石头记》十六回残本,简称"甲戌本"。

(2)《脂砚斋重评石头记》己卯冬月定本,今残存四十一回又两个半回,简称"己卯本"。

(3)《脂砚斋重评石头记》庚辰秋月定本,存七十八回,第六十四、六十七回原缺,简称"庚辰本"。

(4)《石头记》(张开模藏本),有戚蓼生序文,原抄八十回,今存前四十回。清末民初上海有正书局曾据原抄八十回两次石印,可借此有正石印本见今已佚失之四十回面貌。此本简称"戚序本",在需要与南京图书馆藏戚序本相区别时,可简称"戚沪本"。

(5)《石头记》(南京图书馆藏本),存八十回,卷首亦有戚蓼生序,简称

---

[1] 程乙本《引言》谓"是书前八十回藏书家抄录传阅几三十年",其时为乾隆五十七年(1692),逆推恰在曹雪芹身后。

"戚宁本"。

(6)《石头记》(蒙古王府本),共一百二十回,简称"蒙府本"。

(7)《石头记》(苏联科学院东方学研究所列宁格勒分所藏本),今存七十八回,缺第五、六回,简称"列藏本"。

(8)《红楼梦稿》(杨继振藏本),共一百二十回,简称"杨藏本"。

(9)《红楼梦》,卷首有梦觉主人序,存八十回,简称"梦觉本"。

(10)《红楼梦》,卷首有舒元炜序,今存前四十回,简称"舒序本"。

(11)《石头记》(郑振铎藏本),今残存第二十三、二十四回,简称"郑藏本"。

此外,还有今已佚失的靖应鹍藏本《红楼梦》,简称"靖藏本"。1959年毛国瑶发现此本并摘录了有正戚序本所无之脂评150条,据称此本存七十八回,缺第二十八、二十九回,原书已于1963年左右遗失①。如能复出,脂本系统的抄本又可增加一种。

这十一种脂本系统的抄本均系过录本,并非作者稿本或脂砚斋抄录加批的原编辑本。从其内容和形式,可略见脂本系统抄本的演变情况。最早的版本均题"脂砚斋重评石头记",其中甲戌本录自脂砚斋的自留编辑本,己卯本和庚辰本出自脂砚斋四阅评本即己卯庚辰定本。它们的底本(或祖本)均是曹雪芹生前脂砚斋和畸笏所整理的本子,未经后人删改,且保存有大量脂评,故价值特高。其后,书名仅题"石头记",虽其中有的本子仍保留有很多脂评,而书名及评语中均已不见"脂砚斋"字样,且出现了一些不属脂评范围的评语,正文亦已经不同程度的改动,显示其祖本已为后人所整理加工,非复作者生前定稿的面貌。再后的本子均已改题"红楼梦",其中除杨藏本和梦觉本尚保留有少量脂评外,其他各本已将脂评删去,仅偶有漏网之鱼,正文也大多被整理者删改,其与作者原稿的距离也就更远了。

据周春《阅〈红楼梦〉随笔》乾隆五十九年自序:

乾隆庚戌秋,杨畹耕语余云:"雁隅以重价购钞本两部:一为《石头记》,八十回;一为《红楼梦》,一百廿回。微有异同。爱不释手,监临省

---

① 关于靖藏本的情况,可参见毛国瑶《靖应鹍藏钞本〈红楼梦〉发现的经过》及其所辑《靖应鹍藏钞本〈红楼梦〉批语》,靖宽荣、王惠萍《靖本琐忆及其他》(均载《红楼梦研究集刊》第十二辑)。

试,必携带入闱,闱中传为佳话。时始闻《红楼梦》之名而未得见也。壬子冬,知吴门坊间已开雕矣。

"庚戌"为乾隆五十五年(1790),是在此年之前,已有一百二十回的《红楼梦》钞本出现。次年辛亥(1791),程伟元与高鹗用萃文书屋名义排印一百二十回《红楼梦》木活字本,次年壬子又加修订重新排印出版。这种由程伟元和高鹗整理出版的一百二十回木活字本《红楼梦》称为程本,辛亥本今称程甲本,壬子本今称程乙本。然木活字版每次印数不多,一般在刷印一百余张后版面即高低不平,需要抽换木活字或重新排版[①];且木活字数量有限,排印《红楼梦》这部八十万字的大书不可能等排版结束再一齐刷印,必然是随排随印,随即拆版;按照当时的社会需求量,程甲、程乙本均不可能只印百余部。故程本的每页排版数可能均有数次,而每版页的刷印数又未必相等,装订又可能混乱,很容易出现混合版。1977年台湾广文书局影印萃文书屋的所谓"第三次原版""第四次原版"两种木活字本,称为"程丙本"(又称"胡天猎藏本"或"青石山庄本")和"程丁本",其实只是程甲、乙本混合的不同印本[②]。

自程本问世以后,《红楼梦》开始进入印本时期。今存乾隆末北京东观阁[③]刊行的《新镌全部绣像红楼梦》系据程甲本翻刻的雕板印本。在南方,则有以程甲本为底本的《绣像红楼梦全传》,于乾隆五十八年(1793)和嘉庆八年(1803)两次出口至日本,很可能即是周春所说"吴门坊间"于"壬子冬""开雕"的翻刻本[④]。此后,至1927年11月以前,除上海有正书局于清末民初两次照相石印张开模藏本即戚序本以外,各种《红楼梦》刊本均以程甲本为底

[①] 参见日本伊藤漱平教授《程伟元刊〈新镌全部绣像红楼梦〉小考》(《红楼梦学刊》1979年第一、二辑),以及此文所引日本长泽规矩也教授《和汉书的印刷及其历史》,《村上文书·出纳帐》等材料。

[②] 参见日本伊藤漱平教授《程伟元刊〈新镌全部绣像红楼梦〉小考》(《红楼梦学刊》1979年第一、二辑),以及此文所引日本长泽规矩也教授《和汉书的印刷及其历史》,《村上文书·出纳帐》等材料。

[③] 东观阁在北京而非苏州,法式善《梧门诗话》卷二有记载,参见王三庆《〈红楼梦〉版本研究》。

[④] 参见日本伊藤漱平教授《程伟元刊〈新镌全部绣像红楼梦〉小考》(《红楼梦学刊》1979年第一、二辑),以及此文所引日本长泽规矩也教授《和汉书的印刷及其历史》,《村上文书·出纳帐》等材料。

本翻印。其中影响较大的有：

（1）东观阁本《新镌全部绣像红楼梦》，乾隆末北京东观阁刊行。

（2）抱青阁本《绣像红楼梦》，嘉庆四年（1799）抱青阁刊本。

（3）藤花榭本《绣像红楼梦》，嘉庆二十三年（1818）金陵藤花榭刊本。

（4）王希廉评本《新评绣像红楼梦全传》，道光十二年（1832）双清仙馆刊本。

（5）王希廉、姚燮评本《增评补图石头记》，光绪间（约 1883 年前后）上海广百宋斋铅印本。

（6）王希廉、张新之、姚燮评本《增评补像全图金玉缘》，光绪十年（1884）上海同文书局石印本。

（7）亚东初排本《红楼梦》，系 1921 年 5 月上海亚东图书馆铅印本。

以程乙本为底本的翻印本则主要有：

（1）1927 年 11 月亚东重排本《红楼梦》，系汪原放用胡适藏程乙本作底本点校。

（2）1953 年 12 月北京作家出版社据亚东重排本重新校点分段的注释本。

（3）1957 年、1959 年、1964 年、1974 年人民文学出版社出版以程乙本为底本的校点本，共排四版，印刷多次。

至于脂本系统版本的刊印，那已在曹雪芹逝世一百四十多年以后。首次刊印者为清末民初上海有正书局的石印戚序本，至 1989 年底已共有九种影印出版：戚沪本、庚辰本、杨藏本、甲戌本、己卯本、列藏本、蒙古王府本、梦觉本和舒序本（编入《古本小说丛刊》）。为协助《红楼梦》研究者全面掌握这批珍贵资料，文化艺术出版社已于 1988 年开始出版冯其庸主编、红楼梦研究所汇校之《脂砚斋重评石头记汇校本》，采用新创的排列校勘法影印，以庚辰本为首行，依次排列其他十种抄本及程甲本的异文作横向对勘，可供对照通检，备查各本文字之异同。

此外，人民文学出版社曾出版过两个影响较大的脂本系统校本：

（1）俞平伯先生校点之《红楼梦八十回校本》，以有正本为底本，校以甲戌本、己卯本、庚辰本，参校梦觉本、郑藏本及程甲、程乙本，以程甲本之后四十回作为附录，1963 年出版。

(2)中国艺术研究院红楼梦研究所校注《红楼梦》，前八十回以庚辰本为底本，参校除列藏本以外的所有现存脂本及程甲、程乙本，后四十回以程甲本为底本参校程乙本。1982年首次出版，已排版印刷多次。

关于《红楼梦》的版本及流传情况，可以参考一粟编《红楼梦书录》和胡文彬编《红楼梦叙录》(1981年上海古籍出版社)以及魏绍昌《红楼梦版本小考》(1982年中国社会科学出版社)。

第二节　脂评概况

在《红楼梦》的早期抄本上，过录有作者至亲好友脂砚斋、畸笏叟等人的大量评语，它们有回前后总评、句下双行批注、句右旁批、眉批等各种形式，与小说正文相辅相成，以至早期抄本常以"脂砚斋重评石头记"的书名行之于世。这些以脂砚斋为代表的曹雪芹周围圈子中人的评语称为脂评(或脂批)。

由于脂评批者与曹雪芹关系切近，他们对曹氏家族的盛衰有着切己的感受，因而熟知《红楼梦》的创作背景、素材来源及成书过程。他们之中的代表人物脂砚斋和畸笏长期参与小说稿本的抄写、整理、编辑与评点，与作者患难相共，这是我国小说史上前所未有的作者与批者并肩协作的创举。因而，脂砚斋等人为《红楼梦》所作评语与毛宗岗、张竹坡、金圣叹为《三国演义》《金瓶梅》和《水浒传》等所写评语比较，具有更为宝贵的文献价值。脂评除了作为一般意义的文学批评有其美学价值而外，还具有极可重视的历史文献价值。正因为如此，研究脂评以考索作者生平、家世背景、创作思想及《红楼梦》成书过程等重大课题已成为《红楼梦》文献学研究的重要组成部分。

一　脂评鉴别

在今存脂本上的批语，有一部分系后人所批，不属脂评范围，已可肯定者有：

(1)玉蓝坡。其评语见庚辰本第十九回回末(P.436)："此回宜分作三回方妙，系抄录之人遗漏，玉蓝坡。"

(2)绮园。庚辰本有署此名的墨笔眉批八条,另有字迹与其相同而未署名墨眉六条。

(3)鉴堂。庚辰本有署此名的墨眉十七条,另有两条墨眉未署名而笔迹与之相同。

玉蓝坡、绮园和鉴堂之批语内容均系个人观感,他们应系庚辰本的早期读者或收藏者。据考,"鉴堂"是清末山东巡抚李秉衡①。

(4)左绵痴道人。甲戌本第三回页二有署"同治丙寅季冬月左绵痴道人记"的墨眉,盖有"情主人"印章。从此批笔迹,可以判断甲戌本上有 42 条批语(包括墨眉、旁批)出于其手。据考,此人名孙桐生,字小峰,四川绵州人,咸丰二年进士,湖南永州府知府。甲戌本收藏者刘铨福在书末题跋中提到一位"孙小峰太守",即是此人。据刘铨福介绍,孙桐生曾刻过《妙复轩手批红楼梦》(按,妙复轩即张新之,别号太平闲人)。

(5)立松轩。蒙戚三本第四十一回回前诗:"任呼牛马从来乐,随分清高方可安。自古世情难意拟,淡妆浓抹有千般。立松轩。""立松轩"有可能即是蒙戚三本祖本的整理者。蒙戚三本独有的回前后诗词韵文有部分可能即是立松轩的手笔。

二　脂评批者及其评语

甲戌本、己卯本和庚辰本均名为"脂砚斋重评石头记",因而绝大部分脂评应出于脂砚斋之手。畸笏叟的评语也有相当数量。此外,常村、梅溪、松斋等人的少量评语亦属于脂评范围。现存脂评约 3000 余条,能够确定其批者的不足十分之一。试分别论之:

(1)脂砚斋。脂批中署名"脂砚""脂研"或"脂砚斋"及在批中自称"脂砚"者共 35 条;系年"己卯冬(夜)"者 24 条,因庚辰本有署"己卯冬夜脂砚"之眉批(P. 544),故亦为其批;又庚辰本有署"脂砚斋再笔"之双批(P. 595),故署"再笔"之一条亦为其评语。总计 70 条。凭此 70 条批语之特征,又可确定他的另一些评语。

(2)畸笏。署"畸笏(叟、老人)"的评语有 55 条,系年"壬午""丁亥"等可

---

① 据吴世昌《红楼梦探源外编》和吴恩裕《曹雪芹丛考》。

以肯定出于其手者有 38 条。

（3）松斋。其批语存一条,见庚辰本第十三回眉批:"语语见道,字字伤心,读此一段,几不知此身为何物矣。松斋。"(P. 271)此批又见甲戌本,但无署名。庚辰本同回又有转述"松斋云"之眉批一条:"松斋云:好笔力,此方是文字佳处。"(P.272)这说明松斋与脂砚等人关系很近。据考,松斋乃是雍正初大学士白潢之孙白筠,系敦敏、敦诚兄弟的友人①。白潢在康熙后期任江西巡抚,与曹家应是世交,故松斋极可能亦是曹雪芹之好友。

（4）梅溪。其批语亦存一条,见庚辰本第十三回"三春去后诸芳尽,各自须寻各自门"眉端:"不必看完,见此两句即欲堕泪。梅溪。"(P. 271)甲戌本有此批而无署名。"梅溪"可能即是第一回正文提到的为小说题签《风月宝鉴》之"东鲁孔梅溪"。据考,此人乃孔子的第六十九代孙孔继涵②。

（5）常村。甲戌本第十三回页三眉批:"九个字(按,指'无不纳罕,都有些疑心')写尽天香楼事,是不写之写。"后无署名,但靖本批语抄件第 69 条内容与之相同而署名"常村"。"常""棠"古字通,故"常村"可能即曹雪芹之弟曹棠村③,甲戌本第一回页八眉批曾提及此人,他曾为《风月宝鉴》作序。

（6）脂评中有一部分女性口吻的批语,故批者中应有一位女性。如甲戌本第二十六回页五在"宝玉穿着家常衣服,靸着鞋,倚在床上拿着本书看,见他进来,将书掷下"旁批:

> 这是等芸哥看,故作款式者。果真看书,在隔纱窗子说话时已放下了。玉兄若见此批,必云:"老货,他处处不放松我,可恨可恨。"回思将余比作钗颦等,乃一知己,全[余]何幸也,一笑。

"老货"乃当时对中老年妇女的称呼(第八回薛姨妈称李嬷嬷"老货",第十九回宝玉的丫头骂李嬷嬷"好一个讨厌的老货",可证),批中又谓作者将其比为书中人物宝钗和黛玉,故批者必为女性。周汝昌先生认为她就是脂砚斋,小说人物史湘云的原型④。戴不凡先生则认为她不是脂砚斋,而是小说人物

---

① 据吴世昌《红楼梦探源外编》和吴恩裕《曹雪芹丛考》。
② 据吴世昌《红楼梦探源外编》和吴恩裕《曹雪芹丛考》。
③ 据吴世昌《红楼梦探源外编》和吴恩裕《曹雪芹丛考》。
④ 见周汝昌《红楼梦新证·脂砚斋批》(1953 年棠棣出版社出版)、《石头记鉴真》(书目文献出版社 1985 年版)。

麝月的原型①。

　　此外，脂评中可能还有少量曹雪芹自作的评语。如第三回宝玉将出场时混入正文的批语"倒不见那蠢物也罢了"；第七十八回宝玉祭晴雯，在"乃涕泣念曰"句下庚辰本和列藏本有误入正文的批语："诸君阅至此，只当一笑话看去，便可醒倦。"这类批语只可能出于作者之手，因为只有作者才能以这种文字自我讥嘲②。

　　总之，脂评并不单指脂砚斋的评语。甲戌本第二回页一有眉批云："诸公之批自是诸公眼界，脂斋之批亦有脂斋取乐处。"所谓"诸公"，除了畸笏、梅溪、常村、松斋等人外，还可能有曹雪芹之好友敦敏、敦诚兄弟（参见余英时《敦敏、敦诚与曹雪芹的文字因缘》）。但在二百多年后的今天，要弄清每一条脂评的批者已不可能，我们亦不必一一去勉强落实。

　　至于脂砚斋和畸笏叟为谁，目前尚难完全确定。从其批语内容看，他们都应是曹氏家族成员。脂砚与曹雪芹年龄相近，有可能是其堂兄弟③；畸笏是曹雪芹的长辈，约比其年长二十岁，极有可能即是曹頫。

三　脂评的形式和批写时间

脂评有下列几种形式：

（1）句下双行批注。它有墨抄与朱笔两种，前者系与正文一起连抄，后者系抄写正文时预留空格，然后用朱笔填入。

（2）旁批。有人称之为"行间夹批"，但其所批实系左侧正文，以称旁批或侧批较妥。旁批亦有朱、墨两色，抄于正文句右，短者一二字，长者可达三四行。均系正文抄好后所加。

（3）眉批。批写于正文之上书眉，亦有朱、墨两色。

（4）回前后总评。一般系墨色。

脂评的批写时间前后不一。据第一回正文，甲戌年脂砚斋已是再评，故

---

① 见戴不凡《脂批中的女性是"麝月"》（《红楼梦研究集刊》第三辑）。
② 见俞平伯《脂砚斋红楼梦辑评·引言》和《记〈夕葵书屋《石头记》卷一〉的批语》，均收入《俞平伯论〈红楼梦〉》一书。
③ 周汝昌、吴世昌认为畸笏即脂砚，但靖本批语抄件第 87 条有"前批知者聊聊[寥寥]，不数年，芹溪、脂砚、杏斋诸子皆相继别去，今丁亥夏，只剩朽物一枚，宁不痛杀"之语，据此可证脂砚与畸笏并非一人。

初评应在乾隆十九年(1754)前。有署年可考的最晚脂评,如据甲戌本第一回页九眉批"甲午八日"之署年,则当乾隆三十九年(1774)。但夕葵书屋《石头记》卷一内容相同之批语署"甲申八月",俞平伯先生考证认为"甲申八月"较确①。如据靖本批语抄件第 102 条,最晚者乃此署"辛卯冬日"之眉批,时为乾隆三十六年(1771)。己卯、庚辰本上的批语则以"丁亥"为最晚,时乃乾隆三十二年(1767)。因此脂评的批写时间首尾延续了十五年以上。为对脂砚、畸笏的阅评时间有一全面认识,可列简表:

脂砚、畸笏阅评情况简表

阅评年份	评者及阅评序次	说　　明
甲戌前 甲戌(1754)	脂砚斋初评 脂砚斋再评	据甲戌本第一回"至脂砚斋甲戌抄阅再评"之句,知其初评和再评时间。
丙子(1756)	脂砚斋三评	庚辰本第七十五回回前页:"乾隆二十一年五月初七日对清。"该年为丙子。
丁丑(1757)	畸笏初评	靖批第 97 条:"尚记丁巳春日谢园送茶乎?展眼二十年矣。丁丑仲春,畸笏。"时为乾隆二十二年。
己卯(1759)	脂砚斋四评	己卯本册首题:"脂砚斋凡四阅评过。"又,庚辰本有署此年之评语 24 条。
壬午(1762)	畸笏再评	庚辰本有该年畸笏批语 42 条。
甲申(1764)	脂砚斋五评	甲戌本有"甲午八日泪笔"之眉批,应系"甲申八月"之误抄。
乙酉(1765)	畸笏三评	庚辰本第二十五回有署"乙酉冬雪窗畸笏老人"之眉批。
丁亥(1767)	畸笏四评	庚辰本有畸笏该年批语 27 条。
戊子(1768)	畸笏五评	靖本批语第 83 条署"戊子孟夏",应系畸笏之批。
辛卯(1771)	畸笏六评	靖本批语第 102 条署"辛卯冬日",亦应系畸笏之批。

因而,今存脂评除有署年者外,一般已难以确定其批写时间。但对同一脂本而言,句下双批的批写时间较早。因为曹雪芹的原稿和脂砚斋的抄阅初评本上应该是没有双行批注的,最初的评语是加于句侧的旁批或眉批,抄阅再评时方始将其过录于句下成为双行批注。新加的眉、旁评则在抄录成

---

① 见俞平伯《脂砚斋红楼梦辑评·引言》和《记"夕葵书屋〈石头记〉卷一"的批语》,均收入《俞平伯论〈红楼梦〉》一书。

己卯定本时又可成为双批。今己卯、庚辰本均未改变原本的形式,故而可以肯定他们的双批系在己卯冬之前所批。甲戌本的双批则可能略早,其中且包括部分初评,但因为我们不能肯定今存甲戌本在甲戌年已抄定多少回,所以并不能肯定此本双批系甲戌年之前所批(详后)。其他形式的批语均可在抄成全书后再加,所以很难肯定其批写时间,仅己卯本上的批语可以肯定不会迟于庚辰年即乾隆二十五年(1760)。

第二章 甲戌本

第一节 甲戌本之概貌和涵义

一 概貌

甲戌本今残存第一回至第八回、第十三回至十六回、第二十五回至二十八回共十六回。其中,第四回末页缺B面,第十三回首页A面缺左下角。每四回一册,册首题书名"脂砚斋重评石头记"。无总目,第一回前有他本所无之《凡例》约八百字共两页半。正文每面十二行,行十八字。有大量朱笔双行批注、旁批、眉批和墨笔回前后总批。每页中缝上书《石头记》,中书"卷×"和页码,下书"脂砚斋",显示其底本(或祖本)乃脂砚斋本人的自留编辑本。

此本原由清末刘位坦、刘铨福父子购藏,据《王秉恩日记手稿》第二十九册光绪二十七年(1901)二月初十附笺(见《台湾红学论文选》所载潘重规《甲戌本〈石头记〉觳论》):"闻此稿仅半部,大兴刘宽夫位坦得之京中打鼓担中,后半部重价购之,不可得矣。"是此本原亦应有八十回。刘铨福字子重,号白云吟客、云客,大兴人,同治九年(1870)官刑部郎中,书末有其题跋四则,署"癸亥春日"(同治二年,1863)者最早,故此本至迟于同治二年已由其父子购藏。1927年夏此本归胡适。原书现藏美国康乃尔大学图书馆。1961年台北商务印书馆首次影印出版,附有胡适序跋。1962年中华书局上海编辑所翻印,删去胡适序跋印章,附有俞平伯之后记。1973年、1975年、1985年上海古籍出版社多次重印。

二 "甲戌本"之涵义

由于此本第一回页八"满纸荒唐言"诗后有"至脂砚斋甲戌抄阅再评,仍用《石头记》"之语,故此本被定名为甲戌本。

但"甲戌本"之涵义与"己卯冬月定本""庚辰秋月定本"之略称"己卯本""庚辰本"是不同的。后者显示其最初底本抄定的年份:己卯原本抄定于乾隆二十四年己卯冬,庚辰原本重定于二十五年庚辰秋。而"甲戌本"之涵义却是,其最初底本即甲戌原本开始抄录自乾隆十九年甲戌。事实上,甲戌年乃是脂砚斋开始抄阅再评的年代,此年第五次增删方才开始,我们无从肯定作者在此年到底写定了多少回。今甲戌本是甲戌原本的过录本,其残存数量之多少当然与乾隆甲戌作者已写定多少回毫不相干。

三 抄写款式

甲戌本原装四册,每册四回,全部正文与脂批均系一人用朱墨两色抄录。其各回抄写款式,初看似无不同,细究则颇有差别。

(1)第一回至第五回无结束形式和回后总评,其抄写款式为(加线部分或缺,下同):

回次、回目、<u>回前总评</u>、<u>标题诗</u>、正文

(2)第六回至第八回已带有结束形式,第六回且已有回后总评,其抄写款式为:

回次、回目、<u>回前总评</u>、标题诗、正文、结束形式、<u>回后总评</u>

(3)第十三至十六回已无回后总评,回前总评和标题诗(仅存"诗云",诗留空待补)已提至回目前面:

回次、回前总评、标题诗、回目、正文、结束形式

(4)第二十五回到二十八回,回前总评和标题诗已取消,其抄写款式为:

回次、回目、正文、结束形式、回后总评

甲戌本这种抄写款式的变动说明:其一,作者和整理者脂砚开始有在每回写作回前总评和标题诗的设想,后因各种原因(如撰写不易,一旦写成难以增删改动)而决定取消,总批移入回后以便增删,如上述第四种款式;其二,第二种抄写款式将回前总评和标题诗位置提至回目之前,查己卯本和庚

辰本,这两项已另页抄写,置于该回之前,显系甲戌本此种形式之进一步发展。甲戌本抄写款式的未能统一反映了甲戌原本的形成时间较其他脂本为早。

今甲戌本每面十二行,每行十八字,基本上保存了甲戌原本的款式。甲戌原本的抄写行款是每面十二行,每行二十字,这是根据今甲戌本之内证推测而得的结论,理由有二:

(1)第二回回前总评第二条由于抄手疏忽误衍了四十字:"未写荣府正人,先写外戚,是由远及近,由小至大也。若使先叙出荣府然后一一叙及外戚,又一一。"重复抄写了一遍。在其所据底本上,这四十字应系两行,乃抄手看错多抄两行所致。故其底本每行乃二十字。(参见吴世昌《红楼梦探源外编》)

(2)第十三回页十一眉批:"此回只十页,因删去天香楼一节,少却四五页也。"检此回页数实乃十一页。但如每行增加二字,则正好抄成十页,与脂批所说相符。

甲戌原本行款的确定非常有用,因为它可以解释今甲戌本某些旁批之所以批错位置的原因,且可据而恢复这些错位旁批的原来位置。如第一回页十八《好了歌注》在"如何两鬓又成霜"旁批"贷[黛]玉、晴雯一干人",显系错位。但如按此推论之甲戌原本行款将《好了歌注》重新抄写,则上批正落在"昨日黄土陇头送白骨"句旁。其他旁批也落在比今甲戌本更适宜的位置上:"宝钗湘云一干人"在"如何两鬓又成霜"句旁,"熙凤一干人"在"金满箱,银满箱"句侧,"甄玉、贾玉一干人"在"转眼乞丐人皆谤"句右下方。(参见杨光汉《关于甲戌本〈好了歌解〉的侧批》,《红楼梦学刊》1980年第四辑)这对研究曹雪芹原稿后半部的构思和版本的演变都很有用处。

今甲戌本的行款接近于脂砚斋的自留编辑本甲戌原本,这是它版本价值较高的根据之一。

四 标题诗和回末结束形式

在脂本回首,有的录有前冠"题曰"或"诗云"的律绝,甲戌本第一回页八脂评称之为"标题诗",今共存十首。标题诗有概括本回主旨的作用,甲戌本有五首,见于第一、二、六、七、八回,乃脂本中留存标题诗最多的本子(详本书附录一《脂本标题诗总表》)。

早期脂本回末有的戛然而止,并无任何结束形式,这应是最早分回时的痕迹。后作者曾试图使回末结束形式划一,采用了两种方式:一是用"正是"加一对诗联,二是用"下回再见""且听下回分解"之类的套语,有时这两种方式又合而使用。甲戌本残存之十六回中,第一、二、三、四、五、二十五回戛然而止[①],第六、七、八、十三回有回末诗联,其他八回则用套语,唯第七、十三回兼用两者。如与其他脂本比较,甲戌本的回末结束方式显得极不统一。如庚辰本,其回目结束形式已趋向于用套语;戚序本则全部回末都已加上了"且听下回分解"。唯"正是"加一对诗联的形式未能广泛使用(详本书附录二《脂本回末诗联总表》)。

从标题诗和回末结束形式之存在,可以推想作者原有在回首加标题诗,在回末以"正是"加一对诗联结束的考虑,以便回首回末呼应回环,全书一百零八回如能统一,则其形式之美足为章回小说之冠。但标题诗要概括全回,回末诗联要承上启下,拟写不易精当。后标题诗既未全拟,回末诗联也就略而不补了。甲戌本回首有较多的标题诗,回末形式又很不统一,这都显示出甲戌原本开始形成的时间较早,大约到第二十五回定稿之后,作者对每回形式的安排才有了尽量简化的考虑,标题诗和回末诗联也可能不再继续拟写了。

第二节 《凡例》和第一回

一 《凡例》

今甲戌本第一册于书名"脂砚斋重评石头记"之后即抄录《凡例》,全文五条,后有七律一首。甲戌本第五回页四有眉批已提及《凡例》:

按此书《凡例》本无赞赋闲文,前有宝玉二词,今复见此一赋,何也?

戚序本、蒙府本第五回页六亦有与此相近的双行批语,可见《凡例》系甲戌原本即已具有之文字,并非后人所加。上编第三章第三节已经指出,《凡例》(除第

---

① 第四回回末半页已不存,无实证,但从己卯、庚辰本同回结束处推论,亦应如此。

五条外)原系为第四次增删稿即明义所见《红楼梦》撰写,而其第五条谓:

> 此书开卷第一回也。作者自云:"因曾经历过一番梦幻之后,故将真事隐去而撰此《石头记》一书也。故曰'甄士隐梦幻识通灵'。"但书中所记何事,又因何而撰是书哉?自云:"今风尘碌碌,一事无成,忽念及当日所有之女子,一一细推了去,觉其行止见识皆出于我之上。何堂堂须眉,诚不若彼一干裙钗,实愧则有余,悔则无益之大无可奈何之日也。当此时则自欲将已往所赖上赖天恩、下承祖德,锦衣纨袴之时,饫甘餍美之日,背父母教育之恩,负师兄规训之德,已致今日一事无成、半生潦倒之罪,编述一集以告普天下人。虽我之罪固不能免,然闺阁中本自历历有人,万不可因我不肖,则一并使其泯灭也。虽今日之茅椽蓬牖、瓦灶绳床,其风晨月夕、阶柳庭花,亦未有伤于我之襟怀笔墨者。何为不用假语村言敷演出一段故事来,以悦人之耳目哉。故曰'风尘怀闺秀'。"乃是第一回题纲正义也。开卷即云"风尘怀闺秀",则知作者本意原为记述当日闺友闺情,并非怨世骂时之书矣。虽一时有涉于世态,然亦不得不叙者,但非其本旨耳,阅者切记之。

此条称小说为"石头记",而甲戌本第一回有"至脂砚斋甲戌抄阅再评,仍用'石头记'"之语,故知它系脂砚斋抄阅再评时所拟写。而它所记述的内容为甲戌本第一回所无,如它本系甲戌原本《凡例》之一条,则不可能称引此本第一回所无之文字,可见它原非《凡例》之所有。由于它以记录作者谈话之形式解释了第一回回目之涵义,兼及作者的创作动机,显示它极可能原系为第一回撰写之回前总评。故"此书开卷第一回也"之"书"字必系衍文。

以上推论可从今庚辰本和梦觉本等版本得到旁证。庚辰本无《凡例》,但第一回回目之后有误入正文的回前总批两条,其文字已远较甲戌本《凡例》第五条为流畅,显系将上引文字删改而成:

> 此开卷第一回也。作者自云因曾经历过一番梦幻之后,故将真事隐去,而借通灵之说撰此《石头记》一书也,故曰"甄士隐"云云。但书中所记何事何人?自又云今风尘碌碌,一事无成,忽念及当日所有之女子,一一细考较去,觉其行止见识皆出于我之上,何我堂堂须眉,诚不若彼裙钗哉?实愧则有余,悔又无益之大无可如何之日也。当此则自欲

将已往所赖天恩祖德、锦衣纨袴之时,饫甘餍肥之日,背父兄教育之恩,负师友规谈之德,以至今日一技无成、半生潦倒之罪,编述一集以告天下人。我之罪固不免,然闺阁中本自历历有人,万不可因我之不肖,自护己短,一并使其泯灭也。虽今日之茅椽蓬牖、瓦灶绳床,其晨夕风露、阶柳庭花,亦未有防[妨]我之襟怀笔墨。虽我未学,下笔无文,又何妨用假语村言敷演出一段故事来,亦可使闺阁昭传,复可以悦世人之目,破人愁闷,不亦宜乎? 故曰贾雨村云云。

　　此回中凡用梦用幻等字,是提醒阅者眼目,亦是此书立意本旨。

但因抄手疏忽,未低一格书写,且第二条下直接连书"列位看官,你道此书从何而来",以至这两条总评误入正文。然在梦觉本中,它们却是低一格书写的,显示出它们确系第一回回前总评。则据此推论,与之内容基本相同的甲戌本《凡例》第五条应是甲戌原本第一回之回前总评。

　　那么,今甲戌本怎么会将其混入《凡例》的呢? 其原因可能是甲戌原本行款为一面十二行,每行二十字,这样《凡例》前四条正好一页抄完,如第二页即为第一回回前总评①,抄手过录时极有可能将它亦误为《凡例》中的一条而连抄,抄时又将"此开卷第一回也"衍写成"此书开卷第一回也",遂造成今本之面貌。

二　第一回

甲戌本第一回有不同于其他各本之特点。

其一,它在回目之后即开始抄写正文,而其他各本均有回前总评。

(1)有两条总评者,如庚辰本、杨藏本、舒序本、梦觉本;己卯本回首已佚,但杨藏本前七回是己卯本系统,可推知亦有两条总评。

(2)仅存"此开卷第一回也"一条总评者,如列藏本、蒙府本和戚序二本。前面四个本子两条总评文字基本一致,应系从己卯、庚辰原本的第一回回前总评过录传抄,而其本身乃据甲戌原本的第一回回前总评增删定稿;后四个本子仅存一条,是其祖本已经过后人整理的明显证据。

---

①　甲戌本第十三至十六回回前总评抄于回目之前,显示甲戌原本之回前总评有抄于回目之前者。则其第一回之回前总评自可能抄于第二页,即紧接于《凡例》之次页。

因而,甲戌本第一回的回首抄写形式作为坚实可靠的版本依据,有力地证明了全书正文应从"列位看官,你道此书从何而来"开头(详见《红楼梦论丛》陈毓罴《〈红楼梦〉是怎样开头的》)。

其二,甲戌本此回"楔子"中有一段429字之文字交代青埂峰顽石投入人世的经过,各本皆无:

……说说笑笑,来至峰下,坐于石边高谈快论。先是说些云山雾海、神仙玄幻之事,后便说到红尘中荣华富贵。此石听了不觉打动凡心,也想要到人间去享一享这荣华富贵,但自恨粗蠢,不得已便口吐人言向那僧道说道:"大师,弟子蠢物不能见礼了。适间二位谈那人世间荣耀繁华,心切慕之。弟子质虽粗蠢,性却稍通,况见二师仙形道体,定非凡品,必有补天济世之材、利物济人之德,如蒙发一点慈心,携带弟子得入红尘,在那富贵场中、温柔乡里受享几年,自当永佩洪恩,万劫不忘也。"二仙师听毕,齐憨笑道:"善哉,善哉。那红尘中有却有些乐事,但不能永远依恃,况又有'美中不足,好事多魔'八个字紧相连属,瞬息间则又乐极悲生,人非物换,究竟是到头一梦,万境归空,到不如不去的好。"这石凡心已炽,那里听得进这话去,乃复苦求再四。二仙知不可强制,乃叹道:"此亦静极思动,无中生有之数也。既如此,我们便携你去受享受享。只是到不得意时,切莫后悔。"石道:"自然,自然。"那僧又道:"若说你性灵,却又如此质蠢,并更无奇贵之处,如此也只好踮脚而已。也罢,我如今大施佛法助你助,待劫终之日复还本质,以了此案,你道好否?"石头听了,感谢不尽。那僧便念咒书符,大展幻术,将一块大石登时变成(一块鲜明莹洁的美玉)……

这大段文字,在其他各本均不见踪影,唯余相同(仅梦觉、列藏本偶有误字)的十一个字:"来至石下,席地而坐长谈,见(一块鲜明莹洁的美玉。)"己卯本回首缺三页半,从其抄写款式和杨藏本之情况推测,亦无此429字。这样,不仅有关石头入世的故事不完整,连前后文句也不通了,石头既仍在,何时又变成了美玉?故到程甲本,此处就改成"来这青埂峰下,席地坐谈,见着这块鲜莹明洁的石头",这样上下文才算贯通。

甲戌本所独有的这段文字应系作者原稿,并不是任何其他人所能补入。这不仅因为甲戌本上此段文字已有七条旁批,而且因为它已有一些词句为以后正文和脂评所引用。如：

（1）其中"美中不足，好事多魔"见于各本第五回《终身误》曲："叹人间美中不足今方信。"又见于己卯、庚辰本第十六回首页双批："所谓'好事多魔'也，脂研。"又见于甲戌本第四回页六眉批："所谓'美中不足，好事多魔'，先用冯渊作一开路之人。"

（2）其中石头自称"蠢物"，各本第一回正文就有"你携了这蠢物意欲何往""将此蠢物夹带于中""将蠢物交割清楚"诸语。又各本（除梦觉本外）第十八回正文有"诸公不知，待蠢物将原委说明，大家方知"，己卯、庚辰本和蒙戚三本在"蠢物"下且有双批："石兄自谦，妙。可代答云'岂敢'。"又见于甲戌、舒序本和蒙戚三本第六回正文："若谓聊可破闷时，待蠢物逐细言来。"又第三回各本有混入正文的批语"倒不见那蠢物也罢了"。此类例子尚多。

因而此429字应为作者原稿所有。各本缺失的原因，周绍良先生提出一个假说：乃抄手在过录时多翻过一页，以至中间四百余字遗漏未抄。今甲戌本此429字正抄写于对合的两面，故此假说甚为合理（详见《红楼梦研究论文集·读甲戌本〈脂砚斋重评石头记〉散记》）。

其三，在介绍作者创作过程的一段文字中，甲戌本比其他各本多出"至吴玉峰题曰《红楼梦》"和"至脂砚斋甲戌抄阅再评，仍用《石头记》"两句，不仅透露出其底本（或祖本）即甲戌原本开始形成的年份，而且是研究《红楼梦》成书过程的重要资料。

其四，甲戌本此回有他本所无的大量脂评，其中有特别重要者。如页八眉批"能解者方有辛酸之泪"条，记载了本书作者、其创作动机及逝世年份乃至精确日期；又如同页眉批"若云雪芹披阅增删"条，明确地指出了小说作者是曹雪芹；再如《好了歌注》的眉批与旁批，贾雨村"玉在椟中求善价"一联旁批等都透露出作者对全书的总体构思。均是极可宝贵的历史文献。这些批语本书第二编均已引用，此处不赘。

第三节 甲戌本文字举隅

甲戌本虽止存十六回，然质量很高，有不少文字明显优于他本，可供校勘研究之用。将其一一详列并加说明似过于繁琐，此处只能略举数例，以窥豹一斑：

(1) 只愿他们当那醉余饱卧之时，或避世去愁之际，把此一玩，岂不省了此寿命筋力。（第一回页七）

"醉余饱卧"，庚辰本、杨藏本和列藏本均作"醉淫饱卧"，"醉淫"或可作"醉酒"解，然易滋误会；蒙戚三本颠倒成"醉饱淫卧"，文字恶劣；梦觉本和舒序本改为"醉心饱卧""醉酒饱卧"，皆非作者原文，显以"醉余"为佳。又"避世去愁"，庚辰、杨藏、列藏、舒序、梦觉诸本均作"避事去愁"，作者不满现实的愤世之情变成了庸人的胆小怕事；蒙戚三本皆作"避世去愁"，可为此系作者原文之佐证。

(2) 刘姥姥已吃毕了饭，拉了板儿过来，舔唇抹嘴的道谢。（第六回）

己卯、庚辰、杨藏、舒序及梦觉本皆作"舔唇咂嘴"，写得贫气；蒙戚三本作"舔唇打嘴"，"打"应系"抹"字之形误，自以甲戌本为佳。

(3) 凤姐听了，连忙立眉嗔目断喝道："少胡说！……等我回去回了太太，仔细捶你不捶你！"唬的宝玉连忙央告："好姐姐，我再不敢说这话了。"凤姐亦忙回色哄道："好兄弟，这才是。……"（第七回）

己卯、庚辰、舒序、杨藏和列藏本均无"亦忙回色哄"和"好兄弟"八字（梦觉本为"凤姐哄他道：'好兄弟……'"），应系己卯原本之过录者删去。宝玉是贾母的命根子，其时年龄尚幼，凤姐哄骗宝玉以取媚于贾母王夫人才符合其性格，一味凶横就不是凤姐对宝玉的态度。蒙戚三本则不仅无此八字，蒙府本还将"立眉嗔目断喝"改为"竖眉瞪目断喝"，戚序本更进一步改为"竖眉瞪目乱喝"，把八面玲珑、瞬息多变而又俊眉俏眼的王熙凤写成了形象丑恶的泼妇，应系此三本之祖本整理者所妄改。

(4) 都判道："放屁！俗话说的好：'天下的官管天下的事。'阴阳本无二理，别管他，阴也罢，阳也罢，敬着点没错了的。"（第十六回）

庚辰本末句为"还是把他放回没有错了的"，原作调侃世情的风趣不见了；己卯本和蒙戚三本则仅存"没有错了的"五字，以致文句不通；他本均无此句。

(5) 彼时贾代儒带领贾敕、贾效、贾敦、贾政……等都来了。（第十三回）

己卯、庚辰本将"带领"抄成"代修",蒙戚三本和梦觉本亦同,于是贾氏家族无端多了个老前辈。但全书他处均无其人出现,此处列举人名又均带姓氏,光秃秃的"代修"二字不合体例。杨、舒、列三本均在"代修"之上加个"贾"字,大约已发现了这个潜在的问题。己卯、庚辰等本之所以误"带领"为"代修",可能由于己卯原本中"带领"抄成"代领",此两本过录时又进一步抄误为"代修"。今己卯、庚辰本常将"带"写成"代"即系一证。

(6)宝玉心里还自狐疑,只听墙角边一阵呵呵大笑,回头看时,见是薛蟠拍着手跳了出来,笑道:"要不说姨父叫你,你那里出来的这么快?"焙茗也笑着跪下了。(第二十六回)

末句文字简练而神情全出,杨、列、蒙、戚本均同。庚辰本将它添改为:"焙茗也笑道:'爷别怪我。'忙跪下了。"实系画蛇添足。

当然,甲戌本也有错漏误抄。显著的错误,如第七回焦大骂人,有一句著名的"红刀子进去白刀子出来",见于己卯、庚辰、杨本,甲戌本却抄为"白刀子进去红刀子出来",其他各本均同,但甲戌本与蒙戚三本均有句下双批"是醉人口中文法",可知其底本亦是与己卯等本相同的,甲戌本显系抄误。又如第二回写贾敬"只爱烧丹炼汞",甲戌本抄成"烧丹炼永";第五回香菱册子画图中"有一池沼",它抄为"有一池沿"。有时一字之差,谬以千里,如第二十八回写宝玉要看宝钗的红麝串子,宝钗褪下给他,"宝玉在旁看着雪白一段酥臂,不觉动了羡慕之心",甲戌本抄成"雪白一段酥背",似乎她穿了件袒胸露背的衣裙。幸而甲戌本此类错误不多。

此外,甲戌本个别地方尚保留着作者原稿中未定草的形式,亦甚可宝贵。如第三回写林黛玉之眉眼:

两湾似蹙非蹙笼烟眉,一双似□非□□□□

□为原抄时之朱笔方框,今抄本上所填字为后人据程甲本填补。这证明在乾隆十九年时,作者尚未将书中第一女主角的眉眼写定。如将今存各抄本此两句勾稽集中比较,可以看出作者构思过程和版本传抄中的问题:

(1)两湾似蹙非蹙胃烟眉,一双似笑非笑含露目(己卯本)

(2)两湾半蹙鹅眉,一对多情杏眼(庚辰本)

(3)两湾似蹙非蹙罩烟眉,一双俊目(蒙戚三本)

(4)两湾似蹙非蹙罥烟眉,一双似百态生愁之俊眼(杨本原抄)

(5)两湾似蹙非蹙罥烟眉,一双似泣非泣含露目(列藏本)

(6)两湾似蹙非蹙笼烟眉,一双似喜非喜含情目(梦觉、程甲、程乙本、杨本改文)

(7)眉湾似蹙而非蹙,目彩欲动而仍留(舒序本)

加上甲戌本上的未定草,林黛玉的眉眼描写共有八种文本。据考,"罥烟"系曹雪芹之原文,其好友敦敏《懋斋诗钞》中之《晓雨即事》诗,已有"遥看丝丝罥烟柳"之句,应从《红楼梦》中引用。(参见周汝昌、周祜昌《石头记鉴真》)罥,音 juàn,意为挂、绕,"罥烟眉"即似轻烟细柳之眉。此说甚有理。然笔者认为,从版本演变角度看,作者首次文稿应系甲戌本上之文字即"笼烟眉",至己卯原本定稿时方改为"罥烟眉",今梦觉本及程甲本的底本均系"笼烟眉",甚至蒙戚三本共同祖本之整理者亦见到过原文为"笼烟眉"的本子。因为只有这样,他才可能从"笼"字联想,把底本上的"罥烟眉"改成"罩烟眉"。从文学角度看,己卯本、列藏本和梦觉本的文句均佳,庚辰本文句庸俗不堪,舒序本亦不佳,应系抄手妄填或妄改。

第四节 甲戌本脂评的特点

甲戌本附有大量脂评,按其形式可分为三类:

(1)墨笔书写,与正文同时过录的回前后总评。

(2)正文过录时预留空格用朱笔填入的句下双批。

(3)朱笔旁批与眉批。

如将它们分回分类统计,则可列下表:

甲戌本脂评统计表

回次	回前总评	回后总评	句下双批	旁批	眉批	总计
1	0	0	0	137	36	173
2	2	0	0	100	20	122
3	0	0	0	155	31	186
4	0	0	0	87	6	93

续表

回　次	回前总评	回后总评	句下双批	旁　批	眉　批	总　计
5	0	0	0	117	20	137
6	2	2	52	37	8	101
7	0	0	42	56	13	111
8	0	0	40	115	16	171
13	3	0	0	36	10	49
14	4	0	0	17	2	23
15	6	0	7	34	0	47
16	7	0	25	44	7	83
25	0	4	11	73	5	93
26	0	8	16	65	3	92
27	0	6	0	51	2	59
28	0	4	0	59	5	68
共计	24	24	193	1183	184	1608

本表之统计有两点说明：

(1)第一、二、五、二十七、二十八等回韵文下空白处各有批语 4、2、34、1、4 条,因其性质与叙述文字的句下双批不同,故计入旁批。

(2)第十三、二十七回回末正文结束处各有朱笔长批一条,因与墨笔回后总评有别,故计入眉批。据靖本批语抄件,前者在靖藏本上系回前总评。后者在庚辰本中系《葬花吟》之眉批。

在此统计的基础上,我们可以进而分析甲戌本脂批的特点。

一　双行批注

由上表可见,甲戌本脂评以旁、眉批为主,句下双行批注仅 193 条,占全部脂批数的 12%。

如将甲戌本和庚辰本、蒙戚三本共有句下双批的第十五、十六、二十五、二十八回作比较,则可列下表：

甲戌、庚辰、蒙戚三本双批比较表

版　本	双批	同甲戌本双批数	同甲戌本旁批数	同甲戌本眉批数	增加数
甲戌本	59				
庚辰本	184	59	106	2	18
蒙戚三本	187	59	106	1	22

此表显示：庚辰本和蒙戚三本之祖本形成时间在甲戌原本形成之后，因此可以将甲戌原本的旁批和眉批纳入句下双批，并增加了一些双批。

如再进一步观察，则可以第十六回为例列表：

甲戌、庚辰、蒙戚三本第十六回双批比较表

版　本	双批	同甲戌本双批数	同甲戌本旁批数	同甲戌本总批数	增加数
甲戌本	25				
庚辰本 蒙戚三本	58	25	28	1	4

此表显示：第十六回庚辰本和蒙戚三本除将甲戌本的旁批28条纳入句下双批外，又抽出一条回前总评（即"赵姨讨情"条）录为双批。甲戌原本开始形成时间显然较早。

二　旁批和眉批

甲戌本上旁批特多，有1183条，占全部批语总数的73.6％；眉批有184条，占11.5％。两者共计1367条，占85％。其中，第一至第五回眉、旁批密集，而全无句下双批。第十三、十四、二十七、二十八回眉、旁批虽不很多，却亦全无句下双批。这现象显示：甲戌本的这九回文字在第五次增删时经过大规模的增删改动并重新抄写，现存这九回批语都是在抄定后方始加批。这与上编第三章对《红楼梦》成书过程的研究结论是一致的：前五回系在第五次增删时方始改写剪接成片；第十三、十四回写秦可卿之死，亦在第五次增删时经过较大删改；第二十七回宝钗扑蝶故事系在第五次增删时改写成今本面貌，并移后与黛玉葬花故事辑合成回；第二十八回乃由葬花余波和从后文提前的"茜香罗"故事以及其他零碎过渡情节所合成。甲戌本中此九回无双批正可旁证以上结论。

甲戌本上的旁、眉批数量特多,但它们在别的脂本上却大多以双行批注的形式出现。试以第一回为例列表比较,因为庚辰本第一回无批,故以戚序本和梦觉本作对比:

甲戌、戚序、梦觉本第一回批语比较表

版本	旁批	眉批	双批	同甲戌本旁批数	同甲戌本眉批数
甲戌本	137	36	0		
戚序本	0	0	53	45	5
梦觉本	0	0	92	68	17

此表之统计数字说明,戚序本和梦觉本双批的来源绝大多数系甲戌原本上的旁、眉批。甲戌原本较早形成又得一证。

这里有一个有趣的实例。甲戌本第十三回页七在"原来是忠靖侯史鼎的夫人来了"句旁有批:"史小姐湘云消息也。"己卯、庚辰本均作"伏史湘云",且误入正文(庚辰本上用双钩勾出),显示己卯原本上此四字已入句下双批,故过录时方能误入正文。蒙戚三本作"伏史湘云一笔",已写入句下双批。梦觉本尚有双批"伏下"两字,但"史湘云"三字却误入正文。程甲本进一步删去"伏下"二字双批,以致梦觉本和程甲本正文成为:"原来是忠靖侯史鼎的夫人来了,史湘云、王夫人、邢夫人迎入上房。"史湘云忽然出现,且率领王、邢二夫人以主人姿态接待其婶娘,这场面够滑稽的。然如从版本演变情况分析,其错误来源就十分清晰。此例亦系甲戌原本开始形成时间较早的佐证。

三 回前后总评

今甲戌本回前后用墨笔与正文同时过录的总评共48条,占此本脂评总数的3%。它们批写的时间有早有晚。有的较早,如误入《凡例》的第一回总评和第二回总评两条,其内容涉及作者创作动机与全书之布局,其撰写时间不会迟于甲戌年。有的则晚得多。试观察甲戌本第十三到十六回、第二十五回至二十八回的回前后总评在庚辰本上的位置及其署年:

甲戌本总批在庚辰本之位置及署名署年表

回次	甲戌本总批		庚辰本位置及署名署年			
	回前	回后	总批	双批	不存	眉批	署名或署年
13	3		2			1	
14	4				2	2	
15	6				6		
16	7			1	5	1	畸笏
25		4			3	1	壬午孟夏雨窗
26		8			3	5	壬午孟夏雨窗畸笏一条,丁亥夏畸笏叟二条
27		6	1*		2	2	己卯冬夜一条,丁亥夏畸笏叟一条
28		4	2		1	1	己卯冬夜

（*此条总批由两条甲戌本总批合成）

上表显示，甲戌本总评中至少有两条写于己卯，两条作于壬午，三条作于丁亥。这说明，甲戌原本在畸笏手中至少保存到了乾隆三十二年丁亥（1767），今甲戌本的过录时间已在此年之后。查甲戌本第一回页十有署"丁亥春"的旁批一条，系此本过录者之笔迹，必系与正文同时录下，可为今甲戌本过录时间在丁亥以后之明证。

第五节 甲戌本的版本价值

根据本章对今甲戌本的探讨，我们可以得出如下结论：

（1）甲戌本的《凡例》、正文及脂评均显示其底本（或祖本）即甲戌原本的开始形成时间较他本之底本（或祖本）为早。根据其书口"脂砚斋"的标记及第一回正文"至脂砚斋甲戌抄阅再评"之内证，甲戌原本应是乾隆十九年甲戌（1754）脂砚斋开始抄阅再评的自留编辑本。

（2）由于今甲戌本第一回页八有署"甲午[申]八日[月]"的脂砚斋眉批，故甲戌原本在脂砚斋手中至少保存到乾隆二十九年甲申（1764）。因此，脂砚斋在甲戌年以后仍可不断为自己的编辑本补充已经定稿的正文并加上批语，曹雪芹的其他亲友也可能于上加批。脂砚逝世之后，甲戌原本转入畸笏之手并由其保存至丁亥春以后，故在作者生前，甲戌原本已至少写定八十回。今甲戌本是乾隆三十二年丁亥(1767)以后的过录本。

（3）今甲戌本虽仅残存十六回，但它保留了他本所无的《凡例》和大量脂评，又保存了作者创作过程中的某些痕迹，其正文的优点也很突出，是至为宝贵的历史和文学文献。

第三章 己卯本和庚辰本

《脂砚斋重评石头记》己卯本和庚辰本是关系十分切近的早期脂本。自从1978年冯其庸先生《论庚辰本》指出它们之间存在密切不可分割的联系以来,研究者开始将它们联系起来分析研究,虽然具体结论尚有差异,但两本同出一源已成定论。

第一节 己卯本

一 概貌

《脂砚斋重评石头记》(己卯冬月定本)1929年后由董康和陶洙先后收藏,其时已残存第一至二十回、第三十一至四十回、第六十一至七十回,其中第六十四、六十七回原缺,但已由清代嘉道时人抄补。1975年,吴恩裕和冯其庸二先生发现当时中国历史博物馆所藏三回又两个半回(第五十五回下半至第五十九回上半回)的《石头记》残抄本是今己卯本的散失部分[①]。故今己卯本共存四十一回又两个半回,另有一些零星残损:第一回开始缺三页约1800字,第十回后尾缺一页半约900字,第七十回末缺一页多约700字。由于它们均在每十回的首尾,故知系在流传过程中残缺。

此本原每十回装订一册。每册首第一页为回目题名页:其右上题"石头记",下有小字两行,右为"第×回至×回",左为"脂砚斋凡四阅评过",中右侧为该册回目。今存第二、四、七册册首皆然,故可推见散失各册册首的面

---

① 详见《梦边集·己卯本〈石头记〉散失部分的发现及其意义》。

貌。但第二、七册仅存八个回目：第二册中，第十七、十八回未分开，合用一个回目，第十九回缺回目；第七册原缺第六十四、六十七回回目。在第四册册首题名下有"己卯冬月定本"之题记。此行题记显示，此抄本的底本是乾隆二十四年己卯(1759)冬之定本。此即今己卯本得名之由来。

此本正文每面十行，行三十字，正文及脂评全部墨抄。每回卷端首行顶格抄"脂砚斋重评石头记卷之"，次行顶格写"第×回"，第三行低三格抄回目，第四行顶格开始抄写正文。此本共有双行批注717条，回前后总评共13条（除第二回外，其他各回回前总评皆抄于另页），旁批15条，另有从他本抄录之正文和批语夹条六张。

陶洙收藏此本后，曾据甲戌本和庚辰本对它进行校补，除据甲戌本补抄《凡例》，据庚辰本补全零星残损外，"凡庚本所有之评批、注语，悉用朱笔依样过录"，"（甲戌本）所有异同处及眉评、旁批夹注，皆用蓝笔校录"（见己卯本影印本附录）。己卯本于1981年由上海古籍出版社影印，影印时除去了陶洙抄补的文字，朱笔校改凡可以确定系陶洙手笔者亦已除去。原书现藏国家图书馆。

二 己卯本是怡亲王府的过录本

据吴恩裕和冯其庸二先生研究，今己卯本系清代乾隆年间怡亲王弘晓家的抄本[①]。其主要证据为己卯本上"玄""祥""晓"三字书写常缺末笔，显系避清圣祖玄烨、怡贤亲王允祥及其子弘晓祖孙三代之名讳。而今藏国家图书馆的《怡府书目》原抄本内，此三字同样有避讳缺笔，且其缺笔书写方式与己卯本完全相同："曉"作"睠"，"祥"作"袢"（己卯本又或作"祥"）。在原藏国家博物馆的三回又两个半回的残本内也有同样的缺笔字[②]。这就完全可以证明，今己卯本确是怡王府的过录本，国家博物馆所藏残本正是它的散失部分。

此外，吴恩裕先生根据弘晓《明善堂集》中两篇他本人手书付刻之《自序》笔迹，与今己卯本抄手之一的笔迹对照，发现该抄手就是弘晓本人，且其

[①] 详见《梦边集·己卯本〈石头记〉散失部分的发现及其意义》。
[②] 详见《论庚辰本》(1978年上海文艺出版社出版)附表一《己卯本〈石头记〉避讳情况表》。

笔迹在《怡府书目》原抄本中亦曾出现（详见《曹雪芹丛考·现存己卯本〈石头记〉新探》）。这就进一步证实了己卯本是怡亲王府的抄本。

三 武裕庵的抄补情况

己卯本第六十七回回末有一条墨笔题记："《石头记》第六十七回终,按乾隆年间抄本,武裕庵补抄。"可见武裕庵即第六十七回的抄补者。第六十四回之笔迹与武裕庵不同,显示此回的补抄时间较早,应在武裕庵补抄第六十七回之前。武裕庵不知何许人,从其题记之措辞分析,他有可能是嘉庆、道光间人。经校勘,知其抄补之第六十七回文字与杨藏本、程甲本相近。武裕庵之笔迹粗拙,略带隶意,己卯本上有许多朱笔校字、回末题记和夹条出于其手。其朱笔校字在陶洙的原藏三十八回和第六十四、六十七回均可见到,唯国家博物馆原藏的三回又两个半回无朱笔校改文字,这说明己卯本在武裕庵收藏前已部分散失。经校勘,知这些武裕庵笔迹的朱笔校改字依据的是程甲本《红楼梦》[①]。

除第六十七回及其朱笔校改字外,己卯本上另有一些朱墨色题记和批注系武裕庵所加,计有：

(1)影印本 P.370 朱笔小注"移十九回后"。

(2)影印本 P.402 朱笔"情切切良霄[宵]花解语,意绵绵尽日玉生香"及"十九回终"。

(3)影印本 P.344 朱笔眉批"'不能表白'后是第十八回起头"。

(4)影印本 P.466 墨笔题记"第三十二回评"。

(5)影印本 P.505 墨笔题记"《红楼梦》第三十四回终""第三十四回评"。

(6)影印本 P.370 夹条朱笔抄写"袭人见总无可吃之物"及句下双行批语。

以上这些文字系武裕庵所抄补校改,均非己卯本原有。

四 陶洙的朱笔校字

己卯本影印时已除去了可以确定为陶洙抄补的文字,如再除去上面指

---

① 详见《红学世界》所载梅节《论己卯本〈石头记〉》一文及《红楼梦学刊》1983 年第一辑季稚跃《〈脂砚斋重评石头记〉（怡府过录己卯本）上部分朱笔添改文字属武裕庵考》。

出的武裕庵之笔墨,则今己卯本上还有少量笔画细小端秀的朱笔校字。经校勘,知它们系据今庚辰本点校。如:

(1)影印本 P.23"兰台寺大夫"点校为"蓝台寺大夫"。

(2)影印本 P.58 林黛玉之眉眼原抄"两湾似蹙非蹙罥烟眉,一双似笑非笑含露目"("笑非笑含露"五字乃墨笔旁添,与此回抄手同一笔迹,当系抄时脱漏,抄手自补),朱笔点校为"两湾半蹙鹅眉,一对多情杏眼"。

(3)同页原抄为"贾母笑道:'更好,更好。若如此更相和睦了。'宝玉便走近黛玉身边坐下,又细细打谅一番……",有朱笔小句将加点的词句勾去,旁添"胡说了,你好好的坐下罢,宝玉"等十二字。

(4)影印本 P.83 原抄从"如今且说林黛玉"开始,旁朱笔添入"第四回中既将薛家母子在荣府内寄居等事略已表明,此回则暂不能写矣"一句于前。

(5)影印本 P.101 原抄"机关算尽太聪明,反算了郷郷[卿卿]性命",朱笔将"郷郷"点改为"轻轻"。

以上五例,点改添补后文字皆同今庚辰本。这类例子还有不少。从其笔迹看,这位点校者就是陶洙。只要与今己卯本上除去的陶洙朱、蓝两色笔迹比较,即不难得此结论。且陶洙本人曾对吴恩裕先生说过他曾据庚辰本点校过己卯本(详《曹雪芹丛考·现存己卯本〈石头记〉新探》),故此点已可无疑。

如果将己卯本上这些陶洙的朱笔校字去除,再除去武裕庵的笔迹,则今己卯本就成全部墨钞的本子,这才是己卯本散失前的原貌。国家博物馆原藏三回又两个半回的己卯本散失部分,就是这样的一个无朱笔校字的墨钞本。

五 己卯本的价值

今己卯本原貌是一色墨钞,而且是七至九名抄手分抄的,多者一回,少者一页。这种多人分抄一回的抄写方式显示,当时怡亲王府据以过录的底本之持有者每次只借出一至二回,借予的时间也甚为迫促。为了节省时间且适应这种多人分抄一回的情况,抄主只能单用墨笔过录正文及句下双批,以便页与页之间能够衔接。原底本上的朱笔旁、眉批就基本没有抄下,因而今己卯本的行款格式还保持着其底本的面貌。

今己卯本前十回即第一册无句下双批,与庚辰本前十回相同。但从今己卯本版本情况推测,其底本应有眉批、旁批和总批。因为它的前十回内有与正文同时过录的总批三条(第二回),属于旁批性质的批语十五条(第二回回末一条,第六回两条,第八回"金锁"下两条,第十回十条),这些旁批均系同页抄手的笔迹,故必系与正文同时从底本过录而非其后补抄。它们的存在,证实己卯本前十回所据底本并不是"白文本"。事实上,己卯本前十回除了没有句下双批外,其行款格式和抄手笔迹均与其他三十余回相同,故今己卯本应出自同一底本,并非拼配。今庚辰本面貌与己卯本十分近似,显系出自同一系统,如果它们均是拼配本,则其面貌如此类似的可能性几乎等于零。

至于己卯本的底本,由于怡亲王府与曹家素有交往,很可能直接从曹家借得己卯冬月定本过录。而其过录时间,应在乾隆二十五年庚辰(1760)春夏间,因为当年秋己卯原本又经修润重定为庚辰秋月定本(详后),怡王府已不可能再照己卯原本过录。这样,今己卯本之所以多人分抄、不录眉批和旁批、不用朱笔过录句下双批就都有了适当的解释,曹家急于将原稿取回重定,怡亲王府没有充裕的时间用朱墨两色精工抄写。因而,今己卯本很可能直接录自曹雪芹生前亲自定稿的己卯原本。由于它特殊的多人分抄一回的抄写方式,它还保持着己卯原本的面貌,除了缺少眉、旁批和部分总批外,它可以说是作者生前定稿的直接摹本。己卯本虽已残缺近半,但其珍贵的文献价值是无可估量的。

第二节 庚辰本

一 概貌

《脂砚斋重评石头记》(庚辰秋月定本)今存第一回至八十回(内缺第六十四、六十七回),实存七十八回。全书分装八册,每册十回(第七册存八回)。每册册首抄写款式同己卯本:左上方题"石头记",下为双行小字"第×回至×回""脂砚斋凡四阅评过",中右方为该册回目,其中第二、七册仅存八个回目。与己卯本不同的是,第四册左下方没有"己卯冬月定本"的题记,而在第五、六、七、八册左下方题有"庚辰秋定本"或"庚辰秋月定本"。这四条题记显示，在乾隆二十五年（1760）秋，《石头记》第五次增删稿已经写定前八十回。

此本回首抄写款式亦与己卯本相同：首行顶格题"脂砚斋重评石头记卷之"，次行顶格写"第×回"，第三行低二三格写回目，第四行起顶格抄写正文。正文每面十行，行三十字。有双行批注和回前后总评，皆系墨抄。第十二回至二十八回有朱笔过录的眉批和旁批。

此本为徐祯祥旧藏[①]，20世纪40年代由燕京大学购得，现归北京大学图书馆。1955年，北京文学古籍刊行社曾将此本影印，所缺之第六十四、六十七回据己卯本影印补配。1974年人民文学出版社重新影印，因己卯本之第六十四、六十七回实系据程甲本补抄，故又改以蒙古王府本影印配入。

二 庚辰本过录的时间

庚辰原本系乾隆二十五年秋的脂砚斋四阅评本，但今庚辰本的过录时间在乾隆三十二年丁亥（1767）以后[②]，因为在今庚辰本上有四条与正文同时过录的畸笏该年之批语。这四条批语，一见于第二十二回回末附页：

(1)此回未成而芹逝矣，叹叹。丁亥夏，畸笏叟。（影印本 P.509）

同页抄有宝钗之更香谜。此批从书眉一直连抄至正文地位，字体与墨色也与本回正文相同，系与正文同时过录。另外三条批语见于第二十六回：

(2)"狱神庙"回有茜雪、红玉一大回文字，惜迷失无稿，叹叹。丁亥夏，畸笏叟。（影印本 P.599）

(3)写倪二、（紫）英、湘莲、玉菡侠文皆各得传真写照之笔。丁亥夏，畸笏叟。（影印本 P.599）

(4)惜"卫若兰射圃"文字迷失无稿，叹叹。丁亥夏，畸笏叟。（影印本 P.600）

---

① 庚辰本在清末时可能为李秉衡及端方先后收藏，此本上署"鉴堂"的十七条墨批即出自李秉衡之手。参见吴世昌《红楼梦探源外编》。
② 参见吴世昌《红楼梦探源外编》和应必诚《论〈石头记〉庚辰本》（上海古籍出版社，1983年）。

这三条眉批也是墨抄，笔迹与正文相同。

由此可见，今庚辰本至早也应在丁亥夏以后方始过录。其实际过录的时间当然可能更晚。它有可能直接据庚辰原本过录，然目前尚无确证。

三　庚辰本正文的特点

今庚辰本虽然过录时间已在曹雪芹身后，但其祖本是曹雪芹生前最后、最完整的定本。它虽有较多错讹，但抄录款式基本忠于庚辰原本之面貌。在抄成之后，它没有遭后人涂改，亦未散佚拼配，仍然保持着乾隆中叶抄本的本来面目。这些都是今庚辰本的可贵之处。

从此本的分回、回目和正文考察，它还保留着部分作者稿本的痕迹。如：

(1)其第十七、十八回尚未分开，且只存一个共有的回目"大观园试才题对额，荣国府归省庆元宵"。第十九回虽已分开而缺回次和回目。这三回的情况均同己卯本。第七十九、八十回虽已分开，但第八十回回目尚留空待补（详本编第五章第三节）。

(2)第二十二回止于惜春海灯谜，上方有朱笔眉批："此后破失俟再补。"(P. 506)可见此回作者原已写成而后佚失尾部。回后另页(P. 509)题"暂记宝钗制谜云"，下录"朝罢谁携两袖烟"诗谜一首，并书"此回未成而芹逝矣，叹叹。丁亥夏，畸笏叟"，可见此回在曹雪芹生前并未补全。然今本除列藏本外，此回末尾皆已补成，可分两种版本系统：蒙戚三本和舒序本系统，梦觉本和程甲、程乙系统（杨藏本此回系据程乙本抄补）。前者所补内容符合此回回目和作者在他处的预示，庚辰本所录的宝钗诗谜亦在其内，应系作者原稿文字，故蒙戚三本和舒序本的祖本从庚辰原本过录的时间应在此回破失之前；而梦觉本的补文将宝钗之更香谜改为竹夫人谜，又杜撰了宝玉的镜子谜，皆与两人性格不合，应系他人在丁亥年以后所补。

(3)第七十五回回前另页(P. 1831)书："乾隆二十一年五月初七日对清，缺中秋诗，俟雪芹。"显示第七十五回在此时已写定誊清，但回中贾宝玉、贾环、贾兰的三首中秋诗尚缺待补。今庚辰本及各本皆缺，可知作者生前未能补写，并非抄手漏抄。庚辰本(P. 1860)在宝玉作诗处原有"贾政看道是"句，后又将"道是"二字点去；在贾兰作诗处则有"贾政看时写道是"句，下面尚有两个空格。皆显示其底本(或祖本)即庚辰原本上留有中秋诗之抄写地位。此外,回前另页上尚有"开夜宴,发悲音""赏中秋,得佳谶"两行字,每行中有两字空位,其上方又有两行各三个方框。这现象说明,第七十五回的回目在乾隆二十一年(1756)五月初七日尚未写定。

但是庚辰本的讹夺错漏亦不少,特别是第八册,错讹更为严重。如第七十三回探春为累丝金凤召唤平儿询问,庚辰本脱漏二十五字(方括号内据杨藏本校补):

> 探春接着道:"……我看不过,所以才请你来问一声,还是他原是天外的人不知道理,还是谁主使他如此,先把二姐姐制伏,然后就要治我合四姑娘了?"平儿忙陪笑,又说道〔"姑娘怎么今日说这话出来,我们奶奶如何当得起。"探春冷笑道:〕"俗话说的'物伤其类''齿竭唇亡',我自然有些惊心。"(P.1793)

庚辰本不但漏抄了平儿的话,而且在上引短短的数十字中,旁改点删多达八处。又如第七十八回,将"好热"抄成"好熟"(P.1935);第七十九回,将"曹娥碑"抄为"曾我碑"等。可见庚辰本最后一册之抄写质量颇成问题。

然而,庚辰本的错漏讹误虽不少,一般均可通过与他本校勘找出其中原因并加以校正,尚不致影响庚辰本之整体价值。

四 庚辰本脂批的特点

庚辰本是所有钞本中保存脂批最多的版本,可列简表,以备一览:

庚辰本脂批分类统计表

分类	总数	双批	旁批	眉批	回前后批
数量	2213	1278	721	162	52
比例	100%	57.7%	32.6%	7.3%	2.3%

庚辰本的脂批有下列特点:

(1)除第一、二回各有两条回前总评外,前十一回没有任何形式的批语。(第十一回回前另页朱笔抄录批语两条及"一步行来错"诗一首,据靖本批语抄件,原系第十三回的回前总评和标题诗,系误装此处者。)

(2)句下双批分布最广,全书共五十八回有双批,仅前十一回、第二十七至三十二回、第五十九、六十八、六十九回无,其中有少数署名"脂砚""脂研"或"脂砚斋""脂砚再笔"或"再笔",绝大部分无署名。除两条朱笔双批外,其他全系墨笔与正文同时过录,表明它们系在庚辰秋之前(实际己卯冬之前,详下节)写成。两条朱笔双行批语均在第二十六回(P.591—592),笔迹与其他朱笔旁、眉批相同,应系与这些朱笔旁、眉批同时从他本过录。

(3)所有朱笔批语(包括眉、旁批和回前后批)均集中于第十二回至二十八回,其字体扁大,可能从另本过录而来。其眉批大多数带有署名和系年,可以确切地反映出批者和批写的年代,具有重要的历史文献价值。

(4)墨笔回前后批系与正文同时过录,除第一、二回回前总评和第二十回两条回后总评外,其他皆另页抄录置于回前或回后。其抄写格式,一般均在首行顶格写"脂砚斋重评石头记"八字,第二行开始低一格抄写批语。仅第二十二回回后页和第七十五回回前页例外,无"脂砚斋重评石头记"字样。但这两页实际性质近于备忘录,可能系庚辰原本中的夹条,过录时方抄成单页装入。

今庚辰本共有这种回前后另页二十一张。置于回前者十八张,见于第十七、十八合回,二十一回,二十四回,二十七至三十二回,三十六至三十八回,四十一,四十二,四十六,四十八,四十九,五十四,七十五回之前;置于回后者共三张,见于第二十、二十二、三十一回。庚辰本回前后总评采用这种抄写、装订方式,应是为了便于加减总批。如己卯本第二十回正文后空白处连抄墨批两条,庚辰本同;但庚辰本比己卯本多一张回后另页(P.455—456),上录总批三条,这三条回后总评应在乾隆二十五年(1760)或更后方始添写。

庚辰本的脂评数量多,内容也很丰富。除了分析小说创作艺术,具有较高美学价值的大量批语外,还有不少批语涉及作者、作者家世背景及小说的素材来源,更有一部分他本所无的预示小说后半部情节的批语。这些批语,本书第一、二编已经引用。

五　庚辰本的版本价值

今庚辰本的底本(或祖本)是曹雪芹生前定稿最晚的、最完整的庚辰原本,其定稿时间在乾隆二十五年庚辰(1760)秋,今庚辰本是三十二年丁亥

(1767)夏以后的过录本。

庚辰本的抄写款式和正文基本保持了庚辰原本的面貌,未经后人窜改,亦未散佚拼配。它保存了七十八回正文和大量脂评,是保存作者生前定稿和脂评最多的本子。脂本系统的其他抄本,在某一点上或有价值超过庚辰本之处,但如从整体考察,庚辰本的价值却是今存脂本中最高的。例如,甲戌本和己卯本在保存原作面貌方面较庚辰本为胜,也保留了较多的脂评,但它们都已严重残缺,留存的章回远较庚辰本为少。戚序本和梦觉本虽有八十回,较庚辰本更为完整,但戚序本之祖本既经他人整理删削,其直接底本又经再次删改,与原作已有较大距离,梦觉本则被过录者大量删改,与原作的距离更远。杨藏本、列藏本和蒙府本、舒序本则均系拼配本,抄成时间较晚且亦经过后人不同程度的改动。因而,庚辰本在现存脂本中占据着特殊重要地位,是十分宝贵的文学文献和历史文献。

第三节　己卯本与庚辰本的关系

一　两本从总体到细部的类似

如全面考察分析己卯本与庚辰本,可以发现它们从总体到细部均十分类似:

(1)抄写款式和装订一致。

(2)回目相同。己卯本残存的四十一个回目与庚辰本对应各回的回目全同。己卯本所存第二、四、七册首页总目亦与庚辰本对应各册相同。分回及缺回情况亦同,两本第十七、十八回均未分开且合用一回目,第十九回均缺回次与回目,第七册均缺第六十四、六十七回。

(3)己卯本所存各回共有句下双批717条,回前总评10条,回末总评3条。庚辰本相对应的各回情况相同,唯第十九回"黛玉道:'再不敢了。'一面理鬓"和"黛玉点头叹笑道"句下,己卯本均有一字批:"画。"(P.397)庚辰本漏抄。

(4)两本正文抄写有共同特征。试举数例:

a.己卯本第十九回(P.373)在"这里素日有个小书房,名"下面有五个字位置空白,然后接抄"内曾挂着一轴美人,极画的得神,今日这般热闹,想那里自然"下又有二十七个字位置的空白,再转行接抄"那美人也自然是寂寞的"。庚辰本与己卯本同,唯在空白处加上了竖条(P. 405)。

b. 同回末己卯本(P. 398)在"宝玉见问便顺口诌道"下空白六个字的位置,转行空一字后抄"扬州有一座黛山,山上有个林子洞",下又空一字。同页"黛玉道:'你且说。'宝玉又诌"下又有二十字位置的空白。庚辰本同回(P. 431—432)亦有相同的四处空白。

c. 第六十三回芳官改名温都里纳,己卯本在"众人嫌拗口,仍番汉名就唤玻璃"下空大半行(P. 830),庚辰本同(P. 1510)。

d. 己卯本第二十四回(P. 401)第一行抄双行批语,第二行空白。庚辰本(P. 410)亦然。

e. 两本第十七、十八回回前附页(己卯本P. 314,庚辰本P. 346)所录总评、标题诗及双行批注,其文字及抄写格式全同,连异体字写法亦同,如"博"字均抄成"愽","宜"皆作"冝","赐"皆为"賜",等等。

f. 第五十六回末均有指示抄手的双行小注:"此下紧接慧紫鹃试忙玉。"

g. 己卯本和庚辰本有许多回的第一页或前几页起讫文字全同。

(5)己卯本抄错之处,庚辰本也有相同的错误。例如:

a. 第十五回末,秦可卿停灵铁槛寺,甲戌本和戚序本等皆作"宝珠执意不肯回家,贾珍只得派妇女相伴",己卯本误抄成"宝玉致意不肯回家"(P. 288),庚辰本原抄同己卯本,后又将"玉"涂改成"珠"(P. 318)。

b. 第十六回建造大观园,甲戌本、戚本等均有"堆山凿池,起楼竖阁"之语,己卯本误抄为"起杨竖阁"(P. 308),庚辰本原抄同己卯本,后方旁改为"起楼竖阁"。

c. 元春省亲题联下句为"古今垂旷典,九州万国被恩荣",戚、杨、列、舒、梦觉诸本皆同,而己卯本抄成"古人垂旷典"(P. 356),庚辰本亦误为"古人"(P. 389)。

d. 己卯本第二十回首页句下双批:"宝玉之情痴,十六乎,假乎,看官细评。"(P. 403)"十六"实系草书"真"字之误,蒙戚三本此评为"是真乎,是假乎"可证。己卯本后被人描改为"真",而庚辰本此处亦误抄为"十六"(P. 437)。

(6)有时己卯本原抄不误而庚辰本误,但庚辰本之误可从己卯本原抄上

找到原因。如第十七、十八回写元春点戏,在第四出《离魂》下己卯本有两条双批,抄成如下格式,中间有一小圈隔开:

伏代玉死所点之戏剧伏四事乃
○
牡丹亭中通部书之大过节大关键

明白畅达,准确无误。而庚辰本却抄录为:"伏代玉死,所点之戏剧伏四事,乃《牡丹亭》中通部书之大过节大关键。"(P. 398)可见庚辰本所据底本的抄写方式一定也是与己卯本相同的,庚辰本抄手未注意中间的一个小圆圈,将两条批语杂糅为一。

上引大量材料说明,己卯本和庚辰本从总体到细部都十分类似,它们不但同出一源,而且与同一个本子有密切的关系。

二 两本的细部差异

己、庚二本虽然十分类似,但也有不少细部差异。这些差异可分三类:

其一,庚辰本比己卯本少某些文字。造成此情况的原因大多系庚辰本抄手之夺漏。如第四回薛蟠进京,己卯本作(P.77—78):

那日已将入都时,却又闻得母舅王子腾升了九省统制奉旨出都查边。薛蟠心中暗喜道:我正愁进京去有个嫡亲的母舅管辖着不能任意挥霍挥霍,偏如今又升出去了,可知天从人愿。

甲戌本、戚序本、列藏本等皆同。庚辰本缺加点的 35 字(P.90),显然是抄手将两个"母舅"看混而漏抄。有的则可能是庚辰本所据乃庚辰秋点定的文字而己卯本所据乃己卯原本文字所致(详下)。又己卯本前十回有 15 条墨笔旁批,庚辰本皆缺。

其二,庚辰本比己卯本多出一些文字。其中有的是己卯本抄漏,如第三回黛玉去见王夫人,庚辰本作(P.62):

……因见挨炕一溜三张椅子,也搭着半旧的弹墨椅袱,黛玉便向椅子上坐了。

己卯本少加点的十个字(P.52)。甲戌本和蒙戚三本均同庚辰本,且有句下双批:"此处则一色旧的,可知前正室中亦非家常之用度也。"故可肯定系己卯本漏抄，而非庚辰本等后增。又如第十七、十八回宝玉题稻香村对联："新涨绿添浣葛处，好云香护采芹人。"己卯本无批，而庚辰本有墨批两条，显示在庚辰本所据底本上有这两条批语。两批又见蒙戚三本，应系己卯本抄漏，也有可能它们的批写时间在乾隆庚辰秋以后，己卯本未及过录。

其三，己卯本与庚辰本文字截然不同。如第三回黛玉之眉眼，系庚辰本抄手妄改；又如第二回介绍迎春，两本文字大不相同：

　　二小姐乃赦老爷之女，政老爷养为己女，名迎春（己卯本 P.34）
　　二小姐乃政老爹前妻所出，名迎春（庚辰本 P.42）
　　二小姐乃赦老爹前妻所出，名迎春（甲戌本）

庚辰本文字与甲戌本相近，唯误"赦"为"政"。

庚辰本与己卯本存在这些细部差异，特别是它比己卯本多出某些文字以及存在与己卯本不同的文字，说明庚辰本与己卯本系同出一源，但并非照己卯本过录。

三　从"己卯冬月定本"到"庚辰秋月定本"

己卯本与庚辰本均系脂砚斋四阅评本的过录本，这已见两本之每册首页。今己卯本仅第二、四、七册存有首页，其中唯第四册首页左下方存有"己卯冬月定本"之题记。庚辰本则在第五、六、七、八册首页左下方均有"庚辰秋定本"或"庚辰秋月定本"的题记。它们应即自其底本过录。因此，对它们的意义可能有两种解释：

（1）乾隆二十四年己卯（1759）冬月，小说前八十回（除第六十四、六十七回）定稿，脂砚斋第四次阅评完毕，这就是己卯原本。次年（庚辰）秋，曹雪芹又在己卯原本上对部分文字进行修改删润，点改后的己卯原本即成庚辰原本。这次修改在小说中可以见到内证：

a. 第五回结尾处，甲戌本尚无任何结束形式，己卯本已有一诗联："正是：梦同谁诉离愁恨，千古情人独我知。"庚辰本已改成："正是：一场幽梦同谁近，千古情人独我痴。"杨藏本同己卯本，蒙、戚、舒等本同庚辰本，唯"近"字为"诉"，显示作者在己卯冬之前撰写了今己卯本上的诗联，庚辰秋又将它改成今庚辰本所示。

b. 第九回顽童闹学一段，贾宝玉所说的一段话己卯、庚辰二本有明显不同：

  (宝玉)便命李贵："收书，拉马来。我去回太爷去，我们被人欺负了。不敢说别的，守礼来告诉瑞大爷，瑞大爷反派我们的不是，听着人家骂我们，还调唆他们打我们，茗烟见人欺负我，他岂有不为我的。他们反打伙儿打了茗烟，连秦钟的头也打破，这还在这里念什么书！"(己卯本 P.186)

  "……瑞大爷反倒派我们的不是，听着大家骂我们，还调唆他们打我们茗烟，连秦钟的头也打破。这还在这里念什么书！茗烟他也是为有人欺侮我的。不如散了罢。"(庚辰本 P.210)

照己卯本上的写法，似乎金荣等人先要打宝玉和秦钟，茗烟进来帮宝玉，他们又一起打了茗烟，并打破了秦钟的头。但这显然与上文的具体描写不符。庚辰本的改文才句句符合事实（唯"大家"应是"人家"之误抄）。俞平伯先生《读〈红楼梦〉随笔》第 26 则详细分析庚辰本此处改笔，谓："此处绝佳，言言恰当，字字精严，口气之间妙有分寸，合于当日宝玉的身份，也合于《红楼梦》书主人的地位，其为作者最后定稿无疑矣。"所论极为精辟。

由此可见，作者在庚辰秋确曾修润过某些文字，则册首题"庚辰秋月定本"亦自有据。

(2)作者在己卯冬至庚辰秋将前八十回定稿，所成者即为己卯庚辰原本。己卯冬完成前四十回的定稿，故第四册上题"己卯冬月定本"；庚辰秋完成第四十一到八十回的定稿（内缺第六十四、六十七回），故后四册题"庚辰秋月定本"。此说亦可通，但尚缺少一条证据：今己卯本第五、六、八册册首不存，第七册首页左下角又撕去一条，不能肯定己卯本的后四册首页亦有"庚辰秋月定本"的题记。如果今后发现己卯本散失的各册，在其后四册册首也有"庚辰秋月定本"的题记（有一条即可），那么这假说就被证实了。相反，如果在己卯本的后四册首页有"己卯冬月定本"(只需一条)的字样，那就进一步证实了上述第一种解释。但在今天，当前者有明确证据而后者尚系假说的情况下，我们在探讨己卯本和庚辰本之渊源时，似仍不得不从前者立说。

四 结论

综上所论，笔者认为对今己卯本和庚辰本之关系应做如下表述：

作者在乾隆二十四年己卯（1759）冬完成了前八十回的定稿即己卯原本。次年春夏间，怡亲王弘晓据以过录，即今己卯本。乾隆二十五年庚辰（1760）秋，作者又对己卯原本进行点改增补，即成庚辰原本。今庚辰本是乾隆三十二年丁亥（1767）以后的过录本。从严格的版本意义上说，从庚辰秋开始，己卯原本即已不存在，但庚辰原本的正行文字实即己卯原本之文字，故今己卯本和庚辰本实际上据以过录的是同一个本子，所以它们才会有如此类似的面貌。然而，庚辰原本毕竟在己卯原本的基础上进行过少量点改，所以它们又有一些细部差异。为便直观，可列简表：

己卯本和庚辰本渊源简表

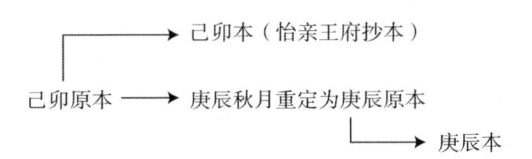

```
           ┌──→ 己卯本（怡亲王府抄本）
           │
己卯原本 ──→ 庚辰秋月重定为庚辰原本
                      │
                      └──→ 庚辰本
```

第四章　蒙府本、戚沪本和戚宁本

蒙府本、戚沪本和戚宁本面貌十分相似,乃同出一源的抄本。因戚沪本已多次影印,比较常见,故探讨时以之为经。为行文方便,本书将它们略称为"蒙戚三本"。

第一节　蒙戚三本之概貌

一　戚沪本和戚宁本

戚沪本即今藏上海图书馆的张开模藏本。它书名"石头记",原为八十回抄本(今存前四十回),前有戚蓼生序。清末桐城张开模旧藏,后归俞明震,俞以之赠上海有正书局经理狄葆贤。1911年狄葆贤据以影印并改名为"国初抄本原本红楼梦",且在前四十回加了眉批。1919年,有正书局又将此影印本剪贴缩印为小字本。有正书局两次影印均对它进行过技术处理,故其正文与张开模藏本偶有微异(详魏绍昌《红楼梦版本小考》)。有正影印本简称有正本(有正大字本,有正小字本),从其第四十一至八十回可推知原抄本后四十回的面貌。1975年人民文学出版社曾将有正大字本影印出版,题名为"戚蓼生序本石头记",1988年又重印一次。

戚沪本现存四十回,分装十册,每册四回。书口中缝从上至下题"石头记"、卷×、×回及每回页码,以十回为一卷。第一册卷首有署"德清戚蓼生晓堂氏"的《石头记序》,其后为八十回目录及正文。全书用乌丝栏木版水印连史纸抄写,每面九行,行二十字。除第六十七回外,有另页抄写的回前后总评(第一、二回回前总评误入正文),正文内有双行批注,无旁批和眉批。

从纸张墨色看,其抄写年代约在乾隆末期。抄本上钤有张开模之印章六处,文为"桐城张氏珍藏""桐城守诠子珍藏印""瓮珠室""狼藉画眉"等。

戚蓼生(1732?—1792),字晓塘,浙江余姚人,先祖迁居德清。乾隆三十四年(1769)进士,四十七年(1782)自刑部郎中出为江西南康知府,升福建盐法道,五十六年(1791)升福建按察使,次年卒于官(见《红楼梦新证·戚蓼生考》)。其序文高度评价《石头记》之艺术成就,比之为《左传》《史记》,并谓:

> 吾闻绛树两歌,一声在喉,一声在鼻;黄华二牍,左腕能楷,右腕能草。神乎技矣,吾未之见也。今则两歌而不分乎喉鼻,二牍而无区乎左右;一声也而两歌,一手也而二牍。此万万所不能有之事,不可得之奇,而竟得之《石头记》一书。嘻,异矣!

戚蓼生之序文乃研究红学史之重要文献,极可重视。然今存戚沪本已不是戚蓼生作序文之原本,而是它的过录本,因为其序文与正文乃同一抄手抄写。据周汝昌先生意见,戚蓼生获得原抄本的时间当在乾隆三十四年至四十七年之间,当时戚蓼生在北京任职,较易得到《石头记》之抄本。

戚宁本《石头记》八十回抄本今藏南京图书馆,卷首亦有戚蓼生序,白纸精抄,抄手不一,全书分装二十册,每册四回。其行款格式及句下双批、回前后总评均同戚沪本,但书口之书名、卷次、回次、页码此有彼无。正文与戚沪本偶有微异[①]。它很可能即过录自戚沪本,其过录时间较晚,至早亦在清代中叶,甚至可能更晚。

由于此两本几乎全同,故在不需分别时可以统称为戚序本。

二 蒙府本

现藏国家图书馆之《石头记》抄本一百二十回,赵万里先生云出自清代某蒙古王府之后人,故简称蒙府本(见《红楼梦新证·清蒙古王府本》)。因其第七十一回末背面有"柒爷王爷"之草书,一粟《红楼梦书录》疑出清王府

---

① 关于戚宁本的详细情况,可参见毛国瑶《谈南京图书馆藏戚序抄本红楼梦》(1976年南京师范学院中文系资料室编《红楼梦版本论丛》)。据毛国瑶先生校勘,两本只有十六处微小差异,故戚宁本很可能即自戚沪本过录。

旧藏,故又称王府本。1988年书目文献出版社影印出版。

蒙府本前八十回乃据脂本系统抄本过录,其前八十回总目及正文用印就的朱丝栏粉纸抄写,书口印有朱色"石头记",下有手写墨色之卷×、×回及页码,行款版式均同戚序本。在流传过程中散失了第五十七至六十二回,今存此六回及后四十回系用程甲本同时配抄,配抄时加抄了程伟元为程甲本所写《红楼梦序》以及后四十回的总目。配抄部分系用白纸,仅程伟元序文用多余的朱丝栏纸,可见配抄时间已在程甲本印行以后,大约已在嘉庆年间。

今庚辰本过录于乾隆三十二年丁亥(1767)以后,尚缺第六十四、六十七回,而蒙府本此两回已经出现。其中第六十四回有与其他各回形式相同的回前后总评,故它在蒙戚三本祖本形成时已经存在。而其第六十七回却是据程甲本补抄的,且较之程甲本有六处大段夺漏。林冠夫先生《论王府本》指出,蒙府本之第六十七回是在前八十回过录完成时配补的,其过录时间在乾隆五十六年(1791),即程甲本问世数月之后。这也就是蒙府本前八十回过录完毕的确切时间。

蒙府本有句下双批及回前后总评,无眉批,皆同戚序本,仅字句偶有微异。其中句下双批和回前后总评中又见于甲戌、己卯、庚辰等脂本的可以肯定是脂评,其他大量蒙戚三本所独有的回前后总评则可以肯定系出于蒙戚三本的祖本整理者之手。蒙府本还有戚序本所无的717条旁批。它们系用墨笔与正文同时过录,是否脂评研究者意见尚有分歧。

第二节 蒙戚三本之渊源

一 蒙戚三本出自同一祖本

蒙戚三本不仅概貌类似,表现出许多共同特征,而且其共性又与脂本系统的其他版本有明显差别,因而蒙戚三本在脂本中是一个独特的分支。

蒙戚三本的共同特征可从下列五点见出[1]:

---

[1] 参见林冠夫《论〈石头记〉王府本和戚序本》和《论王府本》,见《文艺研究》1979年第二期和《红楼梦学刊》1981年第一辑。

(1)回目。蒙戚三本回目差异极小,但与他本相比却有很多异文。这可归纳为以下三点:

a.各本回目有九回(第三、五、七、八、十七、十八、四十九、六十五、八十回)与蒙戚三本差异极为显著,而此三本却表现出惊人的一致性。如第四十九回回目各本皆作"琉璃世界白雪红梅,脂粉香娃割腥啖膻",蒙戚三本独作"白雪红梅园林佳景,割腥啖膻闺阁野趣";第六十五回回目各本作"贾二舍偷娶尤二姨,尤三姐思嫁柳二郎",此三本为"膏粱子惧内偷娶妾,淫奔女改行自择夫"。又如其第五回回目之为"灵石迷性难解仙机,警幻多情秘垂淫训",在纷繁歧出的各本回目中亦别为一支。

b.各本回目有小异者,此三本又相一致。如第六、三十九、四十一回回目中,他本作"刘姥姥""村嫽嫽""刘嫽嫽"或"刘老老",此三本一致作"刘老妪"或"村老妪"。第三十回各本均作"椿灵划蔷",此三本为"龄官划蔷";第六十八回各本作"大闹宁国府",此三本作"闹翻宁国府";第二十九回各本作"斟情女"(庚辰本)、"多情女"(杨本)或"惜情女"(梦觉本),此三本均为"痴情女"。

c.总目与分目此三本有相同的差异。如第三回其总目为"接外甥贾母惜孤女",分目为"外孙";第十四回总目"张太医论病细穷源",分目为"穷原";第四十九回总目"白雪红梅园林佳景",分目作"集景"。

(2)分回。第十七、十八回分回各本多有不同。此三本分回处虽与杨藏本、列藏本一致,但它们的回目与杨、列二本不同(详本编第五章第三节),真正一致者仍是蒙戚三本。

(3)此三本正文极为相似,仅有很少差异,而相对于其他脂本而言,它们具有大量共同的异文。这些异文可分四类:

a.相同的衍字。如第一回此三本共有"姓甄名费废字士隐"一句,"废"原系脂批(见甲戌、梦觉本),窜入正文。又如第三十五回,此三本有句"恐薄了傅秋芳痴想","痴想"二字系衍文,本为句下双批,见己卯、庚辰本。

b.相同的夺漏。如第十九回袭人之言:"若说为伏侍的你好不叫我去,断然没有的事。那伏侍的好是分内应当的。"此三本皆夺漏了加点的十五字,而他本皆有。

c.相同的错误。如第九回袭人有一句"不然就潦倒一辈子",他本皆同,而此三本均误为"一背子";第十四回凤姐语"革他一月银米",此三本独作"饭米";第四十八回探春语"再补一个柬",各本均同,此三本增改为"再补一个柬道",大约其共同祖本所据底本已误"柬"为"柬",整理者又增字解经而致误。

d. 相同的修改。如第九回蒙府本和戚序本均删去了金荣的脏话,改为"什(怎)么长短",蒙本且有旁批:"'怎长么短'[怎么长短]四字,何等韵雅,何等浑含?俚语得文人提来,便觉有金玉为声之象。"应系动手修改者之自批。又如第十一回秦可卿言"却也是他敬我我敬他",此三本均改作"却也是彼此相敬"。第五十一回各本写晴雯"随后出了房门,只见月光如水,忽然一阵微风",此三本又都改为"随后出去,将出房门,忽然一阵微风"。

(4)三本抄写款式一致。

(5)如将蒙府本的旁批除去,则此三本的脂批亦基本相同。

综观蒙戚三本的共同特征,可知这是它们出自同一祖本的表现。它们的共同祖本之整理者曾经对早期的脂本进行过整理修改,因而形成了脂本系统的这个独特分支。

二 蒙戚三本的祖本乃以庚辰原本的某传抄本为底本的整理本

蒙戚三本既有一共同的祖本,那此祖本又是据何本整理的?林冠夫先生认为,它是据今庚辰本为底本整理的[①]。然笔者认为可以更精确一些表述,今蒙戚三本的祖本乃以庚辰原本的某传抄本为底本的整理本。

首先,我们可以判断它出自庚辰原本一系:

(1)蒙戚三本卷首均无甲戌本所有之《凡例》;第一回庚辰本有总评两条,此三本存第一条,文字与庚辰本相近,而与甲戌本《凡例》第五条有显著差异。

(2)第一回僧道与石头对话,各本均缺甲戌本所有之 429 字,蒙戚三本亦缺。这缺失当自己卯、庚辰原本已经出现(详本编第七章)。

(3)某些情节各早期抄本出现歧异时,蒙戚三本绝大多数情况下皆异甲戌而同己、庚,或与己、庚相近。如:

---

① 参见林冠夫《论〈石头记〉王府本和戚序本》和《论王府本》,见《文艺研究》1979 年第二期和《红楼梦学刊》1981 年第一辑。

a. 第五回末梦游太虚境宝玉与兼美成婚并出游至迷津一段情节,甲戌本与己、庚二本有很大差异(详本编第七章),而此三本与己、庚基本一致。

b. 第七回结尾凤姐与宝玉的对话,己、庚二本与甲戌本不同,此三本与己、庚同。但在写及凤姐神态时,此三本又将己、庚二本的"立眉嗔目"改为"竖眉瞪目",戚序本又进一步改"断喝"为"乱喝"(详本编第二章第三节)。

(4)蒙戚三本与今庚辰原本一系的抄本有相同或相似的抄写错误:

a. 第一回石头之言"私订偷盟",庚辰原本一定抄写得不很端正清晰,以致庚辰本误抄"私讨偷盟",戚序本同庚辰本,蒙府本更误,为"私讨伦盟"。

b. 第一回写贾雨村"乃对月寓怀口号一绝",甲戌、己卯、杨本同(杨本作"口占"),庚辰本作"寓杯","杯"显系"怀"之误,蒙戚三本则更误为"當杯"。

c. 第十六回清客"詹光",庚辰本与此三本皆误为"詹先"。

d. 第六十九回,凤姐向贾母转述张华父亲之言:"原是亲家母说过一次,并没应准;亲家母死了,你们就接进去作二房。"杨本与列藏本均同,而己卯、庚辰本两处"亲家母"皆误抄成"母亲家",蒙戚三本亦然。这当是己卯庚辰原本之误,蒙戚三本之祖本承袭,而杨、列二本之底本改正。

(5)标题诗与回末诗联的数量,各本有差异,此三本与庚辰本一致。

(6)当己卯、庚辰二本出现异文时,蒙戚三本一般与庚辰本相同或相近。如第五回元春判词,己卯、杨本为"虎兕相逢大梦归",庚辰本与蒙戚三本均为"虎兔";同回《好事终》曲,庚辰本与蒙戚三本均为"箕裘颓堕皆从敬",己卯本作"皆荣王〔玉?〕";又同回回末诗上句己卯本为"梦同谁诉离愁恨",庚辰本作"一场幽梦同谁近",此三本为"一场幽梦同谁诉","近"与"诉"形似。

以上这些例证说明,蒙戚三本与庚辰本有密切的亲缘关系。那为什么它们的祖本不是据今庚辰本整理,而是据庚辰原本的某传抄本整理的呢?这可以举出如下理由:

(1)今庚辰本的数处大段脱漏,蒙戚三本均存。如第一回石头之言,庚辰本脱漏"更有一种风月笔墨,其淫秽污臭、涂毒笔墨、坏人子弟又不可胜数"等二十六字(引文据甲戌本),而蒙戚三本皆有,唯"秽污"二字倒置,"涂"为"屠"而已。又如第四回薛蟠进京听说母舅王子腾升迁处,庚辰本脱漏三十五字,蒙戚三本均存;第四十五回凤姐与赖大家的对话、第七十三回探春与平儿的对话庚辰本各有二十二字、二十五字的夺漏,蒙戚三本均存(详本编第三章第三节)。

(2)蒙戚三本亦有同己卯而异庚辰的文字。如第九回结束处贾宝玉喊李贵拉马的一段话,庚辰本与己卯本不同,蒙戚三本同己卯本(同上);又如庚辰本同回李贵劝宝玉:"那里的事情那里了结好,何必去惊动他老人家。"己卯本和蒙戚三本均无加点的三个字。如蒙戚三本的祖本系据今庚辰本整理,就不可能出现这种情况。正如上章所指出的,庚辰原本实际上只是在己卯原本上作了少量点改增补,因而庚辰原本的过录本有可能在某些地方仍抄录了己卯原本之文字。

然而,今蒙戚三本亦有部分同甲戌而异己卯、庚辰的文字,虽然数量不多。例如香菱之原名为"英莲",而非己、庚二本之"英菊";潇湘妃子名"林黛玉",而非己、庚二本之"林代玉"("代"当系"黛"之简写,然己、庚二本皆如此,显示己卯庚辰原本即抄成"代"字);第七回周瑞家的送宫花与凤姐,此三本从甲戌本作"奶奶睡中觉呢",而不从己、庚二本之"姐儿睡中觉呢"等等(详见俞平伯《重订〈红楼梦〉八十回校本弁言》)。均显示蒙戚三本的祖本所据的底本(或祖本)曾被人据甲戌原本或其过录本加以校改。

综上所述,可知蒙戚三本的共同祖本所依据的是庚辰原本的某传抄本,此传抄本曾为人据甲戌原本(或其过录本)校改。蒙戚三本与甲戌本、己卯本、庚辰本之间的差异,除去传抄中出现的讹误而外,大多是其祖本整理者的改笔。这些改笔涉及情节变动者极少,而字句的小修小改则相当普遍。例如:

第一回:

(1)亦未有防[妨]我之襟怀笔墨者(庚)

亦未有防[妨]我之襟怀笔阁墨(蒙,"阁"点去)

亦未有防[妨]我之襟怀,束笔阁墨(戚)

(2)到头来都是为他人作嫁衣裳(庚、己、甲)

到头来都是为他人作了衣裳(蒙、戚)

第八回:

(3)林黛玉已摇摇的走了进来(庚、己、甲)

林黛玉已走了进来(蒙、戚)

第十五回：

(4)将来"雏凤清于老凤声",未可谅也(庚、己、甲)

　　将来雏凤胜于老凤,家声未可谅也(蒙,戚"谅"作"量")

第十六回：

(5)只纳罕他家怎么就这么富贵呢(庚、己、甲)

　　只希罕他家怎么就这么富贵呢(蒙、戚)

综观蒙戚三本的文字改动,佳者甚少,劣者较多,(2)(4)两例更显示出改动者对唐诗很少了解。这样手笔之人大约写不出蒙戚三本所特有的回前后总评,特别是其中的韵文。因此蒙戚三本祖本之整理者可能不止一人,或在整理后又曾被他人点窜。

三　结论

根据以上探讨,我们可以得出结论,蒙戚三本同出一源,其祖本是以庚辰原本的某传抄本为底本整理而成。因而此三本的版本源流可以下表简示：

蒙戚三本版本源流简表

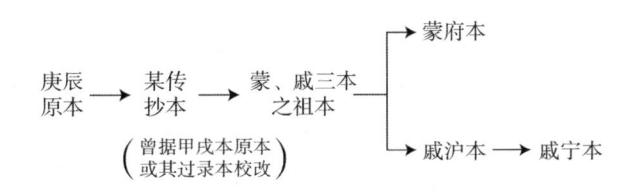

庚辰原本 → 某传抄本 → 蒙、戚三本之祖本（曾据甲戌本原本或其过录本校改）→ 蒙府本

　　　　　　　　　　　　　　　　　　　　　　　　　　　　　　　→ 戚沪本 → 戚宁本

当然,此表只能略示蒙戚三本版本源流的大致情况。其中每一阶段都可能经过不止一次的传抄或整理。蒙府本和戚沪本之间的关系亦不是据同一底本过录,戚沪本的直接底本有可能是蒙府本的姊妹本[①]。此表仅说明它们出自同一祖本而已。至于其祖本的形成时间,因为今庚辰本的过录时间已在乾隆三十二年(1767)以后,且其时第六十四、六十七回尚未补全,而此祖本已具备第六十四回,故它的形成时间必不能早于今庚辰本的过录时间。

---

① 参见林冠夫《论〈石头记〉王府本和戚序本》和《论王府本》,见《文艺研究》1979年第二期和《红楼梦学刊》1981年第一辑。

由于传抄、补缺和撰写大量韵文总评均需要时间,故蒙戚三本祖本之形成大约已在乾隆四十年(1775)前后。戚蓼生当时在京任职,得到这样一个本子的传抄本,为之作序并付抄手誊录,即可能是今存戚沪本(或其底本)。因而今存蒙戚三本的过录时间均不会很早,蒙府本的过录完毕时间可定于乾隆五十六年(1791),戚沪本亦至早在乾隆五十年(1785)左右,如果它是戚蓼生本人之抄本的话。戚宁本的过录则可能已在清代中叶以后。

第三节　关于第六十四、六十七回

在脂本系统的抄本中,第六十四、六十七回的情况比较特殊。己卯、庚辰本第七册册首均注明"内缺第六十四、六十七回",说明己卯原本和庚辰原本形成时,此两回尚未最后定稿,或虽曾定稿而后又抽出改写。甲戌本、舒序本和郑藏本残存部分只涉及前半部,不能判定它们的祖本是否缺这两回,但蒙戚三本、杨藏本、列藏本和梦觉本此两回均已出现。

第六十四回各本差异很小。从其回首回末形式看,其回末各本皆有"正是:只为同枝贪色欲,致使连理起戈矛",回首则唯列藏本有五律标题诗一首(见本书附录一)。从其批语看,蒙戚三本皆有"子之切,小鼎也"和"《五美吟》与后《十独吟》对照"两条句下双批,后一条又见于梦觉本,应系脂评。蒙戚三本又有另页抄写的回前后总评。其正文的内容和语言风格亦显示它是曹雪芹之原著。故此回应系作者之原稿复出,且出现的时间较早,至迟亦不能晚于蒙戚三本的祖本形成之时[约乾隆四十年(1775)前后]。

然第六十四回有两点值得注意:一是由于黛玉《五美吟》一节的插入,使贾母等一行延迟了三个月方始回京,此点可以用作者剪裁组接旧稿来解释(详本书第二编第三章第四节);二是除戚序本外,蒙府、列藏、杨藏和梦觉四本在贾母回家哭贾敬一段文字中,均四次提及贾政:

(1)贾赦、贾政送贾母到家即过这边来了
(2)早有贾赦、贾政率领族中人哭着迎了出来
(3)贾赦、贾政一边一个挽了贾母走至灵前
(4)贾赦、贾政在旁苦劝

而从书中正文看,贾政此时任学政出差在外,于贾敬死后一年半方始回京

（见己卯、庚辰和蒙戚三本第三十七回，又见各本第七十回），根本不可能在此场合出现。这矛盾显示，贾敬之死情节构思创作较早且曾经过剪接挪移，在某一时期的稿本中，贾敬病死时贾政并未离京外出。后戚序本的整理者注意到这矛盾，将上引(1)(3)两例中的"贾赦、贾政"改为"贾瑞、贾珖"，(4)例改为"贾赦合众人在旁苦劝"，(2)例中的"贾政"删去。程甲本此回乃承梦觉本而来，为弥补梦觉本之漏洞，又以"贾琏"代替上引四例中的"贾政"①。

第六十七回的情况比较复杂。各本所存此回可分成两个系统，杨藏本和程甲本为一系，戚序本、梦觉本和列藏本为另一系。两系版本差异极大，情节虽大体类似而人物形象和语言风格大异，篇幅亦长短不等，如据程甲本和戚序本统计，前者仅7800字，后者长达10480字，几乎多出三分之一，故两系版本根本无法互校。试以黛玉见土仪一段比较：

> 林黛玉看见他家乡之物，反自触物伤情。想起父母双亡，又无兄弟，寄居亲戚家中，那里有人也给我带些土物来。（杨藏本）

> 惟有黛玉，他见江南家乡之物，反自触物伤情。因想起他父母来了。便对着这些东西挥泪自叹。暗自想：我乃江南之人，父母双亡，又无兄弟，只身一人，可怜寄居外祖母家中，而且又多疾病，除外祖母以及舅母姐妹看问外，那里还有一个姓林的亲人来看望看望，给我带些土物来，使我送送人，妆妆脸面也好。可见人若无至亲骨肉手足，是最寂寞、极冷清、极寒苦、无趣味的。想到这里，不觉就大伤起心来了。（戚序本）

前者文字之流畅简练与后者之庸俗啰嗦一望即知，正成为明显的对比。

杨藏本和程甲本的第六十七回情节与前后文融为一体，描写人物生动准确且符合人物性格和思想发展逻辑，语言风格亦与前八十回其他各回相同，应系曹雪芹之原稿复出。至于戚序、列藏和梦觉本的第六十七回则可能是在此之前某一读过原稿之人凭记忆复原，因而造成两系版本情节大致相似而文字大异的状况②。由于戚序本第六十七回独无蒙戚三本他回均有的回前后总评，显示此回的出现已在它们的共同祖本形成之后。

---

① 参见《红楼梦研究集刊》第四辑林冠夫《关于〈红楼梦〉六十四、六十七回的版本问题》。
② 同上。

由于今存庚辰本的过录已在乾隆三十二年(1767)以后,故第六十四、六十七回的复出不可能早于此年。第六十四回复出时间可能较早,约在乾隆四十年(1775)之前。戚序本第六十七回的出现已在蒙戚三本的祖本形成之后,即乾隆四十年以后数年,则杨藏本的第六十七回复出当更晚,大概已在乾隆五十年(1785)左右了。

第五章　杨藏本、舒序本、列藏本和郑藏本

　　杨藏本、舒序本和列藏本都是拼配本,杨、舒二本且与列藏本有密切联系;郑藏本虽仅残存两回,与列藏本也有某些关联。因而将它们放入一章内讨论。

第一节　杨藏本

一　概貌

　　今藏中国社会科学院文学研究所的一百二十回《红楼梦》抄本,曾为清代同光时人杨继振旧藏,故称杨藏本。此本1959年发现,1962年由中华书局上海编辑所影印,定名为"乾隆抄本百廿回红楼梦稿",1984年上海古籍出版社重印。

　　杨继振系内务府镶黄旗人,原籍江苏阳湖。字幼云、又云,号莲公、苏斋、燕南学人、江南第一风流公子,晚号二泉山人。曾官广东盐运同知。著有《星凤堂诗集》等。震钧《天咫偶闻》卷四称杨"富于收藏,赏鉴尤精"。此本第七十二回末有署"己丑又云"的题记,"己丑"为光绪十五年(1889),故杨继振收藏此本应在光绪十五年之前。此本在为杨继振收藏时已有严重残缺,据杨继振的卷首题记,他抄补了第四十一至五十回。由此十回的笔迹,又可查见他还抄补了脱落残损的零星书页共十九页半,其抄补文字同程甲本。在杨继振收藏前,有人据程乙本补抄了第二十二回、五十三回和第一百十一回回首两页。今影印本卷首总目前三页系文学研究所收藏后据各回回目抄成,亦非杨藏本所原有。以上这些部分均非杨藏本过录时之原貌,讨论

时自应先除外。

此本在杨继振收藏前,已被人据程乙本涂改。杨继振及其友人于源、秦光第皆以为它是高鹗的手定稿本,故于、秦二人分别为之题签"红楼梦稿"和"红楼梦稿本";杨则除在卷首题"红楼梦稿"及"兰墅太史手定红楼梦稿百廿卷"外,还在第七十八回末用朱笔写了"兰墅阅过"四字(详后)。

据林冠夫先生研究,杨藏本原抄由四名抄手在同一时期内抄成,前八十回抄手三人,后四十回抄手两人,有一人自始至终参加抄写。在此本之后四十回中,有二十一回原抄文字全同程乙本,因而其过录时间至早亦应在乾隆五十七年(1792)以后。由于杨藏本的零星残损均在每十回的首尾,故可推知其原抄乃每十回分装一册,与己卯、庚辰本的装订形式相同。(《红楼梦研究集刊》第一辑《谈杨本》)

二　前八十回原抄系脂本拼配

杨藏本前八十回原抄系脂本系统,且至少由三个以上的脂本抄配而成,其前七回乃据己卯本系统抄本过录(参见《谈杨本》),其余六十一回的底本则至少有两个,它们与蒙、戚一系的版本以及列藏本的底本之一关系密切,但具体版本源流尚不能全部明了,有待今后进一步深入研究。

A. 前七回来自己卯本系统

据校勘,杨藏本前七回文字与今己卯本基本一致,特别是在绝大多数己卯本与庚辰本的异文中,杨藏本文字都同于己卯而异于庚辰,显示此七回所据底本乃己卯原本的过录本。略举数例:

第一回:

(1)尚未投胎入世(庚辰、甲戌、蒙戚、舒、梦觉)

　　尚未投入人世(己卯、杨本)

　　尚未投入尘世(列)

(2)忽见隔壁葫芦庙内寄居的一个穷儒,姓贾名化,字表时飞,别号雨村者走了出来(庚辰、甲戌,他本有微异)

　　忽见隔壁葫芦庙内寄居的一个穷儒走了出来。这个人姓贾名化,表字时飞,别号雨村(杨本,己卯本无"个"字)

第二回：

　　(3)万不可唐突了这两个字要紧(庚辰、甲戌,他本偶有微异)

　　　　万不可唐突,这两个字要紧的狠呢(己卯、杨本)

　　(4)遂额外赐了这政老爹一个主事之衔(庚辰、甲戌)

　　　　遂特恩赐了这政老爷一个主事之职(己卯、杨本)

第三回：

　　(5)一双丹凤三角眼,两湾柳叶吊梢眉(庚辰及他本)

　　　　一双丹凤眼,两湾柳叶眉(己卯、杨本)

　　(6)"妹妹几岁了？可也上过学？"(庚辰及他本)

　　　　"妹妹几岁了？"黛玉答道："十三岁了。"又问："可也上过学？"(己卯、杨本)

　　(7)因见挨炕一溜三张椅子上也搭着半旧的弹墨椅袱,黛玉便向椅上坐了(庚辰、甲戌,他本有微异)

　　　　因见挨炕一溜三张椅子,黛玉便向椅上坐了(己卯、杨本)

第五回：

　　(8)虎兔相逢大梦归(庚辰及他本)

　　　　虎兕相逢大梦归(己卯、杨本)

　　(9)一场幽梦同谁近(庚辰)

　　　　梦同谁诉离愁恨(己卯、杨本)

第六回：

　　(10)是啊,人云"侯门深似海"(庚辰)

　　　　可是说的"侯门深似海"(己卯、杨本)

　　(11)周瑞家的与平儿忙起身(庚辰)

　　　　平儿周瑞家的忙起身(己卯、杨本)

第七回：

　　(12)又想着他们作什么(庚辰)

　　　　又想着他们(己卯、杨本)

　　(13)送花儿与姑娘带来了(庚辰)

送花儿与姑娘带(己卯、杨本)

但是,杨本与今己卯本的关系不是直接的,因为它们也有一些显著差异。如香菱原名,己、庚二本作"英菊",杨本与他本均为"英莲";又如第四回杨本有与列藏本相近的标题诗,己卯本及他本均无(见本书附录一)。杨、己二本同而有异,显示杨藏本前七回的底本乃己卯原本的某传抄本,并不是今传怡亲王府抄本。

B. 第八回至八十回来自两个以上的脂本

除前七回之外,杨藏本原抄第八至八十回中共有六十一回来自脂本。据初步校勘,我们目前已可肯定其中有部分章回的底本与列藏本的底本之一同出一源。这可以肯定的部分是第二十五、二十七回。此点将在本章第三节"列藏本"中详细讨论。

杨藏本前八十回中的其他部分有如下特点(参见林冠夫《谈杨本》):

(1)它的第十七、十八回已经分开,分回同列藏本和蒙戚三本,回目则与各本均不相同(详本章《列藏本》),显示此处所据底本的形成年代不但晚于己卯、庚辰本,且已晚于列藏本(列本第十八回缺回目)。

(2)其第三十七回、五十五回开始无贾政放学差和老太妃病重的交代,与列藏本相同。查各本,己卯本和庚辰本两者均有(己卯本缺第五十五回前半回,此系推论),蒙戚三本和梦觉本有前者而无后者,舒本有前者。很可能在己卯庚辰原本上这两回回首的交代是旁添文字,今己卯本和庚辰本忠实地抄录了,杨、列二本的祖本均未抄录,他本之祖本则一抄一漏,于是造成今存各本之差异。

(3)第六十三回芳官改名,宝玉大发议论一段八百余字已删,但在此本的第七十、七十三、七十七回却仍保留芳官之改名"雄奴""温都里那""金星玻璃""耶律雄奴"等,显示出芳官改名一段系作者稿本所原有。此段文字今仅存于己卯、庚辰和蒙戚三本,较晚的版本(杨本、列藏本和梦觉本)均已删除。

(4)第六十四、六十七回已经出现。第六十七回文字与程甲本相近,与戚序、列藏、梦觉本大异(详前章)。

(5)回目有其特异之处。如:

a. 有的回目已经改动。第三十一回各脂本皆作"撕扇子作千金一笑,因麒麟伏白首双星",此本易为"撕扇子公子追欢笑,拾麒麟侍儿论阴阳",文字

不甚妥帖,应系后人所改。第三十九回回目独异:

村老妪谎谈承色笑,痴情子实意觅踪迹(杨)

村姥姥是信口开河,情哥哥偏寻根究底(己、庚、列、梦觉;舒有微异,"究"作"问")

村老妪是信口开河,痴情子偏寻根究底(蒙戚)

杨本此回回目似从蒙戚一系进一步改动而成。

b. 第三十回有两个回目。正式回目与庚辰本完全一致,为"宝钗借扇机带双敲,椿灵画蔷痴及局外",在其下方又抄有一回目:"讽宝玉借扇生风,逐金钏因丹受气。"似杨本之底本此两回目并存,故抄手一并照录。

(6)有独异于他本的正文,其中有的殊不见佳,很可能是后人删改或抄手夺误,然其中也有一些颇为佳妙。略举两则:

a. 第十八回宝钗建议宝玉将"绿玉"改成"绿蜡",贾宝玉紧张得想不出"绿蜡"的出处,她举出"冷烛无烟绿蜡干"为证,各本皆同,唯杨本所写不同:

宝钗见问,悄悄地咂嘴点头道:"亏你,今夜不过如此,将来金殿对策,你大约连赵钱孙李你都亡[忘]了不成?"宝玉听了不觉开心腹[洞开心臆],笑道:"该死,该死。现成唐钱翊[珝]咏芭蕉诗头一句'冷烛无烟绿蜡干',眼前之物偏倒想(此处夺一"不"字)起来……"

宝玉心性聪慧,宝钗点一下"赵钱孙李"就从"钱"字联想起钱珝的芭蕉诗,似较他本所写为优。

b. 第十九回"良宵花解语",袭人对宝玉提出三大条件,并说:"你若果然都依了,便拿八人轿也抬不出我去了。"当时女子出嫁为良人正妻可坐八人抬的花轿,此语很生动。杨本独作"你果然都依了,就是拿八人轿子九人抬,我也不出去了",比前者更能表现袭人当时志得意满的语气和神态。

(7)正文颇多脱漏。有的很重要,如第三十六回写宝玉:"独有林黛玉自幼不曾劝他去立身扬名等语,所以深敬黛玉。"各本皆有而此本独无。又如第三十七回晴雯与秋纹对话亦脱漏以下数句:

晴雯道:"呸,好没见世面的小蹄子,那是把好的给了人,挑剩下的才给你,你还充有脸呢。"秋纹道:"凭他给谁剩的,到底是太太的恩典。"

共夺 50 字。特别是第二十九、五十八、六十六、六十八、六十九等回,其脱漏与戚序本相同,似显示杨藏本中有部分来自蒙戚一源。

(8)第七十回宝钗柳絮词下有与正文同时过录的批语:"人事无常,原不必戚戚也。"此批乃杨本独有。

杨藏本的这些特点,说明其第八至八十回的成分相当复杂,既有较早的版本痕迹,又有较晚的版本成分。其中有部分与今列藏本和蒙戚一系同出一源,其他部分的版本源流目前尚难确定,需要进一步研究。

三 后四十回原抄来自程乙本

杨藏本后四十回原抄可分为两部分:有二十一回自程乙本过录,这部分可以不论;需要仔细讨论的是另外十九回(八十一——八十五,八十八——九十,九十六——九十八,一百零六——一百零七,一百一十六——一百二十)。它们的文字既不同于程甲本,又不同于程乙本。除了个别词句的差异外,常见的情况是杨本原抄较简,而程甲、程乙本较繁,细节描绘较多。有时,原抄的文字还比程甲、程乙本更为准确简净(参见林冠夫《谈杨本》)。如第八十一回探春钓鱼一段:

> 探春把丝绳放下,没一会工夫,把钓竿一挑,往地上一撩,却是个活迸的杨叶窜儿。(杨本原抄)

> 探春把丝绳放下,没一会[十来句话的]工夫,就有一个杨叶窜儿吞着钩子把漂儿坠下去。探春把竿一挑,往地下一撩,却是个活迸的。(程乙本,方括号内为程甲本异文)

按程本所写,鱼儿未钓上已知是"杨叶窜儿",不通;刚钓上的鱼自然是活迸的,用不着转折连词。相比之下,自然是杨本原抄简净准确。

又如第八十四回"试文字"后,宝玉第二次去见贾母,程甲、程乙本均写贾母问宝玉:"你今日怎么这早晚才下学?"其实当天宝玉放学后已见过她一次了。杨本无此问话,比程甲、程乙本均准确。

有时,杨本比程本略去许多具体描写。如第八十二回黛玉惊梦一节,程甲、程乙本和杨本大异:

> 黛玉一翻身,却原来是一场恶梦。喉间犹是哽咽,心上还是乱跳。枕头上已经湿透,肩背身心但觉冰冷。想了一回,父母死的久了,和宝

玉尚未放定,这是从那里说起。又想梦中光景,无倚无靠,再真把宝玉死了,那可怎么样好。一时痛定思痛,神魂俱乱。又哭了一回,遍身微微的出了一点儿汗,挣扎起来,把外罩大袄脱了,叫紫鹃盖好被窝,又躺下去,那里睡得着。只听得外面淅淅飒飒,又象风声,又象雨声。又停了一会子,又听得远远的吆呼之声,却是紫鹃已在那里鼻息出入之声。自己挣扎着爬起来,围着被坐了一会,觉得窗缝里透进一缕冷风来,吹得寒毛直竖,便又躺下。正要蒙胧睡去,听得竹枝上不知有多少家雀儿的声音,啾啾唧唧,叫个不住。那窗上的纸,隔着屉子透进清光来。黛玉此时已醒的双眸炯炯,一会儿咳嗽起来,连紫鹃也咳醒了。(程乙本,程甲本有微异)

黛玉一翻身,却原来是一场恶梦。喉间犹是哽咽,心上还是乱跳。细想梦中光景,未免触动心事,又哭了一会。挣扎起来脱了大袄,又躺下去,那里睡得着。一会儿又咳嗽起来,把紫鹃也咳醒了。(杨本原抄)

诸如此类者尚多。有时是整段的简略,如第八十四回程甲、程乙本均有贾政谈八股作法约一千余字,而杨本原抄无。所以,对此既非程甲又非程乙的十九回,需要研究的关键问题是,究竟是杨本据程甲、程乙本删削修改,还是程甲本据杨本添写呢?如是前者,则杨本后四十回原抄就没有什么版本价值;如是后者,则它关系到后四十回的作者及成书过程,在版本研究方面具有很重要的意义。

要解答这个至关重要的问题,关键是找到充足的证据。这里有几个例子(参见《红楼梦学刊》1981年第二辑陆树岺《有关后四十回作者问题的考辨》):

(1)第八十一回宝玉路遇四美钓鱼,程甲、程乙本为:

只听一个说道:"看他浜上来不浜上来。"好似李纹的语音。〔一个笑道:"好,下去了。我知道他不上来的。"这个却是探春的声音。〕一个又道:"是了,姐姐,你别动,只管等着,他横竖上来。"〔一个又说:"上来了。"这两个是李绮、邢岫烟的声儿。〕宝玉忍不住,拾了一块小砖头儿,往那水里一撂,"咕咚"一声,四个人都吓了一跳。

宝玉听到四个人的声音,所以末句作"四个人都吓了一跳"。杨本原抄没有六角括号内的几句,宝玉只听到了李纹姐妹两个人的声音,怎么下面会写"四个人"?这里显然不存在程甲本后添的可能性。这个"四"字,就是杨本原抄系据程本删削的证据。

(2)第一百一十八回惜春要出家,杨本原抄及程甲、程乙本均有王夫人的一段话:"你头里姊妹出了嫁,还要哭得死去活来。如今看见四妹妹要出家,不但不劝,倒说好事。你如今到底是什么意思?"查杨本前文,根本没有宝玉"不但不劝,倒说好事"的描写,程甲、程乙本倒的确都有"宝玉叹道:'真真难得!'"等句,可见确是杨本据程本删削,以至前后文不能呼应连贯。

(3)第一百二十回,程甲、程乙本写贾政行至毗陵驿,因大雪未上岸,"自己在船中写家书"。宝玉穿了大红猩猩毡斗篷来拜辞,贾政追赶不及,只得回船,"闷坐了一回,仍旧写家书,便把那事写上",前后文衔接得很好。杨藏本无"自己在船中写家书"一句,仅写贾政"在船中闷坐",后文却与程本一样,有"仍旧写家书"之句:前后文字脱节,这当然是杨本据程本删改所致。

(4)第八十九回雪雁告诉紫鹃宝玉定亲之事,程甲、乙本作:

雪雁道:"前儿〔不是叫〕我到三姑娘那里去道谢〔吗〕,三姑娘不在屋里,只有侍书在那里。大家坐着,〕无意中说起宝二爷的淘气来。他说〔宝二爷怎么好,只会玩儿,全不象大人的样子,〕已经说亲了,还是这么呆头呆脑。

杨本原抄无方括号内的词句,加点的"他"字抄为"侍书",于是这段话就成了三姑娘探春与侍书、雪雁坐在一起闲谈,侍书在探春面前说宝玉呆头呆脑了,这当然是不可能的事。因而此处杨本的底本应即程本,杨本抄录时删去了一些句子,以致造成失误。

上例说明,杨藏本后四十回中不同于程甲、程乙本的十九回系据程乙本(由于其他二十一回系照程乙本过录,故此十九回所据亦应系程乙本)删节抄录。正因为杨本此十九回系据程本删改,所以它有可能在某些地方比程本的文字更为准确。

这种情况,在抄本中很常见。如版本较晚的梦觉本对早期脂本就有不少删简、缩写、改动之处。杨本此十九回性质与梦觉本类似,抄手为了省工、省钱,特别是到抄写一部大书的后半部分时,很可能删略文字以图早日结束。事实上,杨藏本的前八十回亦常有删削漏夺,后四十回有些删削改动十分正常。

要之,杨本后四十回是程乙本的过录本或删节本,其版本价值不高。

四 杨藏本不可能是高鹗手稿或审定本

杨藏本原抄有大量的旁改增添文字,它们集中于前八十回的第十九至八十回(后补抄的十二回除外)及后四十回中删节的十九回。这些旁添文字,据俞平伯先生校勘,"一般改文皆越程甲而同程乙"(《俞平伯论〈红楼梦〉》所收《谈新刊〈乾隆抄本百廿回红楼梦稿〉》)。而程伟元和高鹗刊行一百二十回木活字本《红楼梦》,乃先程甲而后程乙,程乙本文字系在程甲本刊本上增删而成(详本编第六章)。故杨藏本不可能是程高的付印底本。其旁改文字非高鹗笔迹,当然更不可能是高鹗的手稿或手定本。

至于第七十八回末朱笔"蘭墅阅过"四字,以往常被当作杨藏本与高鹗确有关涉的证据。然细审此四字笔迹并与杨继振的笔迹相比较,可见它们实系杨继振所书:

(1)"蘭"与卷首杨继振所题"蘭墅太史"、第四十二回"蘅芜君蘭言解疑癖"(P. 489)、第五十回"香欺蘭蕙"(P. 591)、第八十三回末"蘭塾"(P. 958)诸"蘭"字笔迹全同。

(2)"墅"上半与第四十九回"野鸡瓜子"(P. 581)、第四十八回"野客添愁不忍观"(P. 568)、第五十回"已预备下稀嫩的野鸡"(P. 594)、第六十一回"找野老儿去了"(P. 716)诸"野"字相同,下半与第十回"脾土被肝木剋制者"(P. 128)、第四十五回"不能剋土"(P. 528)等"土"字全同。

(3)"阅过"两字的"门"和"辶"笔势在杨继振补抄的十多回文字中屡屡可见,"兑"的写法与其所书"说"字右半十分类似。

"蘭墅阅过"四字系朱笔,杨本中还有另外两处朱笔,一在第三十七回回首,作"此处旧有一纸附粘,今逸去,又云记";另一处在第七十八回《芙蓉诔》,朱笔将"寒簧"之前一字改成"寒"。"寒簧"乃仙女名,但程甲、程乙本均作"塞簧",这证明此朱笔字不可能系高鹗所改。"蘭墅阅过"四朱笔字即在次页,相隔仅五行,这三处朱笔均应系杨继振所书。"蘭墅阅过"四字既不可能出自高鹗,则杨本就与高鹗没有什么关涉,当然也更不可能是其手稿或审定本了。

五 结论

杨藏本是个拼配本,其前八十回属脂本系统,前七回的底本乃己卯原本的某传抄本,其他部分的底本由两个以上的脂本合成(其中之一与列藏本的底本之一同出一源,其二与蒙戚一系的祖本可能同出一本),其后四十回的底本是程乙本,其中有十九回乃程乙本的简抄本。全书在乾嘉之际抄成后有散佚。在光绪十五年(1889)前,有人据程乙本对它进行过全面校改(除前十八回外)。杨继振迟至光绪十五年已收藏此本,并据程甲本抄补了第四十一至五十回以及十九页半残页。因而今存杨藏本一百二十回的底本可能多达五个以上。

杨藏本拼配如此严重,又经后人涂改,故其版本价值不很高。但其前八十回除用程本抄补的十二回外毕竟是脂本系统的抄本,其中有部分又属早期脂本,因而它仍是重要的文学文献,可作为校勘《红楼梦》的重要版本依据。

第二节　舒序本

一　概貌

舒序本即吴晓铃藏《红楼梦》残抄本,原本八十回,今存第一至四十回。卷首有乾隆五十四年己酉(1789)舒元炜序及其弟舒元炳题《沁园春》词,署名处盖有两人印章,显示它乃舒序原本,确系乾隆五十四年所过录。次为全书总目,原有八十回目录,后被人撕去三页,今存第一至三十九回和第八十回的回目。目录前及每回正文回目前均题"红楼梦"。正文每面八行,行二十四字。除第一、二回有与庚辰本相同的回前总评外,无脂评。除各本皆有的第一、二回标题诗外,其第五回有与蒙戚三本相同的标题诗。舒序本已于1988年影印编入《古本小说丛刊》第一辑。

序文作者舒元炜,号董园。其弟舒元炳,号澹游。舒氏兄弟原籍杭州,乾隆五十四年时在京等候会试,寄寓于筠圃主人之家,因得读其与当廉使一起过录的抄本《红楼梦》[①],并代为雠校,借邻家之抄本补全八十回。舒元炜序文甚可注意,摘录于下:

---

① 据考,筠圃主人真名玉栋(1754—1799),内务府正白旗人;当廉使系曾任河南按察使的当保(？—1785)。详周绍良《红楼梦研究论文集·舒元炜序本〈红楼梦〉跋》。

惜乎《红楼梦》之观止于八十回也。全册未窥,怅神龙之无尾;阙疑不少,隐斑豹之全身。……漫云用十而得五,业已有二于三分。从此合丰城之剑,完美无难。……于是摇毫掷简,口诵手批。就现在之五十三篇,特加雠校;借邻家之二十七卷,合付钞胥。核全函于斯部,数尚缺夫秦关;返故物于君家,璧已完乎赵舍(君先与当廉使并录者,此八十卷也)。

据此序可知,舒序本至少由两个本子拼配而成,其为拼配本已无可置疑。此本已抄成八十回,而舒序称"业已有二于三分",可见舒元炜认为《红楼梦》应有一百二十回,这与程伟元在程甲本序文中所说"原目一百二十卷"一致。舒序又称"从此合丰城之剑,完美无难",认为再抄补后四十回并非难事,其或有得到后四十回线索之可能。但舒元炜序文云"全册未窥,怅神龙之无尾",其弟舒元炳题词结句亦云"重展卷、恨无窥全豹,结想徒然",可知二舒亦并未见及后四十回。

二　舒序本的构成和特点

　　舒序本由两个底本合抄而成,其底本或又有拼配,故其成分相当复杂。现可肯定的是,它有部分来自庚辰本系统,又有部分与列藏本同一系统,还保留有少量作者第四次增删稿的痕迹。

　　舒序本来自庚辰本系统的部分,最明显者为第一至四回。在此四回中,它常出现与庚辰本相同的错漏和异文。例如:

　　(1)第一回总评"背父兄教育之恩",舒、庚二本"背"字都误抄成"皆",庚辰本旁改为"背",舒序本未改。又同回楔子中已有与庚辰本相同的429字脱文,且其前后文亦以"来至石下席地而坐长谈见"11字连属。

　　(2)舒、庚二本第四回都有一句"那日已将入都时,却又闻的母舅管辖着(舒本误抄"咱")不能任意挥霍挥霍",同样漏抄"母舅"下35字,而此35字其他八个脂本均存(详本编第三章第三节)。

　　由此数例,已可见舒、庚二本有较密切的关系。舒本有部分章回可能就是据庚辰本系统的抄本过录的。

　　舒序本又有部分与列藏本属同一系统,现可肯定者为第七、八、十五、十六回(详本章第三节)。

　　此外,舒序本还可能保存了少量第四次增删稿所有而在甲戌年开始的

第五次增删所删改的文字,对研究《红楼梦》的成书过程有一定意义。如:

(1)太虚幻境玉石牌坊上的对联,舒本第一回独作"色色空空地,真真假假天",第五回再次出现时,却同各本为"假作真时真亦假,无为有处有还无"。查舒本第一、五回笔迹不同,乃系不同抄手抄写,可见它们有可能来自不同的底本。然据甲戌本第一回此联下脂评"迭用'真假''有无'字,妙",此联在甲戌抄阅再评时应已写定,故舒本之"色色空空地,真真假假天"有可能是作者删去的第四次增删稿之文字。

(2)舒本第九回结尾与各本大异,作:

> 贾瑞只要暂息此事,又悄悄的劝金荣说:"俗话说的'光棍不吃眼前亏',咱们如今少不得委曲着陪个不是,然后再寻主意报仇,不然弄出事来,道是你起端,也不得干净。"金荣听了有理,方忍气含愧的来与秦钟磕了一个头,方罢了。贾瑞遂立意要去调拨薛蟠来报仇,与金荣计议已定。一时散学各自回家。不知他怎么去调拨薛蟠,且看下回分解。

此异文透露出,旧稿中紧接于后的情节是贾瑞挑唆薛蟠为此报复宝玉(参见刘世德《论〈红楼梦〉舒本的价值》)。这在今第三十四回正文和蒙戚三本第九回双批中可以找到旁证。第三十四回写宝玉挨打后,焙茗和袭人等皆疑心是薛蟠挑唆,连宝钗也想:"难道我就不知我的哥哥素日恣心纵欲、毫无防范的那种心性?当日为一个秦钟还闹的天翻地覆,自然如今比先又更利害了。"但宝钗何指,各本均无交代。将舒序本第九回结尾与宝钗此段心理活动合看,可证作者旧稿中紧接今第九回以后的情节乃薛蟠为秦钟而报复宝玉。蒙戚三本第九回双批"伏下文阿呆争风一回"(蒙府本"回"作"面",系抄误)即此情节确曾有过的证据。此情节在今本已经删除,其删除原因当是第五次增删时作者按照畸笏的建议删去了"秦可卿淫丧天香楼",因而不得不在第十、十一回添写了秦氏病重的情节,原在此位置的薛蟠争风也就因而删去。故舒本第九回的结尾实系第四次增删稿的文字。

舒本还有其他许多异文,有时且古怪而近于荒谬,只能以其妄改来解释。略举数例:

(1)彼时合家无不纳罕,都有些疑心,说他不该死。

(2)戴权在轿内躬身笑道:"你我通家之好,这也是令郎他有福气造化,偏偏遇的这们巧。"

(3)贾珍笑道:"……婶婶不看侄儿,也别看侄儿媳妇现在病着,只看死了的分上罢。况且侄儿素日也听见说他们娘儿两个很好,又很疼侄儿媳妇的。"(以上见舒本第十三回)

(4)老尼连忙笑道:"奶奶家中的过活,岂是希罕这几两银子的呢。也是我求之再三,因赏我脸才肯办罢咧。"……老尼道:"……太太因大小事见奶奶办的有条有理,如今事事索性都推给奶奶一人身上了。虽然事情该料理,奶奶也要保重贵体才是。闻说蓉大奶奶这件事,四五十日,上上下下,里里外外,都是你老人家一个人辛辛苦苦张罗的,谁不夸奖有本事呢。"(舒本第十五回)

(1)例各早期脂本皆作"彼时合家皆知,无不纳罕,都有些疑心",舒本擅删"皆知",妄添"说他不该死",语句突兀。(2)(3)(4)例均为他本所无,语言拖沓啰嗦,不伦不类。而(2)例所写特别奇怪,轿内可以躲身,太监与贾府有通家之好,贾蓉刚死了妻子而说"他有福气造化",殆均非作者原文[①]。舒本出现大量此类异文,显示它曾经过后人删改,因而运用它校勘时需特别慎重。

第三节 列藏本

一 概貌

苏联科学院东方学研究所列宁格勒分所藏《石头记》抄本,简称列藏本。此本原抄八十回,内缺失第五、六回,实存七十八回,每二或三回装订一册,共三十五册。原书约在乾嘉间抄成,在嘉道间已揉皱破损,因而重装。重装时以清高宗《御制诗集》第四、五册的书页反折作衬纸。道光十二年(1832),此书由俄国的宗教使团随行人员帕维尔·库尔梁德采夫从北京带回俄国。

列藏本无题签,无总目。回首第一行顶格抄"《石头记》第×回",第二、三行低一格并列抄写回目,其形式同郑藏本。唯第十回回首作"《红楼梦》第十回"。第六十三、六十四和七十二回末有"《红楼梦》卷×回终"

[①] 参见俞平伯《读〈红楼梦〉随笔》第34、35则。

的题记,与该回抄手同一笔迹。正文每面八行,行十六字至二十四字。此本绝大部分由四名抄手抄写,其中一人行书遒劲美好,共断续抄写了四十一回。此外有四名抄手零星抄录了若干页(参见列藏本《石头记》影印本序文)。

列藏本的某些回内(如第三十二,五十七—六十,六十六,六十七,七十,七十六—七十九回)每隔324字便有一直角记号,又第五十三回有五行字抄重(P. 2259),上有眉批:"自此至七行皆不写。"这两个迹象显示,列藏本曾充当过底本为他本所过录,其过录本的款式应是每面九行,行十八字。在现存脂本中没有发现这种抄写款式的本子。

列藏本共有292条批语,其中79条又见于己卯、庚辰、戚序等本,应系脂评。列藏本已于1986年由中华书局影印出版。

二 第十七、十八回和第七十九、八十回的分回问题

今存脂本第十七、十八回和第七十九、八十回的分回和回目极不一致,这显示出作者创作过程中的某些构思痕迹,是版本研究的重要内容之一。而列藏本在这个问题上最有代表性。为便探讨,可列两表:

第十七、十八回分回和回目异同表

版本	分回	概况	回目	分回处
己卯本 庚辰本	未		大观园试才题对额,荣国府归省庆元宵	
列藏本	已	第十七回	同己卯、庚辰本	第十七回止于游园题额结束处
		第十八回	缺	
蒙府本 戚序本	已	第十七回	大观园试才题对额 怡红院迷路探深幽	
		第十八回	庆元宵贾元春归省 助情人林黛玉传诗	
杨藏本	已	第十七回	会芳园试才题对额 贾宝玉机敏动诸宾	
		第十八回	林黛玉误剪香囊袋 贾元春归省庆元宵	

续表

版本\概况\分回	概况	回目		分回处
舒序本	已	第十七回	大观园试才题对额 荣国府奉旨赐归宁	第十七回止于元春上舆入园，石头大发感慨处。
		第十八回	隔珠帘父女勉忠勤 搦湘管姊弟裁题咏	
梦觉本 程甲本 程乙本	已	第十七回	同己卯、庚辰本	第十七回在王夫人派人去接妙玉处结束。
		第十八回	皇恩重元妃省父母 天伦乐宝玉呈才藻	

第七十九、八十回分回及回目异同表

版本\概况\分回	概况	回目		附注
庚辰本	已	第七十九回	薛文龙悔娶河东狮 贾迎春误嫁中山狼	于"连我们姨老爷时常还夸呢"下加"欲明后事，且见下回"为止。
		第八十回	缺	回首第三行留空待补回目。
列藏本	未	第七十九回	同庚辰本	在"连我们姨老爷时常还夸呢"句下左侧有一小钩，显示应于此处分回。
蒙府本 戚序本 杨藏本	已	第七十九回	同庚辰本	亦于此句下加"且听下回分解"结束。
		第八十回	懦弱迎春肠回九曲 娇怯香菱病入膏肓	杨本回目夺"弱""怯"二字。
梦觉本 程甲本 程乙本	已	第七十九回	薛文龙悔娶河东吼 贾迎春误嫁中山狼	程甲、乙本总目作"薛文起"。分回处同以上各本。
		第八十回	美香菱屈受贪夫棒 丑道士胡诌妒妇方	程甲、乙本作"王道士"。
舒序本	已	第八十回	夏金桂计用夺宠饵 王道士戏述疗妒羹	第四十一回后正文已佚，总目中残留此回回目。

就第十七、十八回的分回与回目考察，可见列藏本正反映出从己卯、庚辰本到杨藏本和蒙戚三本的过渡情况。据此则可列简表：

第十七、十八回分回及回目演变简表

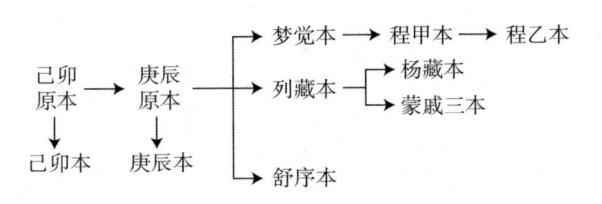

```
                          ┌→ 梦觉本 → 程甲本 → 程乙本
                          │            ┌→ 杨藏本
己卯     庚辰    ────────→ 列藏本
原本  →  原本              │            └→ 蒙戚三本
                          │
  ↓        ↓              └→ 舒序本
己卯本   庚辰本
```

当然,此表只能反映现存各本中第十七、十八回的大致联系,其间可能还有过渡本。

从第七十九、八十回的分回和回目看,列藏本所反映的版本面貌似乎比庚辰本还早。然今存各本此两回之分回处相同,没有出现如第十七、十八回那样的分回不一致的情况,其原因当是庚辰原本上已有与今列藏本相同的分回标志之故。今庚辰本(或其底本)从庚辰原本过录时,按庚辰原本的分回记号将第八十回分开抄写,而列藏本的祖本仍按庚辰本照录,遂造成今庚辰本与列藏本的差异。今庚、列二本第七十九、八十回抄写均很草率,各有错漏,但列本出于庚辰原本一系则无问题。因而,就第七十九和八十回的分回问题,我们可以说列藏本反映了较早的面貌,却不能说今庚辰本出自列藏本,因为两者的涵义是完全不同的。

三 列藏本回目的特征

如将各本回目进行比较,可见在回目歧异最显著的第三、七、八、二十五、三十、四十一、六十五、六十七回,列藏本的回目出现了与各本都不尽相同却都又分别与某一版本相同的情况。如:

(1)第三回回目为"托内兄如海酬训教,接外孙贾母惜孤女",同蒙戚三本和梦觉本。

(2)第七回回目为"尤氏女独请王熙凤,贾宝玉初会秦鲸卿",同蒙戚三本。

(3)第八回回目作"薛宝钗小宴梨香院,贾宝玉逞醉绛雲轩",同舒序本,与甲戌本相近(甲戌本作"小恙""大醉""绛芸轩")。

(4)第二十五回回目作"魇魔法叔嫂逢五鬼,通灵玉蒙敝[蔽]遇双仙",同舒序本,与甲戌本、杨藏本相近(甲戌本"双仙"作"双真",杨本"蒙蔽"作"姐弟")。

(5)第三十回回目为"宝钗借扇机带双敲,椿灵划蔷痴及局外",同庚辰本及舒本。

(6)第四十一回回目为"拢[栊]翠庵茶品梅花雪,怡红院劫遇母蝗虫",同庚辰本。

(7)第六十五回回目为"贾二舍偷娶尤二姨,尤三姐思嫁柳二郎",同己卯、庚辰、梦觉本。

（8）第六十七回回目作"馈土物颦卿念故里，讯家童凤姐蓄阴谋"，同梦觉本，与戚序本相近（戚序本"念"作"思"）。

从以上八个回目的情况看，列藏本几乎与现存的所有脂本均有关联，由此已可见其内容相当复杂。

更有意思的是，如与他本对勘，列藏本的回目与正文发生了不规则的交叉现象。例如，列藏本第三回回目同蒙戚三本，而正文却是己卯、庚辰本系统；第七回回目同蒙戚三本，而正文却同舒序本；第二十五回列本回目同舒序本，正文却同杨藏本。这些现象显示，列藏本的底本（及祖本）曾经过多次拼配，它已是一个血统非常复杂的版本混血儿。

四　列藏本的部分来自己卯庚辰原本的传抄本

由于己卯原本和庚辰原本实际上是同一个本子，所以在乾隆二十五年（1760）秋以后从庚辰原本过录的抄本就可能同时带有己卯原本和庚辰原本的特征。列藏本有较大一部分即来自这样一个己卯庚辰原本的传抄本。据笔者初步校勘，列藏本出自己卯、庚辰本系统的有第一至四回、第十七至二十二回、第三十八至五十六回、第七十二至七十九回（包括第八十回之文字），即至少有三十八回。试以第一至四回和第七十四回为例。

第一至四回列藏本显示出与己卯、庚辰和杨藏本相近的特征。因杨藏本前七回来自己卯本系统，故实际上是列藏本来自己卯、庚辰本系统。如第一回：

（1）在误入正文的回前总评，列藏本与庚辰本有相同的独异之点。如"当此时自欲将已往所赖□天恩祖德"句，"天"字前有一空格，乃封建时代文人"敬空"之书写形式，今存抄本中唯列、庚二本存留[①]。但庚辰本的第二条总评列藏本缺，应系删漏，蒙戚三本亦缺此条。

（2）亦可为闺阁传照（列）

[①] 列藏本共有四处"敬空"，除此处外，另三处是第二回"遗本一上，□皇上因恤先臣"（P.74），第四回"但事关人命，蒙□皇上隆恩，起复委用"（P.173）和"虽是□□□□皇商，一应经纪世事全然不知"（P.179），这反映出列藏本前四回的抄手（即那位书法娴熟优美的主要抄手）是一位恪守"功令"之人。

亦可使闺阁昭传（庚、梦觉）

　　亦可使闺阁照传（杨、蒙戚三本）

　　亦可使闺阁昭然（舒）

甲戌、己卯本缺。蒙戚三本的共同祖本来自庚辰原本的某传抄本，杨本的前七回来自己卯原本系统，故此异文应是杨本和蒙戚三本的祖本先误"昭传"为"照传"，列本再进一步倒置为"传照"。

　　(3)开情诗词（列、庚、蒙）

　　　　闲情诗词（他本，杨本中衍"的"字）

　　(4)满地晴光护玉栏（列、己）

　　　　满把晴光护玉栏（他本，舒本作"清光"）

　　(5)积至多时眼闭了（列）

　　　　即至多时眼闭了（己、杨）

　　　　及到多时眼闭了（他本，舒本作"那时"）

列本此句与己、杨相近。"积""即"均是"及"的同音误字。

　　(5)《好了歌注》列本有两处夺漏，一是"陋室空堂"之"堂"字，二是"训有方"三字。查各本，己卯本漏"训有方"三字，杨本与列本相同，他本未见漏夺。以上各例证实列本文字既有来自己卯原本又有来自庚辰原本者，其原因已如上述。

第二回：

　　(1)其死後拮据之笔（列、己、杨）

　　　　其死板拮据之笔（甲、舒、蒙戚三本）

　　　　其死反拮据之笔（庚）

　　　　其死板之笔（梦觉）

列本同己、杨二本，"後"行书与"板"形似而误。

　　(2)成则公侯败则贼（列、己、杨）

　　　　成则王侯败则贼（其他各本）

以上两例列本皆显示与己、杨二本相同的特征。但也有相反的情况：

　　(3)万不可唐突了这两个字要紧（列、庚、甲、舒、蒙戚三本）

　　　　万不可唐突了这两个字,要紧,要紧(梦觉)

　　　　万不可唐突,这两个字要紧的狠呢(己、杨)

　(4)有若放闸之水,龍信之爆(列)

　　　　有若放闸之水,然信之爆(甲、庚、舒、梦觉、蒙戚三本)

　　　　有若放闸之水,燃信之爆竹(己)

　　　　有若放闸之水,燃信的炮竹(杨)

列本此处显然是将"然"字误抄成"龍",此两字行书相似,易于看混或误书。

以上四例说明,列藏本的某些文字近于庚辰本。

第三回:

　　此回列藏本回目同蒙戚三本,但正文却与蒙戚三本有很多差异,反近于己卯、庚辰本。如:

　(1)便四下里寻情找门路(列及他本)

　　　　便四下里寻找门路(戚序二本)

　(2)已择了出月初二日(列及他本)

　　　　已择了正月初六日(蒙、戚沪,戚宁缺)

　(3)双衡比目玫瑰佩(列及他本)

　　　　双鱼比目玫瑰佩(戚序二本)

　(4)大红萍缎穿褙袄(列)

　　　　大红萍缎窄褙袄(己、庚、杨、梦觉)

　　　　大红萍缎窄衬袄(舒)

　　　　大红洋缎窄褙袄(甲戌)

　　　　大红洋缎穿福袄(蒙戚三本)

"窄褙袄"即紧身袄,是。列本作"穿褙袄",显系从己卯、庚辰本系统的本子过录时抄误。

　(5)又有万几宸翰之宝(列及他本)

　　　　又有万岁宸翰之宝(蒙戚三本)

　(6)堂前黼黻焕烟霞(列及他本)

　　　　堂前黼黻焕云霞(蒙戚三本)

　(7)潦倒不通世务(列、己、庚、杨、甲、舒)

潦倒不通庶务(梦觉)

潦倒不通时务(蒙戚三本)

(8)可怜辜负好韶光(列及他本)

可怜辜负好时光(蒙戚三本)

第四回：

列藏本有标题诗一首：

题　捐躯报君恩　未报躯犹存(旁改"在")

曰　眼底物多情　君恩或可待

杨藏本亦有此诗,他本均无。杨本首句"报君恩"为"报国恩",然此句与末句相呼应,列藏本是。"躯犹存"杨本作"身犹在",列本原抄与首句勾连,较佳。此诗讽刺贾雨村之流的封建官吏极深刻冷峻,应系曹雪芹生前最后一两年所作,因为甲戌、己卯、庚辰本都没有这首诗。据校勘,列本此回文字亦系己卯、庚辰本系统。如：

(1)生得肌骨莹润(列、己、杨、甲、梦觉)

　　生得肌骨莹润(庚)

　　生的肌骨荣润(舒)

　　生得肌肤莹润(蒙戚三本)

(2)正择日已定起身(列、己、舒、梦觉)

　　正择日已定(甲戌)

　　正择定起身日期(杨)

　　正择日一定起身(庚)

　　择日一定起身(蒙戚三本)

列、己两本相同,甲戌本可能漏夺"起身",庚辰本误"已"为"一",蒙戚三本显从庚辰本来。

(3)以备选择为宫主郡主入学陪侍(列、甲、己、杨)

　　以备选为公主郡主入学陪侍(庚、舒作"宫主")

　　以备挑选,择为公主郡主之入学陪侍(蒙戚三本)

列本与己、杨等本同,蒙戚三本从庚辰本变化而来。

(4)西南有一角门通一夹道,便是王夫人正房的东院了(列、己、杨)

他本中间均有"出了夹道"四字,列、己、杨三本夺漏。

(5)引诱的薛蟠比当日还坏了一倍(列)

　　引诱的薛蟠比当日更坏了一倍(己,杨"倍"误"陪")

　　引诱的薛蟠比当日更坏了十倍(庚及他本)

综而观之,列藏本前四回与己卯、庚辰系统的版本关系密切,其底本乃此系统抄本可以肯定。

此外,列藏本第十九回"小书房"下尚有两个空格,保存了己卯、庚辰本上五个空格的部分痕迹,这在他本中已全部消失;第二十二回末,列藏本同庚辰本至惜春谜为止,并未补全;第五十六回回目原作"敏探春兴利除宿弊,时宝钗小惠全大体",与己卯、庚辰本同,后旁圈改为"贾探春""薛宝钗";又列本第七十四回回目作"惑奸谗抄拣大观园,矢孤介杜绝宁国府",与庚辰本和蒙戚三本相同,正文却近庚辰本和杨藏本,与蒙戚三本有明显差异。略举数例:

(1)这香袋是外头雇工做着内工绣的(列)

　　这香袋是外头雇工仿着内工绣的(庚)

　　这香袋是外头雇工做的,内工绣的(蒙、杨)

　　这香袋是外头雇工做的(戚)

　　这香袋是外头仿女工做的(梦觉)

所谓"仿内工"指模仿内府工艺,故庚辰本很准确。列本抄手误"仿"为"做",或系不懂此语所致。杨本致误的原因与列本相同,戚本和梦觉本更显然是因不懂而删去。

(2)这穗子一概是市卖货(列)

　　带这穗子一概是市卖货(庚辰、梦觉)

　　带子穗子一概是市买货(杨)

　　请看带子穗子一概是卖货(戚)

亦系从庚辰本来而删略了"带"字。

(3)如嫣红、翠云等人皆系年轻待妾(列、庚、杨、梦觉)

　　　　如嫣红、素云等人皆系年轻（蒙戚三本）

"素云"是李纨之婢,蒙戚三本妄改,又夺"侍妾"二字。

　　以下两例,更明确显示列本来自庚辰本系统：

　　（4）这两个体体面面的倒好（列）

　　　　这两个笨笨的倒好（庚、杨、梦觉、蒙戚三本）

列本此句甚为不通。检庚辰、杨藏和梦觉本,原来它们"笨"字均抄作异体字"伩",列藏本此回的底本亦想必如此,抄手不认识这异体字,误抄成"体体",又妄加"面面",出现了这句怪文。但蒙戚三本抄作"笨",故列藏本不可能据它过录。

　　（5）不过填房子,我原回过我体（列）

　　　　不过看屋子,我原回过我笨（庚、梦觉、蒙戚三本）

　　　　不过填屋子,我原回过我笨（杨）

庚辰、梦觉、杨本之"笨"字都抄成异体字"伩",列本抄手又误为"体"了,后可能连自己也说不过去,又将"体"字点掉,与下句连成一句"我原回过我不能伏侍"。列、杨二本同作"填",此字甚形象,且符合上文晴雯申述的理由"因老太太说园里空,大人少,宝玉害怕,所以打发我去外间房里上夜",因为"园里空",所以要用人"填"满它。此例显示列、杨二本有密切关系。列、杨二本此处文字可能来自己卯本系统,但因目前尚无确切文献证明己卯原本已有此回,故暂留此存疑。

五　列藏本与杨藏本的联系

　　列藏本有部分回次文字与杨藏本十分相似,但与其他诸本有显著差异。其中可以肯定同出一源者有第二十五回和二十七回。

　　先以第二十五回为例。此回各本异文特多,但列、杨二本文字却几乎全同。试举数例：

　　（1）一面说,一面拉他的手,只往衣内放（列、杨）

　　　　一面说,一面拉他的手（庚、戚、舒）

甲戌本和梦觉本无此句。

(2)要用热油盈瞎他的眼睛(列、杨)

要用热油烫瞎他的眼睛(庚、舒、蒙戚三本)

要用蜡灯里的滚油烫他一下(甲戌)

梦觉本删去描写贾环心理的四十余字,此句已经不存。

(3)只听宝玉嗳哟,满屋里漆黑(列、杨)

只听宝玉嗳哟了一声,满屋里众人都唬了一跳(其他各本偶有微异)

(4)果真便挑了两块红青的袖将起来(列、杨)

果真便挑了两块袖将起来(庚)

果真挑了两块袖起来(甲)

果真便挑了两块绸将来(舒)

果真便挑了两块收将起来(蒙戚三本)

便挑了几块掖在怀里(梦觉)

(5)展眼已过十五载矣(列、杨)

转眼已过十三载矣(其他各本,或作"暆眼")

(6)你们这起烂了嘴的,惯会拿人取笑(列;杨本作"去笑",系同音误字)

你们这起人不是好人,不知怎么死,再不跟着好人学,只跟着凤姐贫嘴烂舌的学(其他各本偶有微异)

据此可见,第二十五回列、杨二本具有明显的相同特征,它们同出一源似无可疑。

第二十七回列、杨二本文字亦基本相同。各本有异文时,此两本又相一致。如芒种节为"四月二十七日",凤姐称宝玉为"老二"(杨本后涂改为"宝玉"),李纨称凤姐为"泼皮破落户",他本皆作"四月二十六日""宝玉"和"破落户",显示此回文字列、杨二本亦同出一源。

除此而外,列、杨二本时有相同的独特异文出现,与他本均不相同,显示它们有共同的渊源。如第二十四回末列、杨二本均删去了红玉之梦,以至与次回不相衔接,但列本所删比杨本更甚。又如第二十八回,各本的"麦味地黄丸""千年松根茯苓胆",独此两本为"清味地黄丸""千年招("松"字之误抄)根伏苓胆"。冯紫英称呼宝玉与薛蟠,舒本作"令姨表兄弟",过于精确反不合口语习惯称呼;他本作"令姑表兄弟",显然错了;列、杨二本皆作"令表兄弟",是。但这两回列、杨二本亦有许多异文,目前尚难肯定它们必同出一源。

六　列藏本与舒序本的联系

列藏本与舒序本有密切的联系。据笔者初步校勘,列本的第七、八回,第十五、十六回(即列本原装的第三册和第六册)是从舒序本一系的版本(指舒本的底本、兄弟本或过录本)过录的,它们具有共同的渊源。为了证实这个意见,我们可以举出如下例证:

第七回:

(1)到也奇怪,这倒效验得紧,吃下去就好(列、舒)

　　到也奇怪,吃他的药到效验些(己、庚、杨)

　　到也奇怪,这到效验些(甲、戚)

　　到也奇怪,这药竟效验些(蒙)

(2)你师父那秃驴往那里去了(列、舒)

　　你师父那秃歪剌往那里去了(甲、梦觉)

　　你师父那秃歪到往那里去了(己、庚)

　　你师父那秃歪拉往那里去了(杨、蒙戚三本)

(3)他从来不要这些花儿粉儿的(列、舒)

　　他从来不爱惜这些花儿粉儿的(蒙戚三本)

　　他从来不爱这些花儿粉儿的(其他各本)

最有意思的是此回结束处,各本在"自回荣府而来"句后均有一回末诗联:"正是:不因俊俏难为友,正为风流始读书。"独列、舒二本大异,作:

　　……自回荣府而来。要知下回,且看第八卷。正是:得意浓时易接济,受恩深处胜亲朋。(列本"且看"作"且有")

列、舒二本误将第六回的回末诗联抄至第七回末,"要知下回,且看第八卷"之类的结束语,更是他本之所从未出现过的。可注意的是,列本将"且看"抄成"且有","有"显系误字,这显示列藏本系据舒序本一系版本过录,而非舒序本一系据列藏本过录。

第八回:

(1)贾宝玉逞醉绛雲轩（列、舒）

贾宝玉大醉绛芸轩（甲戌）

探宝钗黛玉半含酸（己、庚）

掷茶杯贾公子生嗔（蒙戚三本）

薛宝钗巧合认通灵（杨、梦觉）

列、舒二本不仅回目相同，且均误"绛芸轩"为"绛雲轩"，显示出共同的特征。

(2)幻来權就假皮囊（列、舒）

幻来覿就臭皮囊（杨）

幻来親就臭皮囊（甲、己、庚、蒙戚三本）

幻来新就臭皮囊（梦觉）

笔者个人颇疑列、舒二本文字为作者原文。"權就"所以言幻，"假"则正以对"真"，"真假"本为《红楼梦》主旨之一。"臭皮囊"则佛家语，已经用滥。像列、舒这类拼配本，虽然它过录较晚，但其中保留某些作者原稿之文字也是可能的。

(3)不过仗着我小时候吃过他几日奶罢了，白白养着这个祖宗作什么！（列、舒）

除梦觉本外，他本在其中都有"如今逞的他比祖宗还大了，如今我又吃不着奶了"两句，梦觉本则删改为一句"如今惯的比祖宗还大了"。此例显示乃列、舒二本夺漏。

此外，列、舒二本的通灵宝玉和金锁均无图，无篆字（列本金锁尚存有两条曲线，谈不上图式），亦与他本之有图式有篆字不同。

第十五回：

(1)赖藩郡余荫（列、舒）

赖藩郡余禎（杨）

赖藩郡余祯（甲戌、梦觉、程甲）

赖藩郡余贞（己、庚、蒙）

赖藩郡提携（戚序本）

赖藩郡余恩（程乙本）

此例因涉及清世宗胤禛"御讳",故各抄本一改再改。而列、舒二本正相一致,可见其关系之密切。

  (2)从来不信什么损阴骘、地狱报应的话(列、舒)

    从来不信什么阴司地狱报应的(甲戌、梦觉)

    从来不信什么是阴司地狱报应的(己、庚、蒙戚三本)

    从来不信什么阴骘司、地狱报的(杨)

  (3)然后众人都回家,另有家中许多事情(列、舒)

    宝珠致意不肯回家,贾珍只得派妇女相伴(甲戌、己、庚、戚、梦觉,有微异)

    方作别回家,不知又有何事(蒙府本)

列、舒二本显出一源。但此回列、舒虽同出一源,却并非照舒本过录,因为此回舒序本有许多他本均无的衍文,如老尼奉承凤姐之言,舒本就远比他本为长。舒本第十三、十四、十五回常见衍文,有的且十分荒唐,应系过录者妄加(详上节)。故此回列本的直接底本并非舒本,而是与舒本同一系统的其他本子。

第十六回:

  (1)谁知近日馒头庵的智能私游进城(列、舒)

    谁知近日水月庵的智能私逃进城(其他各本,梦觉作"入城")

  (2)因此众人嘲他越发傻了(列、舒)

    因此众人嘲他越发呆了(其他各本)

应从他本作"呆",列、舒二本之底本妄改。

  (3)明堂正道的与他作偏房了(列、舒)

    明堂正道的与他作了妾(甲戌、杨,梦觉为"做了妾")

    明堂正道的与他作亲(己、庚、蒙戚三本)

薛姨妈将香菱给薛蟠做小老婆,"与他作亲"意思不够明确,列、舒二本意思虽准确明白,语气不像凤姐,此句应从甲戌等本。

  (4)凡有外国人来,都是咱们家养活(列、舒)

    凡有的外国人来,都是我们家养活(其他各本,梦觉本无"的")

"凡有的"似不通,却是凤姐声口。"咱们"包括说话对象,此处凤姐对贾琏奶母说话,不应用"咱们"。列、舒二本之底本系妄改。

(5)龙王来请金陵王(列、舒)

　　龙王来请江南王(他本,庚夺"龙王")

(6)又有山子野者制度(列、舒)

　　又有山子野调度(杨)

　　又有山子野制度(他本)

列、舒二本误衍"者"字,似乎其抄手认为有一人号"山子野者"似的。"调度"无设计、规划义,系妄改,应从甲戌等本。

最能说明问题的是此回结束处秦钟之死一段,列、舒二本文字与他本大异,而列藏本此段文字显然是据舒本系统版本过录且夺漏九十余字:

"他是阳,我们是阴,怕他也无益。"(此章无非笑趋势之人,阳间岂能将势利压阴府么?)然判官虽肯,但众鬼使不依,这也没法,秦钟不能活转了。再讲宝玉连叫数声不应,〔定睛细看,只见他泪如秋露,气若游丝,眼往上翻,欲有所言,已是口内说不出来了。但听见喉内痰响若上若下,忽把嘴张了一张,便身归那世了。宝玉见此光景,又是害怕,又是心疼伤感,不觉放声大哭了一场。看着妆裹完毕,又到床前哭了一场。〕又等了一回,此时天色将晚了,李贵、茗烟再三催促回家,宝玉无奈,只得出来上车回去。

上引乃舒序本文字,圆括号内两句系窜入正文的评语。列本将上句用括号括出,并旁写"注"字。列本夺漏了方括号内的九十三字,此处与舒本仅有两字之差,"阳间"作"阳人","将"作"将及"。这显示,列本系据舒本系统抄本过录,而绝不是相反。

七　列藏本与蒙府本和戚序本的联系

列藏本中还有部分章回与戚序本属于同一系统,最明显者为第六十七回、七十一回。

列本第六十七回文字与杨藏、程甲本一系大异,而与戚序、梦觉本同(蒙府本第六十七回系据程甲本补抄)。但列本并非简单地照今存戚序本或梦觉本过录,因为列本与它们都有一些差异,显示出列、戚、梦觉三本的第六十七回有一共同的祖本(或底本)。列本某些文字同梦觉本而异戚序本,如:

(1)其回目作"馈土物颦卿念故里,讯家童凤姐蓄阴谋",与梦觉本相同,与戚序本有一字之差,戚本为"思故里"。

(2)此回开头,列本作:

话说尤三姐自戕之后,尤老娘以及尤二姐、贾环、尤氏并贾蓉、贾琏等闻之,俱各不胜悲恸伤感。(梦觉本"贾环"作"贾珍")

贾环与尤三姐素无瓜葛,在此出现甚属不妥。原来列本此段文字同梦觉本,唯误"贾珍"为"贾环"。戚本则为"尤老娘以及尤二姐、尤氏并贾珍、贾蓉、贾琏等闻之,俱各不胜悲伤",与列本差异较大。

但也有相反的情况,列本与戚本相同而与梦觉本有差异。如写林黛玉心理的这段文字:

使我送送人,妆妆脸面也好。可见人若无至亲骨肉手足,是最寂寞、极冷清、极寒苦、无趣味的。

列、戚二本均同。梦觉本夺漏加点的五个字,变成"使我送送人也好"了。

列、戚、梦觉一系的第六十七回不是曹雪芹的原作,它可能是一个曾读过曹雪芹原稿的人凭记忆复原的,所以其内容情节大致与杨藏、程甲一系的第六十七回相同而文字大异。

列藏本第七十一回亦来自蒙府本和戚序本一源,因为列本与蒙戚三本有特殊的相同点。例如:

(1)它们均有一句混入正文的批语"人非草木,见此数人,焉得不垂涎称妙",此评乃他本所无。

(2)跟来的人拿出赏来,各放了赏(列)
　　跟来的人拿出赏来,各家放了赏(杨、蒙、戚)
　　跟来各家的放了赏(庚辰、梦觉)

列本与杨、蒙、戚同,仅脱漏一"家"字。庚辰、梦觉本脱漏较多,文义不通。

(3)罢哟,还提凤丫头呢(列)
　　罢哟,还提凤丫头呢(蒙戚三本)

罢哟,还提凤丫头虎丫头呢(庚、梦觉)

罢哟,还提二奶奶呢(杨)

列本此回抄手凡"凤"字均抄成"风"。故综观上例,列本此回应与蒙戚三本同源。

八 结论

根据以上探讨,我们看到列藏本中至少包含有己卯庚辰本系统、杨藏本系统、舒序本系统和蒙戚一系抄本的成分,亦即它至少是由四个以上的脂本为底本拼配而成。

除此而外,列藏本中甚至还有与郑藏本相同的某些成分。如第二十四回正文在列举怡红院丫头时各本出现了异文:

红檀呢,又因他母亲的生日接了出去了(列,郑作"接出去了")

檀云又因他母亲的生日接了出去(庚、舒、梦觉,蒙戚三本作"接了回去")

晴雯又因他母亲的生日接了出去了(杨)

檀云此人在第二十三回《夏夜即事》诗中出现过,列、郑二本均有,故不详此处"红檀"是抄手妄改抑或"檀云"之原名。然此例异文显示列、郑二本亦有某些联系,或许列本的祖本(或底本)又曾据郑藏本的祖本(或底本)校改过。总之,列藏本的版本成分相当复杂,需要进一步研究。

至于列藏本何以会形成今日之复杂面貌,推溯其原因,可能在于列本的最初祖本是一个据庚辰原本的过录本,过录时它或从正行抄写,或从庚辰点改增补文字抄写,因而它已成为既带有己卯原本又带有庚辰原本文字成分的混合体。后来经多次传写,又佚失了某些章回,某些抄者又陆续从杨、舒、戚等系统抄本抄补或校改,今列藏本过录时又可能经过抄配,于是形成今列藏本的复杂血缘。

还有一点甚可注意,即列藏本保留有少量作者早期稿本的痕迹。第三十三回忠顺王府长史官到贾府索取琪官,有各本皆无的49字:

(只是这琪官)乃奉旨所赐,不便转赠令郎。若令郎十分爱慕,老大人竟密题一本请旨,岂不两便。若老大人不题奏时,〔还得转达令郎,请将琪官放出，]一则可免王爷负恩之罪……

己卯本已删改为"只是这琪官随机应达，谨慎老诚，甚合我老人家的心，竟断断少不得此人""一则可慰王爷谆谆奉恳"等语（他本或有微异）。列本此四十九字应系作者原稿，因为它显示出忠顺亲王派长史官以"欺君之罪"威胁贾政，与下文贾政的反应"如今祸及于我""明日酿到他弑君杀父"等语一脉相承。己卯庚辰原本的编辑者删去这四十九字，乃是出于"不敢干涉朝廷"的谨慎考虑，却将曹雪芹的泼胆笔墨全部勾销，幸有列藏本存留，甚可宝贵。

因为列藏本乃经多次拼配抄补而成，所以它的过录时间不会很早。从纸色看，它较甲戌、己卯、庚辰等本为新，而今甲戌、庚辰本的过录已在乾隆三十二年丁亥（1767）以后，蒙戚三本的祖本约在乾隆四十年（1775）左右形成，舒序本抄成于乾隆五十四（1789）年，杨藏本的过录已在乾嘉之交，故今列藏本的抄成年代不会早于乾隆末期，它应系在乾隆末年至嘉庆前期抄成。

列藏本既是拼配本，过录时间又较晚，所以它的价值不高于甲戌、己卯、庚辰等早期脂本。但在今存的十一个脂本中，它是一个相当完整的八十回本，虽佚失第五、六两回，尚存七十八回，其数量与庚辰本相等，且它的主要抄手书法颇佳，抄写水平很高，又保留了一些作者早期稿本的痕迹和少量不见于他本的脂评，因而它仍有相当宝贵的价值，是珍贵的文学文献、考订《红楼梦》的重要资料。

第四节　郑藏本

郑振铎旧藏《石头记》一册，残存第二十三、二十四回，共三十一页，无脂评。此本以木刻乌丝栏纸工楷抄写，书口上端题"红楼梦"，回首第一行顶格写"石头记第×回"，第二、三行并列书写回目。正文每面八行，行二十四字，行款同舒序本。卷首有"晰庵"白文图记，当为原藏者之印鉴，其人身份不明。此本现藏国家图书馆。

郑藏本虽仅存两回，却有不少独异之点（参见俞平伯《读〈红楼梦〉随笔》第十九则），如：

（1）第二十三回宝玉去见贾政，在廊下站立的丫头中无彩云。金钏儿取笑问宝玉这会子吃不吃胭脂，各本均为"彩云一把推开金钏"，此本独作"绣凤一把推开金钏"。

(2)同回末写"牡丹亭艳曲惊芳心",各本皆有"只听墙内笛韵悠扬"至"细嚼'如花美眷,似水流年'八个字的滋味"共约270余字,独郑藏本缺如,以至成为:

> (黛玉)走到梨香院墙下,忽然想起前日古人诗中有"水流花谢两无情"之句,又词中有"流水落花春去也,天上人间"之句,又兼方才所见《西厢记》中"花落水流红,闲愁万种"之句都一时想起来,凑聚在一处。仔细忖度,不觉神驰心痛,眼中落泪。

与回目全不相应了,这显然是郑藏本或其祖本擅自删削的。

(3)第二十四回写贾芸在书房等宝玉,各本有一句"只听门前娇声嫩语的叫了一声哥哥"(列藏本为"两声"),独郑本作"只听门前娇声嫩语叫焙茗哥",似较为准确。

(4)同回小红给宝玉倒茶,郑本删改很多。此处庚辰本为:

> 宝玉看了,便笑问道:"你也是我屋里的人么?"〔那丫头道:"是的。"宝玉道:"既是这屋里的,我怎么不认得?"〕那丫头听说,便冷笑了一声道:"认不得的也多,岂只我一个。〔从来我又不递茶递水,拿东拿西,眼面前的事一点儿不作,那里认得呢。"〕

方括号内的字句郑本皆无,却又在后面添上一句"我姓林,原名红玉,改名唤小红",造成小红答非所问。

(5)同回末介绍小红身世性格及梦见贾芸的一段文字删改很多,仅存135字(庚辰本为360字)。

(6)人名与各本有显著不同。如贾蔷,此本两次出现皆为"贾义";贾芹之母,他本作"周氏",此本为"袁氏",亦两见;花儿匠方椿作"方春";秋纹作"秋雯",凡五见;檀云作"红檀"(同列藏本)。

(7)更可注意者为宝玉小厮茗烟[①]。甲戌、己卯、庚辰、蒙戚三本、杨本、舒本等皆茗烟、焙茗共用,第二十三回前和第三十九回后作"茗烟",第二十

[①] 参见李晗《论郑藏本》《一介小厮、两名并出》(分别载《红楼梦研究集刊》第十二辑和《社会科学战线》1983年第四期)及郑庆山《谈郑藏〈红楼梦〉抄本》(《北方论丛》1987年第一期)。

四至三十四回改称"焙茗",唯梦觉本和列藏本统一为"茗烟"。郑藏本之两回正当此小厮改名之际,却统一为"焙茗",可以推想其原抄亦统一为"焙茗"。其实,作者给此小厮原定名为"茗烟",以使宝玉的八个小厮名字配成四对:茗烟、墨雨,锄药、扫红,引泉、伴鹤,双寿、双瑞。脂评中有七条共十三次提及"茗烟",却从未提到过"焙茗"。故今第二十四至三十四回可能写成较晚(或写成后又经过修改重抄)。梦觉本和列藏本将其名统一为"茗烟",郑藏本统一为"焙茗",显示它们都对早期脂本做了不同的修改,应是其较为晚出之证。

第六章　梦觉本和程甲本、程乙本

梦觉本是脂本与程本之间的过渡本。凡程甲本前八十回与早期脂本的相异之处，绝大部分在梦觉本中已经出现①。因而，程甲本所据以整理编辑的前八十回底本（第六十七回除外）有可能就是梦觉本或与梦觉本相类的版本。为便于探讨《红楼梦》版本之源流，特将梦觉本与程甲本、程乙本放在一章之内讨论。

第一节　梦觉本

一　概貌

《红楼梦》抄本八十回，卷首有署"甲辰岁菊月中浣梦觉主人识"之序文，"甲辰"乃乾隆四十九年（1784），故此本称为"梦觉主人序本"或"甲辰本"，简称"梦觉本"。此本1953年在山西发现，故又称"晋本"，今藏国家图书馆。梦觉主人之真名不详②。

梦觉本分装八函，每函五册，每册两回，目录前、正文前及书口均题"红楼梦"。全书以白纸朱丝栏工楷精抄，前数回书法有隶意，字迹端好。正文每面九行，行二十字。全书尚留存少量脂评，主要系句下双批，无眉批和旁批，第一、二回前有总评，均低正文一格抄写，是现存脂本中唯一抄写形式准确的版本。

---

① 参见周汝昌《红楼梦新证·梦觉主人序本》及王佩璋《曹雪芹的生卒年及其他》第三小节《〈红楼梦〉甲辰本琐谈》（《文学研究集刊》第五册）。
② 吴世昌认为梦觉主人即高鹗之化名，详见其《红楼梦探源》英文本。

此本除第一回标题诗"满纸荒唐言"五绝外,其他各回均无标题诗,已同程本。但其回末诗对却较他本为多,其中第六、七、八、六十四回之回末诗联又见于其他脂本,第五回回末诗作"正是:一枕黄粱犹未熟,百年富贵已成空",与其他脂本均不同,第四、九、十九回则有独出的回末诗联,第十八回末有七绝一首,殆皆非曹雪芹之原稿文字(见本书附录二《脂本回末诗联总表》)。这些梦觉本尚存的回末诗联,到程本就全部删除了。梦觉本已于1989年由书目文献出版社影印出版。

二 梦觉本对早期脂本的删改

梦觉本对早期脂本的删改有以下几类:

(1)删除脂评。此本第十九回回首有评语谓:"原本评注过多,未免旁杂,反扰正文。今删去,以俟后之观者凝思入妙,愈显作者之灵机耳。"据此可见其底本是一个有大量脂评的本子。梦觉本今存双批共232条,但较他本评语为短,且集中于前十八回,第十九回后就渐稀,第三十八回至书末仅存一条。

(2)大段删除正文,后均为程甲本所继承,如:

a. 第十六回末秦钟临死前复苏,劝宝玉"以后还该立志功名"一段情节全部删除,第十七回开始秦钟已死,以致两回情节断裂。程甲、程乙本同。

b. 第四十八回庚辰、列藏、蒙戚三本均有"香菱见画上有几个美人,因指着笑道:'这一个是我们姑娘,那一个是林姑娘。'"等句,梦觉、程甲、程乙本均无此30字。

c. 第五十三回关于"慧纹"的一段文字共约400字,梦觉、程甲、程乙均无。

d. 第五十七回薛姨妈说起宝黛亲事时婆子与姨妈的对话约65字。婆子们建议她做媒保成宝黛的亲事,她既不答应也不拒绝,而是圆滑地说:"我一出这主意,老太太必喜欢的。"梦觉主人是否有意删去这段对话虽尚难肯定,删去后掩盖了薛姨妈老奸巨猾的性格侧面则是事实。程甲、程乙本同。

e. 第六十三回芳官改名改妆,贾宝玉大发议论一段约800余字均已删去。但第七十、七十三、七十七回保留了芳官之改名雄奴、金星玻璃、温都里纳、耶律雄奴等,以至前后脱节。杨、列二本亦皆如此,不知何本始删。程甲、程乙本则已将这些残留痕迹改去。

f.第七十回放风筝一段中有关探春放凤凰的情节亦删。此段关系到探春结局,各本皆有,不知何故删去。程甲、程乙本同。

g.第七十八回,删去贾母说宝玉"只和丫头们闹,必是人大心大,知道男女的事了,所以爱亲近他们。既细细查试,究竟不是为此"一段。同回又删去贾政名利大灰,不以举业逼宝玉一段描写及宝玉祭晴雯前"我又不稀罕那功名"一段心理活动。第五十八回删去了宝玉对祭奠看法的文字约200余字。这类大段删削直接削弱了贾宝玉形象的反封建意义。程甲、程乙本亦同。

(3)将正文缩简,如:

a.第二十五回赵姨娘与贾母的一段对话缩改成"赵姨娘在旁劝了几句,叫贾母骂了一大顿"。

b.同回末写僧道来救宝玉凤姐,各本描写较详,此本缩简成"贾政忙命人让茶,那二人佯佯不理,出门已不见了。只得依言而行。二人果一日好似一日的渐渐醒了,说饿了,贾母王夫人才放了心。众姊妹都在外间听消息,黛玉先念一声佛",较各本删简了130字左右。

(4)删改词句。这类修改每处删改字数不多,但作者原意往往遭到阉割,且面广量大,对作者原作之损害最为严重。略举数例:

a.第三回写贾雨村起复,早期脂本为"(贾政)便竭力内中协助,题奏之日,轻轻谋了一个复职候缺。不上两个月,金陵应天府缺出,便谋补了此缺",梦觉本删改成"便极力帮助,题奏之日,谋了一个复职。不上两个月,便选了金陵应天府",原作对官场黑暗的轻蔑与讥刺全部消失。程甲、程乙本同。

b.第八回各早期脂本写"林黛玉已摇摇的走进来",梦觉本与杨藏本均为"摇摇摆摆",梦觉本抄成较早,或系其先改。两字之添,将弱不禁风的林妹妹变成了贾雨村式踱方步的官僚。程甲、程乙本同。

c.删改原作中描写贾宝玉怀疑与反对封建主义传统观念的文字。如第三十六回,早期脂本写贾宝玉"因此祸延古人,除四书外竟将别的书焚了",梦觉本删改成"因此讨厌延及古人了";第二十四回写宝玉将男子看成可有可无的浊物,早期脂本作"只是父亲叔伯兄弟中因孔子是亘古第一人说下的,不可忤慢",梦觉本改为"只是父亲叔伯兄弟之伦因是古人遗训,不敢违忤",变微讽的口吻为恭敬。

这类零碎的删易点窜全书随处可见，后又为程甲本所继承或甚至进一步删除。

(5) 添补缺文。如第二十二回末庚辰本和列藏本至惜春谜为止，其他各脂本均完整。蒙戚三本和舒本为一系，有宝钗作更香谜和"贾政悲谶语"的描写，与此回回目和庚辰本回末附页所记宝钗谜相符，可能它们的最初祖本从庚辰原本过录时此回结尾尚未破失。梦觉本系另一种写法，将更香谜归诸黛玉，另代宝钗作了竹夫人谜，为贾宝玉作了镜子谜，此种补文全为程甲本所接受。但此段补文甚不合理。首先，新增之宝玉、宝钗两谜不合人物性格。宝玉之镜子谜实系古人之作，明代冯梦龙《挂枝儿·咏镜》曲已引及，曹雪芹一般不会直接抄袭古人的作品，且此谜以"舜南面而立，尧帅诸侯北面而朝之"的君臣大义与"象忧亦忧，象喜亦喜"的兄弟友于为面，典出《孟子·万章》，均不合贾宝玉之反封建性格特征。宝钗之竹夫人谜浅露陋俗，大家闺秀且端庄凝重如薛宝钗者绝不会在大庭广众出此"恩爱夫妻不到冬"的俚语。其次，回目既云"制灯谜贾政悲谶语"，则正文应写其如何"悲谶语"，而梦觉本毫无涉及，与回目全不相应。故梦觉本第二十二回末的补文应出自与曹雪芹毫无关系的后人之手。

从梦觉本的总体看，它虽对早期脂本做了很多增删改动，但基本上没有改到其反面去。如尤三姐的形象描绘，梦觉本同其他脂本，均写她先淫乱后刚烈，不像程甲、程乙本所改乃自始至终清白贞洁之完人；第一回写青埂峰顽石亦同其他脂本，无程本"自去自来，可大可小"之神通，仍是顽石被一僧一道变为通灵宝玉，神瑛侍者投入人世为贾宝玉，无程本将顽石与神瑛捏合为一的描写；第七十七回晴雯与宝玉诀别一段文字亦同脂本，较程本为简。以上种种说明，梦觉本还是处在脂本与程本的过渡状态。因其形成时间早于程甲本的刊行时间，且又保存了部分脂本的原貌和部分脂评，故仍将其归诸脂本系统。

第二节　程甲本和程乙本

一　概貌

乾隆五十六年辛亥(1791)萃文书屋木活字本一百二十回《红楼梦》，简称程甲本。封面题"绣像红楼梦";扉页题"新镌全部绣像红楼梦",下署萃文书屋;回首及书口均题"红楼梦"。卷首有程伟元和高鹗之序文两篇;次绣像,共二十四幅,前图后赞;次总目;正文每面十行,行二十四字。程伟元序云:

> 《红楼梦》小说本名"石头记",作者相传不一,究未知出自何人,惟书内记雪芹曹先生删改数过。好事者每传抄一部,置庙市中,昂其值得数十金,可谓不胫而走者矣。然原目一百廿卷,今所传只八十卷,殊非全本。即间称有全部者,及检阅仍只八十卷,读者颇以为憾。不佞以是书既有百廿卷之目,岂无全璧?爰为竭力搜罗,自藏书家甚至故纸堆中无不留心。数年以来,仅积有廿余卷。一日偶于鼓担上得十余卷,遂重价购之。欣然翻阅,见其前后起伏尚属接笋,然漶漫不可收拾。乃同友人细加厘剔,截长补短,抄成全部,复为镌板,以公同好,《红楼梦》全书始至是告成矣。书成,因并志其缘起,以告海内君子。凡我同人,或亦先睹为快者欤?小泉程伟元识。

高鹗之序文为:

> 予闻《红楼梦》脍炙人口者几廿余年,然无全璧、无定本。向曾从友人借观,窃以染指尝鼎为憾。今年春,友人程子小泉过予,以其所购全书见示,且曰:"此仆数年铢积寸累之苦心,将付剞劂公同好。子闲且惫矣,盍分任之?"予以是书虽稗官野史之流,然尚不谬于名教,欣然拜诺。正以波斯奴见宝为幸,遂襄其役。工既竣,并识端末,以告阅者。时乾隆辛亥冬至后五日,铁岭高鹗叙并书。

程甲本在五十六年辛亥(1791)冬底印完,次年初,程、高二人即趁重新排印之便在程甲本刊本上重作修订①,于五十七年壬子(1792)二月十六日排印程乙本。

程乙本卷首为高鹗序,次为程伟元和高鹗之《引言》,其他款式装帧均同程甲本。《引言》共七条,其第一、三条较为重要,谓:

---

① 程甲本共1571页,程乙本1575页,但每页起迄文字不同者仅69页,可证程乙本之增删系在程甲本刊本上进行。详见王佩璋《〈红楼梦〉后四十回的作者问题》(见《红学三十年论文选编》下册)。

书中前八十回抄本各家互异,今广集核勘,准情酌理,补遗订讹。其间或有增损数字处,意在便于披阅,非敢争胜前人也。

书中后四十回系就历年所得集腋成裘,更无他本可考。惟按其前后关照者略为修辑,使其有应接而无矛盾。至其原文,未敢臆改。俟再得善本,更为厘定,且不欲尽掩其本来面目也。

末署"壬子花朝后一日小泉、兰墅又识"。这篇《引言》和程伟元、高鹗为程甲本所作之序文,都是研究一百二十回木活字本《红楼梦》即程甲、乙本成书过程的重要文献。

二 程甲本对梦觉本的修改

由于程甲本前八十回与早期脂本的差异绝大多数在梦觉本已经出现,因此笼统地讲程本与脂本的差异是不恰当的。事实上,只有那些程甲本上没有任何版本依据的对梦觉本的文字增删,才可以认为是程高二人对脂本的修改。这类修改数量极大,非如程乙本《引言》所谓"其间或有增损数字"而已。较大的修改如:

(1)将青埂峰顽石和神瑛侍者揑合为一,写明警幻仙子封石头为赤霞宫神瑛侍者。

(2)将脂本的"无材不堪入选"改为"无才不得入选",作者愤世嫉俗的块垒不平被篡改为求补天而不得的摇尾乞怜。

(3)脂本所写的尤三姐,是一个先失足而后改行但不能被所爱者谅解,只能自刎以明志的不幸女性。封建社会"以理杀人",是造成尤三姐悲剧的根本原因。而程甲本将尤三姐改写为始终清白贞洁的完人,她的不幸只是由于柳湘莲的误会,这就大大缩小了曹雪芹笔下尤三姐悲剧之意义。

(4)第七十七回"俏丫环抱屈夭风流"一节,程甲本做了许多修改增补:

a.将晴雯的表兄表嫂多浑虫、灯姑娘夫妇改成吴贵、吴贵媳妇。脂本写灯姑娘偷听到晴雯和宝玉的谈话,相信他们原来"竟还是各不相扰","天下委屈事也不少",并主动将宝玉放走。作者让灯姑娘出场,让她以如灯之明证实晴雯之纯洁,肯定了宝玉与众女儿关系的清白,又为灯姑娘这一人物留下了可传之善。而程甲本改为吴贵媳妇对宝玉纠缠不休,增加了许多恶俗的描写;为了与第一百零九回"候芳魂五儿承错爱"一段呼应,改写者又让已死的柳五儿复活给晴雯送东西，使宝玉有机会逃出。

b. 晴雯与宝玉诀别一场有很大改动，删去了晴雯"我太不服""我当日也另有个道理"等表白共一百余字，又增加了一些换袄儿、咬指甲的细节描写。总的看来，减弱了晴雯性格中的反抗一面。

（5）第六十八回"酸凤姐大闹宁国府"半回，梦觉本还基本上与己卯、庚辰等早期脂本一致，文字比较简练。程甲本却增加了不少细节，特别是塞进了许多有关凤姐与贾蓉关系暧昧的描写，如"凤姐儿见贾蓉这般，心里早软了""又指着贾蓉道：'今日我才知道你了！'说着把脸一红，眼圈儿也红了，似有多少委屈的光景。贾蓉忙赔笑道：'罢了，婶娘少不得饶恕我这一次。'说着忙又跪下。凤姐儿扭过脸去不理他，贾蓉才笑着起来了"等等。事实上，各脂本从未写及凤姐与贾蓉有何不正当关系，这全是程伟元和高鹗之"生花妙笔"添加的。这种描写毫无美感可言，实在是对作者原著的玷污。

至于程甲本对梦觉本的零星增改，那就更多了。如第七十九回宝玉遇见香菱，她兴高采烈地告以薛蟠将要娶亲，以下梦觉本及各脂本均为："宝玉冷笑道：'虽如此说，但只我倒替你担心虑后呢！'香菱听了，不觉红了脸。"而程甲本却在中间妄添了两句对话："香菱道：'这是什么话，我倒不懂了。'宝玉笑道：'这有什么不懂的，只怕再有个人来，薛大哥就不肯疼你了。'"把宝玉对香菱处境的同情变成了调情打趣。应该说，这种增补是程、高二人有计划篡改人物关系之表现。对宝玉与香菱的关系程甲本早有改动，如第六十二回"呆香菱情解石榴裙"一节，梦觉本与诸脂本均很简净，程甲本妄增香菱"红了脸""脸又一红"等描写，暗示她与宝玉有不正当的行为，以致后来的评点派们对"情解石榴裙"信口雌黄，其实曹雪芹原作从来没有写及此点。

还有一些细小处的修改，亦皆自程甲本始。如北静王"水溶"改为"世荣"，蒋玉菡改"蒋玉函"（以至后来的索隐派把此名解释成"装玉玺的匣子"），"花魂默默无情绪"改为"花魂点点无情绪"，"女儿翠袖诗怀冷"改成"女奴翠袖诗怀冷"，"寒簧击敔"改"寨簧击敔"（"寒簧"系月中仙女名，"寨簧"不词）等。此类修改之多，无法枚举。

虽然程甲本对梦觉本的修改常常是越改越坏，但个别地方似也有出色处，以致颇令人怀疑程、高确有版本依据。如第七十四回抄检大观园，脂本（包括梦觉本）仅写晴雯将箱内之物倒出，并未开口。程甲本在"王善保家的也觉没趣"句下插进了一大段：

> 便紫涨了脸说道："姑娘你别生气。我们并非私自就来的，原是奉太太的命来搜察。你们叫翻呢，我们就翻一翻；不叫翻，我们还许回太太去呢。何用急的这个样子！"晴雯听了这话，越发火上浇油，便指着他的脸说道："你说是太太打发来的，我还是老太太打发来的呢。太太那边的人我也都见过，就只没看见你这么个有头有脸大管事的奶奶！"凤姐见晴雯说话锋利尖酸，心中甚喜，却碍着邢夫人的脸，忙喝住晴雯。那王善保家的又羞又气，刚要还言，凤姐道："妈妈，你也不必合他们一般见识，你且细细搜你的，咱们还到各处去搜呢。再迟了，走了风，我可担不起。"王善保家的只得咬咬牙，且忍了这口气，细细的……

这两百余字的增加，不但使晴雯的刚烈性格更为鲜明，王善保家的奴才仗势、得意忘形之神态如画，对凤姐的心理刻画亦更深入，写出了凤姐对王夫人决定抄检大观园、怀疑其治家能力的不满。而凤姐与王夫人矛盾的发展与激化，有可能是她最后"哭向金陵"的主要原因之一。上述增文对人物关系把握得如此准确，场面描绘得如此有声有色，似非曹雪芹之外的其他人所能增写。程、高当年手中掌握了大量抄本，远比我们今日所能见到的为多，故此节文字系曹雪芹所写的可能也是有的。

三　程乙本对程甲本的修改

程乙本在程甲本的基础上做了又一次大规模的修改。据汪原放在 1927 年亚东图书馆重排本《红楼梦》的点校记中说，新本（指亚东重排本，系以胡适所藏程乙本为底本）比旧本（指王希廉评本，系程甲本的翻刻本）改动 21506 字，移动之字数不计在内。这数字大致可以作为程乙本对程甲本的增删字数看待。又程乙本比程甲本多四页，故全书净增两千多字。这统计数说明程乙本对程甲本的修改有相当大的规模。

程乙本的修改有一大特点，即改文比程甲本更口语化，有相当数量的修改是删去程甲本从脂本继承的文言语汇而代之以口语。俞平伯先生的助手王佩璋女士曾将甲、乙两本逐字对校，发现乙本所改只有一处与脂本大略相合,其他改动均属臆改,而且是越改越坏,可以举出的重要例子就有112处[①]。这可以分前八十回和后四十回两部分讨论。

A. 前八十回

程乙本对程甲本前八十回的改动,据汪原放统计共15537字。其改动大致可分四类:

(1)增加一些两性关系的庸俗描写。这从程甲本已经开始,程乙本则进一步扩大范围与增添细节。如第六回"初试云雨情",第十九回茗烟与卍儿等处,甲本文字尚同脂本,乙本就妄加了不少恶俗的描绘。又如凤姐与贾蓉,甲本已开始暗示他们有不正当关系,乙本又大加描写,如第六回贾蓉向凤姐借玻璃炕屏,将离去时凤姐将他唤回,程乙本以下作:

贾蓉忙回来,满脸笑容的瞅着凤姐,听何指示。那凤姐只管慢慢吃茶,出了半日神,忽然把脸一红,笑道:"罢了,你先去罢,晚饭后你来再说罢。这会子有人,我也没精神了。"贾蓉答应个是,抿着嘴儿一笑,方慢慢退去。

程乙本在"贾蓉忙回来"后删去脂本和程甲本均有的"垂手侍立"四字,又妄添了加点的三句,将凤姐和贾蓉写成当众调情。第六十八回凤姐大闹宁国府,程甲本已大量增写凤姐与贾蓉之暧昧关系(见上文),乙本更将甲本的"贾蓉亲身送过来,方回去了"增改为"贾蓉亲身送过来,进门时又悄悄的央告了几句私心话,凤姐也不理他,只得怏怏地回去了"。

(2)将原来简洁的文字,改得拖沓啰嗦。如第二十七回黛玉吟《葬花词》,程甲本承脂本,作"宝玉听了,不觉痴倒",乙本改成"正是一面低吟,一面哽咽。那边哭的自己伤心,却不道这边听的早已痴倒了"。在真挚动人的长歌《葬花词》后出现这种啰嗦拖沓的描写,极不相称。

(3)不懂原文意思,妄加改动。如第五十九回"柳叶渚边嗔莺咤燕"一节,脂本及程甲本均有这样几句:

春燕又一行哭,又一行说,把方才莺儿等事都说出来。宝玉越发急起来,说:"你只在这里闹也罢了,怎么连亲戚也都得罪起来!"

[①] 详见王佩璋《〈红楼梦〉后四十回的作者问题》(见《红学三十年论文选编》下册)。

话是对春燕之母说的，宝玉怕因此得罪了薛姨妈和宝钗，故云。程乙本将"亲戚"改为"你妈"，语意大变，话变成对春燕而说，素昔最厌婆子的宝二爷居然会怕得罪一个鱼眼睛，真是奇文。又第五十五回写贾府规矩，妾侍中家里的死了人赏二十两，外头的死了人赏四十两。所谓"家里的"乃指家生子，即家奴之后代生来就是奴才者（如赵姨娘）；"外头的"指其本人才卖身为奴者（如袭人）。此回写赵姨娘争其弟赵国基的丧葬费，与袭人攀比，探春解释说："这也不但袭人，将来环儿收了外头的，自然也是和袭人一样。"脂本、程甲本均同。程、高二人不懂"外头的"什么意思，在程乙本中将此句改为"将来环儿收了屋里的"。殊不知"屋里的"乃侍妾之统称，仍然有"外头的"和"家里的"之分。程乙本中这类无知妄改很多，不能一一详举。

也有些改动是自作聪明的。如下列三例：

a. 不想次年又生了一位公子（甲戌、己卯、庚辰、杨、列、梦觉、蒙府、程甲）

不想后来又生了一位公子（戚、舒）

不想隔了十几年，又生了一位公子（程乙）

b. 宁公居长，生了四个儿子（脂本、程甲）

宁公居长，生了两个儿子（程乙）

c. 宝玉早已看见多了一个姊妹（甲戌、己卯、庚辰、杨、列、蒙、戚）

宝玉早已看见了一个姊妹（程甲，梦觉夺"见"字）

宝玉早已看见多了一个袅袅婷婷的女儿（程乙）

a例是为使元春与宝玉年龄合理而改，虽有一定理由而无版本依据，且此系冷子兴闲谈，又何必十分精确。b例之改大约是嫌宁公儿子太多，然甲戌本此句旁批："贾蔷、贾菌之祖不言可知矣。"可见原文并不错。c例之添改更为蛇足。这种自作聪明的妄改也很多。

(4) 程甲本对主人公贾宝玉的性格已有大量歪曲，程乙本更甚，进一步删去作者对其叛逆性格的描绘，并妄添歪曲其性格的文字。如：

a. 第十九回宝玉听见卍儿名字之由来后，程甲本承脂本，为："宝玉听了笑道：'真也新奇，想必他有些造化。'说着沉思一会。"程乙本添改成："宝玉听了笑道：'想必他将来有些造化。等我明儿说了给你作媳妇好不好？'茗烟也笑了。"乙本所改完全不合宝玉怕女孩子出嫁的个性，而且其情景像是主仆两人一起拿卍儿寻开心了。

b. 第十五回有关二丫头的一段描写，梦觉本已对早期脂本做了不少修改，无端将宝玉改成处处留情的"时时猎色一贼"（脂评语）；程甲本承梦觉本；乙本则进一步改成二丫头与宝玉两情脉脉，眉来眼去，贾宝玉与二丫头的形象全遭歪曲：

走不多远，却见这二丫头怀里抱了个小孩子，想是他的兄弟，同着几个小女孩子说笑而来。宝玉情不自禁，然身在车上，只得以目相送。（梦觉、程甲）

程乙本将加点的词句删去，改"说笑而来"为"在村头站着瞅他"，把"以目相送"改成"眼角留情而已"，情景极为不堪。

c. 第三十六回宝玉谈"文死谏、武死战"一节，程甲本与早期脂本虽有差异，改动尚不大。程乙本开始大加删改：

人谁不死，只要死的好。那些个须眉浊物，只知道"文死谏、武死战"，这二死是大丈夫死名死节，究竟何如不死的好。必定有昏君，他方谏，他只顾他邀名，猛拼一死，将来置君于何地？必定有刀兵，他方战，他只顾图汗马之名，猛拼一死，将来弃国于何地？所以这皆非正死。（程甲本）

人谁不死，只要死的好。那些须眉浊物，只听见"文死谏，武死战"这二死是大丈夫的名节，便只管胡闹起来。那里知道有昏君方有死谏之臣，只顾他邀名，猛拼一死，将来置君父于何地？必定有刀兵方有死战，他只顾图汗马之功，猛拼一死，将来弃国于何地？（程乙本）

程甲本承脂本，否定了"文死谏、武死战"，亦即间接地否定了至高无上的君权。程乙本将加点的词句全加删改，以至将宝玉此段话的意思变成为了维护君臣大义而反对"文死谏，武死战"，作者之原意全失。

总之，程乙本前八十回又在程甲本的基础上做了很多增删变动，绝非"增损数字"而已。

B. 后四十回

程乙本后四十回也对程甲本做了不少改动，程、高二人自称"别无他本可考""未敢臆改"，事实并非如此。据汪原放统计，共改5967字。这方面的改动也可分成三种类型：

第一类是补苴罅漏。程甲本有不当之处，乙本从而补缀之。如第九十二回回目为"评女传巧姐慕贤良，玩母珠贾政参聚散"，但程甲本正文既无"巧姐慕贤良"的文字，也没有"贾政参聚散"的描写，以至正文与回目脱节。于是程乙本在正文中添上巧姐恭听宝二叔教诲，频频点头称是的几句，算是"巧姐慕贤良"；"贾政参聚散"是让他吃饭时发一通人生聚散如母珠与小珠的议论。这样回目与正文勉强相符了，然文章之呆板迂腐则无以复加矣。

另一个例子是改动第九十三回的结尾。程甲本原为赖大问贾芹有没有人与他不对，"贾芹想了一想，忽然想起一个人来。未知是谁，下回分解"。但下回却不提贾芹想起了谁，以至造成第九十三、九十四回之间脱节。程乙本从而补救之，将第九十三回结尾改成"贾芹想了一会子，并无不对的，只得无精打采，跟了赖大走回。未知如何抵赖，下回分解"，这样，两回之间方始接榫。

这类改动虽未必佳，但总算比程甲本合乎情理，可说是一种进步。第二类改动就莫名其妙了，似乎程伟元和高鹗连程甲本的文字都没有读懂。试举两例：

（1）第一〇一回，凤姐在园中遇见秦可卿的鬼魂后回到家中，程甲本为"贾琏已回来了，只是见他脸上神色更变，不似往常，待要问他，又知他素日性格，不敢突然相问，只得睡了"。很清楚，这一长句的主语是"贾琏"，三个"他"均指凤姐。凤姐刚刚遇鬼，所以"神色更变"；她素日性格刚强，所以贾琏"不敢突然相问"。程乙本却把"只是"改成"凤姐"，意思全都颠倒，变为贾琏"神色变更"，凤姐"不敢突然相问"了。

（2）第一〇九回"候芳魂五儿承错爱"一段程甲本写：

五儿此时走开不好，站着不好，坐下不好，倒没了主意了。因微微的笑着道："你别混说了，看人家听见这是什么意思。"

五儿此时极不愿意谈话继续下去，但又不敢得罪宝二爷，所以用微笑敷衍他。程乙本改成"因拿眼一溜，抿着嘴儿说道"，似乎在写五儿有意勾引宝二爷了。

第三种类型是大量添改，简直是重新改写。如第一〇五回"锦衣军查抄宁国府"，那张抄家清单程甲、程乙本相差很多。程甲本的清单较"寒酸"，程乙本增加了很多贵重器物和金银钱币，比程甲本更为合理。

四　程伟元、高鹗及其对《红楼梦》的贡献

程伟元，字小泉。约生于乾隆十年，卒于嘉庆二十三年（1745？—1818？）。苏州人。出身于书香世家，素有文名。嘉庆五年三月，爱新觉罗·晋昌以宗室之贵出任盛京将军，聘请程伟元入幕佐理奏牍。暇日主宾诗酒唱和，今尚存晋昌赠程伟元诗九题四十首，见程伟元选编之晋昌《且住草堂诗稿》。据晋昌赠诗"况君本是诗书客，云外应闻桂子芬""脱却东山隐士衫，泥金他日定开缄"，晋昌鼓励程伟元去考进士，显示程伟元曾取得举人资格。程伟元之中举，大约在乾隆后期。他之搜集、整理、出版《红楼梦》，即可能是在北京等候会试期间所为。

据晋昌赠诗"文章妙手称君最，我早闻名信不虚""新诗清调胜琅玕""瑶章三复见清新"等句，可知程伟元诗文俱佳。李桀《且住草堂诗稿跋》介绍，程伟元"工于诗"，"亦擅长字画"。其画今尚存三种：（1）嘉庆六年（1801）仿米南宫山水折扇、（2）嘉庆七年（1802）为晋昌祝寿画罗汉册、（3）松柏双寿图大中堂一幅。书画颇有佳处。据其好友孙锡《赠程小泉伟元》"冷士到门无暑意，虚堂得雨有秋心"之句，程伟元品格恬淡，不慕荣利。综观现有的关于程伟元之材料，可见他是一位颇有艺术才能且品格清高的文人。在封建时代，像他这样有举人功名且与达官贵人密切交往的衣冠士绅是不可能去做萃文书屋的经理以贩书为业的[1]。

高鹗，字兰墅。内务府镶黄旗人。生于乾隆二十八年，卒于嘉庆二十一年二月（1763—1816）[2]。早年以教馆为生，乾隆五十年（1785）前后一度出塞，可能在边疆任幕僚或低级官吏。乾隆五十三年（1788）中举，六十年（1795）四月乙卯恩科三甲同进士出身，次年补授内阁中书。嘉庆六年（1801）九月，任顺天乡试同考官。十五年，任都察院江南道监察御史。次年署给事中。十八年（1813）尚在江南道御史任上，京察时还得到"年力壮"之

---

[1] 关于程伟元的生平，可参见王利器《耐雪堂集·高鹗程伟元与〈红楼梦〉后四十回》。
[2] 据《文献》1989 年第四期张书才《高鹗生卒年考实》。高鹗生年系据清代《内阁杂档》明文记载推算，乃可靠结论。

考语①。其著作有《月小山房遗稿》《高兰墅集》②及《吏治辑要》等。

《月小山房遗稿》系高鹗身后其门人所辑,前有觉罗增龄序文,内称高鹗"誉满京华,而家贫官冷,两袖清风,故著作如林,未遑问世,竟赍志以终"。此集共收诗130首,其中有《重订红楼梦小说既竣题》七绝一首:

> 老去风情减昔年,万花丛里日高眠。昨宵偶抱嫦娥月,悟得光明自在禅。

此诗应与程乙本《引言》同时所作,即作于乾隆五十七年(1792)二月十六日("壬子花朝后一日")。其时高鹗仅三十岁,自称"老去"乃当时文人之习惯。

嘉庆六年(1801),高鹗与著名诗人张问陶一起入闱,任顺天乡试同考官,张有《赠高兰墅鹗同年》七律一首③,题下自注:"传奇《红楼梦》八十回以后俱兰墅所补。"诗云:

> 无花无酒耐深秋,洒扫云房且唱酬。侠气君能空紫塞,艳情人自说红楼。逶迟把臂如今雨,得失关心此旧游。弹指十三年已去,朱衣帘外亦回头。

高鹗又有别号曰"红楼外史"(见恽珠《国朝闺秀正始集》卷二十),胡适等人因而认为《红楼梦》后四十回乃高鹗所续写。

然而,后四十回是否确系高鹗续写,目前实尚难肯定。这是因为:

(1)除上引张问陶诗注外,别无其他过硬旁证。而张注亦可解作后四十回系高鹗所整理补辑。

(2)高鹗和程伟元在程甲、程乙本的序文及引言中均谓后四十回的稿子系程伟元历年收集所得,高鹗协助整理。

(3)从程乙本对程甲本后四十回的修改,可知高鹗并没有真正看懂后四十回。如是他本人的作品,自不可能出现这种情况。

因而,在别无其他有力证据之前,我们暂时只能相信程伟元和高鹗本人

---

① 据《明清档案史料丛编》第二辑《关于高鹗的一些档案史料》。
② 《高兰墅集》在《八旗文经》卷五十九有著录。今《高兰墅集》是1955年文学古籍刊行社的新辑本,内辑《兰墅文存》《兰墅十艺》及《兰墅砚香词》等。
③ 张问陶系乾隆五十三年举人,与高鹗为同年。诗见《船山诗草》卷十六《辛癸集》。据震钧《天咫偶闻》卷三及恩华《八旗艺文编目》,高鹗乃张问陶之妹夫。

的声明。当然，程伟元和高鹗均很有文才，对收到的残稿"细加厘剔，截长补短"并整理抄写的同时，自己动手续写部分章节也是可能的。但由于后四十回的具体情节和人物结局与曹雪芹之构思不相符合，且语言风格和艺术水平均存在很大差异，因而不可能系曹雪芹之残稿。近年来，研究者运用电子计算机对前八十回和后四十回的语言风格进行研究，已经有了比较相仿的意见，一般均认为后四十回与前八十回的作者并非一人[1]。因而程伟元所购得的残稿可能系乾隆中后期一不知名者所续写。

要之，程伟元和高鹗搜集整理了《红楼梦》后四十回，部分完成了曹雪芹原著中宝黛钗爱情婚姻悲剧、众女儿人生悲剧和贾氏家族衰亡史的主题，使曹雪芹未完成的八十回《石头记》成为一部首尾完整的一百二十回《红楼梦》；又将处于抄本流传状态的曹雪芹原著与后四十回一起用木活字两次排印，有利于曹雪芹原著的进一步向广大读者扩散，避免了它可能遭到的更大规模的删改。在程甲本出版以后的一百二十年间，在读者中广泛传看的就是以程甲本为底本的翻刻本；直至今日，程甲、乙本的翻印本仍然拥有众多的读者。因而，虽然程高本一百二十回《红楼梦》存在种种问题，但是程伟元和高鹗还是做出了很大贡献。他们是曹雪芹的知音、《红楼梦》的功臣，在中国文化史上将永远为他们保留应有的一席之地。

---

[1] 参见张卫东、刘丽川《〈红楼梦〉前八十回与后四十回语言风格差异初探》（《深圳大学学报》1986年第一期），陈大康《从数理语言学看后四十回的作者》（《红楼梦学刊》1987年第一辑）。

第七章 《红楼梦》版本源流总说

今存十一个脂本系统的抄本,除戚宁本过录时间可能较晚,其他十种抄本均不会晚于乾嘉时期。事实上,到乾隆后期,社会上已有一定数量的抄本流传,我们今日所见只是偶然存留下来的极小部分,且其存留原因又是随机的,故研究者常常为《红楼梦》版本流传过程之缺失某些环节而困惑。在对现存所有脂本及程甲、程乙本进行总体研究之基础上,我们可以根据现有的文献资料和研究成果对《红楼梦》的版本源流提出新的假说。

根据本编对《红楼梦》各版本的探讨可知,在曹雪芹生前,作者、脂砚斋和畸笏手中掌握有两本清稿:一是脂砚斋的自留编辑本,即甲戌原本;二是己卯冬月定本即己卯原本,经庚辰秋月重定成为庚辰原本。这两本清稿的抄写款式与文字均有差异:前者每四回装订一册,每面字数为20×12共240字;后者每十回装订一册,每面字数为30×10共300字。今存甲戌本和己卯本、庚辰本分别从这两个清稿过录,确证了它们之必然曾经存在。而除甲戌本、己卯本、庚辰本这三个早期脂本以外的其他八个脂本,经研究已可论定它们曾经过后人不同程度的整理、修改或拼配(甚至可能不止一次),无论在总体还是细节方面都与甲戌原本和己卯庚辰原本有了较大的差异。

综观今存的十一种脂本系统抄本,可知它们实际上可分成两大系:甲戌原本系和己卯庚辰原本系。前一系今仅存一本,即今甲戌本;后一系则包括己卯本、庚辰本、蒙府本、戚序二本、杨藏本、舒序本、列藏本和梦觉本(郑藏本存留太少,难以确定)。这两系版本的文字有显著不同,试以第一回和第五回取样分析:

第一回:

(1)甲戌本前有《凡例》;他本均无,但有混入正文的回前总评,庚辰、杨藏、舒序、梦觉等四本有两条，蒙戚三本和列藏本夺漏第二条。这八个本子的第一条总评文字皆基本上与庚辰本一致，与甲戌本《凡例》第五条文字大异。己卯本第一回缺前三页，但杨藏本的前七回来自己卯原本系统，故可从杨本推知己卯本第一回回首亦必如此。

（2）甲戌本第一回"楔子"有僧道与石头对话一段共429字，他本均无。庚辰本、杨藏本、蒙戚三本和舒序本以相同的11个字连接删去这429字以后的上下文："来至石下席地而坐长谈见。"梦觉本和列藏本有微异，前者误"谈"为"叹"，后者将"而坐"倒写为"坐而"，"见"字前又增一"只"字，均应是抄手之误，其本出自庚辰原本一系则无问题。

（3）甲戌本比他本多出"至吴玉峰题曰'红楼梦'"和"至脂砚斋甲戌抄阅再评仍用'石头记'"两句。

这里，各脂本明显地表现出异甲戌本而同庚辰本的特征，特别是同样的夺漏429字，以同样的11个字相连接，更确切无误地显示出它们与庚辰原本（其前身即己卯原本）的血缘关系。

第五回：

试以此回末宝玉与兼美成婚一段比较：

（1）将谨勤有用的工夫，置身于经济之道（甲戌）

留意于孔孟之间，委身于经济之道（他本，舒"委身"作"要身"，杨"经济"作"经纪"）

（2）推宝玉入帐（甲戌）

推宝玉入房，将门掩上自去（他本，舒"自去"作"去了"）

（3）未免有阳台巫峡之会，数日来柔情缱绻（甲戌）

未免有儿女之事，难以尽述。至次日便柔情缱绻（他本，梦觉为"绻缱"）

（4）那日警幻携宝玉、可卿闲游（甲戌）

因二人携手出去游玩之时（他本，杨夺"之时"，"因二人"作"二人因"）

（5）忽尔大河阻路，黑水淌洋（甲戌）

迎面一道黑溪阻路（他本）

（6）宝玉正自彷徨，只听警幻道："宝玉再休前进！"（甲戌）

正在犹豫之间,忽见警幻后面追来告道:"快休前进!"(庚辰,他本"后面"作"从后")

(7)则深负我从前一番以情悟道、守理衷情之言(甲戌)

则深负我从前谆谆警戒之语矣(他本,杨夺"之语")

(8)宝玉方欲回言……竟有一夜叉状怪物撺出直扑而来(甲戌)

话犹未了……竟有许多夜叉海鬼将宝玉拖将下去(他本;梦觉夺"竟",蒙戚三本"拖将"作"拖")

(9)一面失声喊叫:"可卿救我!可卿救我!"慌得袭人、媚人等上来扶起拉手说(甲戌)

一面失声喊叫:"可卿救我!"吓得袭人辈众丫环忙上来搂住叫(他本,"吓"或作"唬")

(10)秦氏在外听见,连忙进来,一面说:"丫环们,好生看着猫儿狗儿打架。"又闻宝玉口中连叫"可卿救我",因纳闷道:"我的小名这里没人知道,他如何在梦里叫出来?"(甲戌)

却说秦氏正在房外嘱咐小丫头们好生看着猫儿狗儿打架,忽听宝玉在梦中唤他的小名,因纳闷道:"我的小名这里从没人知道的,他如何知道,在梦里叫出来?"(他本,偶有微异)

(11)　　　缺　　　　(甲戌)

梦同谁诉离愁恨,千古情人独我知(己卯、杨本)

一场幽梦同谁近,千古情人独我痴(庚辰,舒"痴"作"知")

一枕幽梦同谁诉,千古情人独我痴(戚,蒙"诉"作"诉")

一觉黄粱犹未熟,百年富贵已成空(梦觉)

这段四百余字的情节中,文字之较大差异竟出现 11 处之多,且各本均异甲戌而同己卯本、庚辰本(偶有微异,应系抄手之误)。由此可见,在乾隆二十四年己卯(1759)冬之前,曹雪芹曾对第五回梦游一段进行过修改,今甲戌本以外的各脂本(列藏本缺)都据此改稿过录。这里,它们再次显示出与己卯庚辰原本的血缘关系。

综上所论,可知今存脂本确实分为甲戌原本和己卯庚辰原本两大系统。然有一点却必须注意,由于己卯原本在庚辰秋已重定为庚辰原本,所以从严格的版本意义上说,庚辰秋以后己卯原本即不存在。但庚辰原本的正行抄写文字实即己卯原本之文字,点改旁添文字才是庚辰秋之所重定,因而乾隆二十五年(1760)秋以后庚辰原本的过录本就可能既带有己卯原本的特征又带有庚辰原本的特征,它们必定会成为己卯原本和庚辰原本初步混血的本子(混血的程度比例不一致)。因为抄手不可能严格地全按正行文字或全按旁改文字过录,其间必然有取舍侧重,甚至今庚辰本即已可能如此。

这种己卯、庚辰原本初次混血的本子经人再次传抄,如果抄主又用甲戌原本(或其过录本)做某些校改,则它可能同时带有己卯、庚辰、甲戌原本文字的特征。这种传抄本经过后人整理,就形成了今蒙戚三本的祖本。

以这种方式形成的具有己卯、庚辰、甲戌原本的不同成分的混血儿们经不同的途径为后人所整理、删削或拼配,就形成了今梦觉本、程甲本底本一系的版本与杨藏本、舒序本、列藏本等拼配本。当然,这个过程是在二十至三十年左右的时间内完成的,其间每一途径都可能经过不止一次的删改、拼配或传抄。

最后,为了解释甲戌原本和己卯庚辰原本两系版本的形成原因,笔者认为有必要作一假说:既然甲戌原本是脂砚斋的自留编辑本,则己卯原本有可能是畸笏叟的清抄本。如前所述,畸笏叟极可能就是曹頫,以曹頫与怡亲王府的关系,他在抄成己卯原本后即借予怡亲王弘晓过录是很可能的。己卯原本经庚辰秋重定为庚辰原本后,畸笏不断在上面加旁批、眉批和总批,所以今存乾隆三十二年(1767)以后过录的庚辰本有远较乾隆二十五年(1760)过录的己卯本为多的脂评。脂砚斋在乾隆二十九年甲申(1764)八月以后不久死去,甲戌原本及曹雪芹的原稿亦当归畸笏所有。因而畸笏有可能在甲戌原本上加上他自己的批语,也可能据甲戌原本或作者原稿部分点改其己卯庚辰原本。经由畸笏向外传抄的版本,当然是他自己的清抄本己卯庚辰原本。今甲戌原本一系的抄本仅存一个,与此系抄本在当时数量即较少有关。

关于《红楼梦》的版本源流,目前我们只能说到这里。学术界对曹雪芹及其《红楼梦》研究的不断发展与深入,必将使《红楼梦》之版本源流进一步清晰明朗,在不远的将来,我们作此期待。

附　录

一　脂本标题诗总表

回次	标题诗	版　本
1	满纸荒唐言,一把辛酸泪。 都云作者痴,谁解其中味。	各脂本均存
2	一局输赢料不真,香销茶尽尚逡巡。 欲知目下兴衰兆,须问旁观冷眼人。	各脂本均存
4	捐躯报君恩,未报躯犹在。 眼底物多情,君恩成[或]可待。	列藏本、杨藏本
5	春困葳蕤拥绣衾,恍随仙子别红尘。 问谁幻入华胥境,千古风流造孽人。	蒙戚三本、杨藏本、舒序本及己卯本夹条
6	朝叩富儿门,富儿犹未足。 虽无千金酬,嗟彼胜骨肉。	甲戌、杨藏、舒序、蒙戚三本及己卯本夹条
7	十二花容色最新,不知谁是惜花人。 相逢若问名何氏,家住江南姓本秦。	甲戌、蒙戚三本
8	古鼎新烹凤髓香,那堪翠斝贮琼浆。 莫言绮縠无风韵,试看金娃对玉郎。	甲戌本
13	一步行来错,回头已百年。 古今风月鉴,多少泣黄泉。	庚辰本(录于第十一回回前另页)、靖批抄件第68条
17 18	豪华虽足羡,离别却难堪。 博得虚名在,谁人识苦甘。	己卯本、庚辰本、列藏本、蒙戚三本
64	深闺有奇女,绝世空珠翠。情痴苦泪多, 未惜颜憔悴。哀哉千秋魂,薄命无二致。 嗟彼桑间人,好丑非其类。	列藏本

二　脂本回末诗联总表

回　次	回末联语	版　本
4	渐入鲍鱼肆，反恶芝兰香	梦觉本
5	梦同谁诉离愁恨，千古情人独我知 一场幽梦同谁近，千古情人独我痴 一觉黄粱犹未熟，百年富贵已成空	己卯、杨藏本， 庚辰、舒序及蒙戚三本（有微异）， 梦觉本
6	得意浓时易接济，受恩深处胜亲朋	甲戌、己卯、庚辰、杨藏、舒序、梦觉、蒙戚三本
7	不因俊俏难为友，正为风流始读书	甲戌、己卯、庚辰、杨藏、梦觉、蒙戚三本；舒序、列藏二本错录第六回回末诗联
8	早知日后争闲气，岂肯今朝错读书	各脂本均有，唯舒序本下句不全
9	忍得一时忿，终身无恼闷	梦觉本
13	金紫万千谁治国，裙钗一二可齐家	甲戌、己卯、庚辰、杨藏、舒序、列藏、蒙戚三本
19	戏谑主人调笑仆，相合姊妹合欢亲	梦觉本
21	淑女从来多抱怨，娇妻自古便含酸	庚辰、蒙戚三本，列藏本
23	妆晨绣夜心无矣，对月临风恨有之	庚辰、蒙戚三本，列藏、舒序、郑藏本
64	只为同枝贪色欲，致使连理起干戈	蒙戚三本，列藏、杨藏、梦觉本

三 《红楼梦》版本异名表

正 名	本书简称	现存回数	异 名
脂砚斋重评石头记	甲戌本	十六回	刘藏本、脂诠本、脂残本
脂砚斋重评石头记	己卯本	四十一回又两个半回	怡府本、陶藏本
脂砚斋重评石头记	庚辰本	七十八回	徐藏本、脂京本
石头记	蒙府本	一百二十回	王府本
石头记	戚沪本	四十回*	张开模本
石头记	戚宁本	八十回	南图本
红楼梦稿	杨藏本	一百二十回	梦稿本、红稿本、全抄本
红楼梦	舒序本	四十回	吴藏本、己酉本
石头记	列藏本	七十八回	脂亚本、脂列本
石头记	郑藏本	二回	
红楼梦	梦觉本	八十回	甲辰本、晋本
绣像红楼梦	程甲本	一百二十回	辛亥本
绣像红楼梦	程乙本	一百二十回	壬子本

* 从1911年有正书局石印本可见其第四十一至八十回面貌。

后　记

　　《红楼梦论源》是用文献学研究方法对《红楼梦》进行研究的专著。它不同于《红楼梦》文艺学研究,又非单纯的史学研究,是属于红学、曹学研究范畴的"曹雪芹研究"。

　　曹雪芹《红楼梦》创作中的贾氏家族衰亡史,主要素材来自本人赖以生存并成长的曹氏家族;小说中的某些艺术形象,其原型亦系曹氏家族成员。这些亲历过的场景和对象,对曹雪芹创作《红楼梦》有着极大的影响。《红楼梦》成书曾"披阅十载,增删五次",书稿流传过程中又经多人之手形成各种抄本……这种特殊性非一般作者、作品所具有。所以,有必要通过对作者家世和生平,《红楼梦》的社会历史背景、情节素材和人物原型、创作思想、成书过程及版本源流等各种文献资料的研究,以达到更好地解读、分析和研究《红楼梦》的目的。

　　这次,对1992年版的《红楼梦论源》原书进行了勘误和校订,并在原书"第一编　曹雪芹家世研究"中,增补了"第六章　曹氏家族年谱简编",对曹雪芹直系血亲及与曹氏家族衰亡有直接关联的重要成员生平进行了考订,便于读者对曹氏家族的了解。

　　承北京曹雪芹学会及张书才先生美意,邀约本书纳入《曹学文库》出版,在此表示衷心的感谢!

朱淡文
2020年10月